U. G. E. **10|18**
12, avenue d'Italie - PARIS XIII

« *Bibliothèque médiévale* »

Abélard et Héloïse, *Correspondance* (P. Zumthor), n° 1309.

Geoffroy Chaucer, *les Contes de Cantorbéry* (J. Dor), n° 2153.

Robert de Clari, *la Conquête de Constantinople* (A. Micha), n° 2231.

Le Diable et la Vierge (M. Lazar), n° 2138.

Wolfram von Eschenbach, *Parzival* (D. Buschinger, W. Spiewok et J.-M. Pastré), n° 2008.

Fabliaux (R. Brusegan), n° 2469.

La Geste du roi Arthur (E. Baumgartner et I. Short), n° 2346.

Lancelot, Roman du XIIIe siècle (A. Micha), n°s 1583 et 1618.

La Mort du roi Arthur (M.-L. Ollier), n° 2268.

Poèmes d'amour des XIIe et XIIIe siècles (E. Baumgartner et F. Ferrand), n° 1581.

Poésie d'amour du Moyen Age allemand (D. Buschinger, M.-R. Diot et W. Spiewok), n° 2330.

Le Roland occitan (G. Gouiran et R. Lafont), n° 2175.

Les Vies des troubadours (M. Egan), n° 1663.

Sire Gauvain et le chevalier vert (J. Dor), n° 2421.

ANTHOLOGIE
DES TROUBADOURS

Textes choisis,
présentés et traduits

PAR

Pierre BEC

avec la collaboration de
Gérard GONFROY et de Gérard LE VOT

Édition bilingue

10 / **18**

« *Bibliothèque médiévale* »
dirigée par Paul Zumthor

Si vous désirez être régulièrement tenu au courant
de nos publications, écrivez-nous :
Éditions 10/18
12, avenue d'Italie
75627 Paris Cedex 13

ISBN 2-264-01817-8

AVANT-PROPOS

Le présent livre est le fruit d'une réfection partielle de notre Anthologie de la Lyrique occitane du Moyen Age, *parue en 1970 aux éditions Aubanel à Avignon, rééditée en 1972 et actuellement épuisée. Il nous a paru en effet que le moment était venu d'ouvrir à un public plus large quelques-unes des réussites les plus brillantes d'une expérience poético-musicale dont on commence peut-être à peine, malgré de longues années d'étude, à déceler tous les raffinements et toutes les subtilités. Le Moyen Age recouvre aujourd'hui une certaine modernité, le formalisme poétique reconquiert son impact, la culture occitane son prestige. Dans tout cela, les troubadours sont partie prenante. Ce qui explique sans doute qu'on les redécouvre de nos jours avec passion. Avec lucidité aussi.*

Nous avons donc visé à l'essentiel et, dans ce sens, réorganisé la matière de l'ancien florilège; en supprimant d'une part les deux chapitres, un peu marginaux, consacrés à la lyrique para-troubadouresque : poésie des « sources » possibles (religieuses, médio-latines ou arabo-andalouses) et des imitateurs européens; en enrichissant d'autre part notre choix de vingt-six pièces nouvelles et d'une douzaine de troubadours nouveaux; en adjoignant de plus aux textes, lorsqu'elles étaient conservées, les mélodies qui en constituaient l'indispensable complément.

*Enfin, quant à l'*Introduction *de l'ancienne* Anthologie, *dont la critique avait bien voulu apprécier l'effort de synthèse et de didactisme que nous y avions tenté, elle fera l'objet, augmentée et mise à jour, d'un second livre* (Pour lire les troubadours) *dont nous nous proposons prochainement la publication. Ainsi ces deux opuscules, conçus en parfaite complémentarité l'un de l'autre, offriront — du moins tel est notre vœu — un instrument de travail commode et relativement complet.*

Pour terminer, nous voudrions remercier très sincèrement les éditions AUBANEL, *qui ont bien voulu nous donner l'autorisation de reproduire, dans sa quasi intégralité, une bonne partie de l'ancienne* Anthologie. *Remercier aussi, amicalement, Gérard Gonfroy et Gérard Le Vot : le premier pour sa collaboration dans la rédaction de certaines notices biographiques, le choix des textes et la systématisation de l'ensemble; le second, pour la transcription des mélodies.*

Poitiers, le 8 juin 1979

N.-B. — Une dizaine de pièces de cette anthologie renvoient encore à la vieille *Chrestomathie* de Bartsch. Nous avons conservé ce reliquat de notre ancienne *Petite Anthologie de la lyrique occitane du Moyen Age* (parue aux éd. Aubanel en 1954), lorsque les textes de Bartsch ne différaient pratiquement pas de ceux des récentes éditions critiques. De toute façon nous donnons systématiquement en note la référence à ces dernières.

POUR LIRE L'ANCIEN OCCITAN

Tout d'abord, précisons qu'il est tout à fait concevable de lire l'ancien occitan à la moderne, c'est-à-dire en conformité avec la prononciation de l'occitan moyen, en l'occurrence le languedocien, qui a conservé la plupart des caractéristiques articulatoires de l'ancienne langue. D'une manière générale en effet, l'évolution phonétique de l'occitan n'a rien de comparable à celle du français, caractérisé, comme chacun sait, par un *évolutionnisme endémique* assez particulier. Entre la langue de Chrétien de Troyes, par exemple, et le français de nos jours, il y a une véritable cassure : ce qui n'est pas le cas pour l'occitan.

Les deux niveaux chronologiques se différencient néanmoins par quelques traits que nous allons tenter de préciser ([1]). Nous supposons acquis les principes graphiques et phonétiques de la langue moderne.

1) — Le graphème *c*, devant voyelle palatale (*e* et *i*), note en principe une affriquée non palatalisée de type [ts]. Ex. *cèl, cèrt, celar, cinc, ciutat*, etc. : pron. [tsèl, tsèrt], etc. En fait, on peut présumer que cette affriquée s'est réduite à [s] dans le courant du XIIIe siècle, de même qu'en français, comme le prouvent les anciennes graphies *sai* (mod. *çai*), *aisso* (mod. *aiçò*).

2) — Le graphème *z*, à l'étape archaïque, devait noter l'affriquée sonore correspondante [dz], ou peut-être une interdentale [dh] (comme en anglais *this*). Mais la perte de l'élément occlusif et la réduction à [z] a dû être encore plus précoce, comme le prouvent les dualités graphiques, attestées de bonne heure, du type : *cortesia/cortezia, rosa/roza, gilosa/giloza,* etc. Prononcer donc [z], à la moderne. Ex. *vezin, plazent, razon, pozon* (occ. mod. *vesin, plasent, rason, poson*).

3) — Les graphèmes *g* (devant *e* et *i*) et *j* (manuscrits *i*) notent, comme aujourd'hui, une affriquée palatalisée de type [dj]. Ex. *gent, getar, jorn, joven, jòi.*

En nord-occitan, ce même graphème note le produit du *g* roman devant *a*, qui aboutit également à une affriquée de type [dj]. Ex. *jau, jal, jauzir* : pron. [djaw, djal], etc. (/occ. mérid. *gaug, gal, gauzir*). A cette affriquée sonore correspond, en nord-occitan, l'affriquée sourde de type [tš] (it. *cielo*, angl. *child*), produit évolutif du *c* roman devant *a*. Ex. *chantar, chara, charn* (/occ. mérid. *cantar, cara, carn*).

4) — Le *-a* final atone (passé à *-o* dans la plupart des dialectes modernes), était encore prononcé [a]. Ex. *cara, casa, natura, blonda.*

5) — Le graphème *u* note déjà, vraisemblablement, un phonème de type [ü] comme en occ. mod. Mais la question est assez complexe. Il n'y a toutefois aucun inconvénient à prononcer [ü] comme aujourd'hui. Ex. *luna, perdut, lui,* etc.

6) — L'ancien occ. distingue sous l'accent, comme l'italien, un [ò] ouvert *(o larc)* et un [ó] fermé *(o estreit).* Ex. *còr, mòrt, jòi, jòc/flor, amor, jorn, mot.* C'est le problème le plus délicat de l'ancienne prononciation (le graphème étant le même dans les deux

cas), surtout pour qui n'est pas familiarisé avec la langue moderne. C'est pour cela que nous avons ajouté dans nos textes un signe diacritique (pour le *ò* ouvert), qui lève toute ambiguïté.

Comment s'actualisait cette opposition phonologique? A l'étape archaïque (xiie s. inclus vraisemblablement), par une différence de timbre *ò/ó*, comme en italien ou en catalan d'Espagne. Mais, progressivement, le [ó] s'est fermé jusqu'à [u], sans doute dès le xiiie siècle, et s'est fixé avec ce timbre jusqu'à aujourd'hui : peut-être en relation avec l'évolution [u] > [ü] (cf. nº 5).

Parallèlement, le [ó] prétonique a subi la même évolution, mais antérieurement (*dolent*, pron. [*dulént*]). A telle enseigne qu'un mot comme *amoroza* s'est successivement prononcé : 1. [amóróza] 2. [amuróza] 3. [amurúza] 4. [amurúzo]. La prononciation du xiie siècle devait correspondre au type 2 (conservé par le catalan d'Espagne).

7) — Il y avait de même une opposition entre [è] ouvert *(e larc)* et [é] fermé *(e estreit)*, comme en occ. mod. Pour les mêmes raisons que pour *o*, nous notons le [è] par un accent, conformément aux principes de la graphie d'aujourd'hui. Ex. *sèr* « serviteur », *pèl* « peau », *mès* « moisson » / *ser* « soir », *pel* « poil », *mes* « mois ».

8) — Enfin, un problème de phonétique syntaxique, celui des consonnes finales. On sait que, d'une manière générale, ces consonnes se sont bien conservées, aujourd'hui, en gascon et en languedocien ([2]), du moins à la pause : ces consonnes s'assimilant, se vocalisant ou s'amuïssant dans des syntagmes prosodiquement très liés. Ex. 1. *Las femnas* [lay fénnos] 2. *Las femnas dins los prats* [lay fénnoy din lus prats]

3. *Las femnas dins los prats dalhats* [lay fénnoy din lus prat dal'ats] 4. *Las femnas dins los prats dalhats de fresc* [... din lus prat dal'at dé frésk]. On peut supposer qu'il en était de même dans l'ancienne langue, abstraction faite des vocalisations, les cons. finales réapparaissant chaque fois que le groupe syntaxique, pour des raisons stylistiques (insistance ou mise en relief) était intentionnellement brisé ([3]).

Voici maintenant, à titre indicatif, une transcription possible de la première *cobla* de la chanson de Bernard de Ventadour (pièce n° 23) :

kan véy la lawzéta muvér
dé djòi saz alas kóntra l ray,
ké s ublid é s laysa kazér
per la dusór k al kòr li vay,
aylas kalz énvédja m én vé
dé küy k ew védja djawzión!
méravil'az ay kar désé
lu kòrs dé dézirièr nu m fón.

I

LES GENRES

A. — LES GENRES ARISTOCRATISANTS

La canso

La *canso* (chanson), expression de l'amour courtois, est l'œuvre maîtresse, celle qui, comme l'écrivait Dante (*De vulgari eloquentia*, II, 3), « vaut à celui qui la pratique avec succès les plus grands honneurs, et comprend à elle seule l'art tout entier ». Vers la fin du XIIᵉ siècle, sa structure est méticuleusement réglée : c'est un poème à forme fixe, ou peu s'en faut. Jusqu'à cette époque, le mot n'a pas encore la précision d'un terme technique et on lui préfère la désignation de *vers*; mais toutes les théories (Diez, Bartsch) visant à prouver que *vers* et *chanson* ont désigné des compositions différentes ne résistent pas à un examen attentif des textes. Les deux expressions, comme l'a montré Jeanroy (*La Poésie lyr.*, II, p. 63 sq.), correspondent bien au même genre poétique; la dénomination seule a changé au début du XIIIᵉ siècle, le mot *chanson* se substituant de plus en plus au mot *vers* (⁴).

15

Quoi qu'il en soit, le mot *chanson* a pris vers la fin du XIIe siècle une acception bien précise. Il désigne alors « une pièce lyrique, accompagnée d'une mélodie composée pour elle et dont tous les couplets, au nombre de cinq ou six, sont de structure identique » (Jeanroy). Mais ce schéma structural, strict en apparence, permet néanmoins une grande variété dans la composition : la dimension de la strophe *(cobla)* reste en effet libre (généralement huit ou neuf vers à l'époque classique) : le rythme du vers également (le plus fréquemment employé est le vers de sept et de huit syllabes); le nombre et la disposition des rimes, enfin, sont également laissés au gré du poète ([5]).

La *cansa* se termine habituellement par un couplet plus court, appelé *tornada*, qui contient *l'envoi*, c'est-à-dire la désignation de la personne à qui le poème est adressé : généralement le protecteur du poète ou sa dame; parfois même, dans les pièces à double tornade, les deux à la fois ([6]). La tornade doit reproduire, avec leur enchaînement, les rimes de la dernière partie de la *cobla* précédente; sa longueur, du reste, peut être très variable.

Pour l'anti-*canso* qu'est le *descòrt*, cf. pièce n° 53.

1. — BEN FEIRA CHANSOS PLUS SOVEN
(Gui d'Ussel)

Ben feira chansós plus soven,
Mas enòja'm tot jorn a dire
Qu'eu planh per amor e sospire
Quar o sabon tuit dir comunalmen;
5 Per qu'eu vòlgra motz nòus ab son plazen,
Mas re no tròb qu'autra vetz dit no sia.

De qual guisa'us pregarai donc, amia?
Aquò meteis dirai d'autre semblan,
Qu'aissí farai semblar novèl mon chan.

10   Amada vos ai lonjamen
       Et enquèr non ai còr que'm vire,
       Donc, si per çò'm volètz aucire,
Non auretz ges de bon razonamen;
Anz sapchatz ben qu'a major falhimen
15 Vos èr tengut qu'ad autra no seria,
Qu'usatges es, et a durat mant dia,
Qu'òm blasma plus, quan falh, cel que val tan
Que dels malvatz no s'o ten òm a dan.

       Dòmna, ben sai certanamen
20   Qu'el mon non pòsc mais dòmn'eslire
       Don qualsque ben no si'a dire,
O qu'òm pensan no formès plus valen :
Mas vos passatz sobre tot pensamen
Et atressí dic vos qu'òm non poiria
25 Pensar amor que fos pars a la mia.
Sitot non pòsc aver valor tan gran,
Endreit d'amor, sivals no'i a engan!

       Estèrs, sol qu'a vos estés gen,
       No'i tròb razó, quan m'o consire,
30   Que, si'm fatz mal, que ja'm n'azire;
Tant gent lo'm fatz, sens far adiramen,
Ab bèl semblan et ab acolhimen
Que'm remembra mos fòls còrs tuta via,
On plus mos sens m'en blasm'e m'en chastia;
35 Mas non sai com s'eschai de fin aman
Que'l sens no'i a poder contra'l talan.

17

Dòmn' ab un baisar solamen
Agr'eu tot quant vòl e desire,
E prometètz lo'm e no'us tire,
40 Sivals per mal de l'enojosa gen,
Qu'aurian dòl, si'm vezian jauzen,
E per amor dels adreitz, cui plairia;
Quar engalmen s'atanh a Cortesia
Qu'òm fass'enòi als enojós que'l fan
45 Et als adregs fassa tot quant voldràn.

Ves Albuzó, chansós, ten tòst ta via
A la melhor fòrs una que'l mon sia;
Qu'en lèis pòt òm aprendre cosí's fan
Jòis e solatz ab gai còrs benestan.

(Texte de J. Audiau) (7).

Traduction

I. — Je ferais bien des chansons plus souvent;
mais il me déplaît de répéter chaque jour que je pleure
et soupire d'amour; car tous savent en dire autant;
c'est pourquoi je voudrais un texte nouveau sur une
agréable mélodie, mais je ne trouve rien qui n'ait
déjà été dit. Comment donc vous adresserai-je mes
prières courtoises, mon amie? Je dirai la même chose
d'une autre manière, si bien que je ferai passer pour
nouvelle ma chanson.

II. — Je vous ai longtemps aimée, et je n'ai pas
encore le cœur de renoncer à mon amour; si c'est
donc pour cela que vous me voulez tuer, vous n'aurez
point de bonne excuse; sachez plutôt que votre faute
sera tenue pour plus grande qu'elle ne le serait de
quiconque; car c'est un usage, et un usage qui a duré

18

longtemps, que l'on blâme davantage, s'il lui arrive de faillir, quelqu'un de grande valeur, et qu'au contraire on ne considère point comme un préjudice les fautes des méchants.

III.   Dame, je sais très bien qu'il m'est impossible de choisir au monde une dame dont on ne puisse dire quelque bien ou que l'imagination ne puisse parer de plus de vertus; mais vous êtes au-dessus de toute pensée, et je vous dis aussi qu'on ne saurait imaginer un amour qui fût l'égal du mien. Bien que je ne puisse avoir valeur si grande, en fait d'amour, du moins, n'y a-t-il pas chez moi de fourberie.

IV.   De plus, pourvu que cela vous agrée, je ne vois, quand j'y pense, aucune raison de me fâcher quand vous me faites quelque peine; vous me faites si gentiment du mal, sans éveiller mon ressentiment, avec un visage gracieux et des gestes accueillants dont mon cœur insensé se souvient sans cesse, quoique ma raison m'en blâme et m'en punisse. Mais je ne sais comment il se fait que, chez un amant sincère, la raison ne puisse rien contre le sentiment.

V.   Dame, un seul baiser de vous, et tous mes vœux et désirs seraient exaucés. Faites-m'en donc la promesse, ne vous en déplaise, ne serait-ce que pour contrarier les envieux qui seraient bien marris de me voir joyeux, et pour être agréable aux gens aimables qui s'en réjouiraient; car il appartient aussi bien à Courtoisie d'importuner les envieux qui nous ennuient, que de faire aux gens aimables tout ce qui leur plaira.

VI.   Vers Aubusson, chanson, pars bien vite, pour te rendre chez la meilleure dame qui soit au monde, à l'exception d'une seule; car c'est en elle qu'on peut apprendre comment s'accordent joie et plaisir avec corps gracieux et parfait.

NOTES

Guy d'Ussel : un des quatre troubadours d'Ussel (Corrèze), et le mieux doué. Mort un peu avant 1225.

Métrique : cinq *coblas unissonans* (strophes ayant toutes les mêmes rimes) de 9 vers de 8 et de 10 syllabes :

a bb (8) aa cc dd (10)

et une *tornada* de 4 vers de 10 syll. : cc dd. Les quatre vers de la tornade reproduisent, comme il se doit, les rimes des derniers vers de la dernière *cobla*. Mélodie conservée (cf. p. 373)

5 : Les *mots* (paroles) s'opposent aux *sons* (musique). On sait que les troubadours écrivaient à la fois les paroles et la musique de leurs chansons.

Nous n'avons malheureusement pas l'accompagnement mélodique de tous les poèmes troubadouresques ; seuls, certains *chansonniers* nous ont transmis la musique des textes. La notation est celle du *plain-chant* ou *chant grégorien*, c'est-à-dire du chant liturgique. Cette mélodie est essentiellement *monodique* (à une seule voix), et *diatonique*, c'est-à-dire qu'elle exclut toute succession chromatique ; les modes, à la différence de la musique moderne qui n'en connaît que deux, sont aussi nombreux qu'il y a de notes dans la gamme, chaque note pouvant servir de départ à une nouvelle échelle mélodique. La durée est représentée par des signes de forme différente *(carrée, caudée, losange)*, appelés *neumes*, dont la valeur rythmique est aujourd'hui assez mal connue. Le rythme est essentiellement fonction de l'accent tonique (latin puis roman), les syllabes accentuées étant spontanément plus appuyées que les syll. atones. Il n'y a pas de barres de mesure : seul, un petit trait vertical sur la 4e ligne de la portée (qui n'en a que quatre) peut indiquer un repos. A ce sujet, cf. *infra*, pp. 367-391.

10 : *l'enojosa gen*. Ce sont les envieux, les médisants, les jaloux, et tous les trouble-fête connus sous le vague nom de *lauzengiers* ou *lauzenjaire*, dont le seul but est de gâter la joie des amants.

46 : *Albuzó* : Aubusson (Creuse), résidence de Marguerite (femme de Rainaut VI, vicomtesse d'Aubusson), courtisée et chantée par Guy d'Ussel.

Le Sirventés ([8])

Du point de vue formel, le *sirventés* ne se distingue pas de la chanson ([9]), mais le contenu est tout autre. C'est un poème de circonstance, essentiellement satirique et violent — l'invective y est beaucoup plus fréquente que l'éloge, — qui peut aborder à peu près tous les sujets, sauf l'amour : morale, politique, critique littéraire, etc. On distingue donc plusieurs catégories de sirventés : les *sirventés moraux* (Peire de Boussignac, Peire Cardenal), dirigés contre la décadence des mœurs, la corruption du clergé, les femmes, etc.; les *sirventés politiques* (Bertrand de Born) qui nous plongent directement dans la réalité du temps : rivalités et basses intrigues entre grands seigneurs, guerres, croisades (croisades d'Espagne et d'Orient, croisade contre les Albigeois), domination des Français, Inquisition, papauté, etc.; ils nous donnent, dans une certaine mesure, une idée

21

de l'opinion publique de l'époque; les *sirventés littéraires* (galeries de portraits satiriques de Peire d'Auvergne et du Moine de Montaudon); les *sirventés personnels* enfin, bassement injurieux et dirigés contre les ennemis personnels des troubadours (B. de Born, Peire Cardenal, Peire d'Auvergne) [10].

2. — RASSA, TAN CREIS... (Bertrand de Born)

Rassa, tan creis e monta e pòja,
Cela qu'es de totz enjans vòja,
Sos prètz a las autras enòja,
Qu'una no i a que re i nòja,
5   Qu'il vezers de sa beutat lòja
Los pros a sos òps, cui que còja,
Que'lh plus conoissén e'lh melhor
Mantenen adès sa lauzor
E la tenen per la gensor
10 Qu'ilh sap far entièra onor
No vòl mas un sol prejador.

Rassa, dòmna es frescha e fina,
Coinda e gaia e meschina :
Pel saur ab color de robina,
15 Blancha pel còrps com flors d'espina,
Còude mòl ab dura tetina,
E sembla conil de l'eschina;
A la fina frescha color,
Al bo prètz e a la lauzor
20 Lèu pòdon triar la melhor
Cil que se fan conoissedor
De mi ves qual part eu ador.

Rassa, als rics es orgolhosa,
E fai gran sen a lei de tosa,
25   Que no vòl Peiteus ni Tolosa,
Ni Bretanha ni Saragosa,
Anz es de prètz tant envejosa,
Qu'als pros paubres es amorosa.
Pòis m'a pres per chastiador,
30   Prèc li que tenha char s'amor
E am mais un pro vavassor
Qu'un comte o duc galiador
Que la tengués a desonor.

Rassa, ric òm que re no dona,
35   Ni acòlh, ni met, ni no sona,
E qui senes tòrt ochaisona,
E, qui mercé'lh quer, no perdona,
M'enòja, e tota persona
Que servici no guiderdona;
40   E li ric òme chassador,
M'enòjan e'lh buzatador,
Gaban de volada d'austor,
Ni jamais d'armas ni d'amor
No parlaràn mot entre lor.

45   Rassa, assò'us prèc que vos plassa :
Ric òm que de guerra no's lassa
Ni no s'en recré per menassa
Tro qu'òm se lais que mal no'lh fassa
Val mais que ribièra ni chassa,
50   Que bo prètz n'acòlh e n'abrassa,
Maurís ab N'Aigar son senhor
Ac guerra ab prètz valedor :
E'l vescoms defenda s'onor

E'l còms deman la'lh per vigor,
55 E vejam l'adès al Pascor.

Marinièrs, vos avètz onor
E nos avem chanjat senhor
Bo guerrier per tornejador;
E prèc a'N Golfièr de la Tor
60 Mos chantars no'lh fassa paor.

Papïols, mon chantar recor
En la cort mon mal Bèl-Senhor.

(Texte d'A. Thomas) ([11]).

Traduction

Rassa, tant grandit, monte et s'élève celle qui est
dépourvue de toute fourberie, que son mérite impor-
tune les autres, et il n'est point de dame qui n'en
éprouve quelque déplaisir; car la seule vue de sa
beauté gagne les preux à son service (en cuise qui
voudra), et les plus éclairés et les meilleurs chantent
aussitôt sa louange, la tenant pour la plus gente;
car elle sait accorder si pleinement ses grâces qu'un
seul soupirant comble ses désirs.

Rassa, c'est une dame fraîche et fine, gracieuse et
gaie, toute jeune : elle a des cheveux blonds, couleur
de rubis, un corps blanc comme fleur d'aubépine;
son coude est souple, et ferme sa poitrine, et ses reins
ont le galbe d'un lapin. A ses fines et fraîches couleurs,
à son haut mérite et aux louanges qu'on lui prodigue,
ils peuvent facilement discerner la meilleure, ceux qui
prétendent connaître où va mon admiration.

Rassa, elle est hautaine envers les puissants, ce qui montre le discernement de cette jouvencelle: elle ne désire ni Poitiers ni Toulouse, ni la Bretagne, ni Saragosse: mais elle cherche à tel point le mérite qu'elle accorde son amour aux preux, même de basse extraction. Et puisqu'elle m'a pris pour conseiller, je la prie d'estimer hautement son amour, et de préférer un preux vavasseur à un comte ou à un duc trompeurs, qui la couvriront de honte.

Rassa, puissant qui rien ne donne, qui ne sait accueillir, ni par des largesses, ni par d'aimables paroles, qui sans raison cherche querelle, et ne pardonne point quand on implore sa merci, me déplaît à l'instar de toute personne qui ne récompense point service rendu: et de même me déplaisent les grands, amateurs de chasse, et ces chasseurs au busard, qui se vantent d'un vol d'autour, et qui jamais ne souffleront mot entre eux ni de faits d'armes ni d'amour.

Rassa, voici ce que je vous prie de bien vouloir entendre : un gentilhomme qui ne se lasse point de guerroyer, et ne renonce point à la guerre malgré les menaces, tant qu'on ne cesse point de lui porter ombrage, vaut mieux qu'un amateur de pêche ou de chasse, car il en recueillera une grande et durable renommée. Maurin, en faisant la guerre à son seigneur Aigar, accrut hautement son mérite. Que le vicomte défende donc son bien, que le Comte le lui réclame par la force, et qu'il se fasse voir bientôt parmi nous, au temps de Pâques.

Marinier, vous, vous avez l'honneur, mais nous, nous avons échangé un seigneur bon guerrier contre un amateur de tournois. Je prie messire Golfier de la Tour de ne point s'inquiéter de mon chant.

25

Papiol, cours porter ma chanson à la cour de mon méchant Beau-Seigneur.

NOTES

B. de Born : v. plus loin (XVII).

Métrique : 6 *coblas* de 11 vers de 8 syll. La disposition des rimes est assez curieuse : les *coblas* ne sont pas *unissonans*, mais les 5 derniers vers de chaque strophe reproduisent tous les mêmes rimes : *(-or) :*

> aaaaaa bbbbb
> ccccc bbbbb
> dddddd bbbbb, *etc.*

La *tornada* est double, avec deux senhals, et reproduit les rimes en *-or* de la dernière *cobla*. Mélodie conservée (cf. p. 374).

1 : *Rassa,* Rassa; un *Guy Rassa,* ancêtre maternel de B. de Born, avait été propriétaire de Hautefort en 1109. — Surnom donné par B. de Born à Geoffroy, 3e fils du roi Henri II d'Angleterre : devenu comte-duc de Bretagne par son mariage, allié de Philippe-Auguste contre son père, mort à Paris dans un tournoi (1186). Le présent sirventés lui est adressé vers 1181-83. B. de Born y fait l'éloge de Maheu de Montignac, sa dame.

12-17 : La description de la dame est ici assez réaliste : aux attraits « classiques » de la femme au Moyen Age (cheveux blonds, peau blanche), B. de Born en ajoute d'autres, d'un caractère plus intime, voulant sans doute montrer par là, aux autres prétendants de sa dame (cf. ci-après), que ses relations avec elle n'avaient pas été que platoniques.

25 : *Peiteus, Tolosa, Bretanha, Saragosa :* désignent ici le comte de P., le comte de T., le comte de B. et le roi de Saragosse. Maheut aurait préféré l'amour de B. de Born, pauvre, aux hommages de tous ces puissants seigneurs.

51 : *Maurís ab N'Aigar*, Maurin et Aigar, héros d'une chanson de geste en occitan, dont on a des fragments; fidèle à son habitude de semeur de discordes, B. de Born encourage, par cette allusion, Geoffroy de Bretagne à se révolter contre son père Henri II.

53-54 : *vescoms :* vicomte de Limoges, Adémar V; *coms :* comte de Poitiers, Richard.

56 : *Marinièrs*, Marinier : *senhal* donné par notre troub. à Henri Court-Mantel qu'il appelle aussi le « jeune roi » (cf. le *Planh*, texte suivant), fils aîné de Henri II et frère de Richard-Cœur-de-Lion.

57-8 : *chanjat senhor... tornejador;* B. de Born reproche à Richard Cœur-de-Lion d'avoir perdu ses qualités militaires et d'être devenu un *tornejador*, c'est-à-dire un amateur de tournois et de fêtes.

59 : *Golfièr de la Tor*, Golfier de la Tour ou de Las Tours, fils d'Olivier de las Tours et neveu de B. de Born, qui avait épousé Raymonde de Las Tours.

61 : *Papiòl-s :* jongleur de B. de Born à qui il confie, dans maintes tornades, le soin de transmettre ses pièces.

62 : *Bel-Senhor : senhal* désignant une dame inconnue. Remarquer le double envoi de la pièce : le deuxième n'est pas adressé directement à la dame.

Le Planh

Le *planh*, ou complainte funèbre, peut être considéré comme une variété de sirventés ([12]). En ce qui concerne la forme, il ne se distingue pas non plus du *vers* ou de la chanson et peut, comme le sirventés, être calqué sur une pièce antérieure.

Le *planh* se ressent, malgré certaines différences, du *planctus* latin du Moyen Age et rejoint la déploration funèbre de l'antiquité qui avait déjà donné naissance à un genre littéraire. Que le poète se lamente sur la mort de son protecteur, ce qui est le cas le plus fréquent ([13]), ou de sa dame, la division du *planh* est sensiblement la même : trois parties en général (expression de la douleur du poète, éloge du disparu, intercession auprès de Dieu en faveur de son âme). Le *planh*, généralement écrit en décasyllabes, devait se chanter sur une mélodie grave et plaintive ([14]).

3. — Si tuit li dol... (Bertrand de Born)

Si tuit li dòl e'lh plor e'lh marrimen
E las dolors e'lh dan e'lh chaitivièr
Qu'òm anc auzís en est sègle dolen
Fosson ensems, semblèran tuit leugièr
5 Contra la mòrt del jove rei englés,
Don reman Prètz e Jovens dolorós,
E'l mons escurs e tenhs e tenebrós,
Sems de tot jòi, ples de tristor e d'ira.

Dolent e trist e plen de marrimen
10 Son remazut li cortés soudadièr
E'lh trobador e'lh joglar avinen;

Tròp an agut en Mòrt moital guerrièr,
Que tòlt lor a lo jove rei englés
Vas cui èran li plus larc cobeitós :
15 Ja non èr mais ni non crezatz que fos
Vas aquest dan el sègle plors ni ira.

Estouta Mòrtz, plena de marrimen,
Vanar te pòtz que'lh melhor chavalièr
As tòlt al mon qu'anc fos de nulha gen;
20 Quar non es res qu'a prètz aja mestier,
Que tot no fos el jove rei englés
E fora mèlhs, s'a Deu plagués razós
Que visqués el que mant autr' enojós
Qu'anc no fèiron als pros mas dòl et ira.

25 D'aquest sègle flac, plen de marrimen,
S'amors s'en vai, son jòi tenc mensongièr,
Que ren no i a que non tòrn en cozen:
Totz jorns veiretz que val mens òi que ièr :
Chascús se mir el jove rei englés
30 Qu'èra del mon lo plus valéns dels pros;
Ar es anatz sos gens còrs amorós,
Dont es dolors e desconòrtz et ira.

Celui que plac per nòstre marrimen
Venir el mon, e nos trai d'encombrièr,
35 E receup mòrt a nòstre salvamen,
Com a senhor umil e dreiturièr
Clamem mercé, qu'al jove rei englés
Perdon, si'lh platz, si com es vers perdós,
E'l fass' estar ab onratz companhós
40 Lai on anc dòl non ac ni aurà ira.

(Texte d'A. Thomas) [15].

Traduction

I. — Si tous les deuils, toutes les larmes, toutes les tristesses, toutes les douleurs, tous les maux et toutes les misères dont l'homme peut être la victime en ce triste monde, se réunissaient, tout cela semblerait léger à côté de la mort du jeune roi anglais. Mérite et jeunesse en restent affligés; le monde en devient sombre, obscur et ténébreux, plein de deuil et de douleur.

II. — Dolents et affligés, accablés de tristesse sont demeurés les galants chevaliers, les troubadours et les aimables jongleurs : ils ont eu affaire en la mort à un guerrier trop cruel qui leur a ravi le jeune roi anglais auprès duquel les plus munificents étaient avares. Jamais ne sera ni ne fut en ce monde, croyez-le, de deuil ni de peine comparables à cette douleur.

III. — Mort cruelle et pleine de tristesse, tu peux te vanter d'avoir ravi à ce monde le meilleur chevalier qui fût jamais; car il n'est rien, en fait de mérite, que l'on n'ait trouvé en la personne du jeune roi anglais. Et il eût mieux valu, avec l'assentiment de Dieu, qu'il eût vécu, plutôt que tant d'autres méchants qui n'ont jamais causé aux meilleurs que peine et douleur.

IV. — Si de ce monde lâche et plein de tristesse, Amour s'enfuit, je tiens sa joie pour mensongère : car il n'est rien qui ne s'y change en douleur cuisante, et on le voit empirer de jour en jour. Que chacun de nous tourne ses regards vers le jeune roi anglais car il était au monde le plus vertueux des vertueux. Maintenant s'en est allé son corps gracieux et fait pour l'amour, et c'est ce qui cause notre peine, notre découragement et notre douleur.

V. — A Celui qui voulut bien venir en ce monde pour soulager notre misère et nous tirer de l'infortune, et reçut la mort pour notre salut, demandons grâce, comme à un seigneur doux et juste, afin qu'il veuille bien accorder son pardon au jeune roi anglais, lui qui est le vrai pardon, et lui permettre de demeurer avec ses jeunes compagnons dans un séjour qui ne connut, ni ne connaîtra jamais, ni le deuil, ni la douleur.

NOTES

B. de Born : voir XVII.

Métrique : 5 *coblas unisonans* de 8 vers de 10 syll. Pas de tornade. Deux vers par strophe ont des rimes isolées : ce sont d'ailleurs les mêmes mots qui terminent chaque fois ces vers *(englés, ira);* le retour de ces mots-refrains (cf. aussi le mot *marrimen* au 1er vers de chaque strophe) permet au poète d'insister avec force sur la pensée ou le sentiment dominants de son poème. Voici donc le schéma strophique de la pièce :

$$a^{10} \ b^{10} \ a^{10} \ b^{10} \ c^{10} \ d^{10} \ d^{10} \ e^{10}$$

5 : *jove rei englés.* Il s'agit de Henri Court-Mantel (cf. note du poème précédent); il mourut à Martel le 11 juin 1183, en présence de Raimon III de Turenne et de B. de Born, emporté par la maladie, après avoir reçu un message de pardon de son père.

Le Salut d'amour

Epître (en vers octosyllabiques à rimes plates généralement) adressée à sa dame par l'amant courtois, et qui tire son nom de la formule de salutation par laquelle elle débute. Ce genre de poème a fleuri à la fois dans le Nord et dans le Midi, mais l'antériorité des saluts occitans ne semble pas faire de doute : c'est en effet un `troubadour, Arnaud de Mareuil (cf. XVI), qui en a été, sinon l'inventeur, du moins le maître incontesté, et c'est sur lui que les autres auteurs de lettres d'amour ont dû plus ou moins s'aligner. Les thèmes du salut sont les thèmes traditionnels de l'érotique courtoise et se retrouvent pour la plupart dans la chanson. Mais la composition plus libre du *salut* permettait de leur accorder un plus large développement. Au caractère épistolaire et au lyrisme il faut ajouter une certaine tendance à la didactique courtoise, proche de l'*ensenhamen*, ce qui achève de faire du salut un genre poétique parfaitement original. Quant à sa forme, elle présente d'indéniables rapports avec les traditions épistolographiques latines du Moyen Age et de nombreux éléments de sa composition trouvent leur justification dans l'ambiance de l'*Ars dictandi* médiéval. Nous donnons ici des extraits du salut le plus justement célèbre d'Arnaud de Mareuil.

4. — DOMNA, GENSER QUE NO SAI DIR
(Arnaud de Mareuil)

Dòmna, génser que no sai dir,
Per que soven planh e sospir,
Est vòstre amics bon e coral,

Assatz podètz entendre cal,
5   Mand' e tramet salutz a vos;
Mas a sos òbs n'es cobeitós :
Jamai salutz ni autre be
Non aurà, si de vos no'l ve.
Dòmna, loncs temps a qu'ieu cossir
10   Co'us dissés o vos fezés dir
Mon pessamen e mon coratje,
Per mi meteis o per messatge;
Mas per messatge non aus ges,
Tal paor ai qu'adès no'us pes...
15   Messatge 'us tramet mot fizèl,
Brèu sagelat de mon sagèl;
Non sai messatge tan cortés
Ni que mièlh celès totas res.
Est cosselh m'a donat Amors
20   A cui deman tot jorn secors...
Er aujatz, Dòmna, si vos plai,
Ço que mos brèus vos guida lai.

Cortesa Dòmna conoissen,
E de bon grat a tota gen,
25   Apresa de totz benestars
En fatz, en ditz et en pessars,
La cortesi' e la beutatz
E'l gen parlar e'l bel solatz.
L'ensenhamen e la valors,
30   E'l gen còrs e'l fresca colors,
Bèl ris e l'esgart amorós,
E l'autri benestar de vos,
E'ls bels faitz e'l dig agradieu
Mi fan la nueg e'l jorn pessieu.
35   Can non ai lòc de vos vezer,
Jòi ni depòrt non puesc aver. .

Cen vetz prèc Dieu la nueg e'l jorn
Que'm do mòit o la vòstr' amor.
Dòmna, si'm da vòstr' amor Dieu,
40 Cen tans soi vòstre mièlh que mieu;
Car de vos sai, Dòmna, que'm ve
Tot quant ieu fas ni dic de be.
Lo premièr jorn qu'ieu anc vos vi,
M'intrèt el còr vòstr' amor si
45 Qu'ins en un fòc m'avètz assís
Qu'anc no mermèt pus fo emprís...
Quant cug pensar en autra res,
De vos ai messatge cortés,
Mon còr, qu'es lai vòstr' ostalièrs;
50 Me ven de vos çai messatgièrs,
Que'm ditz e'm remembr' e'm retrai
Vòstre gen còrs cuende e gai,
Las vòstras belas sauras cris,
E'l vòstre fron pus blanc que lis,
55 Los vòstres uelhs vairs e rizens,
E'l nas qu'es dreitz e be sezens,
La fassa fresca de colors,
Blanca, vermelha pus que flors,
Petita boca, blancas dens,
60 Pus blancas qu'esmeratz argens,
Mentó e gola e peitrina
Blanca com nèus ni flor d'espina,
Las vòstras belas blancas mas,
E'l vòstres detz grailes e plas,
65 E la vòstra bèla faissó,
On non a ren de mespreisó,
Los vòstres gaps plazens e bos,
E'l gen solatz e'l franc respós,
E'l bèl semblan que'm fetz al prim,
70 Quan s'endevenc qu'abdós nos vim.

Quan çò'm remembra'l còr e'm ditz,
Adonc remanc si esbaïtz,
No sai on vauc ni on me venc;
Meravilh me car me sostenc,
75 Que'l còr me falh e la color :
Si'm destrenh, Dòmna, vòstr' amor.
Tot jorn suefre esta batalha,
Mas la nueg trac pejor trebalha :
Que quan me soi anatz jazer,
80 E cug alcun plazer aver,
Adonc me tòrn e'm vòlv e'm vir,
Pens e repens e puèis sospir.
E puèis me lèvi en sezens,
Après retòrni me'n jazens,
85 E còlgui me sobre'l bras destre,
E puèis me vire el senestre,
Descobre me soptosamen,
Puèis me recobre belamen.
E quan me soi pro trebalhatz,
90 Ieu get defòr abdós mos bratz
E tenc lo còr e'lhs uèlhs aclís,
Mas juntas devès lo païs,
On ieu sai, Dòmna, que vos ètz;
Fas la razó qu'auzir podètz...
95 Quant aissò dic, non puèsc pus dir;
Mos uèlhs clauzens fas un sospir,
En sospiran vau endormitz;
Adoncs se'n vai mos esperitz
Tot dreitamen, Dòmna, vas vos
100 De cui vezer es cobeitós.
Tot enaissí com ieu desir
La nuèg e'l jorn, quan m'o cossir
A son talan ab vos domneja,
Embrass' e baisa e maneja.

35

105 Per que durès aissí mos sens,
No vòlgr' èsser sénher de Rems.
Mai volria jauzens dormir
Que velhan desiran languir.
E Rodocesta ni Biblís,
110 Blancaflor ni Semiramís,
Tibes ni Leida ni Elena
Ni Antigona ni Esmena
Ni'l bel' Izeus ab lo pel blòi
Non agro la mitat de jòi
115 Ni d'alegrièr ab lurs amís,
Com ieu ab vos, çò m'es avís...
Dòmna, no'us puèsc lo centé dir
De las penas ni del martir,
Del pantais ni de la dolor,
120 Qu'ieu trac, Dòmna, per vòstr' amor.
Per vòstr' amor toz vieus aflam,
Mas per mercé'us, Dòmna, reclam
Que'm perdonetz, s'ieu falh ni pèc.
Aujatz et entendetz est prèc,
125 Dòmna, la génser criatura
Que anc formès el mon natura,
Melhor que non puèsc dir ni sai,
Pus bèla que bèl jorn de mai,
Solelh de mars, ombra d'estieu,
130 Ròsa de mai, plueja d'abrieu,
Flor de beutat, miralh d'amor,
Clau de fin prètz, escrins d'onor,
Mas de do, capdèl de joven,
Cim e razitz d'ensenhamen,
135 Cambra de jòi, lòc de domnéi;
Dòmna, mas juntas, vos sopléi,
Prendètz m'al vòstre servidor,
E prometètz me vòstr' amor.

De pus no'us prèc ni no's cové,
140 Mas tot si' en vòstra mercé.
E pus de me vos fas ligansa,
Promètètz me vòstr' esperansa :
De l'esperans' aurai cofòrt,
Mon bon esper tro a la mòrt;
145 Mai vuèlh en bon esper morir
No vuèlh desesperatz languir.
Dòmna, no'us aus de pus prejar,
Mas Dieu vos sal e Dieu vos gar;
Si'us plai, rendètz me ma salut,
150 Pus Amors m'a per vos vencut,
Vensa'us per tot eissamens
Amors, que totas causas vens!
Dòmna.

(Texte de P. Bec) [16].

Traduction

Dame, plus gente que je ne saurais dire, pour qui
souvent je pleure et je soupire, votre ami sincère et
cordial, — vous pouvez bien savoir lequel —, vous
mande et vous envoie son salut, ce salut dont lui-
même a tant de besoin : car jamais il n'aura santé
ni autre bien, si ce n'est de votre part. Dame, il y a
longtemps que je songe à la manière de vous dire
ou de vous faire dire mes pensées et l'état de mon
cœur, moi-même ou par l'intermédiaire d'un messager.
Mais, par un messager, je ne l'ose faire, tant j'ai peur
que cela ne vous offense aussitôt... Je vous envoie
un messager très fidèle, lettre scellée de mon sceau.
Je ne connais messager plus courtois ni plus discret

en toutes choses. Ce conseil, c'est Amour qui me l'a donné, Amour dont j'implore l'aide chaque jour... Écoutez maintenant, Dame, s'il vous plaît, ce que ma lettre, là-bas où vous êtes, vous apportera.

Dame courtoise et cultivée, aimable envers toutes gens, au fait de toutes les convenances, en actes, paroles et pensées, votre courtoisie et votre beauté, vos doux propos, votre agréable compagnie, votre culture, votre mérite, votre corps gracieux, la fraîcheur de votre teint, votre beau sourire, votre regard amoureux et toutes vos autres qualités, belles actions et aimables paroles, me font rêver nuit et jour. Quand je n'ai point loisir de vous voir, je ne puis avoir ni joie ni plaisir... Cent fois, la nuit et le jour, je prie Dieu de me donner la mort ou votre amour. Dame, que Dieu m'accorde votre amour, et je serai cent fois plus vôtre que mien. Car c'est de vous, ma Dame, je le sais, que me vient tout ce que je fais ou dis de bien.

Dame, le premier jour où je vous vis, l'amour de vous me pénétra si profondément dans le cœur que vous m'avez mis dans un feu qui, une fois allumé, ne ralentit jamais...

Quand je crois penser à autre chose, je reçois de vous un message courtois : c'est mon cœur, là-bas votre hôte, qui vient à moi comme messager pour me dire, me rappeler et me remettre en mémoire la douceur de votre corps, gracieux et plaisant, vos beaux cheveux blonds et votre front plus blanc que lis, vos yeux gris et rieurs, votre nez droit et bien fait, le teint frais de votre visage, blanc et plus vermeil que fleur, votre petite bouche, vos blanches dents, plus blanches qu'argent fin, votre menton, votre gorge et votre sein, blanc comme neige ou fleur d'aubépine, vos belles mains blanches aux doigts minces et polis, votre noble et irréprochable maintien, vos mots d'esprit plaisants et fins, vos charmants entretiens, la franchise de vos réponses et le doux visage que vous me fîtes voir quand il advint que nous nous rencontrâmes. Quand mon cœur me rappelle et me dit tout cela, je reste alors si bouleversé que je ne sais ni où je vais, ni d'où je viens. Je m'étonne de ne point défaillir, car le cœur me manque et je perds la couleur : tant me tourmente, ma Dame, l'amour que j'ai pour vous.

Le jour entier, je subis ce combat, mais la nuit j'endure peines plus grandes. Dès que je suis couché et pense avoir quelque plaisir, je me tourne, me retourne et m'agite, pense et repense et me mets à soupirer : puis je me lève sur mon séant pour me recoucher ensuite. Je me couche sur le bras droit puis me tourne sur le gauche, et brusquement me découvre pour me recouvrir peu à peu. Et quand je me suis assez agité, je sors mes deux bras et, les mains jointes, je dirige mon cœur vers le pays où je sais, Dame, que vous demeurez. Et je tiens ces propos que vous pouvez entendre...

J'en ai trop dit et n'en puis plus dire. Je ferme les yeux et soupire, et m'endors en soupirant. Alors mon esprit s'en va tout droit vers vous, ma Dame, qu'il languit de voir. Comme je le désire moi-même, nuit et jour, chaque fois que j'y songe, il vous fait à son gré la cour, vous serrant dans les bras et vous couvrant de baisers et de caresses. Afin que dure ainsi l'état de mon âme, je ne voudrais être seigneur de Reims ; et je préférerais dormir dans la joie que veiller et languir de désirs.

Et Rodoceste ni Biblis, Blanchefleur ni Sémiramis,

Thisbé ni Léda, ni Hélène ni Antigone, ni Ismène, ni la belle Iseut aux cheveux blonds n'eurent jamais, je pense, avec leurs amis, la moitié de la joie et de l'allégresse que je ressens grâce à vous... Dame, je ne puis vous dire la centième partie des peines et du martyre, des angoisses et des douleurs que j'endure, Dame, pour l'amour de vous. Pour cet amour, je brûle tout vivant, mais je vous demande, Dame, de grâce, de me pardonner si je commets faute ou péché.

Écoutez et entendez cette prière, Dame, vous la plus noble créature que jamais Nature ait formée en ce monde, meilleure que tout ce que je pourrais ou saurais dire, plus belle qu'un beau jour de mai, soleil de mars, ombre d'été, rose de mai, pluie d'avril, fleur de beauté, miroir d'amour, clef de haut mérite, écrin d'honneur, demeure de libéralité, modèle de jeunesse, cime et racine de haute culture, chambre de joie, séjour de courtoisie. Dame, mains jointes je vous en supplie : acceptez-moi pour serviteur et promettez-moi votre amour.

Je ne vous adresse pas plus longtemps mes prières : il ne sied point que je le fasse; mais que tout soit selon votre merci. Et puisque je vous fais hommage de moi-même, promettez-moi quelque espérance. De cette espérance j'aurai consolation et bon espoir jusqu'à ma mort; car je préfère mourir en bon espoir que languir dans le désespoir.

Dame, je n'ose vous en demander davantage. Que Dieu vous protège et vous garde! S'il vous plaît, rendez-moi mon salut. Et puisque l'amour s'est servi de vous pour me vaincre, qu'il se serve de moi pour triompher de vous, Amour, vainqueur de toutes choses, ô ma Dame!

NOTES

Arnaud de Mareuil : voir XVI.

1-22 : *introduction* du salut. Cette introduction correspond à la structuration habituelle de ce genre
de poème, l'épître proprement dite ne commen-
çant qu'au vers 23. On y retrouve les thèmes
habituels : salutation à la dame, timidité du poète
qui n'ose, ni se déclarer lui-même, ni envoyer un
messager : une seule solution : le message épis-
tolaire.

21 : *èr aujatz.* C'est par les mots : *aujatz, entendetz,
escoutatz,* que l'auteur du salut attire l'attention
de sa dame sur ce qui va suivre, c'est-à-dire
l'épître proprement dite.

23-146 : *épître proprement dite :* portrait de la dame —
les angoisses amoureuses du troub. — le thème du
cœur messager — encore le portrait de la dame —
les angoisses nocturnes de l'amant : ses vœux, ses
désirs — l'amour qui se réalise dans le rêve —
allusions aux amours célèbres — déception du
poète à son réveil — la « bataille d'amour » recom-
mence.

Prière courtoise; hommage de la dame : mains
jointes, le troub. lui demande de l'accepter pour
serviteurs courtois.

109-116 : « galerie » des amants célèbres. Dans un
autre de ses saluts, A. de Mareuil se plaît à évoquer
d'illustres amours, plus longuement encore :
l'essentiel étant pour lui de valoriser ses sentiments
en adjoignant sa propre personne à toute une
troupe de couples plus ou moins légendaires : Léandre-Héro, Pâris-Hélène, Pyrame-Thisbé,

Floire-Blanchefleur, Etéocle-Salamandre, Tristan-Yzeut, etc. Ce sont d'ailleurs toujours à peu près les mêmes personnages qui constituent partout le canon du parfait amour et apparaissent fréquemment, surtout dans les poèmes d'allure narrative ou didactique. Ce motif des amants-célèbres suit immédiatement un autre thème important de la poésie d'Arnaud : celui du *rêve*, qui apparaît avec insistance dans son œuvre, en particulier dans notre salut où il occupe quarante-trois vers (v. 77-108 de nos extraits). La variante des autres ms. insiste d'ailleurs davantage, aux v. 105-106, sur ce thème du rêve : au lieu de *mos sens*, on trouve en effet *mos sons* « mon sommeil ».

147-153 : *conclusion* du salut. — Cette conclusion, après le corps de l'épître, correspond aussi aux lois du genre. Le poète met un terme à sa lettre sous un prétexte quelconque : *il ne sied point* qu'il parle plus longtemps (cf. v. 139). Il se remet à la *merci* de sa dame, il n'*ose* lui demander davantage. Enfin, il attend une réponse (« rendez-moi mon salut ») et termine par quelques mots en l'honneur d'Amour qui est tout-puissant.

Les genres dialogués : tenson, partimen

La *tenson* (le *débat* des trouvères) est constituée par une discussion entre deux ou plusieurs troubadours qui soutiennent respectivement des opinions opposées relatives à une même question. Ce dialogue peut être réparti sur deux pièces : il s'agit en réalité de deux sirventés juxtaposés dont le second est calqué sur le premier. Mais les demandes et les réponses, — et c'est le cas le plus fréquent, — peuvent s'échanger de couplet à couplet ; les *coblas* étant de forme identique et la part réservée à chaque partenaire rigoureusement égale. Cette discussion pouvait porter sur tous les sujets : religion, littérature, politique, contestations personnelles, etc. Mais elle concernait le plus souvent des questions de casuistique amoureuse ([17]).

Alors que dans la tenson, le débat se développe librement, dans le *partimen* ou *joc partit* (le *jeu-parti* des trouvères), c'est le questionneur lui-même qui pose à son interlocuteur le choix entre les deux hypothèses, se réservant automatiquement de défendre le parti inverse. On disait : *partir un joc*, d'où le nom de *joc partit* ([18]). Un jugement est la conclusion naturelle de la discussion et ce sont les partenaires eux-mêmes qui désignent leurs arbitres, généralement le maître ou la maîtresse de maison. De là, la légende des *Cours d'amour*, tribunaux féminins qui auraient tranché les questions débattues dans les *partimens*. Cette légende, pour gracieuse qu'elle soit, n'est qu'une supercherie due à l'imagination de certains fantaisistes comme André le Chapelain et surtout Jean de Nostredame : la critique moderne l'a définitivement démasquée.

5. — TENSON ENTRE BERNATZ DE VENTADORN ([19]) E'N PEIROLS

BERNATZ

Peiròl, com avètz tant estat
Que non fezètz vers ni chansó ?
Respondètz mi per quel razó

43

Reman que non avètz chantat,
5 S'o laissatz per mal o per be,
Per ir' o per jòi o per que,
Que saber en vòlh la vertat.

Bernart, chantars no'm ven a grat
Ni gaires no'm platz ni'm sab bo;
10 Mas car volètz nòstra tensó,
N'ai èra mon talan forsat.
Pauc val chant que del còr non ve;
E pòis jòi d'amor laissa me,
Eu ai chant e depòrt laissat.

BERNATZ

15 Peiròl, motz i fatz gran foudat
S'o laissatz per tal ocaizó;
S'eu agués agut còr feló,
Mòrt fora un an a passat,
Qu'enquèr non pòsc trobar mercé :
20 Ges per tant de chant no'm recré,
Car doas pèrdas no m'an at.

PEIROLS

Bernart, ben ai mon còr mudat,
Que totz es autres qu'anc non fo :
Non chantarai mai en perdò ([19 bis]),
25 Mas de vos vòlh chantetz jassé
De celèi qu'en grat no'us o te,
E que perdatz vòstr' amistat.

BERNATZ

Peiròl, maint bo mot n'ai trobat
De lèis, qu'anc us no m'en tenc pro;
30 E s'il serva còr de leó,

No'm a ges tot lo mon serrat,
Qu'en sai tal una per ma fe
Qu'am mais, s'un baisar mi cové,
Que de lèis s'il m'agués donat.

PEIROLS

35   Bernatz, ben es acostumat,
Qui mais non pòt, qu'aissí perdó,
Que la volps al cirièr dis o :
Quan l'ac de totas partz cercat,
Las cirèisas vic lonh de se,
40   E dis que non valion re :
Atressí m'avètz vos gabat.

BERNATZ

Peiròl, cirèisas sont o be,
Mas mal aja eu si ja cre
Que la volps non aja tastat.

PEIROLS

45   Bernatz, no'm n' entramet de re,
Mas pesa'm de ma bona fe,
Car non i ai ren gazanhat.

(Texte de K. Bartsch) [20].

Traduction

Peirol, comment se fait-il que vous soyez resté si longtemps sans faire ni vers ni chanson? Dites-moi la raison pour laquelle vous n'avez point chanté. La cause de cet abandon est-elle due à un mal ou à un bien, à la tristesse ou à la joie, ou à quelque autre raison? Je veux savoir la vérité à ce sujet.

Bernard, chanter ne m'agrée point ni ne me plaît le moins du monde. Puisque vous voulez que nous en débattions, je fais violence à mon désir. Peu vaut le chant qui ne vient du cœur, et puisque la joie d'amour m'abandonne, j'ai laissé tout chant et tout plaisir.

Peirol, vous commettez grande folie de ne plus chanter pour un tel motif. Si j'avais eu un cœur félon, je serais mort depuis un an, car je ne puis encore trouver merci; mais je ne renonce point pour cela à chanter, car je n'ai pas besoin d'une double perte.

Bernard, mon cœur a si bien changé qu'il est tout autre que ce qu'il fut jamais : et je ne chanterai plus en vain. Mais quant à vous, je veux toujours que vous chantiez celle qui ne vous aime point, et que vous oubliiez votre amour.

Peirol, j'ai fait sur elle maint bon poème dont jamais personne ne me sut gré; mais si elle me garde un cœur de lion, elle ne m'a pas du tout fait quitter le monde; car j'en sais une, par ma foi, que j'aimerais davantage, si elle me promettait un baiser, qu'elle-même, si elle me l'avait donné.

Bernard, il est fréquent de pardonner ainsi, lorsqu'on ne peut faire autrement. C'est ce que le renard dit au cerisier lorsque, après l'avoir cherché partout, il eut vu de loin les cerises; il dit que les cerises ne valaient rien. Ainsi vous êtes-vous moqué de moi.

Peirol, ce sont bien des cerises; mais malheur à moi si je crois que le renard ne les a point goûtées.

Bernard, je ne me mêle en rien à toutes ces choses, mais ma bonne foi est blessée, car je n'ai rien gagné dans tout cela.

NOTES

B. de Ventadour : voir IX.

Peiròl : troub. mineur. Chevalier, des environs de Rochefort-Montagne (arr. de Clermont-Ferrand); 1180-1225 env. On a de lui une trentaine de chansons, une chanson-sirventés et 5 partimens ou tensons.

Métrique : même schéma strophique que dans la chanson : 6 *coblas unissonans* de 7 vers de 8 syll. : $a^7 b^7 b^7 a^7 c^7 c^7 a^7$. Double tornade avec la même disposition de rimes : cc a.

2 : le mot *vers* est employé ici à côté du mot *chanson;* on pourrait donc croire qu'il s'agit de deux genres poétiques différents; mais nous avons vu qu'il n'en est rien (cf. notice sur la chanson).

12 : « *pauc val chant que del cor non ve* » : ce vers, sur la sincérité du sentiment, source de toute poésie, est la réplique de ceux de B. de Ventadour :

> *Chantars no pot gaire valer*
> *Si d'ins del cor no mou lo chant.*

(Chanter ne peut guère valoir, si le chant ne part point du cœur).

6. Partimen entre Savaric de Mauléon Gaucelm Faidit et Uc de la Bacalaria

Traduction

I. — Gaucelm, je vous propose, à vous et à Uc, trois jeux d'amour. Que chacun de vous choisisse le meilleur

47

et me laisse l'autre à son gré. Une dame a trois soupirants, et leur amour la tourmente tant que, lorsqu'ils sont tous trois devant elle, elle fait mine de les aimer tous. Elle regarde l'un avec amour, serre doucement la main de l'autre et touche en souriant le pied du troisième. Dites auquel des trois, dans ces conditions, elle témoigne le plus grand amour.

GAUCELM

II. — Seigneur Savaric, sachez bien que celui des trois qui reçut la plus douce faveur est l'ami qu'elle regarda franchement sans félonie, de ses beaux yeux pleins de grâce. C'est de son cœur que vient tout ce charme et l'honneur en est centuplé. Quant au serrement de main, je prétends ne lui attribuer aucune importance, car il est commun qu'une dame accorde pareille faveur par pure amabilité. Quant à la pression du pied, je ne vois point que la dame en fasse un témoignage d'amour ni même qu'elle soit éprise pour cela.

UC

III. — Gaucelm, vous dites ce qu'il vous plaît, mais vos arguments sont mauvais. Je ne vois, dans un regard, aucun bénéfice pour l'amant dont vous prenez le parti, et si telle est sa pensée, c'est folie, car si les yeux le regardent, ils regardent aussi ailleurs, puisque c'est leur seul pouvoir. Mais quand la dame, de sa blanche main dégantée, étreint doucement son ami, l'amour vient du cœur et de l'esprit. Que le seigneur Savaric, qui discute avec tant d'à-propos, défende le galant attouchement de pied, car je ne veux point m'en charger.

IV. — Seigneur d'Uc, puisque vous me laissez la meilleure part, je ne me refuserai point à la défendre. Je dis donc que la pression du pied était un gage de franche amitié, à l'insu des médisants; et il semble bien, puisque la dame eut recours à cet expédient de presser en riant le pied de son ami, que son amour est dénué de toute tromperie. Celui-ci s'abuse donc qui prend le serrement de main pour un signe de plus grand amour. Et quant au Seigneur Gaucelm, je ne pense pas qu'il attacherait autant de prix au regard, s'il savait d'amour autant qu'il le dit.

GAUCELM

V. — Seigneur, vous qui blâmez le regard et le charme des yeux, vous ne savez donc pas qu'ils sont les messagers du cœur et que c'est lui qui les a envoyés; car les yeux révèlent aux amants ce que leur cœur retient par timidité, et c'est pour cela qu'ils sont la source de tout plaisir amoureux. Tandis que, bien souvent, une dame, en souriant, touche par plaisanterie le pied à bien des gens sans la moindre arrière-pensée. Quant au Seigneur Uc, il soutient une erreur, car le serrement de main ne veut rien dire, et je ne pense point qu'il ait jamais été une preuve d'amour.

UC

VI. — Gaucelm, vous et le Seigneur de Mauléon, parlez à l'encontre d'Amour; cela ressort de notre tenson, car les yeux que vous avez choisis, et dont vous plaidez la cause, ont trahi maint amant. Quant à cette dame au cœur félon, dût-elle me presser le pied pendant un an, mon cœur n'en aurait point de joie. Mais on ne peut contester que l'étreinte de sa main vaut cent fois mieux, car jamais, si l'amour n'avait plu à son cœur, la dame n'aurait donné sa main.

SAVARIC

VII. — Gaucelm, vous êtes vaincu dans ce débat, ainsi que vous, Seigneur Uc, sans aucun doute. Et je veux que le jugement soit prononcé par mon *Garde-corps*, qui a fait ma conquête, et par Dame Marie, dont grand est le mérite.

GAUCELM

VIII. — Seigneur, je ne suis pas vaincu le moins du monde; on le verra bien au jugement, car je veux que ma dame, Guilhelma de Benauge, soit aussi présente, elle dont les paroles ont tant de grâce et de courtoisie.

UC

IX. — Gaucelm, j'ai tant de bonnes raisons que je suis plus fort que vous deux et vous résiste. Je sais une dame gracieuse et pleine de charme à qui le jugement pourrait être soumis; mais je pense que trois arbitres suffiront.

NOTES

Savaric de Mauléon : troub. qui joua un rôle considérable dans l'histoire de son temps et rendit de grands services à Jean sans Terre. Mourut vers la fin de 1231. On n'a de lui que deux partimens et une *cobla*.

Gaucelm Faidit : fils d'un bourgeois d'Uzerche (Corrèze); le poète le plus fécond de la petite cour de Marie de Vendôme. Sa production se place entre 1185 et 1220 environ. Poète d'une grande délicatesse de pensée et de forme dont il reste environ 70 pièces : cf. XX.

Uc de la Bacalaria : né à la Bachelerie, près d'Uzerche. Contemporain du précédent. On a de lui six pièces, dont trois tensons et le présent partimen.

1. *Garde-Corps* : *senhal* désignant sans doute un protecteur ou une protectrice du poète.
2. *Dame Marie* : Marie de Ventadour
3. *Guilherma de Benauge* : Guillaumette de B., femme de Pierre de Gavarret, vicomte de Benauge (sud de Targon, Gironde), lui-même troubadour.

Les Biographies (cf. Bout.-Cluz., p. 227), expliquent ce jeu-parti par une réunion chez la comtesse Guillaumette de trois de ses soupirants : Jaufre Rudel de Blaye, qu'elle « comenset ad esgardar... amorosamen »; Elias Rudel de Bergerac, de qui elle « pres la man, et estreis la'l fort amorosamen »; et Savaric de M., dont elle « caussiguet lo pe, risen e sospiran ». Mais on sait que les commentaires littéraires et historiques des pièces *(razos)*, que l'on trouve dans les chansonniers, ont été souvent composés d'après les poèmes eux-mêmes : on ne saurait donc prendre trop au sérieux les explications qu'ils donnent.

B. — LES GENRES POPULARISANTS

La Pastourelle, l'Aube, la Ballade, la Dansa

La *pastourelle* est un genre très représenté dans la poésie du Moyen Age, mais sa fortune a été plus grande en pays d'oïl qu'en Occitanie, où il n'a connu quelque succès que vers la fin du XIIe siècle, et a fini par dégénérer en sirventés ou, après la Croisade des Albigeois, en prédication morale et religieuse. La pastourelle a pour thème essentiel un débat amoureux entre une bergère et un chevalier qui cherche à la séduire. La bergère, souvent plus spirituelle que son séducteur, se fait longuement prier, ce qui fait le charme du genre, mais se laisse parfois convaincre. Dans le cas contraire, le galant peut aller jusqu'à employer la force, à moins que ses ardeurs ne soient quelque peu refroidies par l'arrivée des parents de la jeune fille, ou d'autres bergers, qui mettent en fuite, à coups de bâton, le galant éconduit. D'origine vraisemblablement popularisante, comme le prouve le maintien de sa typologie fondamentale dans les folklores d'oc et d'oïl, la pastourelle occitane médiévale est en fait un genre hybride : beaucoup plus que la française, elle est devenue un divertissement poétique aristocratisant et les filles des champs, comme dans notre pièce, y parlent souvent le langage des grandes dames (voir à ce sujet notre *Lyrique française...*, I, chap. V).

L'*aube* est un poème d'amour composé sur le thème de la séparation de deux amants qui, après une furtive et souvent illicite entrevue nocturne, sont réveillés à l'aube par le cri du veilleur de nuit ($^{21\,bis}$) et maudissent le jour qui vient trop tôt.

Le mot *alba* revient régulièrement à la fin de chaque couplet où il forme refrain : d'où le nom du genre ([22]).

La *ballade* est, comme son nom l'indique, une chanson à danser *(balar)*. Mais nous n'en avons conservé en occitan qu'un très petit nombre, alors que nous possédons plusieurs centaines de refrains français, fragments d'autant de chansons de danse. Nous donnons ici la célèbre et gracieuse « ronde d'avril » et une chanson de malmariée.

La *dansa*, autre chanson à danser, comprend un refrain, appelé *respós* et 3 *coblas*. La structure en est réglée avec précision : le *respós*, de 4 vers en général, correspond exactement, pour les rimes comme pour le mètre, aux 4 derniers vers de chaque *cobla* ainsi qu'à la *tornada*. Ce genre connut un succès non négligeable au XIIIe siècle, ce que met bien en évidence le nombre de *dansas* conservées : 30, dont 13 pour le seul Guiraut d'Espanha. Apparentée au - *virelai* français, la *dansa* se retrouve dans la poésie catalane traditionnelle sous la forme appelée *goig*.

Pour l'*estampida* (estampie), cf. ci-après : Raimbaut de Vaqueiras (n° 45).

PASTOURELLE

7. — L'autrier cavalcava (Gui d'Ussel)

L'autrièr cavalcava
Sus mon palafré,
Ab clar temps seré,
E vi denan me

53

5   Una pastorèla,
     Ab color fresca e novèla,
     Que chantèt mout gen,
     E disia en planhen :
     « Lassa! mal viu qui pèrt son jauzimen! »

10   Lai on il chantava
     Virèi tòst mon fre,
     Et il levèt se,
     La soa mercé,
     Vas mi mout isnèla,
15   La franca res bon' e bèla,
     Et eu mantenen
     Desmontèi per onramen
     De lèis que'm fetz tan bèl aculhimen.

     « Tosa de bon aire,
20   Dis eu, ses temer
     Prèc que'm digatz ver,
     Si'us ven a plazer,
     Quenha chansós èra
     Cela que disïatz èra,
25   Quant eu vinc aissí;
     Quar anc mais, si vos afí,
     Tan ben chantar pastora non auzí. »

     — « Sénher, non a gaire
     Qu'eu soli' aver
30   A tot mon voler,
     Tal que'm fai doler,
     Car non l'ai enquèra,
     Mas il m'oblida e s'esfèra,
     Per autra, de mi;
35   Per que planc, et atressí
     Chan qu'oblidès la dolor que m'aucí. »

— « Tosa, ses falhensa,
Vos dic atrasag
Que atretal plag
40 Com a vos a fag
Aquel que'us oblida,
M'a fag una deschausida
Qu'eu amava fòrt.
Ara m'oblid' al sieu tòrt
45 Per un autre, qu'eu volri' aver mòrt. »

— « Sénher, mantenensa
Trobatz del forfag
Que'us a fag tan lag
La fals' ab còr frag;
50 E ve'us m'en aizida,
Que'us am a tota ma vida,
Si'm n'ètz en acòrt;
E tornem lo desconort
Qu'avem avut en jòi et en depòrt.

55 — « Franca res grazida,
Ma voluntat n'ai complida,
Si'm n'ètz en acòrt,
De vos que'm fatz a bon port
Venir joiós de tot perilh estòrt. »

60 — « Sénher, ses falhida
Estòrta m'a e guerida
Vòstr' amor, tant fòrt
Que de nulh mal no'm recòrt,
Tan gen m'avètz tot mon mal talan mòrt. »

(Texte de J. Audiau) (²³).

Je chevauchais l'autre jour sur mon palefroi, par un temps clair et serein; et je vis devant moi une pastourelle, au teint frais et jeune, qui chantait fort gentiment et disait en soupirant : « Hélas! qu'est malheureux celui qui perd sa joie! »

Je me dirigeai incontinent vers le lieu où elle chantait : elle se leva, par sa grâce et, noble et belle créature, vint rapidement vers moi; je mis pied à terre sur-le-champ, pour faire honneur à celle qui m'accueillait d'une manière aussi charmante.

« Gracieuse jeune fille, lui dis-je hardiment, je vous prie de me dire en vérité, si cela vous agrée, le nom de la chanson que vous chantiez tout à l'heure, lorsque j'arrivai : car jamais, je vous l'assure, je n'entendis pastoure si bien chanter. »

— « Seigneur, il n'y a pas longtemps encore, je tenais soumis à mon vouloir celui qui me fait maintenant souffrir. Non seulement je ne l'ai plus, mais il m'oublie et s'éloigne de moi pour une autre. Voilà pourquoi je pleure; et je chante aussi pour oublier la douleur qui me tue. »

— « Jeune fille, sans mentir, je vous assure que ce même tort que vous inflige celui qui vous oublie, je l'ai subi de la part d'une déloyale que j'aimais beaucoup. Elle m'oublie maintenant, à son dam, pour un autre que je voudrais avoir tué. »

— « Seigneur, trouvez consolation du forfait qu'a si laidement commis à votre égard cette perfide au cœur frivole; me voici à votre disposition, car je vous aime pour toute la vie, si vous le voulez bien. Changeons donc en joie et plaisir la peine que nous avons eue. »

56

— « Franche et chère créature, mon désir est exaucé si vous y consentez; vous me faites arriver à bon port, joyeux et à l'abri de tout danger. »

— « Seigneur, sans mentir, votre amour m'a si bien sauvée et guérie que je n'ai plus souvenance d'aucun mal : vous avez si gentiment dissipé en moi toute affliction. »

NOTES

Métrique : 6 *coblas doblas* de 9 vers de mètre varié (même enchaînement de rimes sur deux strophes seulement). Le premier vers de la première *cobla dobla* rime avec le 1er vers de la seconde. Schéma métrique :

$$a^{5'} \ b^5 \ b^5 \ b^5 \ c^{5'} \ c^{7'} \ d^5 \ d^7 \ d^{10}$$

+ deux *tornadas* de 5 vers.

AUBE

8. — EN UN VERGIER... (Anonyme)

En un vergièr sotz fòlha d'albespí
Tenc la dòmna son amic còsta si,
Tro la gaita crida que l'alba vi.
Oi dèus, oi dèus, de l'alba! tan tòst ve.

5 « Plagués a Dieu ja la nòitz non falhís,
   Ni'l meus amics lonh de mi non partís,
   Ni la gaita jorn ni alba non vis!
   Oi dèus, oi dèus, de l'alba! tan tòst ve.

   « Bèls dous amics, baisem nos eu e vos
10 Aval els pratz on chanto'ls auzelós;
   Tot o fassam en despèit del gilós :
   Oi dèus, oi dèus, de l'alba! tan tòst ve.

   Bèls dous amics, fassam un jòc novèl,
   Ins el jardí on chanton li auzèl,
15 Tro la gaita tòque son caramèl.
   Oi dèus, oi dèus, de l'alba! tan tòst ve.

   « Per la douss'aura qu'es venguda de lai,
   Del mèu amic bèl e cortés e gai,
   Del sèu alen ai begut un dous rai :
20 *Oi dèus, oi dèus, de l'alba! tan tòst ve.* »

   La dòmna es agradans e plazens,
   Per sa beutat la gardon mantas gens,
   Et a son còr en amor lejalmens.
   Oi dèus, oi dèus, de l'alba! tan tòst ve.

                        (Texte de K. Bartsch) [24].

Traduction

En un verger, sous le feuillage d'une aubépine, la
dame a gardé son ami près d'elle, jusqu'à ce que le
veilleur ait crié qu'il a vu poindre l'aube. Oh! Dieu!
oh! Dieu! cette aube! comme elle vient tôt!

« Plût à Dieu que la nuit ne finît pas, que jamais
mon ami ne s'éloignât de moi, et que le veilleur ne
vît jamais ni le jour ni l'aube. Oh! Dieu!...

« Beau doux ami, unissons nos baisers, là-bas, dans
les prés où chantent les oiseaux; aimons-nous bien
en dépit du jaloux! Oh! Dieu!...

« Beau doux ami, faisons un jeu nouveau dans le
jardin où chantent les oiseaux, jusqu'à ce que le
veilleur joue de son chalumeau. Oh! Dieu!...

« Dans la douce brise qui est venue de là-bas, où
est mon bel ami, courtois et gai, j'ai bu de son
haleine un doux rayon. Oh! Dieu!... »

La dame est gracieuse et charmante; pour sa beauté
maintes gens la gardent; et son cœur est plein d'amour
sincère. Oh! Dieu!...

NOTES

Métrique : 6 strophes de 4 vers de 10 syll.; le 4e vers,
   toujours le même, sert de refrain et contient le
   mot *aube*, ce qui caractérise le genre. Les groupes
   rythmiques des différents vers sont très variés :
   le vers 17 a même 11 syll. (le *-a* inaccentué de
   aura, à la césure, ne doit pas compter dans la
   mesure du vers : césure *épique*). Ce rythme, très
   libre, trahit peut-être des influences populaires.

BALLADES

a

9. — A l'entrada del temps clar (Anonyme)

A l'entrada del temps clar, eya,
Per jòia recomençar, eya,
E per jelós irritar, eya,
Vòl la regina mostrar
5 Qu'el es si amorosa.

A la vi', a la via, jelós,
Laissatz nos, laissatz nos
Balar entre nos, entre nos.

El' a fait pertot mandar, eya,
10 Non sia jusqu'a la mar, eya,
Piucela ni bachalar, eya,
Que tuit non vengan dançar
En la dança joiosa.   (Refrain)

Lo reis i ven d'autra part, eya,
15 Per la dança destorbar, eya,
Que el es en cremetar, eya,
Que òm no li vòlh' emblar
La regin' aurilhosa.   (Refrain)

Mais per nïent lo vòl far, eya,
20 Qu'ela n'a sonh de vielhart, eya,
Mais d'un leugièr bachalar, eya,
Qui ben sapcha solaçar
La dòmna saborosa.   (Refrain)

60

Qui donc la vezés dançar, eya,
25 E son gent còrs deportar, eya,
Ben pògra dir de vertat, eya,
Qu'el mont non aja sa par
La regina joiosa.   *(Refrain)*

(Texte de K. Bartsch) (25).

Traduction

Aux premiers jours du temps clair, eya,
Pour la joie renouveler, eya,
Et le jaloux irriter, eya,
La reine a voulu montrer
Comme elle est amoureuse.

Passez votre chemin, jaloux,
Laissez-nous, laissez-nous,
Danser entre nous, entre nous.

Elle a fait partout crier, eya,
Qu'il n'y ait jusqu'à la mer, eya,
Jeune fille ni garçon, eya,
Qui ne s'en vienne danser
Dans la danse joyeuse.

Le roi vient de son côté, eya,
Pour empêcher de danser, eya,
Car il est en grande peur, eya,
Qu'on lui veuille dérober
Cette reine avrileuse.

61

Elle ne saurait l'en croire, eya,
N'ayant cure de vieillard, eya,
Mais d'un gracieux bachelier, eya,
Qui sache bien conforter
La dame savoureuse.

Qui donc la verrait danser, eya,
Et mouvoir son joli corps, eya,
Pourrait dire en vérité, eya,
Qu'au monde il n'est femme égale
A la reine joyeuse.
Passez votre...

NOTES

Métrique : 5 strophes de 5 vers : 4 vers de 7 syll.
(sur les mêmes rimes) + 1 de 6 syll.; ce dernier
rime avec le dernier de chaque stophe : a⁷ a⁷ a⁷ a⁷ b⁶'.
Entre chaque strophe, un refrain de 3 vers (ccc)
de 9, 6 et 8 syll.

Musique conservée (cf. p. 375).

b

10. — BALLADE DE LA MALMARIEE (Anonyme)

Coindeta sui si com n'ai grèu cossire,
Per mon marit, car ne'l vòlh ne'l desire.

Qu'eu be'us dirai perqué son aissí druza :
Coindeta sui...
Quar pauca son, joveneta e tosa,
Coindeta sui...
5 E degr' aver marit dont fos joiosa,
Ab cui tostemps pogués jogar e rire.
Coindeta sui... ([26])

Ja Dèus mi salv, si ja sui amorosa :
De lui amar mia sui cobeitosa,
10 Anz quand lo vei, ne son tan vergonhosa
Qu'eu prèc la mòrt que'l venga tòst aucire.

Mais d'una ren me'n son ben acordada,
Si'l meus amics m'a s'amor emendada,
Ve'l bèl esper a cui me son donada;
15 Planh e sospir, car ne'l vei ne'l remire.

E dirai vos de que'm sui acordada :
Que'l meus amics m'a longament amada,
Ar li serà m'amors abandonada
E'l bèls espers qu'eu tant am e desire.

20 En aquest son fatz coindeta balada
E prèc a totz que sia lonh cantada
E que la chant tota dòmna ensenhada
Del meu amic qu'eu tant am e desire.

Coindeta sui si com n'ai grèu cossire,
Per mon marit, car ne'l vòlh ne'l desire.

(Texte de K. Bartsch) ([27]).

Je suis jolie, aussi suis-je en grand souci à cause de mon mari que je ne veux ni ne désire.

Et je vous dirai pourquoi je suis ainsi amoureuse :
Je suis jolie...
Car je suis petite et toute jeune fille,
Je suis jolie...
Je devrais donc avoir mari dont j'eusse de la joie,
Avec qui toujours je pusse jouer et rire.
Je suis jolie...
Que Dieu me garde, si j'en suis amoureuse : car de l'aimer je n'en ai nulle envie! Quand je le vois, plutôt j'en suis si honteuse que je prie la mort de le tuer au plus vite.

Mais à une chose je me suis bien décidée. Puisque mon ami m'a dédommagée de son amour, tel est le doux espoir auquel je me suis abandonnée. Et je pleure et soupire quand je ne puis le voir.

Et je vous dirai à quoi je me suis décidée : puisque mon ami m'a si longtemps aimée, désormais mon amour lui sera accordé, avec le doux espoir que tant j'aime et désire.

Sur cet air je compose une jolie ballade, et je prie toute gent de la chanter bien loin. Que la chante aussi toute dame courtoise, sur mon ami que tant j'aime et désire.
Je suis jolie...

NOTES

Pour la thématique popularisante des chansons de malmariée, cf. notre *Lyrique française*, I, chap. II et *infra,* n° 61. On remarquera que les vers-refrain sont incorporés dans la strophe, ce qui est également caractéristique. On peut présumer que ces vers-refrain étaient chantés par le chœur (vraisemblablement des femmes) : cf. ballade précédente. Schéma métrique (*cobla* « zadjalesque ») :

$$a^{10},a^{10},a^{10},B^{10}, + B^{10},B^{10},$$

1 : *cossire.* A la fois « pensée » et « souci » (cf. occ. mod. *pensament*). Ici, « souci d'amour ». Ce terme est également un mot-clef de la lyrique aristocratique auquel il est peut-être emprunté.

3 : *druza,* fém. de *drut-z* : « amant, parfois amant charnel ». Ici, synonyme de *amorosa* (v. 7).

4 : *pauca,* fém. de *pauc.* Ici, « petite, jeune ». Les trois termes de ce vers sont à peu près synonymes et forment une redondance expressive.

12 : *emendada,* de *emendar,* « accorder en compensation, en dédommagement ».

13 : *bèl esper* (cf. aussi v. 18). Autre emprunt probable au registre aristocratisant.

15-16 : l' « abandon » de l'amour (ici de la personne aimée) est la conséquence logique de la durée de la prière amoureuse (*longament amada*) : cela, encore, correspond à une superstructure courtoise.

19 et sq. : Cette dernière strophe constitue une sorte d'*envoi* de la ballade, non pas à une personne en particulier, mais à toutes les malmariées de la contrée, voire du monde entier.

11. — SA GAIA SEMBLANSA (Guiraut d'Espanha)

Sa gaia semblansa
De Na Saisa m'agensa,
Car gaiamen m'enansa
Sa gaia cabtenensa

5 E qui Na Saisa vòl vezer
  A Montaigon destuelha;
  Però non s'i pòt destoler
  Om que vezer la vuelha,
  Car un esgait lansa
10 Qu'es gardatz de falhensa;
  A pauc no n'a semblansa
  Na Tibortz de Proensa.

  Be'm plai quant aug matin e ser
  L'auzelet per la bruelha,
15 E vei per las brancas parer
  La flor entre la fuelha
  Lai on mi plai dansa
  El dous temps que comensa
  E'm dona alegransa,
20 Car a l'amad'agensa.

  Comtessa Beatriz, per ver,
  Vòstre fis prètz cabduelha,
  Sobre totas sabètz valer;
  E no'us pensetz que'm tuelha
25 De dir vòstr'onransa,
  Fruch d'onrada semensa,

E ges non ai duptansa
Qu'autra lauzors me vensa.

(Texte d'O. Hoby) [28].

Traduction

Le gai visage de Dame Saisa me plaît, car gaîment m'exalte sa conduite pleine de gaîté.

Et si quelqu'un veut voir Dame Saisa, qu'il fasse un détour jusqu'à Montaigon; cependant il ne peut y faire un détour celui qui voudrait la voir car elle lance un regard sans faiblesse (?). Il s'en faut de peu qu'elle ne ressemble à Dame Tibor de Provence.

Cela me ravit quand j'entends, soir et matin, l'oiselet parmi le feuillage et vois parmi les branches apparaître la fleur entre les feuilles, là-bas, où me plaît la danse dans le doux temps qui commence et m'emplit d'allégresse car il fait plaisir à l'aimée.

Comtesse Béatrice, votre parfait mérite excelle, vous savez avoir de la valeur plus que toute autre. Et ne pensez pas que je renonce à dire votre honneur, fruit d'une noble semence; et je n'ai aucune crainte que la louange d'une autre ne l'emporte pour moi (sur la vôtre).

NOTES

Guiraut d'Espanha : troubadour languedocien, appartenant à une famille importante de Toulouse. Vivant au milieu du XIIIe siècle, il eut pour protecteur

67

Charles d'Anjou, auprès duquel il séjourna en Provence. Son œuvre (16 pièces) marque une nette prédilection pour les genres relevant du registre lyrico-chorégraphique : *dansas*, *pastorela* en forme de *dansa*, *baladeta* etc.

Métrique: 3 *coblas unisonanz* de 8 vers de 8, 6 et 5 syll. + 1 *respós* de 4 v. de 5 et 6 syll. On remarquera l'identité formelle (rimes et mètre) du *respós* et des 4 derniers vers de chaque strophe.

Schéma : A⁵' B⁶' A⁶' B⁶' c⁸ d⁶' c⁸ d⁶' a⁵' b⁶' a⁶' b⁶'

2 : *Na Saisa:* Est-ce la même *dòmna* qui fut opposée à une certaine Na Marqueza dans une *tenson* entre Guiraut Riquier, Paulet de Marselha, Raimon Izarn et En Jordan, chaque troub. devant se déclarer pour l'une ou l'autre dame?

6 : *Montaigon :* quartier et place de Toulouse (auj. place St-Georges). Cette allusion précise confirme bien l'origine toulousaine de ce troub.

7-9 : passage difficile, qui semble en contradiction avec le début de la strophe. Nous proposons de corriger *c'ab* (v. 9) en *car*, vu le caractère idiomatique de l'exp. *lansar un esgart*.

11 : *Na Tibortz :* sans doute la *trobairitz* provençale (de Séranon, ds. les Alpes-Marit.), dont il nous reste une *vida* ainsi qu'une *cobla* quelque peu mutilée.

13 : On notera que le motif du renouveau printanier est ici incorporé au poème et ne fonctionne pas comme déclic initial, contrairement à l'habitude.

21 : *Comtessa Beatritz :* Béatrix, comtesse de Provence, fille de Raimon Bérenger IV, épouse (1246) de Charles d'Anjou, le protecteur du poète. L'envoi se fait donc dans la str. III, ce qui explique l'absence de *tornada*.

II

LES POÈTES

I. *Guillaume de Poitiers*
(Guilhem de Peiteus)

*Lo coms de Peitieus si fo uns dels majors cortés
del mon e dels majors trichadors de dòmnas e bon
cavalièrs d'armas e larcs de domnejar, e saup ben trobar
e cantar. Et anèt lonc temps per lo mon per enganar las
dòmnas. Et ac un filh, que ac per molher la duquessa de
Normandia, don ac una filha que fo molher del rei
Enric d'Engleterra, maire del rei Jove e d'En Richart
e del comte Jaufre de Bretanha. (Bout.-Cluz.,
p. 7).*

Neuvième duc d'Aquitaine et septième comte de
Poitiers, il naquit en 1071 et devint, à la mort de son
père, en 1086, l'héritier de domaines bien plus étendus
que ceux du roi de France. Il se croisa en 1101-1102,
essaya à deux reprises, mais sans succès, de s'emparer
du comté de Toulouse et secourut Alphonse d'Aragon
contre les Maures. Il fut excommunié plusieurs fois
pour la légèreté de ses mœurs, légèreté dont on trouve
des traces, parfois fort crues, dans ses vers. Il mourut
le 10 février 1127. C'est le premier de nos troubadours
et ses œuvres « sont les plus anciens vers lyriques
qui aient été écrits dans une langue moderne »
(Jeanroy) [29].

Nous donnons deux poèmes qui montrent que ce
« trichador de dòmnas » cynique et libertin, avait aussi
des moments de vrai lyrisme et d'exquise tendresse.

12. — POS DE CHANTAR...

Pòs de chantar m'es pres talentz,
Farai un vers don sui dolenz :
Mais no serai obedienz
En Peitau ni en Lemozí.

5   Qu'èra m'en irai en eissilh :
En gran paor, en grand perilh,
En guerra laissarai mon filh,
E faràn li mal siei vezí.

Lo departirs m'es aitan grièus
10   Del senhoratge de Peitièus :
En garda lais Folcó d'Angièus
Tota la terra e son cozí.

Si Folcós d'Angièus no'l socor
E'l reis de cui ieu tenc m'onor,
15   Faràn li mal tuit li pluzor,
Felon Gascon et Angeví.

Si ben non es savis ni pros,
Quant ieu serai partitz de vos,
Vïatz l'auràn tornat en jos,
20   Car lo veiràn jov' e mesquí.

Mercé quièr a mon companhon,
S'anc li fi tòrt, qu'il m'o perdón.
Et ieu prèc en Jesú del tron,
Et en romans et en latí.

25 De proeza e de jòi fui,
   Mas ara partem ambedui,
   Et eu irai m'en a celui
   On tuit pecador tròban fi.

   Mout ai estat coindes e gais,
30 Mas nòstre Sénher no'l vòl mais;
   Ar non puèsc plus sofrir lo fais,
   Tan soi apropchatz de la fi.

   Tot ai guerpit quant amar suèlh,
   Cavalaria et orguèlh,
35 E pòs Dièu platz tot o acuèlh
   E prèc li que'm reteng' amb si.

   Totz mos amics prèc a la mòrt
   Que vengan tuit e m'onren fòrt,
   Qu'eu ai avut jòi e depòrt
40 Lonh e près et en mon aizí.

   Aissí guerpisc jòi e depòrt
   E vair' e gris e sembelí.

                          (Texte d'A. Jeanroy) [30].

Traduction

Puisque j'ai connu le désir de chanter, je ferai un
« vers » qui m'attriste; jamais plus je ne serai servant
d'amour ni en Poitou ni en Limousin.

Car maintenant je vais partir pour l'exil; en grande
peur, en grand péril de guerre je laisserai mon fils; et
ses voisins lui feront du mal.

Il m'est si pénible de quitter la seigneurie de Poitiers! Je laisse à la garde de Foucon d'Angers toute sa terre et son cousin.

Si Foucon d'Angers ne le secourt point, ni le roi de qui je tiens mes terres, bien des gens lui feront du mal, félons Gascons et Angevins.

S'il n'est ni sage ni preux, quand je vous aurai quittés, ils l'auront vite jeté à bas, le voyant si jeune et si faible.

Je demande merci à mon compagnon : si jamais je lui fis tort, qu'il me pardonne; et je prie Jésus dans le ciel et en roman et en latin.

Je fus l'ami de prouesse et de joie; mais maintenant nous nous séparons; et je m'en irai vers celui auprès duquel tous les pécheurs trouvent la paix.

J'ai été fort aimable et fort gai; mais notre Seigneur ne veut plus qu'il en soit ainsi; maintenant je ne puis supporter le fardeau, tant je suis proche de la fin.

J'ai laissé tout ce que j'aimais, chevalerie et orgueil; et puisque cela plaît à Dieu, j'accepte tout, et le prie de me retenir auprès de lui.

Je prie tous mes amis de venir, quand je mourrai, pour m'honorer grandement; car j'ai connu la joie et le plaisir, loin et près d'ici, et jusque dans ma demeure.

Ainsi je laisse et joie plaisir, et vair et gris et zibeline.

NOTES

Cette pièce émouvante fut écrite à l'occasion d'un pèlerinage à Compostelle, accompli probablement en 1117 par Guillaume après la levée de son excommunication; il avait alors 46 ans. « Ce n'est plus l'épicurien blasé qui nous apparaît, dit Jeanroy (*La poésie lyr.*, II, p. 8-9), c'est le chef d'État qui tremble pour son pouvoir, pour sa dynastie, et c'est surtout le chrétien qui, comprenant que cela aussi est vain, ne pense plus qu'au salut et se courbe sous le châtiment divin. Cet adieu au monde et à ses pompes, cette vision anticipée de splendides funérailles ne sont certes pas choses banales, et ceci encore est, dans la poésie des troubadours, une note unique. »

Dix *coblas singulars* de 4 vers de 8 syll., suivies d'une *tornàda* de 2 vers. Schéma métrique (*cobla* zadjalesque): $a^8 a^8 a^8 b^8$.

11 · *Folco d'Angeus* : Foulque V, comte d'Anjou de 1109 à 1142, né vers 1090, une des plus grandes figures de son temps; cousin du fils de Guillaume

14 : *E'l reis...m'onor* : le roi de France, Louis VI le Gros (1108-1137).

13. — AB LA DOLÇOR DEL TEMPS NOVEL...

Al la dolçor del temps novèl
Fòlhon li bòsc, e li aucèl
Chanton chascús en lor latí
Segon lo vèrs del nòvel chan;
5 Adonc està ben qu'òm s'aisí
D'aissò don òm a plus talan.

De lai don plus m'es bon e bèl
Non vei messagèr ni sagèl,
Per que mos còrs non dòrm ni ri,
10 Ni no m'aus traire adenan,
Tro que sacha ben de la fi
S'el' es aissí com eu deman.

La nòstr' amor vai enaissí
Com la branca de l'albespí
15 Qu'està sobre l'arbre en treman,
La nuòit, a la plòja ez al gèl,
Tro l'endeman, que'l sols s'espan
Per las fuèlhas vertz e'l ramèl.

Enquèr me membra d'un matí
20 Que nos fezem de guerra fi,
E que'm donèt un don tan gran,
Sa drudari' e son anèl :
Enquèr me lais Dièus viure tan
Qu'aja mas mans sotz son mantèl!

25 Qu'eu non ai sonh d'estranh latí
Que'm parta de mon Bon Vezí,
Qu'eu sai de paraulas com van
Ab un brèu sermon que s'espèl,
Que tal se van d'amor gaban,
30 Nos n'avem la pèssa e'l coutèl.

(Texte d'A. Jeanroy) (³¹).

Traduction

Dans la douceur de la prime saison, feuillent les
bois et les oiseaux chantent, chacun dans son langage,
sur le rythme d'un chant nouveau. Il est donc juste
que chacun épanouisse son cœur à ce qu'il désire
le plus.

De là-bas, où est toute ma joie, je ne vois venir ni
messager ni lettre scellée; aussi mon cœur ne dort ni
ne rit; et je n'ose faire un pas de plus jusqu'à ce que

je sache si notre réconciliation est bien telle que je
le désire.

Il en est de notre amour comme de la branche
d'aubépine qui, la nuit, tremble sur l'arbuste, exposée
à la pluie et au gel, jusqu'à ce que, le lendemain,
le soleil inonde ses feuilles vertes et ses rameaux.

Il me souvient encore de ce matin où nous mîmes
fin à la guerre; elle me fit un grand don, son amour
et son anneau. Que Dieu me laisse encore vivre
assez pour que j'aie [un jour] mes mains sous son
manteau.

Car je n'ai cure de ces propos étrangers qui pour-
raient m'éloigner de mon « Beau Voisin »; je sais
ce qu'il en est des paroles et de ces brefs discours que
l'on répand; tel peut se vanter de son amour, tandis
que nous, nous en avons la pièce et le couteau.

NOTES

Cinq *coblas* (ou 4 *coblas* + *tornada*) de 6 vers de
8 syll. On a en fait des *coblas unisonanz*, le timbre
des trois rimes restant le même dans toute la pièce.
Seule, leur répartition est modifiée à partir de la str. III.
Schéma métrique :

$$a^8 a^8 b^8 c^8 b^8 c^8,$$

13-18 : cf. Dante (*Inferno*, II, v. 127 ss.). :
    Quali i fioretti dal notturno gelo
    Chinati e chiusi, poiché il sol gl'imbianca
    Si drizzan tutti aperti in loro stelo.
26 : *Bon Vesí: senhal* désignant la dame du poète.

II. Jaufre Rudel

Jaufrés Rudèls de Blaia si fo mout gentils òms, e fo princes de Blaia. Et enamorèt se de la Comtessa de Tripol, ses vezer, per lo ben qu'el n'auzí dire als pelerins que venguen d'Antiòcha; e fez de lèis mains vèrs ab bons sons, ab paubres motz. E per voluntat de lèis vezer, el se crosèt, e se mes en mar. E pres lo malautia en la nau, e fo conduch a Tripol en un albèrc per mòrt. E fo fait saber a la comtessa; et ela venc ad el, al son lèit, e pres lo entre sos bratz. E saup qu'ela èra la comtessa, e mantenent recobrèt l'auzir e'l flairar, e lauzèt Dieu que l'avia la vida sostenguda tro que'l l'agués vista. Et enaissí el morí entre sos bratz. Et ela lo fez a gran onor sepelir en la maison del Temple. E pòis, en aquel dia, ela se rendèt morga per la dolor qu'ela ac de la mòrt de lui. (Bout.-Cluz., p. 16).

On ne sait que fort peu de chose sur la vie de ce troubadour : le charmant récit de son biographe n'est, hélas! qu'un roman tiré tout entier de ses poésies. J. Rudel, « prince » et seigneur de Blaye (Gironde), partit pour la croisade en 1147 en compagnie de Louis VII, Alphonse Jourdain de Toulouse et Hugues VII de Lusignan, comte de la Marche; il est probable qu'il n'en revint pas. Mais l'amour mystérieux qu'il éprouva, dit-on, pour la comtesse de Tripoli, fût-il une pure légende, a fourni incontestablement un des thèmes les plus poétiques de la lyrique de nos troubadours : celui de l'amour lointain et inaccessible. Cet « amors de terra lonhdana », quel qu'ait été son objet — on est allé jusqu'à identifier la Dame lointaine avec la Vierge (Appel, Jeanroy) —, a trouvé chez J. Rudel une expression particulièrement harmonieuse et émouvante, et c'est la seule chose, au fond, qui doit compter. La postérité poétique de la légende le prouve, qui a inspiré aussi les poètes modernes, de Pétrarque à E. Rostand en passant par Heine et Browning.

Il est d'ailleurs vain (ou sans grand intérêt) d'essayer de reconstituer un quelconque « roman d'amour » en partant des pièces de J. Rudel. Peu importe au fond de savoir le point de départ contingent de cet *amor de lonh* : de savoir si c'est lui qui était en Terre Sainte et la dame en France, ou réciproquement. Le thème et son actualisation formelle se suffisent à eux-mêmes, parce qu'ils sont dynamiquement poétiques, indépendants qu'ils sont devenus de tout déterminisme existentiel.

a

14. — Quan lo rius de la fontana...

Quan lo rius de la fontana
S'esclarzís, si com far sòl,
E par la flors aiglentina,
E'l rossinholetz el ram
5 Vòlf e refranh et aplana
Son dous chantar et afina,
Dreitz es qu'ieu lo mieu refranha.

Amors de terra lonhdana,
Per vos totz lo còrs mi dòl;
10 E no'n puèsc trobar meizina,
Si non vau al seu reclam.
Ab atrait d'amor doussana
Dins vergièr o sotz cortina
Ab desirada companha.

15 Pòs totz jorns m'en falh aizina,
    No'm meravilh s'ieu n'aflam;
    Car anc génser crestïana
    No fo, ni Dieus non la vòl,
    Juzèva ni Sarrazina;
20 Ben es celh pagutz de mana
    Qui ren de s'amor gazanha.

    De desir mos còrs non fina
    Vas cela ren qu'ieu plus am,
    E cre que volers m'engana
25 Si cobezeza la'm tòl;
    Que plus es ponhens qu'espina
    La dolor que ab jòi sana,
    Don ja non vuèlh qu'òm m'en planha.

    Senes brèu de pargamina
30 Tramet lo vers que chantam,
    En plana lenga romana,
    A'n Ugon Brun per Filhòl.
    Bo'm sap quar gens peitavina
    De Berrí e de Guïana
35 S'esjau per lui e Bretanha.

                          (Texte d'A. Jeanroy) (³²).

Traduction

Quand l'eau de la source devient plus limpide,
comme cela arrive [au printemps], quand naît la fleur
de l'églantier et que le rossignol sur la branche répète,
module, roule et affine sa douce chanson, il est bien
juste que je reprenne la mienne.

Amour de terre lointaine, pour vous tout mon cœur est dolent; et je ne puis trouver de remède, si je ne me rends à son appel, dans le charme d'un doux amour, en verger ou sous tenture, avec une amie désirée.

Mais puisque l'occasion m'en est toujours refusée, je ne m'étonne point d'être enflammé d'amour, car il ne fut jamais — Dieu ne le veut point! — de plus gente chrétienne, Juive ou Sarrazine. Celui-là est bien repu de manne qui gagne un peu de son amour.

Mon cœur ne cesse point d'être plein de désir pour la créature que j'aime entre toutes; et je crois que mon vouloir m'abuse si Convoitise me la ravit. Car elle est plus poignante qu'épine, la douleur qui guérit par la joie d'amour; et c'est pour cela que je ne veux point qu'on m'en plaigne.

Sans bref de parchemin, j'envoie ce « vers », que nous chantons en claire langue romane, au seigneur Uc le Brun, par Filhol. Il me plaît que la gent poitevine, de Berry et de Guyenne et même la Bretagne, se réjouissent à cause de lui.

NOTES

Cinq *coblas doblas* de 7 vers de 7 syll. Mais les timbres des sept rimes différenciées restent les mêmes dans toute la pièce (cf. n° 13). Schéma métrique :
a⁷'b⁷c⁷'d⁷a⁷'c⁷'e⁷',
12-14 : M. Berry (*Floril.*, notes, p. 444) fait remarquer avec quelque raison que ces vers rendent assez peu probable la thèse selon laquelle la Dame Lointaine serait la Vierge en personne.

29-35 : *Ugon Brun :* Uc le Brun, probablement Hugues VII le Brun, de Lusignan, comte de la Marche, croisé en 1146. *Filhòl :* nom d'un jongleur. Les troub. confient parfois à des jongleurs le soin de transmettre leurs pièces (cf. *Papiòl,* 2, 61). Remarquer que cette pièce ne contient pas de tornade et que l'envoi se trouve dans la dernière *cobla.*

Var. (Bartsch, *Chrest.,* p. 58) :

> bon m'es car gent peitavina
> e totz Angeus e Guiana
> s'esjau per leis e Bretaigna.

b

15. — AMOUR LOINTAIN

> Lanquan li jorn son lonc en mai
> M'es bèlhs dous chans d'auzèlhs de lonh,
> E quan me sui partitz de lai
> Remembra'm d'un' amor de lonh :
> 5 Vau de talan embroncs e clis
> Si que chans ni flors d'albespís
> No'm platz plus que l'iverns gelatz.

> Be tenc lo Senhor per verai
> Per qu'ieu veirai l'amor de lonh;
> 10 Mas per un ben que m'en eschai
> N'ai dos mals, car tan m'es de lonh.
> Ai! quar me fos lai pelegrís,
> Si que mos fustz e mos tapís
> Fos pels sieus bèlhs uèlhs remiratz!

15 Be'm parrà jòis quan li querrai,
    Per amor Dieu, l'alberc de lonh :
    E, s'a lièis platz, albergarai
    Près de lièis, si be'm sui de lonh :
    Adonc parrà'l parlamens fis
20 Quan drutz lonhdàs er tan vezís
    Qu'ab bèls ditz jauzirà solatz.

    Iratz e jauzens m'en partrai,
    S'ieu ja la vei, l'amor de lonh :
    Mas non sai quora la veira,
25 Car tròp son nòstras tèrras lonh :
    Assatz i a pas e camís,
    E per aissò no'n sui devís...
    Mas tot sia com a Dieu platz!

    Ja mais d'amor no'm jauzirai
30 Si no'm jau d'est' amor de lonh,
    Que gensor ni melhor no'n sai
    Vès nulha part, ni près ni lonh;
    Tant es sos prètz verais e fis
    Que lai el renh dels Sarrazís
35 Fos ieu per lièis chaitius clamatz;

    Dieus que fetz tot quan ve ni vai
    E formèt cest' amor de lonh
    Mi don poder, que còr ieu n'ai,
    Qu'ieu veja cest' amor de lonh,
40 Veraiamen, en tals aizís,
    Si que la cambra e'l jardís
    Mi ressemblès totz temps palatz!

    Ver ditz qui m'apèla lechai
    Ni desiron d'amor de lonh,

45   Car nulhs autres jòis tan no'm plai
     Com jauzimens d'amor de lonh.
     Mas çò qu'ieu vuèlh m'es ataïs,
     Qu'enaissí'm fadèt mos pairís
     Qu'ieu amès et non fos amatz.

50   Mas çò qu'ieu vuèlh m'es ataïs,
     Tot sia mauditz lo pairís
     Que'm fadèt qu'ieu non fos amatz!

(Texte d'A. Jeanroy) [33].

Traduction

Lorsque les jours sont longs en mai, il m'est doux
le chant des oiseaux lointains, et quand je suis parti
de là-bas, il me souvient d'un amour lointain : je
vais alors pensif, triste et la tête basse; et ni chants
ni fleurs d'aubépine ne me plaisent plus que l'hiver
gelé.

Je le tiens, certes, pour véridique, le Seigneur qui
me fera voir cet amour lointain; mais pour un bien
qui m'en échoit, j'en reçois deux maux, car cet amour
m'est si lointain! Hélas! que ne suis-je pèlerin là-bas,
afin que mon bourdon et mon esclavine soient contem-
plés par ses beaux yeux.

Quelle joie m'apparaîtra, quand je lui deman-
derai, pour l'amour de Dieu, d'héberger l'hôte
lointain : et, s'il lui plaît, je logerai près d'elle, pour
lointain que j'en sois maintenant. Quels charmants
entretiens alors, quand l'amant lointain sera si près
d'elle qu'il pourra jouir du plaisir de ses doux
propos.

Triste et joyeux, je me séparerai d'elle, si jamais je le vois, cet amour lointain; mais je ne sais quand je la verrai, car nos pays sont trop lointains; il y a tant de passages et de chemins que je n'ose rien prédire. Qu'il en soit donc comme il plaira à Dieu!

Jamais je n'aurai plaisir d'amour si je ne jouis de cet amour lointain; car je ne connais nulle part, ni voisine ni lointaine, femme qui soit plus gente et meilleure; son mérite est si vrai et si grand que je voudrais être pour elle appelé captif au pays des Sarrazins.

Que Dieu qui fit tout ce qui va et vient, et forma cet amour lointain, me donne le pouvoir — car j'en ai le courage — d'aller voir cet amour lointain, en personne et dans une demeure telle que la chambre et le jardin soient toujours à mes yeux comme un palais.

Il dit vrai celui qui m'appelle avide et désireux d'amour lointain; car nulle autre joie ne me plaît davantage que de jouir de l'amour lointain. Mais à mes désirs il est fait obstacle, car mon parrain m'a condamné à aimer sans être aimé.

Mais à mes désirs il est fait obstacle. Maudit soit donc le parrain qui m'a voué à ne pas être aimé!

NOTES

Cette chanson, comme et plus encore que la précédente, chante l'*amor de lonh* (cf. not. biogr.), cet amour inaccessible et douloureux qui s'exprime ici « en vers d'une harmonie douce et monotone, où les mots reparaissent à des places fixes, symbole de l'obsédante

pensée ». (Jeanroy). L'expression *de lonh* ne revient-elle
pas en effet quatorze fois, à intervalles réguliers,
comme un *leitmotiv*, nous obséder de sa sonorité
sourde? (l'*o* était probablement fermé, puisqu'il
n'est pas diphtongué : cf. fr. *loiñ*, gascon *lonh*). Il
y a d'ailleurs ici une parfaite convergence entre le
dynamisme du topique et celui de son expression
puisque, en fait, la *fin'amor* est par définition un
amor de lonh : la distance géographique (si tant est
qu'elle ait existé), n'étant qu'un des aspects de la
transcendance fondamentale (sociale, psychique, voire
sexuelle) qui valorise la Dame.

Sept *coblas unisonanz* de 7 vers de 8 syll.,
suivies d'une *tornada* de 3 vers. Schéma métrique :
$a^8 b^8 a^8 b^8 c^8 c^8 d^8$. La dernière rime de la strophe
est *estrampa*.

III. Marcabru

Marcabrus si fo gitatz a la pòrta d'un ric òme, ni
anc non saup òm qui`l fo ni don. E N'Aldrics del Vilar
fetz lo noirir. Après estèt tant ab un trobador que avia
nom Cercamon qu'el comencèt a trobar. Et adoncs
el avia nom Panperdut; mas d'aquí enan ac nom
Marcabrun. Et en aquel temps non apelava òm cançon,
mas tot quant òm cantava èron vèrs. E fo mout cridatz
e ausitz pel mond, e doptatz per sa lenga; car el fo
tant maldizens que, a la fin; lo desfeiron li castelan
de Guiana, de cui avia dich mout gran mal. (Bout. -
Cluz., *vida* nº 2, p. 12-13.)

Nous possédons deux *vidas* relatives à ce troubadour, mais malheureusement l'une et l'autre semblent
bien davantage fondées sur l'œuvre elle-même que sur

des faits objectifs. L'autre biographie cite même *in extenso* la strophe XII de notre pièce n° 17. Un certain nombre d'éléments semblent cependant assurés : originaire de Gascogne, et issu probablement d'une famille modeste, Marcabru fut l'un des troubadours de la première génération *(Trobaire fo dels premièrs qu'òm se recòrt)*, ainsi que le confirme son biographe lorsqu'il précise que de son temps toutes les compositions poétiques étaient appelées *vers*. On peut approximativement circonscrire sa période d'activité créatrice entre 1130 et 1150. L'indication de son surnom, *Panperdut*, provient d'un violent sirventés adressé à notre poète par un certain *Aldric*, sans doute l'*Aldrics del Vilar* de la *vida* et auquel Marcabru répondit avec une égale virulence. Quant à ses relations avec Cercamon, un examen comparatif, même rapide, des deux œuvres montre que, contrairement à ce qu'affirme son biographe, c'est plutôt Marcabru qui a influencé Cercamon, et non l'inverse. Vivant vraisemblablement de son art, en tant que jongleur, Marcabru eut comme protecteur Guillaume VIII de Poitiers et surtout Alphonse VII de Castille auprès duquel il resta près d'une dizaine d'années. Aucune donnée historique, enfin, ne vient étayer la version de sa mort que fournit la *vida*.

Marcabru est avant tout un moraliste, maniant l'invective avec précision et cruauté, dans un langage original, volontiers sarcastique et ironique. Il se plaint de vivre une époque de décadence, marquée par le triomphe de *fals'amor* sur *fin'amor*, où l'adultère et l'immoralité triomphent. Sa misogynie, telle qu'on pourra la découvrir dans notre pièce n° 17, était déjà notoire au Moyen Age, ainsi que l'atteste son autre biographie : *e ditz mal de las femnas e d'amor*.

Sa production — 42 poèmes — est difficile car elle emprunte beaucoup à un fonds popularisant qui nous échappe dans une large mesure. Œuvre obscure parfois, sans qu'elle relève, à proprement parler, du *trobar clus*, mais œuvre importante, ne serait-ce que par l'influence qu'elle a exercée sur les troubadours contemporains ou immédiatement postérieurs.

a
16. — A LA FONTANA DEL VERGIER

A la fontana del vergièr,
On l'erb' es vertz josta'l gravièr,
A l'ombra d'un fust domesgièr,
En aiziment de blancas flors
5 E de novèl chant costumièr,
Trobèi sola, ses companhièr
Cela que non vòlc mon solatz.

Çò fo donzèl' ab son còrs bèl,
Filha d'un senhor de castèl;
10 E quant eu cugèi que l'auzèl
Li fesson jòi e la verdors,
E pel dous termini novèl,
E que entendés mon favèl,
Tòst li fo sos afars camjatz.

15 Dels òlhs plorèt josta la fon
E del còr sospirèt preon.
« Jesús, dis ela, rei del mon,
Per vos mi creis ma gran dolors,
Quar vòstra anta mi cofón,
20 Quar li melhor de tot est mon
Vos van servir, mas a vos platz.

88

Ab vos s'en vai lo mèus amics,
Lo bèls e'l gens e'l pros e'l rics,
Çai m'en reman lo gran destrics,
25   Lo desirièrs soven e'l plors.
Ai mala fos reis Lozoïcs
Que fai los mans e los prezics,
Per que'l dòls m'es el còr entratz. »

Quant eu l'auzí desconortar,
30   Ves lèis venguí josta'l riu clar.
« Bèla, fi'm eu, per tròp plorar
Afòla cara e colors;
E no vos cal desesperar
Que cel que fai lo bòsc folhar
35   Vos pòt donar de jòi assatz. »

« Sénher, dis ela, ben o cre
Que Dèus aja de mi mercé
En l'autre segle per jassé,
Com assatz d'autres pecadors;
40   Mas çai mi tòl aquela re
Don jòis mi crec : mas pauc mi te,
Que tròp s'es de mi alonhatz. »

(Texte de K. Bartsch) (³⁴).

Traduction

A la fontaine du verger, où l'herbe verdoie le long
du gravier, à l'ombre d'un arbre fruitier, dans un
entourage de blanches fleurs et parmi les chants

coutumiers de la saison nouvelle, je trouvai seule, sans compagnon, celle qui ne voulut pas mon bonheur.

C'était une gracieuse demoiselle, fille d'un seigneur de château. A l'instant même où je pensais qu'elle était là pour jouir du chant des oiseaux, de la verdure et de la douceur du printemps, et qu'elle prêtait volontiers l'oreille à mes propos, elle changea brusquement d'attitude.

Elle se mit à pleurer auprès de la fontaine et, soupirant du fond du cœur : « Jésus, dit-elle, roi du monde, par vous s'accroît ma grande douleur, car vos affronts causent ma peine, puisque les meilleurs de ce monde vont vous servir : tel est votre plaisir.

« Avec vous s'en va mon ami, le beau, le gent, le preux, le fort; et moi je reste seule ici avec toute ma détresse, mon désir souvent et mes pleurs. Ah! maudit soit le roi Louis, qui ordonne et prêche [cette croisade] qui a fait entrer tant de deuil en mon cœur! »

Quand je l'entendis se désoler ainsi, je m'approchai d'elle, le long du clair ruisseau : « Belle, lui dis-je, fraîches couleurs et beau visage se flétrissent par trop pleurer. Il ne faut point vous désespérer : celui qui fait feuiller les bois peut encore vous donner bien de la joie. »

« Seigneur, dit-elle, je crois bien que Dieu aura merci de moi dans l'autre vie, à tout jamais, comme de bien d'autres pécheurs. Mais dans ce monde, il m'ôte celui qui faisait ma joie, et tout m'est indifférent puisqu'il est si loin de moi. »

Cette pièce, appelée parfois à tort « romance » (ce qui ne correspond en occitan à aucun genre typologiquement défini), est en fait un poème assez composite qui tient à la fois de la pastourelle (avec le motif de la rencontre, suivie d'un dialogue, entre le chevalier et la *donzela*, trouvée seule et sans compagnon), de la chanson de femme (avec la lamentation sur le départ de l'ami), et de la chanson de croisade : mais cette dernière détournée de sa finalité première, puisque aussi bien le roi Louis VII, qui organisa la croisade, que Jésus-Christ, au nom duquel elle se fait, sont en quelque sorte mis en accusation comme responsables, à des titres divers, du départ du bien-aimé.

Métrique : 6 strophes de 7 vers de 8 syll. :
  a^8 a^8 a^8 b^8 a^8 a^8 c^8. La rime *c* est *estrampa*.
Pas de tornade; ce n'est pas encore la forme strophique de la chanson; peut-être une lointaine modification du couplet monorime avec refrain (Jeanroy).

26 : *reis Lozoïcs* : Louis VII le Jeune qui prit part à la 2e croisade (1147-49).

b
17. — DIRAI VOS SENES DUPTANSA

Dirai vos senes duptansa
D'aquest vèrs la comensansa;
Li mot fan de ver semblansa;
   — Escoutatz! —
5 Qui ves Proeza balansa
Semblansa fai de malvatz.

Jovens falh e franh e brisa,
Et Amors es d'aital guisa
De totz cessals a ces prisa,
10   — Escoutatz! —
Chascús en pren sa devisa,
Ja pòis no'n serà cuitatz.

Amors vai com la beluja
Que coa'l fuec en la suja
15 Art lo fust e la festuja,
      — Escoutatz! —
E non sap vas qual part fuja
Cel qui del fuec es gastatz.

Dirai vos d'Amor com sinha;
20 De çai guarda, de lai guinha,
Çai baisa, de lai rechinha,
      — Escoutatz! —
Plus serà drecha que linha
Quand ieu serai sos privatz.

25 Amors soli' èsser drecha,
Mas èr'es tòrta e brecha
Et a colhida tal decha
      — Escoutatz! —
Lai on non pòt mòrdre, lecha
30 Plus aspramens no fai chatz.

Grèu serà mais Amors vera
Pòs del mèl trièt la cera
Anz sap si pelar la pera;
      — Escoutatz! —
35 Doussa'us èr com chans de lera
Si sol la coa'l troncatz.

Ab diables pren barata
Qui fals' Amor acoata,
No'il cal qu'autra verga'l bata;
40   — Escoutatz! —
Plus non sent que cel qui's grata
Tro que s'es vius escorjatz.

Amors es mout de mal avi;
Mil òmes a mòrtz ses glavi,
45 Dieus non fetz tant fòrt gramavi;
          — Escoutatz! —
Que tot nèsci del plus savi
Non fassa, si'l ten al latz.

Amors a usatge d'èga
50 Que tot jorn vòl òm la sèga
E ditz que no'l darà trèga
          — Escoutatz! —
Mas que pueg de lèg'en lèga,
Sia dejús o disnatz.

55 Cujatz vos qu'ieu non conosca
D'Amor s'es òrba o losca?
Sos digz aplan'et entosca,
          — Escoutatz! —
Plus suau ponh qu'una mosca
60 Mas plus grèu n'es òm sanatz.

Qui per sen de femna renha
Dreitz es que mals li'n avenha,
Si cum la letra'ns ensenha;
          — Escoutatz! —
65 Malaventura'us en venha
Si tuch no vos en gardatz!

Marcabrús, filhs Marcabruna,
Fo engenratz en tal luna
Qu'el sap d'Amor cum degruna,
70   — Escoutatz! —
Quez anc non amèt neguna,
Ni d'autra non fo amatz.

(Texte de Dejeanne) ([35]).

Traduction

Je vous dirai sans hésitation de ce « vers » le com-
mencement; les mots en ont l'apparence de la vérité
— écoutez! — Celui qui hésite en face de Prouesse
a semblance de pervers.

Jeunesse déchoie, tombe et se brise et Amour est
de telle nature qu'il prélève son impôt sur tous ses
censitaires — écoutez! — Chacun en prend sa part
et n'en sera plus jamais quitte!

Il en est de l'amour comme de l'étincelle qui,
dans la suie, couve sous le feu, et brûle [ensuite]
le bois et la paille. — Écoutez! — Et il ne sait plus
où fuir celui qui est dévoré par le feu.

Je vous dirai d'Amour comment il signe : il regarde
d'un côté et guigne de l'autre, il embrasse ici et fait
là des grimaces — Écoutez! — Il sera plus droit
que canne à pêche quand je serai son familier.

Amour jadis était droit, mais aujourd'hui il est
tordu et ébréché, et il a tel vice — écoutez! — que
là où il ne peut mordre, il lèche plus âprement qu'un
chat.

Désormais, Amour sera difficilement sincère, maintenant que du miel il a trié la cire; il sait au contraire se dorer la pilule (?) — écoutez! — et vous paraîtra doux comme chant de lyre, si seulement vous lui coupez la queue.

Il trafique avec le diable celui qui s'unit à Fausse Amour, et il n'a pas besoin d'autre verge pour se faire battre — écoutez! — Il ne s'en ressent pas plus que celui qui se gratte jusqu'à ce qu'il soit écorché vif.

Amour est de fort méchante lignée : il a tué sans glaive quelque millier d'hommes. Dieu n'a pas créé de plus grand grammairien (?) — écoutez! — qui ne sache convertir en idiot le plus sage, une fois qu'il le tient dans ses lacs.

Amour se conduit comme la jument qui veut toujours qu'on la suive et dit qu'elle n'accordera de trêve — écoutez! — que si on la monte de lieue en lieue, qu'on soit à jeun ou qu'on ait dîné.

Pensez-vous que je ne sache pas si Amour est aveugle ou louche? Il adoucit et polit ses paroles — écoutez! — et pique plus doucement que mouche : mais on n'en guérit que plus difficilement.

Qui modèle sa conduite sur le jugement des femmes, il est juste que mal lui advienne, comme l'enseigne l'Écriture — écoutez! — Malheur à vous si vous ne vous en gardez!

Marcabru, fils de Marcabrune, fut engendré sous une lune telle qu'il sait d'Amour comment il se déroule — écoutez! — : car jamais il n'en aima aucune ni d'aucune ne fut aimé!

NOTES

Satire violente contre l'amour et les femmes et expression spécifique d'une misogynie bien médiévale et nullement incompatible, on le voit, avec la pratique de la *fin' amor*. Cette pièce, sans doute très répandue comme le montrent les nombreuses variantes contenues dans les divers manuscrits qui l'ont transmise, a dû contribuer à la réputation de misogynie attribuée à Marcabru par les troubadours anciens et par sa propre *vida*.

La versification en est complexe : 12 *coblas singulars* de six vers (schéma : $a^7 a^7 a^7 b^3 a^7 b^7$), avec un mot-refrain *(Escotatz)*, sémantiquement chargé, au vers 4, et rimant avec le dernier vers de chaque *cobla*. Ce type métrique se retrouve ailleurs : par exemple, dans un couplet latin transcrit à Saint-Martial de Limoges avant la fin du XIe siècle :

> In laudes Innocentium
> Qui passi sunt martirium
> Psallat chorus infantium
> *Alleluia !*
> Sic decus regi martirum
> *Et gloria.*

Ou encore, dans cette rotrouenge française du XIIIe siècle :

> Chanter m'estuet de recomens,
> Quant l'ore est doche et clers li vens;
> Et nonpourquant si sui dolent
> *Oiés pour quoi !*
> Quant cele a qui sui atendans
> Ne velt avoir merchi de moi.

Mélodie conservée (cf. p. 378).

33 : Expression de sens incertain. Litt. : « mais il sait se peler la poire ».

45-48 : Le diable était considéré comme le premier grammairien *(gramavi)*, parce qu'il apprit à Adam à décliner le mot *Deus* (« Eritis sicut dii »). Ici, c'est par le diable, comparé à l'amour, que le *plus savi* (Adam) devient le plus bête *(tot nesci)*.

63 : *la Letra* : l'Écriture. Allusion d'ensemble aux passages de l'Écriture où Salomon parle contre les mauvaises femmes. Pour une autre pièce misogyne, cf. celle de Peire de Bossinhac (n° 40).

IV. Cercamon

Cercamon si fo uns joglars de Gasconha, e trobèt vèrs e pastoretas a la usanza antiga. E cerquèt tot lo mon lai on el pòc anar, e per çò fetz se dire Cercamons. (Bout.-Cluz., p. 9.)

Ce troubadour mal identifié (Cercamon n'est évidemment qu'un sobriquet professionnel) paraît avoir été effectivement jongleur et gascon. C'est un des plus anciens poètes d'oc puisqu'il aurait commencé à composer aux environs de 1135, peut-être même, selon certains, dès 1120. Client des cours du Poitou et du Limousin, il était vraisemblablement le compagnon et peut-être l'élève (ou le maître ?) de son compatriote Marcabru (cf. III). Quoi qu'il en soit, il y a entre les deux troubadours des analogies évidentes. Mais une de ses *cansos* amoureuses aurait pu aussi, comme nous le verrons, inspirer Bernard de Ventadour.

On conserve de lui huit pièces, dont l'une d'attribution douteuse : soit deux *cansos* profanes, une *canso* qui passe pour religieuse mais qui ne l'est guère, deux *sirventés*, un *planh*, qui est le premier du genre, inspiré par la mort du comte de Poitiers, Guillaume X d'Aquitaine, fils du troubadour (le 9 avril 1137), enfin une tenson avec un certain Guilhalmi, probablement un apprenti-jongleur puisque ce dernier l'appelle *Maïstre* (maître). Les mss. ne nous ont rien transmis, en revanche, des *pastoretas* dont parle la *vida*. Ce qui confirmerait qu'il s'agit bien là de pièces popularisantes, pré-courtoises, *a la usanza antiga*, et qui n'avaient aucun intérêt pour les rédacteurs des manuscrits. En somme, une œuvre brève (dans la mesure où nous la connaissons), mais variée, et intéressante surtout par son ancienneté.

18. — QUANT L'AURA DOUSSA S'AMARZIS

      Quant l'aura doussa s'amarzís
      E'l fuelha chai de sul verjan
      E l'auzèlh chanjan lor latís,
      Et ieu de çai sospir e chan
 5   D'Amor que'm te lassat e pres,
      Qu'ieu anc no l'aguí en poder.

      Las! qu'ieu d'Amor non ai conquís
      Mas cant lo trebalh e l'afan,
      Ni res tant grèu no's covertís
10   Com fai çò qu'ieu vau deziran;
      Ni tal enveja no'm fai res
      Cum fai çò qu'ieu non pòsc aver.

      Per una jòia m'esbaudís
      Fina, qu'anc re non amièi tan;
15   Quan sui ab lieis si m'esbaís

Qu'ieu no' lh sai dire mon talan,
E quan m'en vauc, vejaire m'es
Que tot perda'l sen e'l saber.

20 Tota la génser qu'anc òm vis
Encontra lieis no prètz un gan;
Quan totz lo sègles brunezís,
Delai on ilh es si resplan.
Dieu prejarai qu'ancar l'adés
O que la vej'anar jazer.

25 Totz trassalh e bran et fremís
Per s'amor, durmen o velhan.
Tal paor ai qu'ieu mesfalhís
No m'aus pessar cum la deman,
Mas servir l'ai dos ans o tres,
30 E pueis ben lèu sabrà'n lo ver.

Ni muer ni viu ni no garís,
Ni mal no'm sent e si l'ai gran,
Quar de s'amor no sui devís,
Non sai si ja l'aurai ni quan,
35 Qu'en lieis es tota la mercés
Que'm pòt sórzer o decazer.

Bèl m'es quant ilh m'enfolhetís
E'm fai badar e'n vau musan;
De leis m'es bèl si m'escarnís
40 O'm gaba derèir'o denan,
Qu'après lo mal me venrà bes
Be lèu, s'a lieis ven a plazer.

S'elha no'm vòl, vòlgra morís
Lo dia que'm pres a coman;
45 Ai, las! tan suavet m'aucís

Quan de s'amor me fetz semblan,
Que tornat m'a en tal devés
Que nulh' autra no vuelh vezer.

Totz cossirós m'en esjauzís,
50 Car s'ieu la dopti o la blan,
Per lieis serai o fals o fis,
O drechuriers o ples d'enjan,
O totz vilàs o totz cortés,
O trebalhós o de lezer.

55 Mas, cui que plass'o cui que pes,
Elha'm pòt, si's vòl, retener.

Cercamons ditz : grèu èr cortés
Om qui d'amor se desesper.

(Texte d'A. Jeanroy) ([36]).

Traduction

Quand la douce brise devient amère, que la feuille
tombe des branches et que les oiseaux changent leur
langage, de même, ici, je soupire et je chante, à cause
de l'amour qui me tient pris et enchaîné; alors que
moi, jamais, je ne l'eus soumis à mon pouvoir.

Hélas! d'amour je n'ai conquis que la souffrance
et la douleur; et rien n'est plus difficile à obtenir
que ce que je désire le plus; et rien ne me fait autant
d'envie que ce que je ne puis avoir.

Pour une joie je me réjouis, si fine que je n'ai jamais
aimé un seul être à un tel point. Quand je suis auprès
d'elle, je me sens si égaré que je ne sais lui faire part

de mes désirs, et lorsque je me sépare d'elle, il me semble avoir perdu tout sens et tout savoir.

Envers elle, je n'estime guère la plus noble dame qu'on ait jamais vue. Lorsque le monde entier se couvre de ténèbres, tout resplendit là où elle se trouve. Et je prierai Dieu qu'il me permette de la toucher encore, ou de la contempler quand elle se couche.

Je tressaille de tout mon corps et, que je dorme ou que je veille, je m'agite et frissonne pour son amour. J'ai une telle peur de défaillir que je n'ose penser à la manière de lui présenter ma requête; je la servirai donc pendant deux ou trois ans, et elle saura alors, peut-être, la vérité.

Je ne meurs ni ne vis ni ne guéris; et ne sens point mon mal, qui pourtant est grand. Comme je ne suis point prophète pour ce qui est de son amour, je ne sais si j'en jouirai, ni quand : car elle est toute la merci qui peut m'exhalter ou m'abattre.

Il me plaît qu'elle me rende fou, ou me fasse bayer aux corneilles et muser dans une vaine attente; il me plaît qu'elle me fasse affront ou me raille devant ou derrière, car après le mal viendra le bien, bientôt, si tel est son bon plaisir.

Si elle ne veut pas de moi, je voudrais être mort le jour où elle me prit pour serviteur. Hélas! elle me tua si doucement quand elle me témoigna son amour! Elle m'a enfermé en un enclos tel que je ne veux plus en voir une autre.

Tout soucieux, je me réjouis pour elle, car si je la crains et la courtise, par elle je serai perfide ou fidèle, loyal ou plein de tromperie, ou tout vilain ou tout courtois, ou agité ou détendu.

Mais que cela plaise ou déplaise, elle peut, si elle le désire, me retenir.

Cercamon dit : il sera difficilement courtois celui qui d'Amour se désespère.

NOTES

On a beaucoup insisté sur les rapports (réels) entre Cercamon et Marcabru. La *vida* de Marcabru fait d'ailleurs allusion à leurs relations personnelles. Mais c'est un Marcabru moins violent, moins réaliste et plus délicat. Quoi qu'il en soit, il nous laisse aussi deux chansons d'amour où l'influence moralisante et satirique de Marcabru est nulle, et qu'on pourrait croire écrites par Bernard de Ventadour. La pièce que nous donnons rappelle par exemple, par sa thématique, sa versification et le détail de l'expression, la célèbre chanson de *La Lauseta* (cf. n° 23).

9 strophes de six vers *unisonanz* de 8 syllabes : a b a b C D; chaque strophe a donc une sorte de *cauda* (C D) rimant avec la *cauda* de la strophe suivante (C' D'). On remarquera que les mots à la rime sont bien souvent les mêmes que dans la *canso* de Bernard *(poder, aver, saber, ver, decazer, plazer, vezer, retener, desesper)*.

1-3 : introduction hivernale, ou plutôt début printanier inversé conduisant naturellement à un chant de douleur et de désespoir. L'*aura doussa*, qui ici devient amère, reprend sans doute l'*aura doussana* de Marcabru. L'*aura amara*, en revanche, a été reprise par Arnaud Daniel *(L'aura amara fa.ls bruels brancutz/Cazer...)*.

6 : Ce *Las!* douloureux, qui commence la *cobla*,

rappelle celui de Bernard de Ventadour *(Ailas, quals enveja m'en ve)*.

8-10 : on retrouve ici les mots habituels du lyrisme douloureux : *trebalh*, *afan*, *deziran*, etc.

11-12 : topique de l'amour insatisfait, si fréquent chez Bernard de Ventadour.

23-24 : comme presque toujours, la note érotique est projetée dans l'irréel ou dans le rêve.

25-26 : on retrouve ici les effets physiques habituels de l'amour, avec le motif traditionnel de l'insomnie amoureuse.

26-27 : peur magique devant la femme et désir de la servir dans l'humilité : c'est encore là un thème bien ventadourien.

31-32 : c'est l'état de *balança* entre la douleur et la joie, encore une fois très caractéristique de l'effusion troubadouresque.

51-54 : ces vers sur la toute puissance de l'amour et de la Dame font penser à ceux de Guillaume IX : *Per son joy pot malautz sanar, | E per sa ira sas morir | E savis hom enfolezir | E belhs hom sa beutat mudar | E.l plus cortes vilanejar | E totz vilas encortezir.*

55-56 : le fait de *retener* le *fin amant* dépend toujours de la seule *dòmna* : cf. Bernard : *E vau m'en, pos ilh no'm reté, | Caitius en eissilh, no sai on.*

V. Bernart Marti

Comme nous ne possédons pas de *vida* concernant ce troubadour et que son nom n'apparaît dans aucun document historique, nous devons nous contenter, pour situer le personnage, des rares allusions précises qu'offre son œuvre. Son origine géographique reste un mystère, alors qu'il nous dévoile sa profession dans l'une de ses chansons : *Bernart Martin lo pintor* (le peintre). La référence au fameux *Vers del Lavador* de Marcabru (voir ci-après vers 25 à 28) ne permet pas de dater avec certitude notre poète. En revanche sa dispute littéraire avec Peire d'Alvernhe prouve au moins qu'il était contemporain de ce dernier (...1149-1168...). On peut donc estimer que Bernart Marti vivait au milieu du XIIe.

L'influence de Marcabru est perceptible à tous les niveaux de son œuvre : langue, style et métrique. Partisan d'une technique poétique *a la usanza antiga*, Bernart Marti se pose en adversaire acharné des raffinements du *trobar ric*. Dans ses chansons, il n'utilise jamais la terminologie féodale à des fins lyriques; de même, il n'entre pas dans le jeu des valeurs courtoises et il va jusqu'à refuser la transcendance de la *dòmna*. Comme son maître Marcabru, il se défie de l'amour qu'il assimile au mensonge; comme son maître, c'est en moraliste indigné qu'il juge la société de son temps. Mais, malgré la minceur de sa production (9 poèmes), « il occupe une place à part parmi les anciens troubadours. Il ne ressemble exactement à aucun d'eux, même là où il se rapproche le plus de l'un ou de l'autre » (E. Hoepffner).

19. Lanquan lo dous temps s'esclaire

Lanquan lo dous temps s'esclaire
E la novèla flors s'espan
Et aug als auzèls retraire
Per los brondèls lo dousset chan,

104

5 Qui vòl aver prètz ni valor
   Adonc deu triar e chausir
   Tal que per lauzengiers no bais.

      Qu'ieu n'ei pres al mieu vejaire
      Que d'Orien tro qu'al Coljant
10   Anc non cug, nasqués de maire
   Del seu fach ni del seu semblan,
   Bèla es et a gran doussor,
   E volria tròp mai murir
   . . . .

15   Quan de ma dòmna sui laire,
   Ges no'm tenc per malvatz afan
      Quan sui nutz en son repaire
   E sos costatz tenc e mazan,
   Ieu no sai nulh emperador,
20 Vas me puesca gran prètz culhir
   Ne de fin' amor aver mais.

      Aquist d'aver amassaire,
   Malparlier, lenga-trenchan
      Qui'm cujavon d'amor traire!
25 Mas si Dieus vòl far mon coman,
   Ja us non èr al Lavador,
   Cels qu'auzitz a Marcabrú dir
   Qu'en enfèr sufriràn gran fais.

      Qu'eu fora be fis amaire
30 Si no fosso janglós truan,
      Mas ma dòmna no'n sap gaire
   De cambiar per nul aman
   E vòl mi fòrt donar s'amor
   E dels mals envejós sufrir
35 La guèrra qu'il n'a e'l pantais.

Tres jorns, çò m'es vis, pecaire,
Ges no m'a durat aquest an.
　　En bòsc ermita'm vòl faire,
Per çò que ma dòmn' ab me's n'an,
40　　Lai de fuelh' aurem cobertor,
Aquí vòl viure e murir :
Tot autre afar guerpís e lais.

　　Las! non es drechz domnejaire
Qui ja nul mes met en soan,
45　　Quar genars non val mens gaire
Qu'abrils e mais qu'es vertz e blan;
Qu'en totz terminis val amor,
E quan s'emprend a t'enrequir,
Deu òm èsser e pros e gais.

(Texte de E. Hoepffner) (37).

Traduction

Lorsque le doux temps s'éclaircit, que s'épanouit la
fleur nouvelle, et que j'entends les oiseaux répéter leur
doux chant sous les rameaux, alors celui qui veut
conquérir prix et valeur doit chercher et choisir un
amour tel qu'il ne soit point rabaissé par les médisants.

Pour ma part, j'ai choisi une dame telle que je ne
pense pas, à mon sens, qu'il y en ait une au monde
qui lui soit comparable pour ses manières et sa beauté.
Elle est belle et a grande douceur et je préférerais de
loin mourir plutôt que...

Lorsque je suis le propre voleur de ma Dame, je ne
considère pas ma peine comme mauvaise. Quand je
suis nu dans sa demeure et que j'embrasse et caresse

ses flancs, je ne sais pas d'empereur qui, comparé à moi, soit à même de recevoir une aussi grande récompense ni obtenir davantage de Fine Amour.

Ces amasseurs d'argent, ces médisants, ces méchantes langues qui pensaient m'arracher à Amour! Mais si Dieu exauce ma demande, il n'y en aura pas un seul au *Lavador* parmi ceux dont vous avez entendu dire à Marcabru qu'ils souffriront grande peine en enfer.

Car je serais certes un fin amant si ce n'étaient ces misérables bavards. Mais il ne plaît guère à ma Dame d'être volage auprès d'un amant quelconque, et elle est bien décidée à m'accorder son amour, et à supporter la guerre et les tourments qu'elle subit de la part des méchants envieux.

Trois jours à peine hélas! a duré pour moi cette année. Et je veux me faire ermite dans un bois, pourvu que ma Dame y vienne avec moi. Là, nous aurons couverture de feuillage et je veux y vivre et mourir, abandonnant et laissant toute autre affaire.

Hélas! il n'est pas un amant véritable celui qui méprise certains mois, car janvier ne vaut guère moins qu'avril ou que mai qui sont mois doux et verdoyants. L'amour vaut en effet en toute saison, et quand il entreprend de vous accorder ses richesses, il faut être courtois et joyeux.

NOTES

Canso assez classique qui mêle communément les thèmes de la *fin'amor* à la haine contre les lausengiers; mais cette dernière y est exprimée d'une manière particulièrement violente. La pièce nous a été transmise par un seul manuscrit qui la donne comme anonyme, mais elle y précède deux autres pièces attribuées à notre troubadour.

Sept *coblas unisonanz* (sans *tornada*) de 7 vers de 7 et de 8 syll. Chaque strophe se termine par un vers à *rim estramp* (en -*ais*.). Schéma métrique : a$^{7'}$ b^8 a$^{7'}$ b^8 c^8 d^8 e^8.

1-7 : début printanier contenant les motifs habituels (*dous temps, s'esclaire, novela flors,* chant des oiseaux dans les branches). Mais ce début printanier ne sert pas ici de déclic (ou de repoussoir) au climat affectif du poème (joie ou douleur), comme chez Bernard de Ventadour. Il implique simplement le désir (/la décision) d'aimer et de *choisir* un amour, un amour digne, inattaquable par les médisants.

14 : le vers manque dans le ms. On pourrait suggérer comme hypothèse : *Que ieu per un' autra la lais;* ou encore : *Que ieu d'amar ma dòmna lais.*

17-20 : un des rares exemples chez les troubadours où l'érotisme n'est pas projeté dans l'irréel, mais s'exprime d'une manière assez directe.

22-28 : la violence du style à propos des lausengiers pourrait être imitée de Marcabru. On relève en effet des adjectifs composés (*mal-parlier, lengatrenchant* : Bernard parle ailleurs de *lenga-forcaz*) tout à fait dans la manière marcabrunienne. La *cobla* contient d'ailleurs une allusion très nette au vers 23 de la célèbre pièce du *Lavador.*

38-42 : ce thème de l'ermite par amour et de la vie à deux dans un bois pourrait être une réminiscence de la légende de Tristan.

45-49 : intéressante est cette distanciation par rapport

au motif printanier, pourtant clairement exprimé au début de la pièce : le véritable amour est possible en toute saison (aussi bien en janvier qu'en avril); le *jòi* est intérieur et vaut en *totz terminis*, lié qu'il est (aussi) à l'enrichissement moral apporté par la *fin' amor*.

VI. — PEIRE ROGIER

Pèire Rogiers si fo d'Alvernhe e fo canorgues de Clarmont; e fo gentils òm e bèls e avinenz, e savis de letras e de sen natural; e cantava e trobava ben. E laissèt la canorga e fetz se joglars, et anèt per cortz, e foron grasit li sieu cantar.

E venc s'en a Narbona, en la cort de ma dòmna Ermengarda, qu'èra adoncs de gran valor e de gran prètz. Et ela l'aculhí fòrt e'lh fetz grans bens. Et s'enamorèt d'ela e fetz sos vèrs e sas cansós d'ela. Et ela los pres en grat. E la clamava « Tòrt-n'avetz »... (Bout.-Cluz. p. 267-270.)

A en croire sa *vida*, Peire Rogier abandonna donc le canonicat pour se consacrer à la poésie; ce fait est d'ailleurs ironiquement relevé par Peire d'Alvernhe, dans son fameux sirventés littéraire (voir nº 22, str. II). Son activité troubadouresque le conduisit d'abord auprès de la vicomtesse Ermengarde que chantèrent également ce même P. d'Alvernhe et peut-être B. de Ventadorn. Il se rendit ensuite auprès de Raimbaut d'Aurenga, avec lequel il échangea un sirventés, avant de gagner successivement les cours d'Alphonse VIII de Castille, d'Alphonse II d'Aragon et du comte de Toulouse. Puis il renonça au monde et se retira dans l'ordre de Grandmont.

109

Selon Jeanroy, la production de Peire Rogier se situerait entre 1160 et 1180. Son œuvre (9 poèmes) constitue une parfaite illustration du *trobar leu*. Son originalité essentielle provient de l'emploi de *coblas tensonadas* (cf. notre pièce, str. VI et VII).

20. — GES NON PUESC EN BON VERS FALHIR

Ges non puesc en bon vèrs falhir
Nulh'ora que de midòns chan;
Cossí poiri'ieu ren mal dir?
Qu'òm non es tan mal essenhatz,
5   Si parl'ab lieis un mot o dos,
Que totz vilàs non torn cortés;
Per que sapchatz be que vers es,
Que'l ben qu'ieu dic tot ai de liei.

De ren als no pes ni cossir
10   Ni ai desirier ni talan,
Mas de lieis co'l pogués servir
E far tot quant l'es bon ni'l platz,
Qu'ieu non cre qu'ieu anc per als fos
Mais per lieis far çò que'l plagués,
15   Que be sai qu'onors m'es e bes
Tot quan fas per amor de liei.

Ben puesc los autres escarnir,
Qu'aissí'm sui sauputz trair'enan
Que'l mielhs del mon saupí chausir;
20   Ieu o dic e sai qu'es vertatz;
Ben lèu manz n'i aurà gelós,
Que diràn : Mens e non es res;
No m'en cal ni d'acò no m'es.
Qu'ieu sai ben cossí es de liei.

25 Grèus m'es lo mals trachz a sufrir
E'l dolors, qu'ai de lieis tan gran,
Don lo còrs no'm pòt revenir;
Però no'm platz autr'amistatz,
Ni mais jòis no m'es dous ni bos,
30 Ni no vuelh que'm sia promés,
Que, s'ieu n'avia cent conqués,
Ren no'ls prètz mais aquels de liei.

Bona dòmpna, soven sospir
E trac gran pena e gran afan
35 Per vos, cui am mout e desir;
E car no'us vei, non es mos graz;
E si be m'estau luenh de vos,
Lo còr e'l sen vos ai tramés,
Si qu'aissí no sui on tu'm ves,
40 [E çò que veis tot es de liei].

Ai las! —Que plangz? —Ja tem morir.
—Que as? —Am. —E tròp? —Ieu òc, tan
Que'n muer. —Mòrs? —Oc. —Non pòtz guerir?
—Ieu no. —E cum? —Tan sui iratz.
45 —De que? —De lieis, don sui aissós.
—Sofre. — No'm val. —Clama'l mercés.
—Si'm fatz —No'i as pro? —Pauc. —No't pes,
Si'n tras mal. —No? —Qu'o fas de liei.

—Cosselh n'ai. —Qual? —Vuelh m'en partir.
50 — No far! —Si farai. —Quèrs ton dan.
—Que'n puesc als? —Vòls t'en ben jauzir?
—Oc mout. —Crei mi. —Era digatz.
—Sias umils, francs, larcs e pros.
—Si'm fai mal? —Sufr'en patz. —Sui pres?
55 —Tu òc, s'amar vòls; mas si'm cres,
Aissí't poiràs jausir de liei.

Mon Tòrt-n'avètz mant, s'a lieis platz
Qu'aprenda lo vèrs, s'il es bos;
E puòis vuelh que sia tramés
60   Mon Dreit-n'avètz lai en Savés :
Dieus salv e gart lo còrs de liei.

(texte C. Appel) ([36])

Traduction

Je ne saurais faillir en un bon « vers » quand je chante
ma Dame. Comment pourrais-je dire rien de mal?
Car nul homme n'est à ce point mal éduqué, s'il
échange avec elle un mot ou deux, que, de vilain qu'il
était, il ne devienne courtois. Sachez donc qu'il est
bien vrai que tout ce que je dis de bien, je le tiens d'elle.

Je ne pense ni ne rêve, ni n'ai d'autre désir ni d'autre
envie que [de savoir] comment je pourrais la servir
et faire tout ce qui lui plaît et agrée. Je ne crois pas en
effet que je sois fait pour autre chose que d'accomplir
ce qui lui est agréable, car je sais bien que tout ce que
je fais au nom de son amour, est pour moi un honneur
et un bien.

Je puis bien tourner les autres en dérision, puisque
j'ai su si bien m'en tirer que j'ai choisi au monde la
meilleure : je vous le dis et sais que c'est la vérité.
Peut-être y aura-t-il maint jaloux pour dire « Tu mens
et il n'en est rien » : je n'en ai ni cure ni souci, car je
sais bien ce qu'il en est en ce qui la concerne.

Si dure est la peine et si grande la douleur que j'endure pour elle que mon cœur ne saurait s'en guérir.
Mais nul autre amour ne me plaît, ni aucune autre
joie ne m'est douce ni bonne et je ne désire point

qu'on m'en fasse la promesse; car si j'en avais conquis cent, nulle joie ne me serait plus précieuse que celle qui me vient d'elle.

Douce Dame, maintes fois je soupire et souffre pour vous grande peine et grand tourment : pour vous que j'aime et désire tant que je n'ai nul plaisir quand je ne vous vois pas. Et, pour loin que je sois de vous, je vous ai envoyé mon esprit et mon cœur : ainsi ne suis-je pas là où tu me vois, [mais tout ce tu vois me vient d'elle].

Hélas! — Pourquoi pleures-tu? — J'ai peur de mourir — Qu'as-tu? — J'aime — Beaucoup? — Oui, au point que j'en meurs — Tu meurs? — Oui — Ne peux-tu guérir? — Non — Pourquoi? — Tant je suis malheureux — Pour quelle raison? — A cause d'elle, qui fait mon souci — Supporte-le — Cela ne me sert de rien — Implore d'elle sa merci — Je le fais — As-tu obtenu quelque récompense? — Guère — Ne regrette pas la peine que tu endures — Vraiment? — C'est pour elle que tu le fais.

J'ai un projet — Lequel? — Je veux me séparer d'elle — Ne le fais pas — Si, je le ferai — Cherches-tu ton dommage? — Que puis-je faire d'autre? — Veux-tu tirer d'elle ta joie? — Oui, beaucoup — Crois-moi — Dis vite — Sois humble, sincère, généreux et courtois — Et si elle me fait souffrir? — Supporte-le en paix — Suis-je pris au piège? — Oui, si tu veux aimer Mais si tu me crois, tu pourras d'elle tirer ta joie.

J'envoie à mon « Tort-n'avetz » ma chanson pour qu'elle l'apprenne, si elle lui plaît et si elle la trouve bonne. Je veux ensuite qu'elle soit envoyée à mon « Dreit-n'avetz », là-bas, au pays de la Save. Et que Dieu protège et garde sa personne.

NOTES

Chanson d'amour assez traditionnelle où apparaît, aux strophes VI et VII, la technique des *coblas tensonadas*, qui soutiennent un dialogue avec un interlocuteur imaginaire. Cette technique, assez rare et qu'affectionne Peire Rogier, se retrouve dans une pièce de Guiraud de Bornelh. On a pensé que ces deux *coblas* pouvaient être à la base du célèbre dialogue amoureux entre Guilhem et Flamenca dans le roman de *Flamenca*.

Sept *coblas unisonanz* suivies d'une *tornada* de cinq vers. Chaque *cobla* se termine par le mot-refrain *liei*. Schéma métrique : a^8 b^8 a^8 c^8 d^8 e^8 e^8 f^8. Il s'agit en fait de rimes qui se répondent partiellement d'une strophe à l'autre (rimes interstrophiques), technique qui apparaît assez souvent chez les épigones du *trobar ric* (Arnaud Daniel, Raimbaud d'Orange).

6 : pour le vilain qui devient courtois grâce à la Dame, cf. 18, note 51-54.

39 : l'emploi de la 2e personne introduit l'interlocuteur imaginaire avec lequel se poursuivra le dialogue des deux strophes suivantes.

40 : ce vers offre différentes leçons, à vrai dire peu satisfaisantes, dans les divers manuscrits. Le vers que nous ajoutons entre crochets est une construction hypothétique d'après les variantes.

41 : *Tòrt-n'avètz* « Vous en avez tort » et *Dreit-n'avètz* « vous en avez raison » : *senhals* antithétiques de deux dames, dont le premier est attesté dans la *vida* de P. Rogier.

60 : *Savés* : pays arrosé par la Save, petite seigneurie des comtes de Comminges (aujourd'hui, dép. de la Haute-Garonne).

VII. — RIGAUD DE BARBEZIEUX
(Rigautz/Richartz de Berbezilh)

Richartz de Berbesieu si fo uns cavaliers del castèl de Berbesieu, de Saintonge, de l'evescat de Saintas, paubres vavausors. Bons cavaliers fo d'armas e bèls de la persona; e saup mielz trobar qu'entendre ni que dire...

Et enamorèt se d'una dòmna, mólher d'En Jaufre de Taonai, d'un valen baron d'aquela encontrada. E la dòmna èra gentils e bèla e gaia e plasenz e mout enve-josa de prètz e d'onor, filha d'En Jaufré Rudèl, prince de Blaia... (Bout. - Cluz. pp. 149-152).

Pendant longtemps, on ne connut guère avec certitude que l'origine géographique de ce troubadour; en revanche on s'interrogeait sur l'époque de sa vie, on hésitait même sur son prénom. En réalité, il s'agit (R. Lejeune) d'un certain *Rigaudus de Barbezilo*, dont il est fait mention dans toute une série d'actes concernant la Charente et s'échelonnant de 1141 à 1158. Même si certains érudits (A. Varvaro) refusent cette identification et continuent à placer l'activité de Rigaud en 1170-1220, on ne relève dans l'œuvre elle-même aucun élément permettant de réfuter la datation la plus ancienne. D'autre part, on ne sait quel crédit il convient d'accorder à la mention par son biographe de la fille de Jaufre Rudel, qui aurait été sa *dòmna*. Les *vidas* ne sont trop souvent qu'affabulation en ce domaine pour qu'on ne soit pas sceptique...

L'œuvre de R. de B., bien que brève (9 *cansos*), ne manque pas d'intérêt : certes, elle est consacrée exclusivement, comme bien d'autres, à l'amour, mais Rigaud se singularise par le choix de ses comparaisons (voir notre pièce); en particulier, ses allusions au

115

monde animal témoignent de son excellente connaissance des *Bestiaires* et de son habileté à utiliser des éléments originaux pour renouveler le lyrisme courtois. Sa *vida* le notait d'ailleurs déjà, qui affirmait : *Et el si se deletava molt en dire en sas cansós similitudines de bèstias e d'ausèls e d'òmes, e del sol e de las estelas per dire plus novèlas rasós qu'autre non agués ditas.*

21. — ATRESSÍ COM PERSAVAUS

Atressí com Persavaus
   El temps que vivia,
Que s'esbaït d'esgardar
Tant qu'anc non saup demandaɪ
     De qué servia
5   La lansa ni' l grazaus,
    Et eu sui atretaus,
Mielhs-de-Dòmna, quan vei vostre còrs gen,
       Qu'eissamen
10   M'oblit quan vos remir
E'us cug prejar, e non fatz, mais consir.

Ab uns dous esgartz coraus,
   Que an fach lur via
Per mos òlhs ses retornar
15   El còr, on los tenh tan car
     Que si'l plazia
   Qu'aitals fos mos chaptaus
  Dels trebaus e dels maus,
Mielhs-de-Dòmna, que trac per vos soven
20   Tan grèumen,
    Mais am per vos morir
Que d'autr' aver nulh jòi, tan vos desir.

                Si'l vòstre durs còrs fos taus
                Com la cortesia
25   Que'us fai d'avinen parlar,
                Lêu pogratz de mi pensar
                Qu'anz m'auceria
                Que'us pregès, car non aus,
                Que mon còr tenh enclaus,
30   Mielhs-de-Dòmna, de vos en pensamen
                Tan jauzen
                Que, quant en re m'azir,
        Del dous pensar pèrt l'ir' ab l'esjauzir.

                Si com la stela jornaus
35   Que non a paria,
                Es vòstre rics prètz ses par,
                E l'òlh amorós e clar,
                Franc ses felnia,
                Bèls còrs plazens e gaus,
40   De totas beutatz claus,
        Mielhs-de-Dòmna, e de bèl estəmen,
                Que'm defen
                Lo pensar del marrir :
        Çò non pòt òm delonhar ni gandir.

45   Vielha de sen e de laus,
                Joves on jòis lia,
                Vielha de prètz e d'onrar,
                Joves de bèl domnejar,
                Lonh de folia,
50   Vielha de faitz liaus,
                Joves on jovens es saus,
        Mielhs-de-Dòmna, vielh' en tot bèl joven,
                Avinen,
                Velha ses velhezir
55   E joves d'anz e de gent aculhir.

Mielhs-de-Dòmna, en ren no m'en repen
S'eu aten
Lo jòis qu'es a venir,
Que bon' amor gazanh' òm ab servir.

(Texte A. Varvaro) [39].

Traduction

De même que Perceval, du temps où il vivait, fut si troublé par sa contemplation que jamais il ne sut demander à quoi servaient la lance et le graal, de même en est-il de moi, Mieux-que-Dame, quand je vois votre gracieuse personne : je perds le sens quand je vous contemple, et songe à vous prier d'amour; mais je ne le fais point, car je rêve.

Vos doux regards cordiaux, passant par mes yeux, ont fait leur chemin — sans retour — jusqu'à mon cœur, où je les garde si précieusement que s'il vous plaisait que ce fût là la récompense des peines et des maux que, maintes fois, j'endure si durement pour vous, je préfèrerais mourir pour vous que d'avoir d'une autre nulle joie : tel est le désir que j'ai de vous.

Si votre cœur dur était semblable à la courtoisie qui rend vos propos si agréables, vous pourriez sans peine penser de moi que je me tuerais plutôt que de vous adresser mes prières. Mais je n'ose point, car je garde de vous, enclose dans mon cœur, une pensée si pleine de joie que, quand je m'attriste un peu, ce doux penser, par la joie qu'il me procure, me fait perdre toute tristesse.

Telle l'étoile du matin qui n'a pas sa pareille, votre mérite est sans égal. De même vos yeux clairs et pleins d'amour, francs et sans perfidie, votre corps agréable et joyeux, clef de toutes beautés, Mieux-que-Dame, et votre haute condition : tout cela empêche ma pensée de s'attrister, et nul ne peut s'en éloigner ni s'y soustraire.

[Dame noble et parfaite, j'implorerais merci si je pouvais trouver merci auprès de vous, car rien d'autre ne saurait me donner de joie. Je vous crie merci et nulle autre chose : Merci est mon (seul) profit, Mieux-que-Dame! Et si vous n'avez merci de moi, vraiment il me faudra mourir : seule Merci peut me sauver de la mort]. [40]

Vous êtes vieille par l'intelligence et la renommée, mais jeune par vos liens avec la Joie; vieille de mérite et d'honneur, mais jeune en acceptant d'être courtisée comme il sied, loin de toute folie; vieille par la loyauté de vos actes, jeune là où la jeunesse est sauve, Mieux-que-Dame; vieille dans toute la beauté d'une jeunesse avenante, vieille sans vieillir, jeune d'ans et d'accueil courtois.

Mieux-que-Dame, je ne me repens en rien, quand je songe à la joie qui m'attend : car c'est en servant que l'on gagne le véritable amour.

NOTES

Canso classique mais assez originale par certains aspects.

Cinq (ou six) *coblas unisonanz* et une *tornada* de quatre vers. Le 8ᵉ vers de chaque strophe commence par le *senhal* « Mielhs-de-dòmna ». Schéma métrique :

a^7 b$^{5'}$ c^7 c^7 b$^{4'}$ a^6 a^6 d$^{\overline{10}}$ d^3 e^6 e^{10} Mélodie conservée (cf. p. 379).

1-6 : ces vers contiennent une allusion intéressante à la célèbre légende de Perceval et à l'épisode capital du graal et de la lance, dont la plus ancienne mention connue se trouve dans le roman inachevé de Chrétien de Troyes *Li contes del Graal*, chronologiquement localisé entre 1168 et 1191. Comme les dates de la carrière poétique de Rigaud sont très contestées, il est difficile de déterminer avec certitude si notre troubadour s'est inspiré de Chrétien de Troyes, de la version en prose plus tardive du *Perlesvaus*, ou encore, si l'on suppose que sa carrière se serait développée entre 1140 et 1163, d'une source commune antérieure à Chrétien.

10-22 : syntaxe obscure et qui a fait l'objet de divers commentaires. Le sens et la thématique d'ensemble de la *cobla* sont néanmoins assurés. On notera le thème traditionnel de l'*enamoramenz* par les yeux (cf. *Flamenca*, ci-après n° 65).

8 : *Mielhs-de-Dòmna : senhal* de la dame chantée et dont il est fait mention dans la *vida* du troubadour.

34-10 : portrait classique de la dame aimée, unique *(que non a paria)* dans sa beauté *(de totas beutatz claus)* et par sa valeur *(vòstre rics prètz ses par)*.

39 : lecture incertaine. On hésite entre *e gaus* (avec un *gau* « gai » non attesté ailleurs) et *egaus* « égal, lisse ».

45-55 : *cobla* intéressante en ce qui concerne l'opposition fonctionnelle *jeune/vieux* dans le système courtois de la fin' *amor* : cf. ci-après Bertrand de Born, n° 39.

VIII. Pèire d'Alvernhe

Pèire d'Alvernhe si fo de l'evescat de Clarmont. Savis òm fo e ben letraz, e fo filhs d'un borgés. Bèls et avinens fo de la persona. E trobèt ben e cantèt ben, e fo lo premièrs bon trobaire que fon outra mont et aquel que fetz los melhors sons de vèrs que anc fosson fachs :

De jostal'ls breus jorns e'ls loncs sers.

Cançon no fetz, que non èra adoncs negús cantars apelatz cançós, mas vèrs ; qu'En Guirautz de Bornelh fetz la premèira cançon que anc fos faita. Mout fo onratz e grasitz per totz los valentz barons que adonc èran e per totas las valentz dòmnas, et èra tengutz per lo melhor trobador del mond, tro que venc Guirautz de Bornelh. Mout se lausava en sos cantars e blasmava los autres trobadors, si qu'el ditz de si en una cobla d'un sirventés qu'il fetz :

Pèire d'Alvernhe a tal votz...

Longament estèt e visquèt al mond, ab la bona gent, segon qu'en ditz lo Dalfins d'Alvernhe, que nasquèt en son temps ; e pois el fetz penitensa e morí.

P. d'A. fut un troub. auvergnat dont l'activité peut se situer entre 1150 et 1170, 1180 au plus tard. Fils d'un bourgeois du diocèse de Clermont, il fut d'abord chanoine, comme son compatriote Peire Rogier dont il se moque, avant de se faire troubadour. Il voyagea alors à travers les cours de Provence et d'Espagne et jouit d'une grande renommée : ce qui explique que Dante l'ait placé parmi les Antiquiores doctores. On garde de lui une vingtaine de « vers » d'inspiration très variée. Au surplus, Peire se présente comme un novateur, mais s'il méprise le velh trobar, il s'en inspire néanmoins, en particulier de Marcabru. Disciple du *trobar clus*, comme il le reconnaît lui-même, il nous lègue une poésie souvent brillante, mais obscure, ayant un goût marqué pour le raffinement de la forme et de la métrique, une grande puissance d'expression, avec moins de réalisme ou de trivialité toutefois qu'un Marcabru.

22. — SIRVENTÉS

Cantarai d'aquestz trobadors
Que canton de maintas colors
E'l pièger cuida dir mout gen;
Mas a cantar lor èr alhors
5 Qu'entrametre 'n vei cent pastors.
Qu'us non sap que's mont'o's dissén.

D'aissò mèr mal Pèire Rogièrs,
Per que n'èr encolpatz primièrs,
Car chanta d'amor a presen;
10 E valgra li mais us sautièrs
En la glièis' o us candelièrs
Tener ab gran candel' arden.

E'l segonz, Girautz de Bornelh,
Que sembl' oire sec al solelh
15 Ab son chantar magre dolen,
Qu'es chanz de vèlha pòrta-selh;
Que si's mirava en espelh,
No's prezari' un aiguilen.

E'l tèrtz, Bernartz de Ventedorn,
20 Qu'est menre de Bornelh un dorn;
En son paire ac bon sirven

Per trair' ab arc manal d'alborn,
E sa mair' escaldava 'l forn
Et amassava l'issermen.

25 E'l quartz, de Briva'l Lemozis,
Us joglar qu'es plus querentís
Que sia tro qu'en Beniven,
E semblari' us pelegrís
Malautes, quan chanta'l, mesquís,
30 Qu'a pauc pïetatz no m'en pren.

E'N Guilhems de Ribas lo quintz,
Qu'es malvatz defòrs e dedins,
E ditz totz sos vèrs raucamen,
Per que es àvols sos retins
35 Qu'atretan s'en fari' us chins;
E l'uòlh semblan de vout d'argen.

E'l seisés, Grimoartz Gausmars,
Qu'es cavalièrs e fai joglars;
E perda Dieu qui l'o cossen
40 Ni'l dona vestirs veɪtz ni vars,
Que tals er adobatz semprars
Qu'enjoglarit s'en seràn cen.

Ab Pèire de Monzó son sèt,
Pòs lo coms de Tolosa'l dèt,
45 Chantant, un sonet avinen,
E cel fon cortés que'l raubèt,
E mal o fetz quar no'il trenquèt
Aquel pè que pòrta penden.

E l'oités, Bernatz de Saissac,
50 Qu'anc un sol bon mestièr non ac

Mas d'anar menutz dons queren;
Et anc puòis no'l prezèi un brac
Pòis a'N Bertran de Cardalhac
Ques un vièlh mantèl susolen.

55 E'l novens es En Raembautz,
Que's fai de son trobar tròp bautz;
Mas eu lo torni en nïen,
Qu'el non es alegres ni chautz;
Per ço prètz aitan los pipautz
60 Que van las almòsnas queren.

E N'Ebles de Sanha'l dezés,
A cui anc d'amor non venc bes,
Si tot se chanta de coinden :
Us vilanetz enflatz plagés,
65 Que dizen que per dos pogés
Lai se loga e çai se ven.

E l'onzés, Gonzalgo Roïtz,
Que's fai de son chant tròp formitz,
Per qu'en cavalaria's fen;
70 Et anc per lui non fo feritz
Bos còlps, tan ben non fo garnitz,
Si doncs no'l trobèt en fugen.

E'l dozés, us velhetz lombartz,
Que clama sos vezins coartz,
75 Et ilh eis sent de l'espaven
Pero sonetz fai mout galhartz
Ab motz maribotz e bastartz,
E lui apel' òm Cossezen.

Pèire d'Alvernhe a tal votz
80 Que canta de sus e de sotz,
E lauza's mout a tota gen;

Però maïstres es de totz,
Ab qu'un pauc esclarzís sos motz,
Qu'a penas nulhs òm los enten.

85   Lo vèrs fo faitz als enflabotz
A Puòg-Vert, tot jogan rizen.

(Texte d'A. del Monte) [41]

Traduction

Je chanterai de ces troubadours qui font chansons de toutes les couleurs, et dont le plus mauvais s'imagine faire de très beaux vers. Mais il leur faudra chanter ailleurs, car je vois cent bergers s'en occuper comme eux, dont pas un ne sait si sa voix monte ou descend.

Peire Rogier n'a guèie de mérite — et c'est pour cela que je l'accuserai en premier — de chanter d'amour publiquement. Et il vaudrait mieux pour lui un psautier à l'église, ou un chandelier à porter, avec une grande chandelle allumée.

Le second, Giraut de Bornelh, ressemble à une outre séchée au soleil, avec ses chansons maigres et lamentables, pareilles à celles d'une vieille porteuse d'eau. Lui qui, s'il se regardait dans un miroir, ne se priserait pas la valeur d'un gratte-cul.

Le troisième, Bernard de Ventadour, inférieur à Bornelh de la largeur de la main, eut pour père un serviteur expert à tirer de l'arc de cytise. Quant à sa mère, elle chauffait le four et ramassait des sarments.

Le quatrième, de Brive, Lemozis, est le jongleur le plus quémandeur qu'on puisse trouver d'ici à Benevent. Et l'on dirait un pèlerin malade quand il chante si bien que pour un peu j'en aurais pitié.

Le cinquième est Guilhem de Ribes, méchant dehors comme dedans, qui dit tous ses vers d'une voix fort rauque. Et ses glapissements sont si désagréables qu'un chien en ferait tout autant. Quant à ses yeux, on dirait ceux d'une statuette d'argent.

Le sixième, Grimoart Gausmar, est chevalier et fait le jongleur. Que Dieu confonde qui le lui permet et lui donne habits verts ou vairs. Car tel est aujourd'hui adoubé pendant que cent se font jongleurs.

Avec Peire de Monzon, cela fait sept, puisque le comte de Toulouse lui dédia, en la chantant, une agréable chanson. Et fut courtois qui le vola; mais mal inspiré de ne pas lui trancher ce pied qu'il porte pendant.

Le huitième est Bernard de Saissac, qui n'eut jamais d'autre bon métier que d'aller mendier de menus dons. Et je l'estime moins que fange depuis qu'il est allé mendier à Bertrand de Cardaillac un vieux manteau couvert de crasse.

Le neuvième est messire Rimbaut [d'Orange], qui se montre un peu trop fier de sa poésie. Quant à moi, je la tiens pour néant, car elle n'a ni joie ni chaleur. Et j'aime autant les joueurs de cornemuse qui vont quémandant leurs aumônes.

Le dixième est messire Ebles de Saignes, qui n'eut jamais grand succès en amour, bien qu'il chante comme s'il avait mal aux dents (?). C'est un vilain, prétentieux et chicaneur, dont on dit que pour deux deniers pougeois, il se loue d'un côté et se vend de l'autre.

Le onzième est Gonzalgue Roitz, qui se montre par trop satisfait de ses chansons et se targue de chevalerie. Mais jamais bon coup ne fut donné par lui, si bien équipé qu'il fût, si ce n'est celui qu'il donna jamais en prenant la fuite.

126

Le douzième est un vieux Lombard qui taxe de couardise ses amis alors qu'il tremble de peur. C'est pour cela qu'il compose des airs fort gaillards sur des paroles acerbes et bâtardes. On le surnomme Cossezen.

Quant à Peire d'Alvergne, il a une voix telle qu'il chante aussi bien en haut qu'en bas et se vante fort auprès de toute gent. Mais c'est bien le maître de tous, à condition qu'il rende un peu plus claires ses paroles, car c'est à peine si on les comprend.

Ce « vers » fut composé au son des cornemuses, à Puivert, parmi les chants et les rires.

NOTES

Cette pièce satirique est beaucoup plus une « galerie littéraire » qu'un véritable sirventés. On y voit en effet défiler une douzaine de troubadours dont chacun est caricaturé avec esprit dans une strophe où il nous est dépeint, aussi bien sous son aspect physique que dans sa manière d'écrire ou de chanter : l'auteur de la pièce se caricaturant lui-même en dernier lieu. S'agit-il d'une rencontre effective des douze troubadours devant lesquels P. d'A. aurait chanté son poème ? Ou simplement de douze confrères qu'il connaissait bien, et réunis dans son imagination pour les besoins de la cause ? Il est difficile de se prononcer. D'ailleurs, on voit que, dans cette galerie, sont mis côte à côte des troubadours célèbres, d'autres moins connus, d'autres enfin dont on ne connaît pas une ligne (Guilhem de Ribes, Pèire de Monzon, Gonzalgo Roitz) ([42]). Le lieu même de la rencontre, réelle ou imaginaire, pose un problème. On a cru longtemps à Puivert, dans l'Aude; mais cette hypothèse est aujourd'hui remise en question ([43]).

De toute façon, il semble bien qu'on ait affaire ici à une espèce de *gap*, de galéjade, de jeu de société composé au milieu des rires et des chants, ou du moins destiné à être chanté dans de telles circonstances. Ce qui indique qu'il ne faut pas trop prendre au sérieux tout le mordant de la satire : il n'est que de voir à quel point P. d'A. se gausse de lui-même à la fin du poème. Au surplus, il s'agit en fait d'un véritable genre littéraire qu'on retrouve ailleurs, avec la même verve, en particulier dans la galerie tout aussi célèbre du Moine de Montaudon, qui ne fait pas défiler moins de quinze troubadours, sans s'oublier lui-même en fin de pièce.

14 *coblas singulars* de 6 vers de 8 syll., suivies d'une *tornada* de 2 vers. Schéma métrique : $a^8 \, a^8 \, b^8$ $a^8 \, a^8 \, b^8$.

7-12 : allusion à l'ancien état de P. Rogier (activité poétique de 1160 à 1180 env.), qui fut chanoine de Clermont (Auvergne), avant d'être troub. On a de lui sept ou huit chansons et un sirventés (cf. VI).

13 : Pour G. de Bornelh, cf. XII.

19 : Pour B. de Ventadour, cf. IX.

21-24 : ces vers sont peut-être à l'origine de la *Vida* de B. de V. (cf. n° IX).

25 : Lemozi, jongleur et troub., qui a laissé une tenson avec Bernard de Ventadour.

31 : Guilhem de Ribas, troub. non identifié. Peut-être, de Ribes, près Largentière (Ardèche).

37 : Grimoart Gausmar, troub. non identifié.

38 et 41-42 : Il est peu vraisemblable de comprendre qu'il *fait des jongleurs* « par une cérémonie quelcon-

que » (cf. *Introd. à l'ét. de l'a. prov.*, p. 163, n. 38).
Ces trois vers sont en parfaite relation logique : il
est lamentable de voir un chevalier se faire jongleur,
car il est plus difficile de faire un seul chevalier que
cent jongleurs!

43 : Peire de Monzó, troub. non identifié. Peut-être
de Monzon, bourg d'Espagne, près de Huesca
(Aragon). Une var. (éd. Zenker) de ce vers donne
Peire Bermon, c.-à-d. Peire Bremon Ricas Novas
(Éd. J. Boutière, Toulouse, Bibl. Mérid., 1930).
D'ailleurs, l'ensemble des trois premiers vers de la
strophe est assez différent.

43-45 : ironique. Il doit s'agir d'un personnage de
second plan, qui se targue de poésie, et dont la
seule activité troubadouresque aurait été d'avoir
reçu le don (dédidace) d'une chanson du comte de
Toulouse (Raimon V)?

48 : sens obscène. Une var. donne plus clairement :
Aquò que òm pòrta penden.

49 : Bernard de Saissac, troub. Sans doute de Saissac,
près de Carcassonne.

55 : En Raembautz : Raimbaud d'Orange : cf. ci-
après X.

61 : Ebles de Sanha : peut-être de Saignes, près
Mauriac (Cantal). On a proposé aussi d'identifier
ce troub. à Eble d'Ussel.

63 : *de coinden*, loc. adv. dont le sens est obscur. Un
dér. de *coinde*, « joli, gracieux », d'où « gracieu-
sement », ne convient guère au caractère péjoratif
du contexte. L'interprétation donnée, proposée
par d'autres, est un pis-aller.

67 : Gonzalgo Roitz (var. Guossalbo). Inconnu en
tant que troub. Deux personnages espagnols portant le nom de Gonzalo Ruíz ont vécu vers 1170 :

il est donc malaisé de savoir auquel des deux P. d'Alvergne fait allusion.

71 : vers délicat. Il nous paraît difficile de traduire, comme cela a été proposé (cf. *Introd. à l'ét. a. prov.*, p. 165, n. 71) par « tant qu'il ne fut pas bien armé » : ce qui serait une tautologie.

77 : *maribotz* (adj.) : sens obscur. Une var. donne *amaribotz*, peut-être dérivé de *amar*, « amer ». Le sens paraît être « barbare » ou « acerbe ».

78 : Paraît être un sobriquet plutôt qu'un véritable nom. On a pu remarquer, à propos de ces vers, que « cette satire remonte plus haut que les premiers troub. italiens dont les écrits sont connus et indiquerait une expansion relativement ancienne de la lyrique occitane » (cf. *op. cit.*, p. 165, n. 73-78).

83-84 : allusion à l'obscurité de ses poésies, toujours très élaborées et parfois difficiles.

IX. *Bernard de Ventadour*
(Bernartz de Ventadorn)

Bernartz de Ventadorn si fo de Limozin, del castèl de Ventadorn. Om fo de paubra generacion, filhs d'un sirven qu'era fornièrs, qu'escaudava lo forn a còzer lo pan del castèl. E venc bèls òm e adrechs, e saup ben chantar e trobar, e venc cortés et ensenhatz. E lo vescoms, lo seus sénher, de Ventadorn, s'abelí mout de lui et de son trobar e de son cantar e fetz li gran onor.

E'l vescoms de Ventadorn si avia molhèr, joven e gentil e gaia. E si s'abelí d'En Bernart e de soas chansós e s'enamorà de lui et el de la dòmna, si qu'el fetz sas chansós e sos vèrs d'ela, de l'amor qu'el avia ad ela e de la valor de lèis. Lonc temps durèt lor amors anz

130

que'l vescoms ni l'autra gens s'en aperceubés. E quant lo vescoms s'en aperceup, si s'estranjèt de lui, e la molhèr fetz serrar e gardar. E la dòmna si fetz dar conjat a'N Bernart, qu'el se partís e se lonhès d'aquela encontrada.

Et el s'en partí e si s'en anèt a la duchessa de Normandia, qu'èra joves e de grand valor e s'entendia en prètz et en onor et en bendig de lauzor. E plazion li fòrt las chansós e'l vèrs d'En Bernart, et ela lo receup e l'aculhí mout fòrt. Long temps estèt en sa cort, et enamorèt se d'ela et ela de lui, e fetz mantas bonas chansós d'ela. Et estàn com ela, lo reis Enrics d'Engleterra si la tòlc per molhèr e si la trais de Normandia e si la menèt en Engleterra. En Bernartz si remàs de çai tristz e dolentz, e venc s'en al bon comte Raimon de Tolosa, e com el s'estèt tro que'l coms morí. Et En Bernartz, per aquela dolor, si s'en rendèt a l'òrdre de Dalon, e lai el definèt. (Bout.-Cluz., pp. 20-21.)

Fils d'un humble serviteur du château de Ventadour (Corrèze), — « filhs d'un sirvent qu'era fornièrs » dit son biographe (si cette *vida* n'est pas entièrement tirée de la « galerie de portraits » de Pèire d'Alvernhe : cf. 22) — il aurait appris l'art de « trouver » auprès de son maître, Ebles II le Chanteur. Lorsque Ebles II succéda à son père, vers 1148, Bernard resta sous la protection du vicomte de Ventadour et s'énamoura de la femme de ce dernier, la veuve du vicomte de Limoges, Marguerite de Turenne. La dame répondit à son amour qui « long temps durèt » jusqu'à ce que le vicomte s'en aperçût. La dame fut alors enfermée et répudiée deux ans plus tard, et notre poète dut quitter Ventadour. Il se rendit alors en Normandie, auprès d'Eléonore d'Aquitaine, dont il s'éprit également, et de là en Angleterre, avec sa protectrice, probablement en

1155. On trouve aussi dans son œuvre des traces de relations avec des dames de Vienne et de Narbonne (Ermengarde de Narbonne fut sans doute sa nouvelle protectrice). Il se retira ensuite à la cour de Raymond V, comte de Toulouse et, à la mort de ce dernier (1194) se fit moine à l'abbaye de Dalon, où il mourut.

B. de Ventadour est sans doute le moins conventionnel, le plus spontané, le plus harmonieux de nos troubadours, celui du moins qui nous paraît le plus sincère. Mais il ne faut pas oublier que la confidence personnelle est en principe étrangère au lyrisme médiéval ou ne s'y manifeste, la plupart du temps, que par des éléments sporadiques et fortuits. C'est ailleurs qu'il faut aller chercher le dynamisme poétique. Aussi le jugement d'A. Jeanroy sur notre poète, pour nuancé qu'il soit et, dans une certaine perspective, fondé, reste finalement le fruit d'une appréciation subjectivisante, établie en fonction d'un système étranger aux conventions propres de son objet ([44]).

a
23. — QUAN VEI LA LAUSETA MOVER...

> Quand vei la lauseta mover
> De jòi sas alas contra'l rai,
> Que s'oblid' e's laissa cazer
> Per la doussor qu'al còr li vai,
> 5 Ailas! quals enveja m'en ve
> De cui qu'eu veja jauzion!
> Meravilhas ai, quar dessé
> Lo còrs de dezirièr no'm fon.

Ailas! tan cujava saber
10 D'amor, e tan petit en sai!
    Quar eu d'amar no'm pòsc tener
    Celèis don ja pro non aurai;
    Tòut m'a mon còr, e tòut m'a se
    E mi mezeis e tot lo mon;
15 E quan si'm tòlc, no'm laisset re
    Mas dezirièr e còr volon.

    Anc non aguí de mi poder
    Ni no fui meus deslòr en çai,
    Que'm laissèt en sos òlhs vezer
20 En un miralh que mout mi plai.
    Miralhs, pòs me mirèi en te,
    M'an mòrt li sospir de preon,
    Qu'aissí'm perdèi com perdèt se
    Lo bèlhs Narcisus en la fon.

25 De las dòmnas mi dezesper,
    Jamais en lor no'm fiarai,
    Qu'aissí com las sòlh captener,
    Enaissí las descaptenrai :
    Pos vei que nulha pro no'm te
30 Ab lèis que'm destrui e'm cofón,
    Totas las dopt e las mescré,
    Car sai que atretals se son.

    D'aissò's fai ben femna parer
    Ma dòmna, per qu'eu l'o retrai,
35 Que vòl çò qu'òm no deu voler,
    E çò qu'òm li deveda fai.
    Cazutz sui en mala mercé
    Et ai ben fait com fòls en pon,
    E no sai perqué m'esdevé,
40 Mas quar tròp pogèi contra mon.

133

Mercés es perduda per ver,
Et eu non o saubí ancmai,
Car cil que plus en degr' aver
Non a ges, et on la querrai?
45 A! quan mal sembla, qui la ve,
Que aquest caitiu deziron,
Que ja ses lèis non aurà be,
Laisse morir, que no l'aón.

Pòs ab mi dòns no'm pòt valer
50 Prècs ni mercés ni'l dreitz qu'eu ai,
Ni a lèis no ven a plazer
Qu'eu l'am, jamais no lo'i dirai.
Aissí'm part d'amor e'm recré :
Mòrt m'a e per mòrt li respón,
55 E vau m'en, pòs ilh no'm reté,
Caitius en eissilh, no sai on.

Tristans, ges non auretz de me,
Qu'eu m'en vau caitius, no sai on :
De chantar me gic e'm recré,
60 E de jòi e d'amor m'escón.

(Texte de K. Bartsch) ([45]).

Traduction

Quand je vois l'alouette s'élancer, joyeuse, dans un
rayon de soleil, puis se laisser tomber, comme étourdie
par la douceur qui lui vient au cœur, hélas! comme
j'envie tous les êtres que je vois heureux! Et je m'émerveille que mon cœur, sur-le-champ, ne se fonde point
de désir.

Hélas! Combien je croyais savoir d'amour, et combien peu j'en sais, puisque je ne puis m'empêcher d'aimer celle auprès de qui je ne trouverai aucun profit. Elle m'a pris mon cœur, elle s'est dérobée à moi, elle m'a pris moi-même et le monde entier, ne me laissant rien que mon désir et mon cœur ardent.

Je n'ai plus eu sur moi-même aucune puissance ni ne m'appartins plus depuis le jour où elle me permit de me regarder dans ses yeux, dans ce miroir qui tant me plaît. Miroir, depuis que je me suis miré en toi, mes profonds soupirs me tuent; et je me suis perdu, comme se perdit le beau Narcisse en la fontaine.

De toutes les femmes je désespère: jamais plus à elles je ne me fierai; et, de même que je prenais leur défense, je les abandonnerai maintenant, puisque je vois qu'aucune ne me secourt auprès de celle qui me tue et me détruit; aussi je les crains toutes et de toutes je me défie, car je sais qu'elles sont toutes les mêmes.

En cela ma Dame est bien femme, et je lui reproche de vouloir ce qu'on ne doit pas vouloir et de faire ce qu'on lui défend. Je suis vraiment tombé en male merci et j'ai agi comme le fou sur le pont! Ah! je sais bien pourquoi tout cela m'est arrivé : j'ai voulu gravir une pente trop escarpée.

Merci est vraiment bien perdue, et jamais je ne l'avais su; car celle qui devrait le plus en avoir n'en a point du tout. Où irai-je donc la chercher? Ah! combien il semble peu à qui la voit qu'elle puisse laisser mourir, faute de secours, ce pauvre assoiffé qui, sans elle, ne pourra guérir.

Puisque, auprès de ma dame, rien ne me sert, ni prières, ni merci, ni les droits qui sont miens; puisqu'il ne lui agrée point que je l'aime, jamais plus je ne le lui dirai. Ici je me sépare d'amour et je le renie. Puisqu'elle a voulu ma mort, je lui réponds par la mort. Et je m'en vais, puisqu'elle ne me retient pas, misérable, en exil, je ne sais où.

Tristan, vous n'aurez plus rien de moi, car je m'en vais, misérable, je ne sais où. Je renonce aux chansons, je les renie : loin de Joie et d'Amour, je vais me cacher.

NOTES

Cette chanson de désespoir, mystique et voluptueuse, une des plus belles et des plus tragiques de la lyrique occitane, était connue et admirée, du temps même du troubadour, dans des contrées lointaines, où l'on en comprenait à peine la langue (cf. Jeanroy, *La poésie lyr.*, II, p. 142, note 4).

Sept *coblas unisonanz* de 8 vers de 8 syll., suivies d'une *tornada* de 4 vers. Schéma métrique : a^8 b^8 a^8 b^8 c^8 d^8 c^8 d^8. Mélodie conservée (cf. p. 380).

24 : Allusion mythologique. On sait que Narcisse s'énamoura de sa propre image qu'il voyait dans l'eau de la fontaine.

38 : *Et ai ben fait com fòls en pon :* allusion à un proverbe : le sage, quand il passe sur un pont, ne se lance pas à l'aveuglette et descend de monture.

57 : *Tristan-s : senhal* mal identifié : désigne peut-être la dame du poète (Marguerite de Turenne).

24. — Tant ai mon cor plen de joia

Tant ai mon còr plen de jòia
Tot me desnatura ;
Flors blanca, vermelh' e blòia
'M sembla la freidura,
5   Qu'ab lo vent et ab la plòia
Me creis l'aventura,
Per que mos chans mont' e pòia
E mos prètz melhura.
Tant ai al còr d'amor
10 De jòi e de doussor,
Que l'iverns me sembla flor
E la nèus verdura.

Anar pòsc ses vestidura
Nutz en ma chamisa
15 Que fin'amors m'assegura
De la freida bisa ;
Et es fòls qui's desmesura
E no's ten de guisa :
Per qu'eu ai pres de mi cura,
20 Pòs que aic enquisa
La plus bèla d'amor,
Don atén gran onor,
Quar en lòc de sa ricor
No vòlh aver Friza.

25 De s'amistat m'esraïza ;
Mas eu n'ai fiansa
Que sivals eu n'ai conquisa
La bèla semblansa :
Et ai ne a ma devisa
30 Tant de benenansa,

Que ja'l jorn que l'aja visa
Non aurai pesansa.
Mon còr ai en amor,
E l'esperitz lai cor,
35 Et eu si'm sui çai alhor
Lonh de lèis en Fransa.

Tan n'atén bon' esperansa
Vès que pauc m'aonda,
Qu'atressí sui en balansa
40 Com la naus en l'onda.
Del maltrag que'm desenansa
No sai on m'esconda :
Tota nòit me vir' e'm lansa
De sobre l'esponda.
45 Tan trac pena d'amor
Qu'a Tristan l'amador
Non avenc tan de dolor
Per Izeut la blonda.

Ai Deus! ar semblès ironda,
50 Que volès per l'aire,
Qu'eu vengués de nòit prionda
Lai al seu repaire!
Bona dòmna jauzionda,
Mòrtz es vòstr' amaire;
55 Paor ai qu'el còrs mi fonda,
S'aissò'm dura gaire.
Dòmna, vas vòstr'amor
Jonh mas mans et adoi.
Bel còrs ab fresca color,
60 Gran mal me faitz traire!

Qu'el mon non a nulh afaire
Don eu tan consire,
Ni aug de lèis ben retraire
Que mon còr no'i vire
65 E mos semblans no s'esclaire,
Que qu'eu n'auja dire,
Si qu'adès vos es vejaire
Qu'ai talen de rire.
Tan l'am per fin' amor
70 Que mantas vetz en plor,
Però que melhor sabor
M'en an li sospire.

Messatgièr, vai e cor
E di'm a la gensor
75 La pena e la dolor,
Qu'eu trac e'l martire.

(Texte de K. Bartsch) ([46]).

Traduction

J'ai le cœur si plein de joie que tout me paraît
changer de nature : le gel me semble fleur blanche,
vermeille et claire. Avec le vent et la pluie croît mon
bonheur; c'est pourquoi mon chant s'élance et
s'élève, et que mon mérite grandit. Car j'ai au cœur
tant d'amour, de joie et de douceur, que l'hiver me
semble fleur et la neige verdure.

Je puis aller sans vêtements, nu sous ma chemise,
car l'amour parfait me protège contre la froide bise.
Bien fou celui qui s'emporte et ne garde point la
mesure! Moi, j'ai pris soin de m'observer depuis

139

que j'ai recherché l'amour de la plus belle, dont j'attends si grand honneur que, pour avoir sa belle personne, je refuserais la Frise.

Elle m'exclut de son amitié; mais j'ai confiance en elle; car j'ai au moins conquis sa belle apparence; et j'en ressens tant de bonheur qu'à mon sens, le jour où je l'aurai vue, je n'aurai plus de tristesse. Mon cœur est plein d'amour; et mon esprit court là-bas [vers elle], tandis que moi je suis ici, ailleurs, loin d'elle, en France.

J'ai placé si bon espoir en celle qui me secourt si peu, que je suis balancé comme la nef sur l'onde. Du malheur qui m'accable, je ne sais où me cacher; toute la nuit il me retourne et me fait bondir sur ma couche. D'Amour me vient plus de peine que Tristan l'amoureux n'en eut pour Izeut la blonde.

Hélas! mon Dieu! que ne puis-je ressembler à l'hirondelle et, traversant les airs, voler, à la nuit profonde, jusque dans sa demeure! Noble et gracieuse Dame, votre amant est mort! Et j'ai peur que mon cœur ne se fonde, si ce tourment dure longtemps. Dame, vers votre amour, je joins les mains et j'adore. Beau corps aux fraîches couleurs, que vous me faites souffrir!

Car il n'est rien au monde à quoi je pense autant; et je ne puis entendre parler d'elle sans que mon cœur ne se tourne vers elle et que mon visage ne s'illumine, quoi que l'on dise à ce sujet; si bien qu'il vous semble aussitôt que j'ai envie de rire. Je l'aime d'un amour si parfait que j'en pleure bien des fois, car plus douce saveur ont cru pour moi les soupirs.

Messager, cours, et va dire à la plus belle, la peine, la douleur et le martyre que j'endure pour elle.

NOTES

Cette pièce a sans doute été composée par Bernard en Normandie (« en Fransa »), après le départ pour l'Angleterre de sa dame, Éléonore d'Aquitaine, qui venait d'épouser Henri II d'Angleterre (1152).

Six *coblas singulars* de 12 vers de 7, 6 et 5 syll., suivies d'une *tornada* de 4 vers. Les rimes c c c sont communes à toutes les strophes. Schéma métrique : a⁷' b⁵' a⁷' b⁵' a⁷' b⁵' a⁷' b⁵' c⁶ c⁶ ᴄ⁷ b⁵'.

1-12 : Nous n'avons pas ici de *début printanier*, comme c'est le cas le plus fréquent, mais un *début hivernal;* le thème classique du printemps est toutefois sous-jacent : malgré le froid et la neige, le poète transfigure la nature et ressent le printemps dans son âme. On sait d'ailleurs à quel point ces préludes descriptifs, ces *Natureingänge*, sont peu objectifs : la nature sert uniquement de fond à la « joie » *(joi)* courtoise, elle n'est qu'une simple introduction au thème essentiel de l'émotion amoureuse.

46-49 : allusion aux amours légendaires de Tristan et d'Yseult. Les allusions à des thèmes poétiques strictement français sont assez rares chez les troubadours. Mais les amours célèbres de l'Antiquité et du Moyen Age leur sont bien connues, colportées sans doute par les romans courtois de l'époque. Aussi en font-ils assez fréquemment mention, surtout dans les genres mineurs *(salutz* et *ensenhamenz)*. Les allusions au couple célèbre apparaissent même plus tôt en occitan qu'en français.

25. — LA DOUSSA VOTZ AI AUZIDA

La doussa votz ai auzida
Del rossinholet sauvatge,
Et es m'ins el còr salhida
Si que tot lo cossirèr
5   E'ls mals trachz qu'Amors me dona,
M'adoussa e m'assazona.
Et auria'm be mestèr
L'autrui jòis al meu damnatge.

Ben es totz òm d'àvol vida
10 Qu'ab jòi non a son estatge
E qui vas Amor no guida
Son còr e son desirèr;
Car tot quant es s'abandona
Vas jòi e refrim' e sona :
10 Prat e devés e vergèr,
Landas e pla e boschatge.

Eu, las! cui Amors oblida,
Que sui fòrs del drech vïatge,
Agra de jòi ma partida,
20 Mas ira'm fai destorbèr;
E no sai on me repona
Pus mon jòi me dessazona;
E no'm tenhatz per leugèr
S'eu dic alcun vilanatge.

25 Una faussa deschausida
Traïritz de mal linhatge

M'a traït et es traïda,
E còlh lo ram ab que's fèr;
E quand autre l'arazona,
30 D'eus lo seu tòrt m'ochaisona;
Et an ne mais li derrèr
Qu'eu, qui n'ai fach lonc badatge.

Mout l'avia gen servida
Tro ac vas mi còr volatge;
35 E pus ilh no m'es cobida,
Mout sui fòls, si mais la sèr.
Servirs qu'òm no gazardona,
Et esperansa bretona
Fai de senhor escudèr
40 Per costum e per usatge.

Pòis tant es vas me falhida,
Aissí lais son senhoratge,
E no vòlh que'm si' aisida
Ni ja mais parlar no'n quèr.
45 Mas però qui me'n razona,
La paraula me n'es bona,
E me n'esjau volontèr
E'm n'alegr' en mon coratge.

Dèus li don mal' escharida
50 Qui pòrta mauvais messatge,
Qu'eu agra amor jauzida,
Si no fosson lauzengèr.
Fòls qui ab sidòns tensona,
Que'lh perdon s'ela'm perdona,
55 E tuch cilh son mensongèr
Que'm n'an fach dire folatge!

Lo vèrs mi pòrta, Corona,
Lai a midòns a Narbona,
Que tuch sei fach son entèr,
60   Qu'òm no'n pòt dire folatge.

(Texte de M. Lazar) ([47]).

Traduction

J'ai entendu la douce voix du rossignolet sauvage
et elle m'est entrée au fond du cœur, si bien qu'elle
adoucit et apaise les soucis et les tourments qu'amour
me donne. Et j'aurais bien besoin, dans mon malheur,
de la joie des autres.

Il mène une vie misérable celui qui ne demeure
dans la joie et ne guide point son cœur et ses désirs
vers Amour; car tout ce qui existe s'abandonne à
la joie et chante et résonne : prairies, enclos et vergers,
landes, plaines et bocages.

Mais moi, hélas!, qu'Amour oublie parce que je
suis hors du droit chemin, j'aurais pu avoir ma part
de joie si la douleur ne m'en empêchait. Et je ne sais
où me réfugier puisqu'elle me gâte la joie. Ne me
tenez donc pas pour frivole si je dis quelque vilenie.

Une fausse et ingrate traîtresse, de vil lignage,
m'a trahi et s'est trahie elle-même, coupant ainsi la
branche dont elle se frappe; et quand un autre la
sermonne, elle m'accuse de son propre tort. Les
derniers venus obtiennent plus d'elle que moi qui ai
vainement attendu si longtemps.

Je l'avais servie très courtoisement, avant que son
cœur ne devînt volage envers moi, et puisqu'elle
ne m'est pas destinée, je serais bien fou si je la servais

davantage. Service sans récompense et « espérance bretonne », par habitude et usage, font d'un seigneur un écuyer.

Puisqu'elle a tant failli à mon égard, j'abandonne sa seigneurie; je ne veux plus qu'elle me soit complaisante ni ne désire parler d'elle plus longtemps. Pourtant, lorsque quelqu'un me parle d'elle, ses paroles me sont agréables : je m'en réjouis volontiers et mon cœur en est plein de joie.

Que Dieu accorde mauvaise destinée à celui qui colporte de méchants messages, car j'aurais connu la joie d'amour si ce n'étaient les médisants. Fou est qui dispute avec sa dame! car je lui pardonne si elle me pardonne. Et ils sont tous des menteurs ceux qui m'ont fait dire sur elle des folies.

Corona, porte pour moi cette chanson, là-bas à Narbonne, à ma Dame, dont les actions sont si parfaites qu'on ne saurait sur elle dire de folies.

NOTES

Belle chanson d'amour où la joie, la douleur et l'espérance s'entremêlent et se répondent dans un mouvement de *balança* spécifiquement ventadourien.

Sept *coblas unisonanz* de 8 vers de 7 syll., suivies d'une *tornada* (transmise seulement par deux mss.) de 4 vers. Schéma métrique : $a^{7'} b^{7'} a^{7'} c^7 d^{7'} d^{7'} c^7 b^{7'}$. Noter que la rime du v. 2 (b) n'est curieusement reprise qu'à la fin de la strophe : c'est le seul exemple attesté. Mélodie conservée (cf. p. 381).

1-2 : le motif du rossignol et de son chant est particulièrement fréquent dans les débuts printaniers de Bernard, lié qu'il est, en profondeur, à l'explosion du *jòi* d'amour, comme dans ces très beaux vers :

> Quan l'èrba fresch' e'lh fòlha par
> E la flors boton' el vèrjan,
> E'l rossinhòls autet e clar
> Lèva sa votz e mòu son chan,
> Jòi ai de lui, e jòi ai de la flor
> E jòi de me e de midons major ;
> Daus totas partz sui de jòi claus e cens,
> Mas sol es jòis que totz autres jòis vens.

38 : Allusion, très fréquente chez les troubadours, à l'attente légendaire des Bretons : ils espèrent que le roi Arthur reviendra de l'au-delà pour régner de nouveau sur eux.

57 : *Corona* : nom d'un jongleur ou d'un messager.

58 : cette dame de Narbonne est vraisemblablement la vicomtesse Ermengarde de Narbonne, protectrice du poète.

X. *Raimbaud d'Orange*
(Rambautz d'Aurenga)

Rambautz d'Aurenga si fo lo sénher d'Aurenga e de Corteson e de gran ren d'autres castèls. E fo adrech et ensenhatz, e bons cavalièrs d'armas, e gent parlantz. E mout se deleitèt en dòmnas onradas et en domnei onrat. E fo bons trobaires de vèrs e de chansons ; mas mout s'entendèt en far caras rimas e clusas.

Et amèt longa sason una dòmna de Proensa, que avia nom ma dòmna Maria de Vertfuòlh ; et apelava la « son

146

Joglar » en sas chansós. Longament la amèt et ela lui. E fetz maintas bonas chansós d'ela e mainz autres bons faitz.

Et el s'enamorèt puis de la bona comtessa d'Urgel, que fo Lombarda, filha del marqués de Busca. Mout fon onrada e presada sobre totas las pros dòmnas d'Urgel; et Rambautz, sens vezer leis, per lo gran ben que n'auzia dire, si enamorèt d'ela et ela de lui. E si fetz sas chansós d'ela; e si'l mandà sas chansós per un joglar que avia nom Rossinhòl, si com ditz en una chanson...

Long temps entendèt en aquesta comtessa e la amèt senes vezer, et anc non ac lo destre que la anés vezer. Dont ieu auzí dir ad ela, qu'èra ja morga, que, se'l i fos vengutz, ela l'auria fait plazer d'aitant, que'il agra sufert qu'el con la ma reversa l'agués tocada la camba nuda... (Bout.-Cluz., p. 441 sq.).

Grand seigneur-poète, comme Guillaume de Poitiers, et dont l'activité littéraire se situe entre 1150 et 1173 environ, G. d'Orange est le plus ancien des troubadours de Provence.

De son père Guillaume d'Omelas († 1156), il tenait d'importants domaines dans les diocèses de Montpellier et de Maguelonne; de sa mère, Tiburge († vers 1150), la seigneurie d'Orange : et c'est près de cette ville, à Courthézon (Vaucluse), qu'il résida principalement. Il accueillit à sa cour P. Rogier et G. de Bornelh et se trouvait peut-être avec eux à Puivert, en 1170, lors de la composition de la célèbre galerie de portraits de P. d'Alvernhe (cf. 22).

Les détails de ses amours nous échappent et il est vraisemblable que ses relations romanesques, aussi bien avec Maria de Vertfuolh qu'avec la comtesse d'Urgel, dont il est fait mention dans la *vida*, ne sont que pure affabulation. On aura d'ailleurs remarqué les ressemblances de cette biographie avec celle de Jaufre Rudel (p. 78), en particulier pour ce qui est du thème, commun aux deux *vidas*, de l'*amor de lonh*.

R. d'Orange est parmi les troub. les plus féconds et les plus malaisés. On conserve de lui une quarantaine de poèmes (souvent dénommés « vers »), dont trois apocryphes. A côté de pièces de classification difficile, mais de type *chanson*, on relève un sirventés, une tenson (sous le senhal de *Linhaure*), et un salut d'amour. Dans cette œuvre abondante, G. d'Orange s'affirme, à côté de P. d'Alvernhe, d'A. Daniel et de Guiraut de Bornelh, comme un des maîtres incontestés du *trobar clus* et du *trobar ric*. Sa virtuosité verbale, même si elle a pu paraître « un peu enfantine dans ses procédés » (Jeanroy), s'inscrit naturellement dans un cadre de recherches formelles et poétiques qu'on ne peut juger sans les replacer dans leur contexte spatio-temporel et qui, cette démarche étant faite, forcent encore l'admiration. Si « la nature » ou « la passion sincère » ne parlent pas dans ses vers, comme le voudrait une certaine critique romantique, c'est que, par définition, elles n'avaient pas à y parler. D'ailleurs, Guillaume se détache souvent lui-même de ses acrobaties langagières par un ton de persiflage et d'humour qui n'appartient qu'à lui.

a
26. — AR RESPLAN LA FLORS ENVERSA

> Ar resplan la flors envèrsa
> Pels trencans rancs e pels tèrtres,
> Quals flors? Nèus, gèls e conglapis
> Que còtz e destrenh e trenca;

148

5   Don vei mòrz quils, critz, brais, ciscles
En fuèlhs, en rams e en giscles.
Mas mi ten vert e jauzen Jòis
Er quan vei secs los dolens cròis.

Quar enaissí m'o envèrse
10   Que bèl plan mi semblon tèrtre,
E tenc per flor lo conglapi,
E'l cautz m'es vis que'l freit trenque,
E'l tro mi son chant e ciscle,
E paro'm fulhat li giscle.
15   Aissi'm sui ferm lassatz en jòi
Que re non vei que'm sia cròi.

Mas una gen fad' envèrsa
(Com s'èron noirit en tèrtres)
Que'm fan pro piègs que conglapis;
20   Qu'us quecs ab sa lenga trenca
E'n parla bas et ab ciscles;
E no i val bastós ni giscles,
Ni menassas; — ans lur es jòis
Quan fan çò don òm los clam cròis.

25   Quar en baisan no'us envèrse
No m'o tòlon pla ni tèrtre,
Dòna, ni gèl ni conglapi,
Mas non-poder tròp en trenque.
Dòna, per cui chant e ciscle,
30   Vòstre bèlh uèlh mi son giscle
Que'm castion si'l còr ab jòi
Qu'ieu no'us aus aver talant cròi.

Anat ai com caus' envèrsa
Cercàn rancs e vals e tèrtres,

35   Marritz con celh que conglapis
       Cocha e mazelh' e trenca :
       Que'm no'm conquís chans ni ciscles
       Plus que fòlhs clèrcs conquèr giscles.
       Mas ar — Dieu lau — m'alberga Jòis
40   Malgrat dels fals lausengièrs cròis.

       Mos vèrs an — qu'aissí l'envèrse,
       Que no'l tenhon bòsc ni tèrtre —
       Lai on òm non sen conglapi,
       Ni a freitz poder que i trenque.
45   A midòns lo chant e'l ciscle
       Clar, qu'el còr l'en intro'l giscle,
       Celh que sap gen chantar ab jòi
       Que no tanh a chantador cròi.

       Doussa Dòna, Amors et Jòis
50   Nos ajosten malgrat dels cròis.

       Joglar, granren ai menhs de jòi!
       Quar no'us vei, en fatz semblant cròi.

                (Texte de W. T. Pattison) [48].

Traduction

       Quand paraît la fleur inverse
       Sur rocs rugueux et sur tertres,
       — Est-ce fleur? Non, gel et givre
       Qui brûle, torture et tronque! —
       Morts sont cris, bruits, sons qui sifflent
       En feuilles, en rains, en ronces.
       Mais me tient vert et joyeux Joie,
       Quand je vois secs les âcres traîtres.

Car le monde ainsi j'inverse
Que plaines me semblent tertres,
Je tiens pour fleur neige et givre
Et pour chaud le froid qui tronque,
L'orage m'est chant qui siffle
Et feuillues me semblent ronces.
Si lié ferme suis à Joie
Que rien ne vois qui me soit traître.

Sinon gens à tête inverse
(Comme nourris sur des tertres),
Qui me cuisent plus que givre
Car tous de leur langue tronquent,
Parlant d'une voix qui siffle!
Rien n'y sert, ni rains ni ronces
Ni menace. Ils ont grand Joie
Faisant ce qui les fait traîtres.

D'un baiser, je vous renverse;
Rien n'y peut, ni plat ni tertre,
Dame, ni gel, neige ou givre,
Car si Non-Pouvoir m'en tronque,
Dame, pour qui mon chant siffle,
Vos beaux yeux sont pour moi ronces
Qui frappent tant mon cœur en Joie
Que je n'ose avoir désir traître.

Je vais comme chose inverse,
Cherchant rocs et vaux et tertres,
Triste, tel celui que givre
Tenaille, torture et tronque :
Pas plus que clerc fou les ronces
Ne m'ont conquis chants qui sifflent.
Mais, grâce à Dieu, m'accueille Joie
En dépit des faux flatteurs traîtres.

Aille mon vers — je l'inverse :
Qu'il résiste à bois et tertres ! —
Là où n'est ni gel ni givre
Ni force de froid qui tronque.
Qu'il le chante clair et siffle
— Que ma dame ait au cœur ronces ! —
Celui qui sait chanter en Joie :
Ce qui ne sied à chanteur traître.

Douce Dame, qu'Amour et Joie
Nous unissent malgré les traîtres !

Jongleur, j'ai bien moins que de Joie :
Vous parti, je fais mine traître.

NOTES

Pièce caractéristique du *trobar ric*. Sur une thématique traditionnalisée (début printanier inversé, joie d'amour malgré l'hiver, érotisme discret et mesuré, dépossession de soi sous l'effet du *joi*, finalité amoureuse plus ou moins atteinte malgré les « traîtres » *lausengiers*), le poète a mis sur pied une construction formelle qui confine au tour de force.

Toute la pièce est en effet bâtie autour de huit termes-clefs qui sont en même temps des mots-rimes, mis en valeur qu'ils sont par leur place privilégiée dans le vers. Ces huit mots expliquent et impliquent trois *topiques* fondamenteaux. Tout d'abord, le terme (et le thème) fondamental, à variante alternée : *enversa/enverse* [49], qui actualise le *topos* du monde renversé, dont tout le poème ne sera qu'un développement (⁵⁰). Viennent ensuite cinq termes à valeur concrète et riches de sonorités expressives, en relation avec le *début hivernal : tertre, conglapi, trenca, ciscle, giscle;* puis deux mots, spécifiques de la situation amoureuse, et antithétiques : *Jòi* (champ notionnel de l'amour qui parvient à ses fins), et *cròi*, « méchant, perfide », qui s'applique aux *lausengiers* (champ notionnel de l'amour contrarié).

Il s'agit donc, on le voit, d'une sorte de variation autour d'un nombre donné d'unités lexicales, d'autant plus valorisées poétiquement qu'elles sont répétées, peut-être choisies d'avance, voire imposées dans un quelconque jeu de société : tant et si bien qu'on pourrait parler de *bouts-rimés* si la pièce ne révélait par ailleurs une solidité de structure, qui va beaucoup plus loin, et incompatible avec une quelconque improvisation. En outre, il faut noter les effets allitératifs concertés, assez caractéristiques du *trobar ric* (⁵¹) : à un point tel que la lecture orale de certains vers constitue un véritable exercice articulatoire! Poésie, on le voit, qui fait plus penser à un bruitage qu'à une symphonie, mais qui n'en laisse pas moins derrière elle le sentiment d'une incomparable maîtrise.

Six *coblas unisonanz*, bâties sur des rimes interstrophiques (mots-rimes à variantes), de 8 vers de 7 syll. Outre l'alternance *envèrsa/enveise, trenca/trenque*, on notera, d'une cobla à l'autre, celle du pluriel et du singulier : *tèrtres/tèrtre, conglapis/conglapi, ciscles/ciscle*, etc. Schéma métrique :
a⁷' b⁷' c⁷' d⁷' e⁷' f⁷' g⁷' h⁷'

1 : *flors enversa.* Nous avons expliqué plus haut que cette étrange *fleur inverse* symbolise un début

printanier inversé : un printemps intérieur au sein même de l'hiver : cf. Bernard de Ventadour, pièce 24.

17-20 : vers difficiles. Il faut comprendre : *gent* (subst.), « gens », *fada* (adj.), fém. de *fat*, « sot, niais », *pro* (subst.), « profit ». Donc : « si ce n'est des gens sots et ayant la tête à l'envers (comme si on les avait éduqués dans les montagnes) qui me font un profit pire que la gelée ». Ces derniers mots sont évidemment ironiques, ces trois vers se référant d'une manière claire, comme l'ensemble de la cobla, aux *lausengiers*. Il nous paraît donc absolument exclus de traduire, comme on l'a fait (cf. *Introd. Et. Anc. Prov.*, p. 136) : « mais une noble fée [les] transforme, comme s'ils étaient nourris dans les montagnes, [de sorte] qu'ils me rendent preux moins [encore] que [le] frimas »!

28 : *non-poder*. Cette expression ne désigne ni le manque de force ni une quelconque impuissance sexuelle. Il s'agit plus vraisemblablement du thème fréquent de la dépossession de soi par l'amour : cf. Bernard de Ventadour :

Anc non aguí de mi poder
Ni no fui meus deslor en çai,
Que'm laissèt en sos òlhs vezer...

31-32 : passage qui a intrigué, mais qui nous paraît simple. Les *giscles* sont faits pour battre et châtier, mais quand ce sont de beaux yeux qui châtient, le châtiment est joyeux : tout cela est coutumier. Quant au *talant cròi*, c'est le désir coupable (dans le cadre de la *fin' amor*, exprimé au v. 25, et dont le poète s'excuse). Cf. *infra* Guiraud de Calanson, pièce 53, v. 21 et 28-29.

154

27. — TENSON

Amics, en gran cossirier
Sui per vos et en grèu pena;
E del mal qu'ieu en sufier
No cre que vos sentatz gaire.
5   Doncs, per que'us metetz amaire,
Pus a me laissatz tot lo mal?
Quar amdós no'l partem egal?

Dòn', Amors a tal mestier,
Pus dos amics encadena,
10   Que'l mal qu'an e l'alegrier
Sen chascús, çò'lh es vejaire.
Qu'ieu pens, e non sui gabaire,
Que la dura dolor coral
Ai eu tota a mon cabal.

15   Amics, s'acsetz un quartier
De la dolor que'm malmena,
Be viratz mon encombrier;
Mas no'us cal del mieu dan gaire;
Que, quar no me'n puesc estraire,
20 Cum que m'an vos es cominal,
An me ben o mal atretal.

Dòmna, quar ist lauzengier,
Que m'an tòut sen et alena
Son vòstr' angoissós guerrier,
25   Lais me'n, non per talan vaire,
Qu'ar no'us sui près, qu'ab lur braire
Vos an bastit tal jòc mortal
Que no jauzem jauzen jornal.

Amics, nulh grat no'us refier,
30 Quar ja'l mieus dans vos refrena
De vezer me, que'us enquier.
E si vos faitz plus gardaire
Del mieu dan qu'ieu no vuelh faire,
Be'us tenc per sobreplus leial
35 Que no son cilh de l'Espital.

Dòna, ieu tem a sobrier,
Qu'aur pèrdi e vos arena,
Que per dich de lauzengier
Nòstr' amor torne's en caire;
40 Per çò dei tener en gaire
Tròp plus que vos, per Sanh Marçal,
Quar ètz la res que mais me val.

Amics, tan vos sai leugier
En fait d'amorosa mena
45 Qu'ieu cug que de cavalier
Siatz devengutz camjaire;
E deg vos o ben retraire
Quar ben paretz que pessetz d'al
Pòs del mieu pensamen no'us cal.

50 Dòna, ja mais esparvier
No pòrt, ni cas ab serena,
S'anc pueis que'm detz jòi entier,
Fui de nulh' autr' enquistaire;
Ni no sui aital bauzaire
55 Mas per enveja'l deslial
M'o alèvon e'm fan venal.

Amics, creirai vos per aital,
Qu'aissí'us aja totz temps leial?

Dòna, aissí m'auretz leial
60   Que ja mais non pensarai d'al.

(Texte de Pattison) ([52]).

Traduction

— Ami, je suis à cause de vous en grand souci et
en grande peine; et du mal que j'endure, je ne crois
pas que vous en souffriez beaucoup. Alors pourquoi
vous érigez-vous en amoureux, si vous me laissez à
moi tout le mal? Pourquoi ne le partageons-nous pas
également?

— Dame, Amour est ainsi fait que, lorsqu'il
enchaîne deux amants, il fait ressentir à chacun d'eux,
selon son bon vouloir, ou la douleur ou la joie. Je
pense donc — et je ne plaisante point — que c'est
moi qui ai, toute à ma charge, la dure douleur du
cœur.

— Ami, si vous ressentiez le quart de la douleur
qui me malmène, vous comprendriez bien mon chagrin; mais vous ne vous souciez guère de mon dommage, et comme je ne saurais l'éviter, mon sort vous
est indifférent, et il vous est égal de me voir heureuse
ou malheureuse.

— Dame, puisque ces lausengiers qui m'ont ravi
le souffle et le sens sont vos mortels ennemis, je
renonce à vous aimer, non pas par désir volage et
parce que je ne suis pas maintenant près de vous,
mais parce que, par leurs médisances, ils vous ont
engagée dans un jeu si perfide que nous ne pouvons
jouir d'une seule journée de joie.

— Ami, je ne vous en sais nulle grâce, puisque

157

ma douleur vous empêche de me voir, moi qui d'amour vous requiers. Et si vous faites de vous un meilleur gardien de mon dommage que je ne veux l'être moi-même, je vous tiens pour plus loyal que ne le sont les chevaliers de l'Hôpital.

— Dame, je crains par-dessus tout que nous ne perdions, moi l'or et vous le sable, et que, à cause des malveillances des lausengiers, notre amour ne finisse mal. Je dois donc être plus sur mes gardes (?) que vous, par saint Martial, car vous êtes la créature qui vaut le plus à mes yeux.

— Ami, je vous sais si léger dans les affaires de l'amour que je pense que, de chevalier, vous êtes devenu changeur. Il faut donc que je vous le reproche : car vous semblez bien porter ailleurs vos soucis, puisque vous vous souciez si peu de ma peine.

— Dame, que jamais je ne porte d'épervier ni ne chasse au faucon, si, après que vous m'avez donné la plus grande joie, j'en ai jamais courtisé une autre! Je ne suis pas un trompeur de la sorte : c'est par envie que les déloyaux me l'imputent et me font passer pour vil.

— Ami, pourrai-je vous croire au point de vous tenir toujours pour fidèle?

— Dame, je serai si fidèle envers vous que jamais je ne penserai à une autre.

NOTES

Tenson entre une dame et un troubadour et transmise par trois manuscrits qui l'attribuent uniquement à Raimbaud d'Aurenga. Aucun détail n'est donné sur la dame et seule l'allusion contenue dans sa minuscule *vida* nous permet de penser qu'il pourrait s'agir de Béatrice de Die, la célèbre *trobairitz*. On a pensé aussi à une tenson feinte, écrite par le seul Raimbaud et adressée à une dame imaginaire. Quoi qu'il en soit, il y a dans cette tenson une certaine dialectique psychologique, la femme y étant plus lyrique et plus passionnée, l'homme plus froid et plus raisonneur. Les strophes féminines mises bout à bout constitueraient presque une *chanson de femme* autonome.

Huit *coblas unisonanz* de 7 vers de 7 et 8 syll., suivies de deux *tornadas*, comme souvent dans les tensons. Schéma métrique : $a^7 b^{7'} a^7 c^{7'} c^{7'} d^8 d^8$. On voit que le deuxième vers contient une rime *estrampa* (interstrophique).

1 : ce premier vers rappelle celui d'une pièce de la comtesse de Die *(Estat ai en greu cossirier / Per un cavalier qu'ai agut)*. Mais il se retrouve aussi ailleurs et ne saurait fournir un argument pour identifier la dame à Béatrice de Die.

8-14 : réponse, abstraite et alambiquée, voire captieuse, du chevalier, dans le cadre de généralités concernant l'amour. C'est en somme l'Amour, au-dessus des contingences de tel ou tel couple, qui répartit à son gré la douleur et la joie chez l'un ou l'autre des deux partenaires. Raimbaud a d'ailleurs conscience de ce que sa réponse a d'insolite, puisqu'il précise : *e non sui gabaire* (et je ne plaisante point).

15-21 : on voit que la *dònna* continue de se placer sur un plan plus affectif et plus subjectif que son partenaire masculin.

36 : on a pensé que ce vers pourrait contenir une

allusion au nom du troubadour : *aur* + *arena* = *Aurenga*.

43-49 : la *dòmna* reproche à Raimbaud sa légèreté et son inconstance en amour (il semblerait maintenant aimer une dame de plus haut parage). Noter le jeu de mots sur *cambiaire*, à la fois : « changeur » (fonction sociale évidemment indigne d'un *cavalier*) et « changeant, inconstant ».

XI. Azalaïs de Porcairagues

N'Azalais de Porcarages si fo de l'encontrada de Monpeslher, gentils dòmna et ensenhada. Et enamorèt se d'En Gui Guerrejat, qu'èra fraire d'En Guilhem de Monpeslher. E la dòmna si sabia trobar, et fez de lui mantas bonas cansós. (Bout.-Cluz. p. 341.)

Les seuls renseignements que nous possédions sur cette *trobairitz* proviennent de sa courte *vida* et de l'unique chanson que les manuscrits nous ont conservée. Originaire de Portiragnes (Hérault), elle a, sans doute, vécu dans la seconde moitié du XIIe siècle si, du moins, c'est bien à la mort de Raimbaud d'Orange qu'elle fait allusion dans la strophe VI de sa *canso*, mort survenue en 1173. Selon A. Sakari, son *amic de gran valor* ne serait autre en effet que Raimbaud d'Orange, qui lui-même aurait composé pour elle une douzaine de pièces dans lesquelles il la désigne sous le *senhal* de *joglar*.

Ar em al freg temps vengut,
Que'l gèls e'l nèus e la fanha,
E l'aucelet estàn mut,
Qu'us de chantar non s'afranha;
5 E son sec li ram pels plais,
Que flors ni fòlha no'i nais,
Ni rossinhòls non i crida
Que la en mai me reissida.

Tant ai lo còr deceubut,
10 Per qu'ieu soi a totz estranha,
E sai que l'òm a perdut
Molt plus tòst que non gazanha;
E s'ieu falh ab motz verais,
D'Aurenga me mòc l'esglais,
15 Per qu'ieu m'estauc esbaïda
E'n pèrt solatz en partida.

Dòmna met mout mal s'amor
Que ab ric òme plaideja,
Ab plus aut de vavassor,
20 E s'il o fai, il foleja;
Car çò ditz òm en Velai
Que ges per ricor non vai,
E dòmna que n'es chausida
En tenc per envilanida.

25 Amic ai de gran valor
Que sobre totz senhoreja,
E non a còr trichador
Vas me, que s'amor m'autreja.

Ieu dic que m'amors l'eschai,
30 E cel que ditz que non fai
Dieus li don mal' escarida,
Qu'ieu me'n tenh fòrt per guerida.

Bèls amics, de bon talan
Son ab vos totz jorns en gatge,
35 Cortes' e de bèl semblan,
Sol no'm demandetz outratge;
Tòst en venrem a l'assai,
Qu'en vòstra mercé'm metrai :
Vos m'avètz la fe plevida,
40 Que no'm demandetz falhida.

A Dieu coman Bel Esgar
E plus la ciutat d'Aurenga
E Glorïet' e'l Caslar
E lo senhor de Proenza
45 E tot quan vòl mon ben lai
E l'arc on son fach l'assai.
Celui perdiei qu'a ma vida,
E'n serai totz jorns marrida.

Joglar, que avetz còr gai,
50 Ves Narbona portatz lai
Ma chanson ab la fenida
Lei cui Jòis e Jovens guida.

(Texte de O. Schultz, avec quelques retouches) [53].

Traduction

Nous voici maintenant parvenus au temps froid,
avec le gel, la neige et la boue. Les oiseaux se sont tus

et aucun d'eux n'a désir de chanter. Les branches dans les haies sont sèches, et ni fleur ni feuille n'y naît. Le rossignol n'y chante plus, lui qui en mai me réveille.

J'ai le cœur si désabusé que je suis à tous étrangère, et sais qu'on a perdu beaucoup plus vite que l'on ne gagne. Et si je me leurre avec des mots sincères, c'est que d'Orange vint mon trouble; et j'en suis si égarée que je perds en partie ma joie.

Elle place fort mal son amour la dame qui porte plainte contre un seigneur trop puissant, au-dessus d'un vavasseur; et si elle le fait, elle commet une folie. Car on dit en Velay que l'amour ne s'accommode point de la puissance, et je tiens pour avilie une dame qui se distingue ainsi.

J'ai un ami de grand mérite, bien au-dessus de tous les autres; et il ne m'est point trompeur le cœur de celui qui m'accorde son amour. J'affirme alors que mon amour lui revient, et qui prétendrait le contraire, que Dieu lui donne un mauvais sort, car je me sens à ce sujet bien à l'abri.

Doux ami, de bonne grâce, je me suis engagée pour toujours à vous, courtoise, et de bonnes manières, à la seule condition que vous ne me demandiez rien d'outrageant. Bientôt nous en viendrons à l'*essai*, car je me mettrai en votre merci. Vous m'avez fait la promesse jurée que vous ne me demanderez pas de faillir.

Je recommande à Dieu Belesgar et aussi la cité d'Orange, la gloriette, le château, le seigneur de Provence, et tous ceux qui, là-bas, veulent mon bien, et aussi l'arc où sont sculptés les exploits. J'ai perdu celui qui était ma vie, et j'en resterai pour toujours affligée.

Jongleur qui avez le cœur gai, portez là-bas ma chanson, avec sa tournade, vers Narbonne, auprès de Celle qui est un modèle de jeunesse et de joie.

NOTES

Chanson dans l'ensemble assez banale, mais intéressante par sa strophe V (qui ferait allusion à la fameuse pratique de l'*assai*) et sa strophe VI (peut-être surajoutée) qui fait nettement référence à Orange et à sa région.

Six *coblas doblas* (les 4 premiers vers de la 6e *cobla* ont des rimes hétérogènes) de 8 vers de 7 syll., suivies d'une *tornada* de 4 vers. Schéma métrique :

$$a^7 \ b^{7'} \ a^7 \ b^{7'} \ c^7 \ c^7 \ d^{7'} \ d^{7'}.$$

1-8 : seul exemple de *Natureingang* attesté chez les *trobairitz*. Il s'agit ici d'un prélude hivernal qui introduit un chant de douleur. Au vers 8 ,vers discuté et de transcription malaisée, j'accepte l'émendation de M. de Riquer.

21-22 : la référence au Velay a été discutée. On a pensé d'abord à un proverbe propre à cette région, puis à une allusion à des vers du troubadour Guilhem de Sant-Leidier, originaire du Velay. Mais une variante de ces deux vers (*Que Ovidis o retrai Qu'amors per ricor non vai*) pourrait faire croire à une réminiscence ovidienne. De toute façon, le v. 22 se référerait à une polémique fréquente chez les troubadours au sujet des dames qui accordent leur amour à des chevaliers trop puissants.

33-40 : ces vers d'Azalaïs, avec d'autres de la comtesse de Die en particulier, ont été mis en avant par certains érudits (notamment R. Nelli) pour prouver la pratique de l'*assai (tòst en venrem a l'assai)*. L'*assai* aurait été une sorte d'épreuve sexuelle qui permettait à la dame de mettre à l'*essai* son ami, afin de voir si elle était aimée d'amour de cœur ou simplement désirée comme objet charnel. En fait, même s'il paraît assuré que la dame mettait assez souvent son ami à l'épreuve, il semble plus douteux qu'il s'agisse vraiment d'un cérémonial concerté et quasi initiatique.

41-48 : cette strophe, surtout par ses quatre premiers vers, paraît étrangère à la chanson. On a pensé (Sakari) qu'elle pourrait avoir été ajoutée par la poétesse à la mort de Raimbaud d'Orange (1173) : elle constituerait ainsi une sorte de *planh* à la mémoire du disparu. Mais le *perdiei* (« je perdis ») du v. 46 implique-t-il *ipso facto* que le troubadour soit mort? Il peut s'agir simplement d'une *perte* par abandon (les *trobairitz* se plaignent souvent d'être délaissées). Quant aux derniers vers de la *cobla*, ils offrent une description assez précise des monuments d'Orange et de sa région : le château de Belesgar, la *glorieta* (ancien palais des princes d'Orange), le *caslar* (forteresse), et enfin le fameux arc romain, dans la frise duquel se trouvent sculptés des batailles et des combats *(assai)*.

50 : La dame à qui il est fait allusion dans l'envoi serait Ermengarde de Narbonne, protectrice bien connue des troubadours (1143-1197).

XII. Guiraud de Borneil
(Guirautz de Bornelh)

Guiraut de Bornelh si fo de Limozí, de l'encontrada d'Esiduòlh, d'un ric castèl del viscomte de Lemòges. E fo òm de bas afar, mas savis òm fo de letras e de sen natural. E fo mèlher trobaire que negús d'aquels qu'èron estat denan ni foron après lui ; per que fo apelatz maestre dels

trobadors, et es ancar per totz aquels que ben entendon
subtils ditz ni ben pausats d'amor ni de sen. Fòrt fo onratz
per los valentz òmes e per los entendenz e per las dòmnas
qu'entendian los sieus maestrals ditz de las soas chansós.

E la soa vida èra aitals que tot l'invern estava en escòla
et aprendia letras, e tota la estat anava per cortz e mena-
va ab se dos cantadors que cantavon las soas chansós.
Non vòlc mais mulhèr, e tot çò qu'el gazanhava dava a sos
paubres parenz e a la eglesia de la vila on el nasquèt,
la quals glesia avia nom, et a encara, Saint Gervàs.
(Bout.-Cluz., pp. 39-40).

D'origine modeste, G. de Bornelh naquit dans la
région d'Excideuil (Dordogne). Après de solides études, il s'adonna à la poésie et écrivit, de 1160 à 1200
environ, près de quatre-vingts pièces qui lui valurent
la protection des grands seigneurs et la réputation de
« maître des troubadours ».

En réalité, si sa renommée nous semble aujourd'hui
un peu surfaite, elle n'en était pas moins incontestable
au Moyen Âge, comme le prouve le nombre de chansons
transmises par les chansonniers et la place, souvent en
tête de volume, qui leur était accordée. Avec ses 77 pièces, Guiraud dépasse tous ses contemporains, non
seulement par l'abondance, mais aussi par la variété
de ses poèmes. On conserve en effet de lui une cinquantaine de chansons, quinze sirventés moraux, trois
tensons, deux chansons de croisade, deux planhs, une
pastourelle, une aube, une romance et un *devinalh*
(énigme).

Oscillant entre le *trobar ric* et le *trobar leu*, il conquit
sa réputation surtout grâce à ses poésies hermétiques :
et c'est dans ce sens que Dante le considéra comme le
poète de la *rectitudo*, avant de lui préférer Arnaud
Daniel (cf. XIV). Certes, son inspiration ne sort guère

du cadre des topiques et des stéréotypes coutumiers mais, comme tous les chantres du *trobar ric*, tel n'était pas son but. Et l'on comprend mal le jugement sévère et tranchant d'Alfred Jeanroy qui le traite de « pédant infatué, débitant pompeusement des banalités ». Ernest Hoepffner est bien plus nuancé et la conclusion de son chapitre sur notre troubadour le réhabilite sur des bases plus objectives :

« Grand artiste de la forme, maître de la langue, virtuose sans excès du vers et de la rime, Giraut s'essaie dans tous les genres. Il cultive avec succès aussi bien le grand chant artistique à l'usage des connaisseurs que la *gaia canso*, facile et légère pour le menu peuple. Il sait plaire aux uns et aux autres. Il est passé maître dans le *trobar ric* et dans le *trobar plan*... Il est encore aujourd'hui un des plus grands maîtres de la poésie occitane » ([54]).

a

29. — AUBE

Reis gloriós, verais lums e clartatz,
Dèus poderós, Sénher, si a vos platz,
Al meu companh sīatz fizèls ajuda,
Qu'eu non lo vi pòs la nòchs fo venguda,
5 *E adès serà l'alba.*

Bèl companhó, si dormètz o velhatz,
Non dormatz plus, suau vos ressidatz,
Qu'en orïent vei l'estela creguda
Qu'amena'l jorn, qu'eu l'ai ben coneguda,
10 *E adès serà l'alba.*

Bèl companhó, en chantan vos apèl,
Non dormatz plus, qu'eu aug chantar l'auzèl
Que vai queren lo jorn per lo boscatge,
Et ai paor que'l gilós vos assatge,
15 *E adès serà l'alba.*

Bèl companhó, eissètz al fenestrèl,
Et esgardatz las ensenhas del cèl;
Conoisseretz si'us sui fizèls messatge :
Si non o faitz, vòstres n'èr lo damnatge,
20 *E adès serà l'alba.*

Bèl companhó, pòs mi partí de vos,
Eu non dormí ni'm mòc de ginolhós,
Ans preguèi Dèu lo filh Santa Maria,
Que'us mi rendés per lejal companhia,
25 *E adès serà l'alba.*

Bèl companhó, la fòras als peirós
Me prejavatz qu'eu no fos dormilhós,
Enans velhès tota nòch tro al dia;
Aras no'us platz mos chans ni ma paria,
30 *E adès serà l'alba.*

— Bèl dous companh, tan sui en ric sojorn
Qu'eu non vòlgra mais fos alba ni jorn,
Car la gensor que anc nasqués de maire
Tenc et abras, per que non prèzi gaire
35 *Lo fol gilós ni l'alba.*

(Texte d'A. Kolsen) [55].

Traduction

Roi glorieux, lumière et clarté véritables, Dieu puissant, apportez, s'il vous plaît, Seigneur, votre aide fidèle à mon compagnon. Car je ne l'ai point revu depuis que la nuit est tombée, *et bientôt poindra l'aube!*

Beau compagnon, que vous dormiez ou veilliez, ne dormez plus, éveillez-vous doucement; car je vois grandir à l'orient l'étoile qui amène le jour; je l'ai bien reconnue, *et bientôt poindra l'aube!*

Beau compagnon, mon chant vous appelle, ne dormez plus; j'entends chanter l'oiseau qui va cherchant le jour dans le bocage; et j'ai bien peur que le jaloux ne vous surprenne, *car bientôt poindra l'aube!*

Beau compagnon, montrez-vous à la fenêtre et regardez les étoiles du ciel; vous saurez ainsi si je vous suis fidèle messager. Si vous ne le faites point, vôtre sera le dommage, *car bientôt poindra l'aube!*

Beau compagnon, depuis que je vous ai quitte, je n'ai point dormi et n'ai cessé de prier à genoux Dieu, le fils de sainte Marie, afin qu'il me rende mon loyal ami; *car bientôt poindra l'aube!*

Beau compagnon, vous m'avez prié, là-bas, sur le perron, de ne point m'endormir et de veiller toute la nuit jusqu'au jour; et maintenant ne vous plaisent ni mon chant ni ma compagnie; *mais bientôt poindra l'aube!*

— Mon doux ami, je suis en si noble séjour, que jamais je ne voudrais voir venir ni aube ni jour, car je tiens dans mes bras la plus belle qui naquît de mère Voilà pourquoi je ne prise guère ni le stupide jaloux ni l'aube.

Cette aube est une des plus charmantes de la lyrique troubadouresque. Les six premières strophes sont chantées par le guetteur ; la dernière, dont l'authenticité a été contestée par certains critiques (Kolsen), est la réponse de l'amant. Pour les caractéristiques du genre, cf. p. 52.

Sept *coblas doblas* de 4 vers de 10 syll. suivis d'un refrain récurrent de 6 syll. Schéma métrique : a^{10} a^{10} $b^{10'}$ $b^{10'}$ $C^{6'}$. Mélodie conservée (cf. p. 382).

8 : *l'estela creguda qu'amena'l jorn* : Vénus, l'étoile du matin.

17 : *las ensenhas del cèl* : les enseignes du ciel, les étoiles ; on lit, d'ailleurs, dans d'autres manuscrits, *estelas.*

b

30. — QUAN LO FREITZ E'L GLATZ E LA NEUS

Quan lo freitz e'l glatz e la nèus
Se'n fug e torna la calors
E reverdís lo gens pascors
E aug las vòutas dels auzèus,
5   M'es aitant bèus
Lo doutz temps a l'issir de martz
Que plus sui salhens que leupartz
E vius, non es cabròls ni cèrs.
Si la bèla cui sui profèrs,

10   Mi vòl onrar
De tan que'm denhe sofertar
Qu'eu sia sos fis entendens,
Sobre totz sui rics e manens.

Tant es sos còrs gais et isnèus
15 E complitz de bèlas colors
Qu'anc de rosièr no nasquèt flors
Plus fresca ni de nulhs brondèus;
        Ni anc Bordèus
Non ac senhor, tant fos galhartz
20 Com ieu, si ja m'acuòlh ni partz
Qu'ieu sia sos dominis sèrs;
E fos apelatz de Bedèrs,
        Quan ja parlar
M'auziri' òm de nulh celar
25 Qu'ela'm dissés privadamens.
Don s'azirès lo sieus còrs gens.

Bòna dòmna, lo vòstr' anèus
Que'm dètz, mi fai tant de socors
Qu'en lui refranchi mas dolors,
30 Quan lo remir, e tòrn plus lèus
        Qu'us estornèus.
Puòis sui per lui aissí ausartz
Que no'us cuidetz, lansa ni dartz
M'espavén ni acièrs ni fèrs;
35 E d'autra part sui plus despèrs
        Per sobramar
Que naus, quan vai troban per mar
Destrecha d'ondas e de vens;
Aissí'm destrenh lo pensamens.

40 Dòmn' aissí com us paucs anhèus
Non a fòrsa contra un ors,
Sui ieu, si la vòstra valors
No'm val, plus febles qu'us rausèus;
    Et èr plus brèus
45 Ma vida de las quatre partz
S'uòi mais mi prend neguns destartz
Que no'm fassatz dreg del envèrs.
E tu, fin'amors, qui'm sofèrs
    E dèus gardar
50 Los fins amans e chapdelar,
Sias me capdèus e garens
A ma dòmna, pòs assí'm vens.

Dòmn', aissí co'l frévols chastèus
Qu'es assejatz per fòrtz senhors,
55 Quan la peirèira franh las tors
E'l calabres e'l manganèus,
    Et es tant grèus
La guèrra davàs totas partz
Que no lor ten pro genhs ni artz,
60 E'l dòls e'l critz es grans e fèrs,
De cels dedins, que ant grans gèrs,
    Sembla'us ni'us par
Quez aja'n mercé a cridar,
Aissí'us clam mercé umilmens,
65 Bòna dòmna et avinens.

(Texte de K. Appel) [56].

Traduction

Quand le froid, la glace et la neige s'enfuient, et que revient la chaleur; quand le gracieux printemps reverdit et que les oiseaux font entendre leurs roulades, tel est pour moi le charme du doux temps de la fin de mars, que je me sens plus habile que léopard, plus vif que chevreuil et que cerf. Si la belle à qui je suis soumis me veut honorer au point de m'agréer pour amant fidèle, je suis plus riche et plus puissant que quiconque.

Son corps est si gracieux et si vif, si riche en belles couleurs, que jamais ne naquit fleur plus fraîche, de rosier ou d'autre plante. Et jamais Bordeaux n'aura connu de seigneur aussi hardi que moi, si elle m'accueille et m'accorde d'être son chevalier servant. Mais il faudrait que je fusse fou pour parler sans discrétion devant quelqu'un de ce qu'elle m'a confié en secret, et m'attirer ainsi la colère de cette charmante créature.

Bonne dame, votre anneau, que vous m'avez donné, m'est d'un secours si précieux qu'il me suffit de le regarder pour bercer mes douleurs et me sentir plus léger qu'un étourneau. Et je suis, grâce à lui, plus vaillant que vous ne sauriez croire, et il n'est plus lance ni trait, ni arme de fer ou d'acier qui puisse me faire peur. Mais, d'autre part, je me sens plus désorienté par mon trop grand amour que le navire lié à la merci des ondes et des vents : tant je suis tourmenté par les soucis d'amour!

Dame, je suis comme le faible agneau qui n'a nulle force contre l'ours; si votre mérite ne vient à mon secours, je suis plus chétif qu'un roseau; et ma vie sera plus brève d'un quart si vous tardez encore à réparer le tort que vous m'avez fait. Et toi, amour fidèle, qui me soutiens, et dont le devoir est de garder et de diriger les vrais amants, sois mon tuteur et mon garant auprès de la dame qui me domine ainsi.

Dame, quand un frêle château est assiégé par de puissants seigneurs, quand le pierrier, la catapulte et le

173

mangonneau brisent les tours; quand la guerre, de toutes parts, est si cruelle que rien ne sert aux défenseurs, ni la ruse ni l'art; quand retentissent les plaintes et les cris sauvages des assiégés, ne vous semble-t-il pas qu'il ne leur reste plus qu'à demander merci? C'est ainsi que j'implore humblement votre grâce, ô noble et charmante dame.

NOTES

Chanson assez peu originale. Tous les lieux communs de la rhétorique troubadouresque s'y retrouvent : l'immuable *début printanier*, le portrait, si impersonnel, de la dame, avec, en plus, toute une série de comparaisons assez inattendues : le navire sur la mer tempêtueuse, le château assiégé, etc... et surtout cette longue succession de comparaisons avec les animaux (ours, agneau, léopard, chevreuil, cerf, étourneau).

Cinq *coblas unisonanz* de 13 vers de 8 et 4 syll. Schéma métrique : $a^8 b^8 a^8 b^8 b^4 c^8 c^8 d^8 d^8 e^4 e^8 f^8 f^8$

22 : *E fos apelatz de Bedèrs* : littér. : fussé-je appelé de Béziers; *èsser de Bedèrs* (*/Bezers*) : loc. : être fou.

65 : trois manuscrits (G, Q et S[5]) donnent, en plus, la tornade suivante :

> Joglars, ab aquestz sos noveus
> Te'n vai, e'ls portaras de cors
> A la bela, cui nais ricors,
> E digas li qu'eu sui plus seus
> Que sos manteus.

(Jongleur, pars à la course avec cette nouvelle mélodie, et porte-la à la belle en qui naît toute noblesse; et dis-lui que je lui appartiens davantage que son manteau).

c

31. Un sonet fatz malvatz e bo

Un sonet fatz malvatz e bo
E re no sai de qual razó
Ni de cui ni com ni per que
Ni re no sai don me sové
5   E farai lo, pòs no'l sai far,
E chan lo qui no'l sap chantar!

Mal ai, qu'anc òm plus sas no fo,
E tenh malvatz òme per pro,
E don assatz, quan non ai re,
10   E vòlh mal celui que'm vòl be;
Tan sui fis amics ses amar
Qu'ancse'm pèrt qui'm vòl gazanhar.

Ab celui vauc que no'm somó
E quèr li, quan non a que'm do.
15   Per benestar sui ab Jaufré,
Qu'aissí sai far çò que'm convé
Qu'eu'm lèu, can me degra colgar,
E chan d'acò don dei plorar.

Detorn me vai e deviró
20   Foldatz, que mais sai de Cató.
Devàs la coa'lh vir lo fre,

S'altre plus fòls no m'en reté;
Qu'aital sen me fi ensenhar
Al prim qu'èra'm fai folejar.

25 Drutz ai estat una sazó
Senes engan ab traïsó.
Ab orgòlh ai clamat mercé
A l'altrui òbs si com per me
Qu'estra mo grat cut achabar
30 E quèr çò que no'm vòlh donar.

Dòmna sai, ja no vòlh que'm so
Ni, si'm fai mal, que lo'm perdó.
Si's volia colgar ab me,
A pauc no vos jur per ma fe
35 Que pro m'en faria prejar;
Mas no'n deu òm tròp soanar!

Si'm fezés ben, en gazardó
Eu sai be trobar ochaisó
Per que'l servizis s'i recré.
40 Mas çò d'aquels derrèrs s'emplé,
Per malvestat cudan levar
E mais valer per sordejar.

No sai de que m'ai fach chansó
Ni com, s'altre no m'o despó;
45 Que tan fòl a saber m'avé,
Re no conosc que m'aperté.
Cela m'a fach oltracudar
Que no'm vòl amic apelar!

Eu cut chausidamen parlar
50 E dic çò que'm fai agachar.

Ela'm pòt en mo sen tornar,
Si'm denhava tener en char.

(Texte A. Kolsen) (⁶⁷).

Traduction

Je compose une mélodie, bonne et mauvaise, sans
savoir sur quel sujet ni sur qui, ni comment ni pourquoi; et je ne sais rien dont je me souvienne. Mais je la
ferai, puisque je ne sais pas la faire, et la chantera qui
n'est pas capable de la chanter.

Je me sens mal, car jamais il n'y eut un homme
plus sain que moi, et je tiens pour mauvais le meilleur
des hommes; et je donne avec largesse, puisque je n'ai
rien, et je veux du mal à qui me veut du bien. Je suis,
sans amour, un amoureux si sincère que qui me veut
gagner me perd toujours.

Je vais avec celui qui ne m'appelle pas, et lui adresse
ma requête puisqu'il n'a rien à me donner. Pour mon
bien-être, je suis avec Jaufré, car ainsi je sais faire ce
qui me convient : je me lève quand je devrais me coucher et je chante quand je devrais pleurer.

Autour de moi et alentour va la Folie, car j'en sais
plus que Caton. Vers la queue je lui vire le frein, si un
plus fou que moi ne me retient pas : car je me fis ensei-
gner d'abord un bon sens tel qu'il me fait maintenant
commettre des folies.

J'ai été amant un certain temps, sans tromperie ni
trahison. Plein d'orgueil, j'ai appelé la merci en faveur
des autres comme de moi-même, car je pense en finir
contre mon gré et je recherche ce que je ne veux pas
qu'on me donne.

Je sais une Dame, mais je ne veux pas qu'elle me fasse signe ni, si elle me fait du mal, qu'elle me le pardonne. Si elle voulait coucher avec moi, je vous jurerais presque par ma foi que je m'en ferais fortement prier ; mais on ne doit pas se montrer trop dédaigneux !

Si elle me faisait du bien, je saurais bien trouver un prétexte, en contre-partie, pour la faire renoncer au service amoureux. Et que s'accomplisse ce que veulent les méchants (?) : par méchanceté ils pensent s'élever et valoir plus en s'avilissant davantage.

Je ne sais sur quoi j'ai fait ma chanson, ni comment, si un autre ne me l'explique, car tant follement il m'arrive de m'instruire que je n'ai nulle connaissance de ce qui m'appartient.

Je pense parler de façon choisie et je dis des choses qui font qu'on me regarde.

Ma Dame pourrait me rendre mon bon sens, si elle daignait m'accorder son amour.

NOTES

Poésie qui appartient au genre *devinalh*, qu'on peut classer dans le registre du non-sens (cf. notre *Lyrique française...*, chap. IX, X, XI) et qu'on retrouve peut-être dans la tradition populisante des fatrasies, des rêveries, des fatras et chansons de menteries. En occitan médiéval, il faut signaler, dans le même registre : la pièce de Guilhem de Peitieus : *Farai un vers de dreit neien*, le *Escotatz, mas no say que s'es* de Raimbaut d'Aurenga, et un autre *devinalh* de Raimbaut de Vaqueiras *Savis e fòls, humils et orgoillós*. En français, on pense évidemment à la ballade des contre-vérités de Villon.

Dans la plupart de ces pièces, la désarticulation sémantique du langage a pour but d'exprimer le désarroi psychique provoqué par l'amour.

Huit *coblas unisonanz* de six vers de huit syll. et deux *tornadas* de deux vers chacune. Schéma métrique : a^8 a^8 b^8 b^8 c^8 c^8.

1 : *sonet* : diminutif de *son* « mélodie ».

15 : il s'agit ici du personnage fondamental du roman occitan de *Jaufré*.

27 : antithèse classique entre *Orgolh* et *Mercé*.

33-35 : note érotique exprimée ici par antiphrase, le désir profond du poète étant évidemment de coucher avec sa dame.

40 : vers obscur et diversement interprété.

48 : noter le sémantisme précis de *amic* qui désigne ici, comme souvent dans la bouche de la dame, l'amant à qui elle a accordé ses privautés.

50 : *agachar* : « regarder » ou « surveiller ». De toute façon, le sens profond est le même.

XIII. *Guilhem de Berguedan*
(Catalan : Guillem de Berguedà)

Guilhems de Berguedan si fo uns gentils bars de Catalonha, vescoms de Berguedan, sénher de Madorna e de Riechs, bons cavaliers e bons guerriers.

Et ac gran guèrra com Raimon Folc de Cardona, qu'èra plus rics e plus grans qu'el. Et avenc se que un dia se trobèt ab Raimon Folc, et aucís lo malamen. E per la mòrt d'En Raimon Folc el fo deseretatz. Longa saison lo mantenguen siei paren e siei amic; mas pòis

tuit l'abandonèren per çò que totz los escogossèt, o de
las molhers o de las filhas o de las serors; que anc non
fo negús que'l mantengués, mas de N'Arnaut de Cas-
telbon, qu'èra uns valenz òm, gentils e grans d'aquela
encontrada.

Bons sirventés fetz, on disia mals als uns e bens als
altres e se vanava de totas las dòmnas que'lh sofrian
amor. Mout li vengon grans aventuras d'armas e de
dòmnas e de gran desaventuras. Pòis l'aucís uns peons.
(Bout.-Cluz. p. 527-529.)

Nous donnons ici *in extenso* la *vida* de Guilhem
de Berguedàn car, ainsi que l'a démontré le dernier
éditeur du poète, Martin de Riquer, elle est rigoureusement exacte, ce qui implique que le biographe a
utilisé une documentation précise, excédant de beaucoup celle qu'il pouvait tirer des œuvres : le fait
est si rare qu'il méritait d'être souligné.

Grand seigneur catalan, dont le nom apparaît dans
divers documents entre 1138 et 1192, G. de B. participa avec acharnement aux luttes féodales qui rava-
geaient son pays. En 1175, il assassine traîtreusement
le vicomte Raimon Folc de Cardona, dont il jalousait
la puissance. Entré en rebellion ouverte contre
l'évêque d'Urgel et contre le roi Alphonse II, on le
retrouve pourtant quelques années plus tard auprès de
ce dernier, lors de son entrevue avec Richard Cœur-
de-Lion, entrevue qui se tint à Najac, en Rouergue
le 14 avril 1185. Seule sa mort, dont la *vida* nous dit
qu'elle a été perpétrée par un fantassin *(peon)* n'a
point laissé de traces dans la documentation historique.

Son œuvre (31 poèmes) comprend une majorité
de sirventés d'une extrême virulence, liés la plupart
du temps aux querelles et aux combats de sa vie. Il
accuse ses adversaires de meurtre, de viol, d'homo-

sexualité, il va jusqu'à menacer l'évêque d'Urgel
de la castration... Et même le très beau *planh* sur
la mort de Ponç de Mataplana (voir ci-après) n'efface
pas les insultes et les injures dont il l'avait accablé
avant sa disparition. G. de B. est aussi l'auteur de
quelques *cansos* amoureuses, remarquables par la
précision avec laquelle il transpose le vocabulaire
féodal, qu'il connaissait parfaitement, dans le domaine
de l'érotique courtoise. Tant par sa vie que par son
œuvre, par sa démesure comme par son talent, G. de B.
ressemble comme un frère à Bertran de Born (avec
lequel il s'était d'ailleurs lié d'amitié) : ce n'est pas
là un mince compliment.

32. — CONSIRÓS CANT E PLANC E PLOR

> Consirós cant e planc e plor
> Pel dòl que m' a sasit et pres
> Al còr per la mòrt Mon Marqués,
> En Pons, lo pros de Mataplana,
> 5 Qui èra francs, larcs e cortés,
> E an totz bos captenimens,
> E tengutz per un dels melhors
> Qui fos de San Martí de Tors
> Tro [Lerid'] et la terra plana.
>
> 10 Loncs consiriers ab greu dolor
> A laissat e nòstre paés
> Ses conòrt, que no i a ges
> En Pons, lo pros de Mataplana;
> Paians l'an mòrt, mais Dieu l'a pres

15 A sa part, que'l serà garens
Dels grans forfatz et dels menors
qe'ls angels li foron auctors,
Car mantenc la lei cristiana.

Marqués, s'eu dis de vos folor,
20 Ni motz vilans ni mal aprés,
De tot ai mentit e mesprés,
Qu'anc, pòs Dieu bastí Mataplana,
No'i ac vassal que tan valgés,
Ni que tant fos pros ni valens,
25 Ni tan onratz sobre. ls aussors,
Jas fosso ric vòstr'ancesors;
Et non o dic ges per ufana.

Marqués, la vòstra desamoɪ
E l'ira qu'e nos dos se mes
30 Vòlgra ben, se a Dieu plagés,
Ans qu'eississetz de Mataplana,
Fos del tot pais per bona fes;
Que'l còr n'ai trist e'n vauc dolens
Car no fui al vòstre socors,
35 Que ja no m'en tengra paors
No'us valgés de la gent trufana.

E paradís el lɷòc melhor,
Lai o'l bon rei de Fransa es,
Pròp de Rolan, sai que l'arm'es
40 De Mon Marqués de Mataplana;
E mon joglar de Ripolés,
E mon Sabata eisamens,
Estàn ab las dòmnas gensors
Sobr'u pali cobèrt de flors,
45 Josta N'Olivier de Lausana.

(Texte M. de Riquer) ([58]).

182

Plein d'amertume je chante, pleure et me plains pour
la douleur qui m'a saisi et envahi le cœur depuis la
mort de Mon Marquis, le seigneur Pons, le preux de
Mataplana, qui était noble, large et courtois, doué
de toutes bonnes qualités, et tenu pour l'un des
meilleurs qui fût, depuis Saint Martin de Tours
jusqu'à [Lérida] et la terre plaine.

Il a laissé derrière lui grandes plaintes et douleurs
pesantes, et notre pays sans réconfort, depuis qu'il
n'est plus là, le seigneur Pons, le preux de Mataplana.
Les païens l'ont tué, mais Dieu l'a pris à ses côtés,
et lui sera secourable pour ses péchés grands et petits,
car les anges lui furent garants, à lui qui protégea la
loi chrétienne.

Marquis, si j'ai dit de vous choses folles, des mots
grossiers et discourtois, en tout j'ai menti et failli :
car, depuis que Dieu construisit Mataplana, on ne vit
point de vassal qui eût tant de valeur, qui fût aussi
preux et vaillant, ni plus honoré parmi les meilleurs,
pour puissants qu'eussent été vos ancêtres. Et cela,
je ne le dis point par vanité.

Marquis, j'aurais tant voulu, si cela avait plu à
Dieu, que votre désaffection et l'inimitié qui existaient
entre nous deux se fussent apaisées en bonne foi
avant que vous ne quittiez Mataplana. J'ai le cœur
triste, en effet, et me sens si dolent de ne pas être venu
à votre secours, car la peur ne m'eût pas empêché
de vous défendre contre la gent trompeuse.

Au paradis, à la meilleure place, là où est le bon roi
de France, aux côtés de Roland, c'est là — je le sais —
qu'est l'âme de Mon Marquis de Mataplana. Et
mon jongleur de Ripollés et mon Sabata s'y trouvent

aussi, avec les plus nobles dames, sur un tapis couvert de fleurs, auprès d'Olivier de Lausanne.

NOTES

Planh inspiré par la mort de Pons de Mataplana. Ce personnage, d'après M. de Riquer, si dénigré et ridiculisé par Guilhem de Berguedan, mourut au cours d'un combat contre les Maures, sûrement au sud de la Catalogne ou dans le bas Aragon, ou au nord du royaume maure de Valence, entre 1180 et 1185. Le *planh* se développe selon la structure habituelle du genre (cf. nº 3) : expression de la douleur, diffuse dans tout le poème, chant de louange à la mémoire du disparu (surtout dans les str. I et III), intercession pour le repos de son âme au paradis. En fait, cette dernière strophe reprend le motif de la louange, puisqu'elle implique une comparaison entre le défunt et les plus grands preux disparus (Charlemagne, Roland et Olivier). On notera toutefois, aux str. III et IV, un lyrisme plus subjectif qu'à l'accoutumée, puisque le troubadour exprime ici — ce qui est rare — son repentir et ses erreurs vis-à-vis de son ancien ennemi.

Cinq *coblas unisonanz* de 9 vers de 8 syll. Schéma métrique : $a^8 \, b^8 \, b^8 \, c^{8'} \, b^8 \, d^8 \, e^8 \, e^8 \, c^{8'}$. Noter le mot-refrain *Mataplana*, sémantiquement chargé, au 4e vers de chaque *cobla*.

1 : stylistique habituelle de l'expression douloureuse, liée ici à des effets allitératifs.

9 : *Lerid'* (Lérida) : toponyme hypothétique et proposé par M. de Riquer. L'unique manuscrit est en effet illisible à cet endroit.

38 : *bon rei de Fransa* : Charlemagne.

42 : d'après M. de Riquer, il ne s'agit pas ici d'un jongleur, comme au vers 41 (*Ripolés*, région de Ripoll), mais de Sabata de Calders (del Bages), ami du troubadour.

45 : Olivier, l'ami de Roland mort à Roncevaux, n'est appelé de Lausanne que dans le *Ronsasval* occitan.

XIV. Arnaud Daniel
(Arnautz Daniel)

Arnautz Daniels si fo d'aquela encontrada dont fo N'Arnautz de Meruòlh, de l'evescat de Peiregòrds, d'un castèl que a nom Ribairac, e fo gentilhs òm. Et amparèt ben lètras e delectèt se en trobar. Et abandonèt las lètras e fetz se joglars, e pres una manièra de trobar en caras rimas, per que soas cansons no son lèus ad entendre ni ad aprendre... (Bout.-Cluz., p. 59).

La carrière poétique de notre poète, originaire de Ribérac (Dordogne), s'étend de 1180 à 1210 environ : il prétend en effet, dans l'une de ses pièces, avoir assisté au couronnement de Philippe-Auguste (1180), et une allusion à sa personne dans la célèbre galerie de portraits du moine de Montaudon (1194-95) laisse pressentir qu'il était déjà connu à cette date [59]. Élevé par Dante, dont il fut l'un des maîtres, au premier rang des troubadours [60], salué par Pétrarque comme un « gran maestro d'amore », « fra tutti il primo », A. Daniel est sans doute le représentant le plus illustre et le plus doué du *trobar ric*. Dans les dix-huit pièces qu'on conserve de lui (dont deux seulement avec la musique), notre troubadour se révèle en effet comme l'un des plus savants ouvriers en vers du Moyen Age. Si son inspiration n'est pas originale, comme l'affirme A. Jeanroy (ce qui est vrai, mais on sait qu'elle n'avait pas à l'être), sa virtuosité verbale et rythmique est vraiment extraordinaire : que ce soit dans la structure de la strophe, la recherche des rimes (rimes équivoques, dérivées, intérieures, *dissolutas* et *caras*), l'emploi de l'allitération ou de l'assonance, la valorisation enfin de mots rares et précieux. C'est dans cette dernière recherche peut-être que réside le principal enseignement du poète périgourdin à Dante, à savoir, comme le dit si bien G. Contini, « un esercizio di mistica verbale, che parte dalla parola in rima, la più allusiva di tutte, e in qualche modo si propaggina a ritroso in tutto il verso per richiamarvi uno spettacolo di natura intensamente reale » [61].

Nous donnons ici une première pièce parmi les moins obscures, où il fait du reste quelques allusions à son art poétique, et deux autres, particulièrement caractéristiques du *trobar ric*.

a

33. — En cest sonet coind' e leri

En cest sonet coind' e lèri
Fauc motz e capug e dòli,
E seràn verai e cèrt

Quan n'aurai passat la lima;
5 Qu'Amors marves plan' e daura
Mon chantar, que de lièi mòu
Qui prètz mantén e govèrna.

Tot jorn melhur et esmèri,
Car la gensor sèrv e còli
10 Del mon, çò'us dic en apèrt.
Sieus sui del pè tro qu'en cima,
E si tot venta ilh freid' aura,
L'amors qu'inz el còr mi plòu
Mi ten chaut on plus ivèrna.

15 Mil messas n'aug e'n profèri
E'n art lum de cera e d'òli
Que Dieus m'en don bon issèrt
De lièis on no'm val escrima;
E quan remir sa crin saura
20 E'l còrs gai, grailet e nòu
Mais l'am que qui'm dès Lusèrna.

Tan l'am de còr e la quèri
Qu'ab tròp voler cug la'm tòli,
S'òm ren per ben amar pèrt.
25 Que'l sieus còrs sobretracima
Lo mieu tot e no s'eisaura;
Tant a de ver fait renòu
Qu'obrador n'a e tavèrna.

No vuòlh de Roma l'empèri
30 Ni qu'òm m'en fass' apostòli,
Qu'en lièis non aja revèrt
Per cui m'art lo còrs e'm rima;

187

E si'l maltrach no'm restaura
Ab un baisar anz d'an nòu,
35   Mi aucí e si enfèrna.

Ges pel maltrach qu'eu sofèri
De ben amar no'm destòli,
Si tot me ten en desèrt,
Qu'aissi'n fatz los motz en rima.
40   Pièitz trac aman qu'òm que laura,
Qu'anc plus non amèt un òu
Cel de Monclí N'Audïèrna.

Ieu sui Arnautz qu'amàs l'aura
E chatz la lèbr' ab lo bòu
45   E nadi contra subèrna.

(Texte de R. Lavaud) [63].

Traduction

Sur cet air gracieux et léger je fais des paroles que je
rabote et dole : elles seront sincères et sûres quand j'y
aurai passé la lime. Car l'Amour à l'instant polit et
dore ma chanson, que m'inspire ma Dame, protectrice
et guide de tout mérite.

Chaque jour je m'améliore et m'affine, car je sers
et révère la plus gente dame du monde, je vous le dis
sans ambages. Je suis sien des pieds à la tête, et la
froide bise a beau souffler, l'amour qui inonde mon
cœur me tient chaud au plus froid de l'hiver.

J'entends et j'offre mille messes, et brûle flammes de
cire et d'huile, afin que Dieu me donne bonne réussite
auprès de celle contre qui toute défense est inutile.

Quand je contemple sa chevelure blonde, son corps alerte, délicat et nouveau, je l'aime mieux que celui qui m'offrirait Lucerne.

Je l'aime et la désire de si grand cœur que, par excès d'ardeur, je me la ravirai, je pense, à moi-même, si l'on peut perdre un être à force de l'aimer. Car son cœur submerge le mien tout entier d'un flot qui ne s'évapore point ([63]). Elle a en cela si bien fait l'usure qu'elle possède à la fois l'artisan et la boutique ([64]).

Je ne veux ni l'empire de Rome ni qu'on m'en nomme le pape, si je ne dois point revenir vers celle pour qui mon cœur brûle et se ronge. Car si elle ne guérit mon tourment, par un baiser, avant l'année nouvelle, elle me tuera et se vouera à l'enfer.

Le tourment que j'endure ne me détourne nullement de bien aimer, bien qu'il me retienne dans la solitude, car il me permet ainsi de disposer mes mots en vers. Je supporte pis en aimant qu'un homme qui travaille la terre, car jamais — fût-ce gros comme un œuf — le sire de Moncli n'aima plus Dame Audierne.

Je suis Arnaut qui amasse le vent ; je chasse le lièvre à l'aide du bœuf et nage contre la marée.

NOTES

Six *coblas unisonanz* en rimes interstrophiques *(rims estramps)* de 7 vers de 7 syll., suivies d'une *tornada* de 3 vers. Schéma métrique :
$$a^{7\prime}\ b^{7\prime}\ c^7\ d^{7\prime}\ e^{7\prime}\ f^7\ g^{7\prime}.$$
1 : *sonet* : dimin. de *son* (chanson, mélodie). Le mot actuel, *sonnet*, avec sa valeur de poème à forme fixe, vient de l'ital. *sonetto*.

2-4 : *allusion* à l'art poétique d'A. Daniel : le poète
rabote et dole ses vers et les passe à la lime.
(Cf. note biogr.)

8 : *Tot jorn melhur et esmeri* : je m'améliore et
m'affine. On sait que la *fin' amor* est une école de
perfectionnement moral.

12-13-14 : on trouve le même topique chez B. de
Ventadour (cf. 24, v. 1-12).

21 : *Lusèrna (/Lucèrna)* : Luserne ou Lucerne. Il
s'agit probablement, d'après R. Lavaud, de la
ville espagnole de *Lucerna*, au N.-O. de Castillon
(prov. de Valence); c'est là que se déroule une
grande partie des *Enfances Vivien*. On a aussi
pensé à *Lucerne-Saint-Jean*, ville du Piémont.

42 : *Cel de Monclí N'Audièrna* : héros de romans
d'amour ou d'aventure, inconnus ailleurs.

43-45 : le poète veut probablement, par cette triple
image, montrer la difficulté et la vanité de ses
entreprises amoureuses.

b
34. — SEXTINE

Lo ferm voler qu'el còr m'intra
No'm pòt ges bècs escoissendre ni ongla
De lauzengièr, qui pèrt per mal dir s'arma;
E car non l'aus batr' ab ram ni ab verga,
5   Sivals a frau, lai on non aurai oncle,
Jauzirai jòi, en vergièr o dinz cambra.

Quan mi sovén de la cambra
On a mon dan sai que nulhs òm non intra
Anz me son tuch plus que fraire ni oncle,

10   Non ai membre no'm fremisca, neis l'ongla,
Aissí com fai l'énfas denant la verga :
Tal paor ai no'l sia tròp de l'arma.

Del còr li fos, non de l'arma,
E cossentís m'a celat dinz sa cambra!
15   Que plus mi nafra'l còr que còlps de verga
Car lo sieus sèrs lai on ilh es non intra;
Totz temps serai ab lièis com carns et ongla,
E non creirai chastic d'amic ni d'oncle.

Anc la seror de mon oncle
20   Non amèi plus ni tant, per aquest' arma!
Qu'aitant vezís com es lo detz de l'ongla,
S'a lièi plagués, vòlgr' èsser de sa cambra;
De mi pòt far l'amors qu'inz el còr m'intra
Mièlhs a son vòl qu'òm fòrtz de frévol verga.

25   Pòis florí la seca verga
Ni d'En Adam mògron nebot ni oncle,
Tant fin' amors com cela qu'el còr m'intra
Non cug fos anc en còrs, ni eis en arma;
On qu'ilh estèi, fòrs en plaz', o dins cambra,
30   Mos còrs no'is part de lièis tant com ten l'ongla.

Qu'aissí s'enprén e s'enongla
Mos còrs en lei com l'escòrs' en la verga;
Qu'ilh m'es de jòi tors e palaitz e cambra,
E non am tant fraire, paren ni oncle :
35   Qu'en paradís n'aurà doble jòi m'arma,
Si ja nulhs òm per ben amar lai intra.

Arnautz tramet sa chanson d'ongl' e d'oncle,
A grat de lièis que de sa verg' a l'arma,
Son Desirat, cui prètz en cambra intra.

(Texte de G. Toja) (65).

Traduction (65 bis)

Ce vœu dur qui dans le cœur m'entre,
Nul bec ne peut le déchirer, ni ongle
De lausengier, qui médisant perd l'âme;
Et ne l'osant battre à branche ou à verge,
Secrètement, là où il n'y a point d'oncle,
J'aurai ma joie en verger ou en chambre.

Quand j'ai souvenir de la chambre
Où à mon dam je sais que pas un n'entre,
Tant me sont durs plus que frère ni oncle —
Nul membre n'ai qui ne tremble, ni d'ongle,
Plus que ne fait l'enfant devant la verge :
Telle est ma peur de l'avoir trop dans l'âme!

Puisse-t-elle de corps, non d'âme,
Me recevoir en secret dans sa chambre!
Car plus me blesse au cœur que coup de verge
Si qui la sert là où elle est ne rentre!
Toujours serai pour elle chair et ongle
Et ne croirai conseil d'ami ni d'oncle.

Et jamais la sœur de mon oncle
Je n'aimai plus ni tant, de par mon âme!
Et si voisin que l'est le doigt de l'ongle,
Je voudrais être, à son gré, de sa chambre;
Plus peut Amour qui dans le cœur me rentre
Faire de moi qu'un fort de frêle verge.

Car depuis que fleurit la verge
Sèche et qu'Adam légua neveux et oncles,
Si fine amour, qui dans le cœur me rentre,
Ne fut jamais en corps, ni même en âme;
Où qu'elle soit, dehors ou dans sa chambre,
Mon cœur y tient comme la chair à l'ongle.

Car ainsi se prend et s'*énongle*
Mon cœur en elle ainsi qu'écorce en verge;
Elle est de joie tour et palais et chambre,
Et je ne prise autant parents ni oncle :
Au ciel j'aurai deux fois joyeuse l'âme,
Si jamais nul, de trop aimer, n'y entre.

Arnaud envoie sa chanson d'ongle et d'oncle
A toi qui tiens son âme sous ta verge,
Son *Désiré*, dont le Prix en chambre entre.

NOTES

La *sextine*, dont A. Daniel est vraisemblablement
l'inventeur, est, comme son nom l'indique, un poème
de six couplets de six vers, dont chacun se termine
par un mot-clef qui reparaît, diversement distribué,
dans les vers de toutes les strophes. Et comme il y a
six strophes, chaque mot-clef occupe successivement
toutes les positions possibles : ce résultat est obtenu
par un système régulier de déplacements *(retro-
gradatio cruciata)*. C'est dire qu'il n'y a pas à proprement parler de rimes. Notons enfin que les strophes
sont *capfinidas*, c'est-à-dire que le dernier mot-rime

d'une strophe devient le premier mot-rime de celle qui suit. Dans la *tornada* enfin, les six mots-rimes sont *bloqués* dans les trois vers.

Ces mots sont les suivants : *intra, ongla, arma, verga, oncle, cambra* ([66]). Il s'agit, on le voit, de termes sémantiquement disparates, assez peu allusifs en soi, à l'exception du mot *cambra*, d'une situation amoureuse donnée. Nous renvoyons le lecteur à ce que nous avons dit, à propos de Raimbaut d'Orange, de ces *bouts-rimés* de génie. En réalité, on a affaire à des termes délibérément hétérogènes que le seul contexte, ou plus exactement une structure poétique concertée, finit par valoriser, comme nous le verrons.

Cette pièce est donc un vrai tour d'adresse, puéril peut-être dans une certaine optique, mais qui traduit sans doute, de la part de son « trouveur », une incontestable virtuosité. Cette sextine eut d'ailleurs un immense succès au Moyen Age, comme l'attestent la vingtaine de copies qui nous l'ont conservée et le nombre considérable d'imitateurs qu'elle a connus, et non des moindres, tels Dante et Pétrarque ([67]). Mélodie conservée (cf. p. 383).

2 : *bècs :* même tonalité péjorative que dans *ongla*. Les *lauzengiers* ont becs et ongles pour mieux dire et faire du mal.

4 : il ne nous paraît guère possible, grammaticalement (*aus* et non *ausa*) et contextuellement, d'accepter la traduction de *l'Intr. à l'Et. a. Prov.* (p. 198, n. 4-6) : « et, comme il (le *lauzengier*) n'ose pas le battre *(lo ferm voler)*, je jouirai... ». Ce vers a la même portée significative, très concrètement exprimée, que les vers précédents, à savoir une haine violente, qui ne peut malheureusement pas se réaliser *(non aus)*, contre les lau-

zengiers. C'est d'ailleurs l'interprétation de la plupart des critiques.

5 : *oncle* est tantôt pris avec sa valeur propre (cf. v. 19, 26, 34), tantôt avec une valeur symbolique, celle du parent, éventuellement du frère (cf. v. 9), qui nuit à la réalisation de l'amour : donc, finalement, celle du *lauzengier*.

6 : *en vergier o dins cambra*. Séquence figée : cf. (entre autres ex.) J. Rudel : *Dins vergier o sotz cortina* (14, v. 13).

8-9 : vers obscurs. Pourquoi est-ce pour le *dommage* du poète que personne n'entre dans la chambre. de sa dame? On penserait plutôt le contraire Le troub. veut vraisemblablement dire que personne ne le favorise dans son entreprise amoureuse, mais que, au contraire *(anz)*, tous *(tuch)* s'y opposent encore plus *(plus)* que ses frères et son oncle (cf. *supra*).

19 : *la seror de mon oncle*. Périphase curieuse, amenée par les nécessités du mot-rime, pour désigner la mère du troubadour.

25 : *la seca verga*. Réminiscence religieuse, allusion à la Vierge, reposant sans doute, au départ, sur un jeu de mots de la poésie médio-latine entre *virgo* et *virga*. On en trouve d'ailleurs d'autres attestations dans la poésie religieuse occitane. Il s'agit en somme de deux périphrases désignant la naissance du Christ et la descendance d'Adam. On retrouvera une réminiscence semblable au v. 33 *(de joi tors e palaitz e cambra)*, qui rappelle les images caractéristiques de la littérature mariale *(turres davidica, turris eburnea, vas spirituale,* etc.).

38 : *que de sa verga a l'arma*. Vraisemblablement, la Dame qui tient l'âme du *fin amant* sous sa

verge, c'est-à-dire sous sa domination. Il paraît
difficile d'y voir un sens obscène, encore qu'une
ambiguïté de cette sorte ne puisse être systématiquement écartée.
39 : *Desirat* : *senhal* mal identifié. Désigne-t-il
Bertrand de Born, ami d'Arnaud, comme on l'a
prétendu? Ou une autre personne, un confident
(ou une confidente) du poète? Ou, plus vraisemblablement, la dame aimée? D'ailleurs, la relative
qui suit n'est pas claire. Le troub. veut-il dire
que seul, le *Pretz* de sa dame entre dans sa chambre,
à l'exclusion de toute autre personne? Une variante,
non moins obscure, donne : « c'ab pretz de cambra
intra ».

35. — CHANSON DO'LH MOT SON PLAN E PRIM

Chanson do'lh mot son plan e prim
Farai puòis que botono'lh vim
    E l'aussor cim
    Son de color
5   De mainta flor
   E verdeja la fuòlha,
    E'lh chant e'lh bralh
    Son a l'ombralh
   Dels auzèls per la *bruòlha*.

10 Pel *bruòlh* aug lo chan e'l refrim
  E per qu'òm no me'n fassa crim
    Obre e lim
    Motz de valor
    Ab art d'Amor

15   Don non ai còr que'm tuòlha;
          Anz si be'm falh
          La sèc a tralh
          On plus vas mi s'*orguòlha*.

     Val *orguòlh* petit d'amador
20   Que lèu trabucha son senhor
          Del luòc aussor
          Jus al terralh
          Per tal trebalh
          Que de jòi lo despuòlha;
25   Dreitz es lagrim
               Et ard'e rim
          Qui' ncontr' Amor *janguòlha*.

     Per *janguòlh* ges no'm vir alhor,
     Bona domna, ves cui ador;
30   Mas per paor
               Del devinalh;
               Don jòis tressalh,
          Fatz semblan que no'us vuòlha;
               Qu'anc no'ns gauzim
35   De lor noirim :
          Mal m'es que lor *acuòlha*.

     Si ben m'*acuòlh* tot a esdalh
     Mos pessamens lai vos assalh;
               Qu'ieu chant e valh
               Pel jòi que'ns fim
40   Lai o'ns partim;
          Dont sovens l'uòlhs mi muòlha
               D'ir' e de plor
               E de doussor
45   Car per jòi ai que'm *duòlha*.

197

Ges no'm *duòlh* d'amor don badalh
Ni no sèc mesura ni talh;
    Sol m'o egalh
    Que anc no vim
    Del temps Caïm
50   Amador mens acuòlha
    Còr trichador
    Ni bauzador,
Per que mos jòis *capduòlha*.

55   Bèla, qui que'is destuòlha,
    Arnautz drech cor
    Lai o'us onor
Car vostre prètz *capduòlha*.

(Texte de G. Toja) [68].

Traduction

Je ferai une chanson dont les mots sont subtils et légers, maintenant que les osiers se couvrent de boutons et que les plus hautes cimes [des arbres] sont de la couleur de maintes fleurs; le feuillage verdoie et les chants et les cris des oiseaux dans l'ombrage se font entendre au fond des bois.

Au fond des bois j'entends les chants et les refrains et, pour qu'on ne m'en fasse pas reproche, j'œuvre et je lime des mots précieux avec l'art d'Amour, dont je n'ai nul désir de me séparer; bien plus, et bien qu'il soit fautif envers moi, je le suis à la traîne, alors qu'il devient plus orgueilleux à mon égard.

Il vaut peu l'orgueil de l'amant car il abat bien vite son seigneur du plus haut lieu [où il est] jusqu'au sol, au prix de tant de peines qu'il le dépouille de sa joie : il est donc juste qu'il verse des larmes, se brûle et se consume, celui qui se plaint contre Amour.

Ce n'est nullement pour me plaindre que je tourne ailleurs mes pensées, belle Dame que j'adore, mais par crainte que notre amour ne soit deviné; lorsque je tressaille de joie, je fais semblant de ne plus vous désirer : car jamais nous n'avons tiré de joie de la nourriture [des médisants], et il m'est dur de leur faire bon accueil.

Bien que je me dirige à rebours, ma pensée là-bas vous assaille, car je chante et je vaux par la joie que nous ressentîmes, là-bas, quand nous nous séparâmes : voilà pourquoi mes yeux souvent se mouillent, de souffrance et de pleurs, mais aussi de douceur, car je tire joie de ma douleur.

Je n'ai nulle douleur d'un amour qui me fait soupirer, et je ne suis ni mesure ni taille. Je ne suis quitte que d'une chose (?) : à savoir qu'on ne vit jamais depuis le temps de Caïn un amant accueillir avec moins de joie un cœur trompeur et mensonger; et c'est pour cela que ma joie atteint son comble.

Belle, qui qui me sépare de vous, Arnaud court tout droit là où il puisse vous honorer, car votre mérite atteint son comble.

NOTES

Chanson complexe et difficile, qui mêle intimement des motifs d'art poétique (si importants chez cet adepte du *trobar ric*) aux stéréotypes de la *fin' amor*. Mais il n'y a pas ici de véritable lyrisme (si ce n'est la haine contre les lausengiers) : la situation érotique traditionnelle est presque toujours dépassée par une sorte de préhension ironique et antiphrastique qui refuse, dans sa distanciation précieuse, le jeu subtil de la douce douleur et des froideurs souriantes de la dame hautaine.

Versification également complexe. Six *coblas* à la fois *unisonanz* et *doblas* de 9 vers de 8, 4 et 6 syll., suivies d'une *tornada* de 4 vers. Schéma métrique : $a^8 a^8 a^4 b^4 b^4 c^{6'} d^4 d^4 c^{6'}$. On remarquera que les timbres des rimes sont les mêmes dans toute la pièce *(unisonanz)*. mais que la ventilation de ces rimes varie chaque deux strophes *(coblas doblas)*, les rimes féminines en *-òlha* restant toutefois partout à la même place. Il faut noter aussi la rime intérieure en *-òlh* (mots en italiques dans le texte), qui est une rime dérivative par rapport au dernier mot de la *cobla* précédente *(coblas capfinidas)* : *bruòlha/bruòlh, s'orguòlha/orguòlh, janguòlha/janguòlh*, etc. Mélodie conservée (cf. p. 384)

1-2 : la pièce commence par une première intrusion de l'art poétique. Dans le cadre de la description printanière habituelle, le poète annonce une chanson aux mots subtils et légers, c'est-à-dire facile.

10-18 : deuxième intrusion (amplifiée) de l'art poétique, en contradiction avec le v. 1. Le poète nous décrit en effet un art difficile et très élaboré, bien dans sa manière *(òbre e lim, motz de valor, art d'amor :* cf. les n°s 33 et 34).

19-27 : première apparition de l'amour (incompatibilité de la *fin' amor* et de l'orgueil) et de la douleur (v. 24-27).

28-36 : *cobla* difficile mais qui fait allusion au topique habituel de la discrétion, indispensable à cause de la perfidie des lausengiers

37-45 : seule strophe de la pièce qui soit vraiment
lyrique, avec la traditionnelle imbrication joie/dou-
leur (v. 42-45).

46-54 : nous avons parlé plus haut de la distanciation
précieuse d'Arnaud par rapport à la *fin' amor*.
— On pourrait presque parler d'humour : noter en
particulier les jeux de mots sur *badalh* (je ne souffre
en rien d'un amour qui me fait rester bouche bée/
qui me fait bâiller) : *bâiller* étant pris ici dans un
sens très concret comme cela apparaît dans une
variante : *er ai fam d'amor don badalh* (j'ai faim
d'amour et j'en bâille). Jeu de mot aussi sur *mesura*,
qui fait allusion à une valeur fondamentale de la
lyrique troubadouresque et qui est aussi pris dans
son sens concret dans la locution *mesura ni talh*
(ni mesure ni taille).

XV. *Folquet de Marseille*
(Folquetz de Marselha)

Folquet de Marselha si fo filhs d'un mercadièr que fo
de Genoa et ac nom ser Anfós. E quan lo paire muric,
si'l laissèt molt ric d'aver. Et el entendèt en prètz et en
valor; e mes se a servir als valenz barons et als valenz
òmes, et a brigar con lor, et a dir et a servir et a venir et
a anar.

E fòrt fo grazitz et onratz per lo rei Richart e per lo
comte Raimon de Tolosa e per En Baral, lo sieu senhor
de Marselha.

Molt trovaba ben e molt fo avinenz òm de la persona.
Et entendia se en la mulhèr del sieu senhor En Baral.

E pregava la e fazia sas chansós d'ela. Mas anc per prècs ni per cansós no'i pòc trobar mercés, qu'ela li fezés nulh ben endreit d'amor; per que totz temps se planh d'Amor en soas cansós.

Et avenc si que la dòmna muric, et En Barals, lo maritz d'ela e'l sénher de lui, que tant li fazia d'onor, e'l bons reis Richartz e'l bons coms Raimons de Tolosa, e'l reis Anfós d'Aragon. Don el, per tristeza de la soa dòmna e dels princes que vos ai ditz, abandonèt lo mon; e si se rendèt a l'òrde de Cistèl con sa mulhèr, e con dos filhs qu'el avia. E si fo faitz àbas d'una rica abadia, qu'es en Proensa, que a nom lo Torondet. E pòis el fo faitz evesques de Tolosa; e lai muric. (Bout.-Cluz., pp. 470-71).

Fils d'un commerçant de Gênes établi à Marseille, F. de Marseille fut d'abord lui-même marchand et débuta comme poète vers 1180. Il célébra dans ses chansons Alphonse II d'Aragon, Raimon-Bérenger, la célèbre Eudoxie devenue la femme de Guillaume de Montpellier, trois dames de Nîmes, Barral de Baux et Richard Cœur-de-Lion. Il semble avoir été en relations avec Pons de Capdeuil, B. de Born et P. Vidal. En 1200, vers la cinquantaine, il entra au monastère du Thoronet (Var), avec sa femme et ses deux fils. Il devint évêque de Toulouse en 1205 et mourut le 25 décembre 1231.

L'œuvre qu'il nous laisse (une vingtaine de pièces) est sans grande originalité. Cet érudit, qui connaît bien les écrivains latins, est un logicien au cœur sec et n'a rien d'un poète. Seule, son *Aube* religieuse, que nous donnons ici, est vraiment digne d'intérêt.

Ajoutons que F. de Marseille, pendant la Croisade albigeoise, s'est rendu tristement célèbre par sa cruauté à l'égard des hérétiques : on sait qu'il fut accusé par le comte de Foix de la mort de plus de cinq cents personnes.

36. — IL FAUT SONGER A DIEU!

Vers Dieus, el vòstre nom e de Santa Maria
M'esvelharai ueimais, pus l'estela del dia
Ven daus Jerusalem, que m'ensenha qu'ieu dia :
Estatz sus e levatz,
5 Senhor, que Dieu amatz,
Que'l jorns es aprosmatz
E la nuèch ten sa via;
E sia'n Dieus lauzatz
Per nos et adoratz;
10 E'l preguem qu'ens don patz
A tota nostra via.
La nuèch vai e'l jorn ve
Ab clar cèl e seré
E l'alba no's reté,
15 *Ans ven bèl' e complia.*

Sénher Dieus que nasquètz de la Verge Maria
Per nos guerir de mòrt e per restaurar via,
E per destruir Enfèrn que dïables tenia,
E fotz en crotz levatz,
20 D'espinas coronatz,
E de fèl abeuratz,
Sénher, mercé vos cria
Aquest pòbles onratz;
Que'lh vòstra pïetatz
25 Lor perdon lor pecatz
Amen, Dieus, aissí sia.
La nuèch... etc.

Qui no sap Dieu pregar òbs es que o aprenda
Et auja qu'ieu dirai et escout et entenda :
Dieus, que comensamens ètz de tota fazenda,

30 Laus vos ren e mercé
De l'amor e del be
Que m'avètz fach ancsé;
E prèc, Sénher, que'us prenda
Grans pïetatz de me
35 Que no'm truèp ni malmé,
Ni m'engane de re
Dïables ni'm surprenda.
La nuèch... etc.

Dieus, donatz mi saber e sen ab qu'ieu aprenda
Vòstres sanhs mandamens e'ls auja e'ls entenda,
40 E vòstra pïetatz que'm guerís e'm defenda
D'aquest sègle terré
Que no'm trabuc ab se;
Car ie'us ador e'us cre,
Sénher, e'us fauc ufrenda
45 De me e de ma fe.
Qu'aissís tanh e's cové;
Per çò vos crit mercé
E de mos tòrtz esmenda.
La nuèch... etc.

Aquel gloriós Dieus que son còrs dèt a venda
50 Per totz nos a salvar prèc qu'entre nos estenda
Lo sieu Sant-Esperit, que de mal nos defenda
E d'aitan nos estré
Josta los sieus nos me
Lai sus on se capté
55 E'ns meta dins sa tenda.
La nuèch... etc.

(Texte de S. Stronski) [69].

Dieu véritable, c'est en invoquant votre nom et celui de Sainte Marie que je m'éveillerai désormais, puisque l'étoile du jour se lève du côté de Jérusalem et m'enseigne à dire : « Debout! levez-vous, vous tous qui aimez Dieu! car le jour est venu et la nuit s'enfuit; louons donc et adorons Dieu, et prions-le de nous donner la paix pour toute notre vie.

La nuit s'en va et le jour vient: le ciel est clair et serein; l'aube n'hésite plus mais vient, belle et parfaite.

Seigneur Dieu, vous qui êtes né de la Vierge Marie, pour nous guérir de la mort et nous rendre la vie, pour détruire l'Enfer que le Diable tenait en son pouvoir, vous qui fûtes crucifié, couronné d'épines et abreuvé de fiel, Seigneur, ce peuple loyal vous demande grâce : que votre miséricorde lui pardonne ses péchés. Amen, mon Dieu, ainsi soit-il!

La nuit s'en va, etc...

Quiconque ne sait prier Dieu doit apprendre à le faire; qu'il entende, écoute et comprenne ce que je vais dire : Dieu, qui êtes le principe de toutes choses, je vous loue et vous rends grâces, pour l'amour et les bienfaits que vous avez toujours eus pour moi; et vous prie, Seigneur, d'avoir grand pitié de moi, afin que le Diable ne me trouve, ni ne me malmène, ni ne me trompe, ni ne me surprenne.

La nuit s'en va, etc.

Dieu, donnez-moi la connaissance et le jugement qui me permettront d'apprendre, d'ouïr et de comprendre vos saints commandements; accordez-moi, pour mon salut, votre miséricorde; elle me défendra de ce monde terrestre et m'empêchera de succomber avec lui; car je vous adore, Seigneur, et je crois en vous; et je vous fais l'offrande de ma foi et de ma personne, ainsi qu'il sied. Et c'est pourquoi j'implore votre grâce et votre pardon pour mes péchés.

La nuit s'en va, etc...

Que le Dieu glorieux qui vendit son corps pour nous sauver tous répande parmi nous, je l'en prie, son Saint-Esprit: qu'il nous défende du mal et nous accorde la récompense de nous conduire auprès de ses élus, là-haut où il règne, et de nous donner place en son paradis.

La nuit s'en va, etc...

NOTES

On sait que le sentiment religieux est assez rare dans la poésie des troub. et que leurs pièces offrent parfois un curieux mélange de galanterie et de dévotion. Quelques pièces assez anciennes invoquent la Vierge, mais il faut attendre le deuxième tiers du XIIIe siècle pour trouver une poésie spécialement consacrée à ses louanges. C'est d'ailleurs à cette époque que s'opère peu à peu le glissement de la chanson d'amour vers la chanson à la Vierge, la Vierge remplaçant insensiblement la Dame. Cette assimilation progressive, qui peut paraître surprenante à première vue, l'est moins quand on songe d'abord au caractère souvent transcendental et surhumain de la *fin' amors*; elle s'explique en second lieu par une recrudescence, après la croisade des Albigeois, de l'orthodoxie catholique : les troub. sont plus ou moins mis à l'index, et il ne leur reste plus, par une lente déviation dont ils ont parfois conscience, qu'à transcender leurs louanges en les adressant à la Dame par excellence, c'est-à-dire la Vierge. Et cela dans des décalques de chansons d'amour, en utilisant, avec à peine quelques retouches, les clichés qui leur sont familiers. Le plus curieux, c'est que c'est précisément le genre objectif le plus scabreux, l'aube, qui a fait l'objet des meilleures adaptations religieuses : cela est significatif.

Quatre *coblas doblas* de 11 vers de 12 et 6 syll., suivies chacune d'un refrain récurrent de 4 vers de 6 syll. *Tornada* de 7 vers suivie du refrain. Schéma métrique : a$^{12'}$ a$^{12'}$ a$^{12'}$ b^6 b^6 b^6 a$^{6'}$ b^6 b^6 b^6 a$^{6'}$ C^6 C^6 C^6 A$^{6'}$ 1-3 ; 16-19, etc. : remarquer que les trois premiers vers de chaque strophe sont des alexandrins de type classique, avec une césure après la sixième syllabe : ce vers est extrêmement rare dans la poésie des troub. (Cf. n° 54).

12-15 : il y a, à la fin de chaque strophe, une sorte de refrain contenant le mot *alba* : c'est vraiment la seule concession au genre !

XVI. Arnaud de Mareuil
(Arnautz de Maruelh)

Arnautz de Meruòlh si fo de l'evescat de Peiregòrs, d'un castèl que a noṁ Meruòlh, e fo clergues de paubra generacion. E car no podia viure per las soas letras, el s'en anèt per lo mon. E sabia ben trobar e s'entendia be. Et astre et aventura lo condús en la cort de la comtessa de Burlatz, qu'èra filha del pro comte Raimon, mulhèr del vescomte de Bezèrs, que avia nom Talhafèr.

Aquel N'Arnautz si èra avinenz òm de la persona e

cantava ben e lesia romans. E la comtessa si'l fazia
gran ben e gran onor. Et aquest s'enamorà d'ela e si
fazia cansós de la comtessa, mas non las ausava dire
ad ela ni a negun per nom qu'el las agués faitas, anz
dizia qu'autre las fazia...

E'l reis N'Anfós, qu'entendia en la comtessa, s'aper-
ceup qu'ez ela volia ben az Arnaut de Maruèlh, e si'n
fo fort gelós e dolens quan vit los semblans amorós qu'ela
fazia azArnaut. Et ausit las bonas chansós qu'el avia fait
d'ela, si la ocaizonèt d'Arnaut, e dis li tant e tant li
fetz dire, qu'ela donèt comjat az Arnaut e'lh castigà que
mais no'lh fos denan, ni mais no fezés chansós d'ela e
qu'el del tot se degués partir et estraire de l'amor d'ela
e dels sieus prècs d'ela. Arnautz de Maruèlh, quant
auzit lo comjat anaissí, fo sobre totas dolors dolens, e si
se partit com òm desesperatz de lèis e de sa cort et anèt
s'en a'N Guilhem de Monspelier, qu'èra sos amics e sos
sénher. (Bout.-Cluz., pp. 32 et 36).

Originaire de Mareuil-sur-Belle (Dordogne), Arnaud fut clerc avant d'être troubadour. Protégé de la
comtesse de Béziers, Azalaïs de Burlatz, qui fut sa
principale inspiratrice, du roi-troubadour Alphonse II
d'Aragon (dont il fut aussi le rival, comme cela est
dit dans la *razo*), et de Guillaume VIII de Montpellier,
il nous laisse une œuvre assez importante, composée
de vingt-cinq chansons d'attribution certaine, cinq
épîtres amoureuses (*saluts d'amour*) [70] et un *ense-*
nhamenz. Son activité poétique se situe entre 1171 et
1190.

Troubadour mineur mais non sans intérêt, maître
incontesté du salut d'amour, Arnaud de Mareuil se
distingue de ses confrères, sinon par une coloration
personnelle de l'amour, rarissime chez les poètes
courtois, du moins par une certaine individualité du

sentiment que trahit la fréquence de certains thèmes directeurs, tant dans les chansons que dans les saluts. Tout d'abord, le thème du *rêve compensateur*. Le troubadour, après un *consirar* nocturne qui l'empêche de trouver le repos, nous confesse qu'il rêve de sa dame absente et souhaite éterniser sa vision. Un deuxième thème des chansons et des saluts nous est fourni par la louange de la dame, la *descriptio puellae* qui, quoique classique chez les troubadours, joue chez l'amant d'Adélaïde un rôle de premier plan. Un troisième *leitmotiv* enfin, qui crée dans toute son œuvre une certaine unité d'inspiration, est celui de l'humilité. Certes, il s'agit là d'une condition *sine qua non* de la *fin' amor*, mais l'humilité se manifeste chez Arnaud avec une particulière fréquence; il n'ose dévoiler ses désirs, sans cesse il demande merci : les mots *ausar* et *mercé* se retrouvent sans arrêt dans ses vers.

Son style enfin, d'une harmonieuse élégance, son « abondante et gracieuse facilité » (Raynouard), même si elle frise la prolixité et la fadeur, le faisait apprécier de Pétrarque. Sévère et inexact est donc le jugement d'Alfred Jeanroy pour qui, encore une fois, le seul critère esthétique est celui de la sincérité romantique : « Arnaut n'a jamais un élan ni un cri du cœur et ne sort jamais des banalités courantes ». En réalité, même s'il « luit comme une étoile de seconde grandeur » (A. Berry), Arnaud de Mareuil n'en est pas moins, avec ses deux compatriotes Arnaud Daniel et Bertrand de Born, l'un des grands troubadours du Périgord.

37. — BELH M'ES QUAN LO VENS M'ALENA

Bèlh m'es quan lo vens m'alena
En abril, ans qu'entre mais,
E tota la nuèg serena
Chanta'l rossinhòls e'l jais;
5   Quecs auzèl en son lenguatge,
Per la frescor del matí
Van menan jòi d'agradatge,
Com quecs ab sa par s'aizí.

E pus tota res terrena
10 S'alegra, quan fuèlha nais,
Non puèsc mudar no'm sovena
D'un amor per qu'ieu sui jais;
Per natur'e per usatge,
Me ve qu'ieu vas jòi m'aclí
15 Lai, quan fai lo dous auratge,
Que'm revé lo còr aissí.

Plus blanca es que Elena,
Belhazors que flors que nais,
E de cortesia plena;
20 Blancas dens ab motz verais,
Ab còr franc ses vilanatge,
Color fresc' ab saura crí.
Dieus, que'l dèt lo senhoratge,
La sal, qu'anc gensor non vi!

25 Mercé farà si no'm mena
D'aissí enan per loncs plais,
E don m'en un bais d'estrena
E segon servici mais;

E puèis farem breu vïatge,
30 Sovendet e breu camí,
Que'l sieus bèlhs còrs d'alegratge
Me a mes en es trahí.

(Texte de R.-C. Johnston) ([71]).

Traduction

Elle m'est douce, l'haleine du vent, en avril, avant
que mai n'arrive, lorsque dans toute la sérénité de la
nuit, chantent le rossignol et le geai ; chaque oiseau
dans son langage se réjouit de la fraîcheur du matin,
et s'ébat avec sa compagne.

Et puisque toute créature terrestre se réjouit à la
naissance des feuilles, je ne puis m'empêcher de me
souvenir d'un amour qui me rend joyeux ; par nature et
par habitude, il m'arrive de tourner mes pensées vers
la joie d'amour, là-bas, quand souffle la douce brise
qui ranime mon cœur.

Elle est plus blanche qu'Hélène, plus belle que la
fleur qui naît, et pleine de courtoisie. Ses dents sont
blanches et ses paroles sincères ; son cœur est franc, sans
vilenie ; ses couleurs sont fraîches et ses cheveux blonds.
Que Dieu, qui lui donna la suzeraineté, la protège, car
je n'en vis jamais de plus belle.

Elle m'octroiera sa pitié si, désormais, elle ne me
fait plus passer par de longues querelles ; qu'elle me
donne d'abord un baiser, puis davantage, selon mes
services. Et puis nous ferons un court voyage, fréquemment et par petites étapes ; car son beau corps charmant
m'a mis sur cette voie.

Gracieuse chanson d'amour : à côté du classique
début printanier (cf. 24, 1-12) et d'autres *topiques* médiévaux, tel que le portrait, stéréotypé, de la personne
aimée, l'ensemble est d'un mouvement agréable, assez
naturel, et s'achève sur une note intime et familière
qui ne manque pas d'originalité.

Quatre *coblas unisonanz* de 8 v. de 7 syll. Schéma
métrique : $a^{7'} b^7 a^{7'} b^7 c^{7'} d^7 c^{7'} d^7$.

XVII. *Bertrand de Born*

Bertrans de Born si fo uns castelans de l'evescat
de Peiregòrs, sénher d'un castèl que avia nom Autafòrt.
Totz temps ac guèrra ab totz lo sieus vesins, ab lo
comte de Peiregòrs e ab lo vescomte de Lemoges e
ab son fraire Constantí e ab Richart, tant quant fo
coms de Peitieus. Bons cavalièrs fo e bons guerrièrs e
bons domnejaire e bons trobaire e savis e ben parlanz;
e saup ben tractar mals e bens. Sénher èra totas vetz
quan se volia del rei Enric e del filh de lui, mas totz
temps volia que ilh aguessen guèrra ensems, lo paire
e'l filhs e'l fraire, l'un ab l'autre. E totz temps vòlc
que lo reis de Fransa e'l reis d'Engleterra aguessen
guèrra ensems. E s'il aguen patz ni treva, adès se
penèt con sos sirventés de desfar la patz e de monstrar
com cascuns èra desonratz en aquela patz. E si n'ac
de grans bens e de grans mals. (Bout.-Cluz., p. 65).

Né vers 1140, peut-être à Born de Salagnac, dont

il tire de toute façon son nom, il avait deux frères et possédait le château de Hautefort (Dordogne) en commun avec l'un d'eux, Constantin, qu'il finit par en expulser. Ne rêvant que batailles, non par patriotisme mais par pur intérêt personnel (il voulait mener une vie fastueuse de grand seigneur), il guerroya contre Henri II, roi d'Angleterre, et contre Richard Cœur-de-Lion. Mais ce mercenaire peu sympathique, ce « condottiere besogneux et sans scrupules » (Jeanroy) aime aussi la guerre pour elle-même et il s'efforce de semer la discorde partout où il peut. Comme B. de Ventadour — ô paradoxe ! — il se fit moine à l'abbaye de Dalon, avant 1197, et y mourut avant 1215.

B. de Born est avant tout le maître incontesté du sirventés politique qu'il manie avec une rare violence. Même dans ses rares chansons d'amour, où la tendresse s'unit à la brutalité, il reste, comme l'a si bien dit M. Berry, « le farouche baron qui rugit sous l'armure ».

^a
38. — Éloge de la guerre

Be'm platz lo gais temps de Pascor
Que fai fòlhas e flors venir,
E platz mi quant aug la baudor
Dels auzèls, que fan retentir
5   Lor chan per lo boschatge,
E platz mi quan vei per los pratz
Tendas e pabalhós fermatz,
      Et ai grant alegratge,
Quan vei per champanha rengatz
10 Chavalièrs e chavals armatz.

E platz mi quan li corredor
Fan las gens e l'aver fugir,
E platz mi quan vei après lor
Gran re d'armatz ensems venir,
15   E platz mi en mon coratge,
Quan vei fòrtz chastèls assetjatz
E'ls barris rotz et esfondratz
        E vei l'òst el ribatge,
Qu'es tot entorn claus de fossatz
20   Ab lissas de fòrtz pals serratz.

Et altressí'm platz de senhor,
Quant es premièrs a l'envazir
En chaval armatz, ses temor,
Qu'aissí fai los sieus enardir
25   Ab valen vasselatge;
E pòis que l'estorns es mesclatz
Chascús deu èsser acesmatz
        En sègre'l d'agradatge,
Que nuls òm non es re presatz
30   Tro qu'a maints còlps pres e donatz.

Massas e brans, elms de color,
Escutz tranchar e desgarnir
Veirem a l'entrar de l'estor
E maintz vassals ensems ferir,
35   Dont anaràn arratge,
Chavals dels mòrtz e dels nafratz;
Et quan èr en l'estorn entratz
        Chascús òm de paratge
No pens mas d'asclar chaps e bratz,
40   Que mais val mòrtz que vius sobratz.

E'us dic que tan no m'a sabor
Manjar ni beure ni dormir
Coma quant aug cridar : « A lor! »
D'ambas las partz et aug ennir
45   Chavals vòitz per l'ombratge,
Et aug cridar : « Aidatz! Aidatz! »
E vei chazer per los fossatz
      Paucs e grans per l'erbatge,
E vei los mòrtz que pels costatz
50 An los tronzós ab los cendatz.

Baró, metètz en gatge
Chastèls e vilas e ciutatz
Enans qu'usquecs no'us guerrejatz.

Papïòls, d'agradatge
55 Ad Oc-e-No t'en vai vïatz
E dija li que tròp estai en patz.

(Texte d'A. Thomas) ([72]).

Traduction

J'aime le gai temps de Pâques, qui fait venir feuilles
et fleurs; j'aime à ouïr l'allégresse des oiseaux qui font
retentir leur chant dans le bocage. Mais il me plaît
aussi de voir, sur les prés, tentes et pavillons dressés;
et je ressens une grande joie quand je vois, rangés dans
la campagne, chevaliers et chevaux armés.

Et je suis heureux quand les éclaireurs font fuir les
gens avec leurs biens et quand je vois venir, derrière
eux, un grand nombre de gens armés. Mon cœur se
réjouit quand je vois les châteaux forts assiégés, les

remparts rompus et effondrés, l'armée rangée sur les berges qu'entourent fossés et palissades en forts pieux serrés.

Et j'aime aussi quand le seigneur, le premier à l'attaque, vient tout armé sur son cheval, sans peur, enhardissant ainsi les siens de son vaillant courage; et lorsque l'assaut est donné, chacun doit être prêt à le suivre de bon gré, car nul homme n'a la moindre valeur tant qu'il n'a pas reçu et donné de nombreux coups.

Nous verrons au début de la mêlée trancher et rompre masses d'armes et épées de combat, heaumes de couleur et écus; nous verrons maints vassaux frapper ensemble, et s'en aller à l'aventure les chevaux des morts et des blessés. Lorsqu'il sera sur le champ de bataille, que chaque preux ne pense qu'à fendre têtes et bras : car un mort vaut mieux qu'un vivant vaincu.

Je vous le dis : je ne trouve pas autant de plaisir à manger, boire ou dormir, qu'à entendre crier : « A eux! » dans les deux camps, qu'à entendre hennir, dans l'ombre, des chevaux sans cavalier, au milieu des cris de : « Au secours! Au secours! »; qu'à voir tomber, au bord des fossés, chefs et soldats dans l'herbe; et contempler les morts qui, dans les flancs, ont des tronçons de lance avec leurs banderoles.

Barons, mettez en gage châteaux, villes et cités, plutôt que de ne point vous faire l'un à l'autre la guerre.

Papiol, de ton plein gré, va-t'en vite auprès de *Oui-et-Non*, et dis-lui qu'il reste trop longtemps en paix.

NOTES

L'attribution de ce sirventés à B. de Born n'est pas absolument sûre, puisque cinq manuscrits seulement sur quinze le lui attribuent; de toute façon, si notre troub. n'est pas l'auteur de cette pièce, son influence et son esprit y sont nettement visibles.

Cinq *coblas unisonanz* de 10 vers de 8 et 6 syll., suivies de deux *tornadas* de 3 vers. Schéma métrique : a⁸ b⁸ a⁸ b⁸ c⁶' d⁸ d⁸ c⁶' d⁸ d⁸.

38 : *òm de paratge :* homme de haute naissance, noble.

44-45 : *...ennir chavals... per l'ombratge :* on laissait parfois les chevaux, de préférence sous quelque arbre, pour combattre à pied.

54 : on sait en effet que *Papiòl* est un jongleur de B. de Born (cf. 2, 61) et que *Oc-e-No* est le *senhal* par lequel notre troub. désigne Richard Cœur-de-Lion.

b

39. — Sirventés des vieux et des jeunes

Bèl m'es quan vei chamjar lo senhoratge
E'lh vèlh laisson als joves lor maisós,
E chascús pòt laissar en son linhatge
Aitans enfans que l'us pòscha èsser pros :
Adoncs m'es vis que'l sègles renovèl
Mèlhz que per flor ni per chantar d'auzèl;
E qui dòmna ni senhor pòt chamjar
Vèlh per jove, be deu renovelar.

Per vèlha tenc dòmna, mas chapèl atge,
10 E es vèlha quan chavalier non a;
Vèlha la tenc, si de dos drutz s'apatge,
E es vèlha si àvols òm lo'lh fa;
Vèlha la tenc s'ama dinz son chastèl,
E es vèlha quan l'a òps de faitèl;
15 Vèlha la tenc, pòis l'enòjan joglar
E es vèlha quan tròp vòlha parlar.

Joves es dòmna que sap onrar paratge,
E es joves per bos faitz, quan los fa;
Joves se te quant a adreit coratge
20 E vès bon prètz àvol mestier non a;
Joves se te quan garda son còrps bèl,
E es joves dòmna quan be's chapdèl;
Joves se te quan no'i chal devinar
Qu'ab bèl joven se gart de mal estar.

25 Joves es òm que lo seu be engatge,
E es joves quant es be sofraitós;
Joves se te quan pro'l còston ostatge,
E joves es quan fa estragatz dos;
Joves se te quant art l'archa e'l vaissèl
30 E fai estorn e vòuta e cembèl;
Joves se te quan li platz domnejar,
E es joves quan be l'aman joglar.

Vèlhz es rics òm quan re no met en gatge
E li sobra blatz e vis e bacós;
35 Per vèlh lo tenc quan liura òus e formatge
A jorn charnal si e sos companhós;
Per vèlh, quan vèst chapa sobre mantèl,
E vèlh, si a chaval qu'òm seu apèl;
Vèlhz es quan vòl un jorn en patz estar,
40 E vèlhz, si pòt gandir sens baratar.

Mon sirventesc pòrta, vèlh e novèl,
Arnautz joglars, a Richart, que'l chapdèl,
E ja tesaur vèlh no vòlha amassar,
Qu'ab tesaur pòt jove prètz gazanhar.

(Texte de Thomas) ([73]).

Traduction

Il me plaît de voir l'autorité changer de place et
que les vieux laissent aux jeunes leurs maisons :
car chacun peut laisser dans son lignage assez de
fils pour que l'un d'entre eux puisse devenir valeureux.
Alors, il me semble que le monde se renouvelle
mieux que par des fleurs et des chants d'oiseaux.
Et si quelqu'un peut changer son vieux seigneur ou sa
dame contre des jeunes, il faut bien qu'il se renouvelle.

Je tiens pour vieille une dame même quand elle
porte un chapeau (?), et elle est vieille quand elle
n'a pas de chevalier-servant. Je la tiens pour vieille
si elle se satisfait de deux amants, et elle est vieille
quand un homme vil lui fait l'amour. Je la tiens pour
vieille si elle n'aime que dans son château, et elle est
vieille quand elle a besoin d'apprêts. Je la tiens pour
vieille si les jongleurs l'ennuient, et elle est vieille
quand elle veut trop parler.

Jeune est la dame qui sait honorer les gens de haut
parage, et elle est jeune par les belles actions qu'elle
fait. Elle se conduit en jeune quand elle a un juste
jugement et n'agit pas d'une manière indigne d'une
bonne réputation. Elle se conduit en jeune quand elle
sait garder beau son corps, et elle reste une dame
jeune quand elle se conduit bien. Elle se conduit en

jeune quand elle ne se soucie pas de tout savoir et qu'elle se garde de se mal comporter en compagnie d'élégants jouvenceaux.

Jeune est l'homme qui engage son bien et il est jeune quand il est vraiment dépourvu de tout. Il se conduit en jeune quand il dépense largement en réceptions, et il est jeune quand il octroie de splendides dons. Jeune, quand il brûle ses coffres et ses vases, et organise mêlées, joutes et tournois. Il se conduit en jeune s'il aime courtiser les dames, et il est jeune quand il est bien aimé des jongleurs.

Vieux est l'homme riche qui ne met rien en gage et a trop de blé, de vin et de porc salé. Je le tiens pour vieux quand il offre des œufs et du fromage, les jours gras, à lui-même et à ses compagnons; pour vieux, quand il s'habille d'une chape par-dessus son manteau, et vieux quand il possède un cheval qu'on tient pour son bien propre. Il est vieux quand il veut un seul jour rester en paix, et vieux s'il peut accorder son soutien sans dépenser follement.

Porte mon sirventés vieil et nouveau, jongleur Arnaud, à Richard pour qu'il le protège; et qu'il n'amasse jamais de vieux trésor, car c'est par un trésor [jeune] qu'il pourra gagner de nouveaux mérites.

NOTES

Sirventés écrit selon la technique des genres (rares) du *plazer* et de l'*enueg*, genres dans lesquels le troubadour énumérait tout ce qui pouvait lui apporter *plazer* ou *enueg*, c'est-à-dire tout ce qui lui plaisait ou déplaisait. La pièce est intéressante par les définitions concrètes qu'elle propose des concepts de *jeune* et de *vieux*, concepts qui n'ont rien à voir avec une quelconque classe d'âge (au moins directement) mais correspondent à un ensemble de vertus ou de défauts bien définis du code courtois et chevaleresque (74).

Cinq *coblas unisonanz* de 8 vers de 10 *syll.*, suivies d'une *tornada* de 4 vers. Il faut noter le changement de rime, inattendu, de *b* aux coblas II et III. Schéma métrique : $a^{10'}$ b^{10} $a^{10'}$ b^{10} c^{10} c^{10} d^{10} d^{10}.

9 : Le 2e hémistiche de ce vers est de lecture et d'interprétation indécises : *atge*, en relation avec *apatge* (= *apaia*) du v. 11, est probablement mis pour *aia* (subj. prés. de *aver*). Le sens serait donc : même en portant un chapeau, une dame vieille ne peut dissimuler la vieillesse (cf. dans ce sens le v. 14).

12 : *lo'lh fa* : litt. « le lui fait » : c'est-à-dire « fait l'acte sexuel avec elle ».

38 : allusion (comme dans toute la strophe) à l'avarice *(escarsedat)* qui, dans le système des valeurs courtoises, est un trait propre des « vieux ». Le don d'un cheval était en effet considéré comme un geste raffiné de largesse. Cette *cobla* s'oppose clairement à la précédente où nous sont explicités, intimement liés, les concepts de jeunesse et de *largueza* (munificence).

42 : Richart : Richard Cœur-de-Lion.

XVIII. Peire de Bossinhac

Pèire de Bosinhac si fo uns clèrcs, gentils òm, d'Auta-
fòrt, del castèl d'En Bertran de Bòrn. Trobaire fo
de bons sirventés, de reprendre las dòmnas que fazian
mal e de reprendre los sirventés d'En Bertran de Bòrn.
(Bout.-Cluz., p. 145.)

On ne sait rien d'autre au sujet de ce troubadour
que ce que la *vida* nous en apprend. Sans doute
originaire de Bussignac (canton de Hautefort, dans
la Dordogne), ce troubadour aurait été un disciple
de Bertran de Born. Nous avons conservé de lui
deux sirventés, qui constituent bien, comme le dit
son biographe, une attaque en règle contre les femmes;
en revanche, nulle trace d'un débat littéraire avec
Bertran de Born.

40. — CONTRE LES FEMMES.

Quan lo dous temps d'abril
Fa' ls arbres secs fulhar,
E' ls auzèlhs mutz cantar
Quascun en son latí,
5   Ben vòlgr' aver en mi
Poder de tal trobar,
Cum pogués castiar
Las dòmnas de falhir,
      Que mals ni dans
10 No m'en pogués venir.

Qu'ieu cugiei entre mil
Una lial trobar,
Tan cujava cercar;

Totas an un trahí,
15   E fan o atressí
Co' l laire al bendar,
Que demanda son par
Per sas antas sofrir,
      Per que 'l mazans
20   Totz sobre lui no's vir.

Tant an prim e subtil
Lur còr per enganar,
Qu'una non pòt estar
Que sa par non galí;
25   Pueis s'en gab'e s'en ri,
Quan la ve folejar;
Et qui d'autrui afar
Si sap tan gent formir,
      Ben es semblans
30   Que' l sieu sapch' enantir.

E celha que del fil
A sos òps no pòt far,
Ad autra en fai filar;
E ja pejor matí
35   No' us qual de mal vezí;
Que çò qu'avètz plus car
Vos faràn azirar,
E tal ren abelhir
      Que de mil ans
40   No vos poiretz jauzir.

Si las tenètz tan vil
Que las vulhatz blasmar,
Sempre us iràn jurar,
Sobre las dens N' Arpí,
45   Que çò qu'òm ditz que vi

No' s fai a consirar;
E saubràn vos pagar
Tan gent ab lur mentir,
   De lurs enjans
50 Nulhs òm no' s pòt gandir.

Qui en lòc feminil
Cuja feutat trobar
Ben fai a castiar;
Qu'ieu dic qu'en loc caní
55 Vai ben cercar saï;
E qui vòl comandar
Al milan ni bailar
Sos poletz per noirir,
   La us dels grans
60 No' m don pòis per raustir.

Anc Rainartz d'Isengrí
No' s saup tan gent venjar,
Quan lo fetz escorjar,
E' il det per escarnir
65   Capèl e gans,
Com ieu fas quan m'azir.

Dònas, pòis castiar
No' us voletz de falhir,
   Amtas e dans
70 Vos n'avén a sufrir.

      (Texte de J. Audiau) [75].

Traduction

Quand le doux temps d'avril recouvre de feuilles les arbres desséchés, et que les oiseaux, muets, se mettent à chanter chacun en son langage, je voudrais bien trouver en moi le pouvoir de composer un poème tel que je puisse corriger les femmes de faillir : sans que mal ni dommage ne m'en puissent advenir.

Je pensais entre mille en trouver une qui fût loyale, tant j'ai cherché! Mais toutes se conduisent de même et agissent comme le larron qui, quand on lui bande les yeux, réclame son semblable pour endurer sa honte avec lui et ne pas être seul à supporter tout son tracas.

Elles ont un cœur si fin et si subtil pour tromper qu'on ne peut en trouver une seule qui ne trompe sa pareille. Elle s'en moque ensuite et s'en rit quand elle la voit commettre des folies. Et qui sait si aimablement s'occuper des affaires d'autrui doit bien savoir — semble-t-il — faire avancer les siennes.

Et celle qui ne peut faire du fil à son profit le fait filer à une autre. Et vous ne connaîtrez de matin pire que lorsque vous vous soucierez d'un mauvais voisin [?] : car elles vous feront haïr ce que vous avez de plus cher, et aimer ce qui, de mille ans, ne vous apportera aucune joie.

Si vous les tenez pour viles au point de vouloir les en blâmer, elles vous jureront toujours, sur les dents d'Harpin, que ce qu'on dit avoir vu ne doit pas être pris en considération. Et elles sauront si gentiment vous payer de leurs mensonges que nul ne saurait se protéger contre leurs fourberies.

Celui qui chez les femmes croit trouver fidélité, mérite bien d'être blâmé. Je dis moi qu'il va chercher

225

du saindoux dans la niche d'un chien. Et si quelqu'un confie et remet au milan ses poulets pour qu'il les lui nourrisse, je ne souhaite pas qu'il m'en donne un des gros pour le faire rôtir.

Jamais Renard ne sut mieux se venger d'Isengrin, quand il le fit écorcher et lui donna chapeau et gant pour le tourner en dérision, que je ne le fais quand je m'irrite.

Dames, puisque vous ne voulez point vous corriger de vos fautes, vous aurez à en subir la honte et le dommage.

NOTES

Violente satire contre les femmes, espèce de *sirventés-cansó* : ce qui montre bien que la traditionnelle misogynie des gens du Moyen Age n'était pas incompatible, même chez les troubadours — et cela depuis Marcabru — avec l'éthique et les pratiques de la *fin' amor*. Bernard de Ventadour, plus nuancé, distingue la *femna*, péjorativisée, de la *dòmna* qui, par définition, ne saurait l'être (cf. n° 23, vv. 33-36).

Six *coblas unisonanz* de 10 vers (9 de 6 syll. et un de 4 syll.), suivies de 2 *tornadas* respectivement de 6 et de 4 vers. Toutes les rimes sont masculines. Schéma métrique : $a^6 b^6 b^6 c^6 c^6 b^6 b^6 d^6 e^4 d^6$. Les vers *a* et *e* présentent une rime *estrampa*.

1-4 : on remarquera que le traditionnel début printanier est ici sciemment détourné de sa fonction puisqu'il introduit, non pas un chant d'amour, mais une satire misogyne.

31 : *fil, filar* : emploi figuré. Il s'agit d'un fil destiné
à ourdir une intrigue.
34-35 : vers d'interprétation obscure.
54 : *N'Arpi.* L'allusion a ce personnage n'est pas
claire. On ne connaît guère qu'un Harpin, roi
sarrasin de Nîmes, qui apparaît dans l'épopée
du *Charroi de Nîmes.* Mais les rapports entre
les deux sont très hypothétiques.

XIX. *Richard Cœur-de-Lion*

Le fameux roi Richard I d'Angleterre, dit Cœur-de-
Lion, naquit à Oxford en 1157, régna à partir de
1189 et mourut en 1199. Ses relations avec le monde
des troubadours sont bien connues. Elles s'expliquent
d'abord par son ascendance, puisqu'il était le fils
d'Aliénor d'Aquitaine, et par là l'arrière petit-fils
du premier troubadour, mais aussi par les nombreux
séjours qu'il fit dans ses possessions occitanes. Il fut
célébré et blâmé par les principaux troubadours de
son temps, notamment par Bertrand de Born
(cf. XVII), qui écrivit un *planh* sur la mort de son
frère (le jeune roi anglais, cf. n° 3), Gaucelm Faidit,
qui lui dédia un des plus beaux *planhs* que nous
ayons conservés (cf. n° 43), et le troubadour catalan
Guilhem de Berguedan (cf. XIII). L'écho de ses
relations troubadouresques se retrouvent au surplus
dans les *vidas* et *razos* de différents troubadours.
Deux poésies sont attribuées à ce roi-poète bilingue :
la rotrouenge en deux langues que nous donnons
ci-après, et une pièce en une langue hybride, un
sirventés contre Dalfin et Gui d'Alvernhe, écrit dans
l'été de 1194, et dans lequel il leur reproche de ne pas

le soutenir dans ses luttes contre le roi de France Philippe-Auguste. A cette pièce française, Dalfin d'Alvernhe répondit par un sirventés en occitan, plein d'ironie et de dérision, qui a trouvé un large commentaire dans une des quatre *razos* relatives à Dalfin (cf. Bout-Cluz., pp. 294-296).

41. — Rotrouenge de Richard sur sa captivité

Ja nuls òm pres non dirà sa razon
Adrechament, si com òm dolens non;
Mas per conòrt deu òm faire canson.
Pro n'ai d'amis, mas paure son li don;
5   Anta lur es si, per ma rezenson,
      Soi çai dos ivèrs *pres*.

Or sapchon ben miei òm e miei baron,
Anglés, norman, peitavin e gascon,
Qu'ieu non ai ja si paure companhon
10 Qu'ieu laissasse, per aver, en preison.
Non o dic mia per nula retraison,
      Mas anquar soi ie[u] *pres*.

Car sai eu ben per ver certanament
Qu'òm mòrt ni pres n'a amic ni parent;
15 E si'm laissan per aur ni per argent,
Mal m'es per mi, mas pieg m'es per ma gent,
Qu'après ma mòrt n'auràn reprochament
      Si çai me laisson *pres*.

No'm meravilh s'ieu ai lo còr dolent,
20 Que mos sénher met ma tèrra en turment;
No li membra del nòstre sagrament

Que nos feïmes els sans cominalment
Ben sai de ver que gaire longament
Non serai en çai *pres*.

25 Suer comtessa, vòstre prètz sobeiran
Sal Dieus, e gart la bèla qu'ieu am tan
Ni per cui soi ja *pres*.

(Texte de Raynouard-Riquer) [76].

Traduction

Jamais captif ne tiendra franchement ses propos,
si ce n'est en homme affligé; mais pour se consoler
il doit faire une chanson. J'ai beaucoup d'amis
mais pauvres sont les dons. Honte à eux si pour
obtenir ma rançon je suis ici deux hivers *prisonnier*.

Que sachent bien désormais mes vassaux et mes
barons, anglais, normands, poitevins et gascons,
que je n'ai pas un compagnon, si pauvre soit-il,
que je laisserais en prison par manque d'argent. Je
ne dis pas cela pour faire un quelconque reproche :
mais je suis encore *prisonnier*!

Car je sais vraiment, en toute certitude, qu'un
homme mort ou captif n'a ni amis ni parents; et s'ils
m'abandonnent pour une question d'or et d'argent,
malheur à moi, mais pire encore pour mes gens, car
après ma mort ils en auront le reproche, s'ils me laissent ici *prisonnier*.

Je ne m'étonne point d'avoir le cœur dolent,
car mon seigneur met ma terre en tumulte; et il ne
se souvient plus du serment que nous nous jurâmes

l'un à l'autre sur les reliques. Je sais bien en vérité que je ne serai plus longtemps ici *prisonnier*.

Sœur Comtesse, que Dieu garde votre souverain mérite, et qu'il protège la belle Dame que j'aime tant et pour laquelle je suis une première fois *prisonnier*.

NOTES

Cette pièce représente la version occitane d'une célèbre rotrouenge française de Richard Cœur-de-Lion. Malgré les doutes de quelques critiques, il est en effet permis de penser que les deux versions sont bien du même Richard. On connaît les faits : le roi attend vainement dans sa prison autrichienne que ses amis aient rassemblé l'énorme rançon qu'exige de lui l'empereur d'Allemagne Henri VI. Richard fut fait prisonnier le 21 décembre 1192 et libéré le 2 février 1194 : on peut donc supposer que la pièce fut écrite en 1193 ([77]).

La pièce est généralement considérée comme une rotrouenge. Pour ce genre, cf. ci-après, nº 63 et ma *Lyrique française*, I, chap. XII et II, pp. 118-125. Le poème occitan se compose de quatre *coblas unisonanz* (contre six en français) de cinq décasyllabes à rimes plates, suivis d'un vers-refrain de six syllabes à *rim estramp* et contenant le mot-refrain *pres* (version fr. *pris*). Schéma métrique : a^{10} a^{10} a^{10} a^{10} a^{10} B^6 + une *tornada* (la pièce fr. a 2 *tornadas*). C'est effectivement le schéma métrique de la rotrouenge. Mélodie conservée (cf. p. 385) ([78]).

10 : *laissasse* : gallicisme, pour occitan *laissès*.

20 : Il s'agit ici de Philippe-Auguste de France,
seigneur de Richard Cœur-de-Lion. Lorsqu'il
sut Richard prisonnier, il entreprit une campagne
contre ses possessions continentales.

22 : *feïmes* : gall. (/occ. *fezem*). Le vers fr. est :
Que nos feismes andui communaument.

25 : il s'agit ici de Marie, comtesse de Champagne,
fille de Louis VII de France et d'Éléonore d'Aquitaine, par conséquent, demi-sœur de Richard.
Remarquer le gall. *suer* (le texte fr. a *comtesse
suer*).

25-27 : la pièce s'achève sur une note courtoise de
louange à la comtesse, dont le *pretz* est *sobeiran*
(fr. *pris souverain*). Cette note apparaît aussi
dans le vers-refrain *pres* qui assume ici une autre
fonction : le roi est en effet également prisonnier
de sa dame *(la bèla)*, selon un topique très fréquent.

XX. *Gaucelm Faidit*

Gaucelms Faiditz si fo d'un borc que a nom Userca,
que es el vesquat de Lemozi, e fo filz d'un borgés. E
cantava pèiz d'òme del mon; e fetz molt bos sos e bos
motz. E fetz se joglar per ocaison qu'el perdèt a jòc
de datz tot son aver. Om fo que ac gran larguesa;
e fo molt glotz de manjar e de beure; per ço venc gròs
oltra mesura. Molt fo longa saisó desastrucs de dos e
d'onor a prendre, que plus de vint ans anèt a pè per
lo mon, qu'el ni sas cansós no èran grazidas ni volgudas.

E si tòlc molhèr una soldadèra qu'el menèt lonc temps
ab si per cortz, et avia nom Guillelma Monja. Fòrt
fo bèla e fòrt ensenhada, e si venc si gròssa e si grassa
com èra el. Et ela si fo d'un ric borc que a nom Alest,

231

de la marca de Proensa, de la senhoria d'En Bernart d'Andusa.

E missers lo marqués Bonifacis de Montferrat mes lo en aver et en rauba et en tan gran prètz lui e sas cansós. (Bout.-Cluz., p. 167).

Le portrait que trace de notre troubadour son biographe médiéval est, on le voit, assez peu flatteur. Il semble néanmoins correspondre, au moins partiellement, à la réalité, comme cela ressort de quelques *coblas* satiriques de son confrère le troubadour Elias d'Ussel, qui le connaissait bien.

Gaucelm adresse principalement ses hommages à la vicomtesse Maria de Ventadour qui avait su maintenir à sa cour les traditions littéraires du temps d'Eblon II le Chanteur et de Bernard de Ventadour. Mais la liste des dames auxquelles il dédie ses poèmes pourrait être aisément augmentée, surtout si l'on pouvait identifier toutes celles qu'il a désignées par un *senhal*.

Parmi ses protecteurs, qui furent nombreux, signalons principalement le roi d'Angleterre, Richard Cœur-de-Lion, à la mort duquel, en 1199, il écrivit un *planh* très émouvant, et le marquis Boniface II de Montferrat.

Grand voyageur, il séjourna en France du Nord, en Italie, en Hongrie, et suivit le marquis de Montferrat jusqu'en Terre Sainte où il passa tout un hiver Mais on ne sait plus rien de lui après son retour de croisade ni dans quelles conditions il mourut. Son œuvre, qui s'échelonne environ entre 1185 et 1220, est abondante : soixante-dix pièces, parmi lesquelles les chansons d'amour représentent une majorité importante. Au dire d'Ernest Hoepffner (*Les Troub.* p. 166), la « place qu'occupe Gaucelm Faidit parmi les poètes occitans de la période classique il la doit non seulement à l'ampleur de son œuvre, une des plus riches que nous ayons, mais aussi à ses qualités littéraires... Certaines de ses œuvres, ses chansons de croisade, son *planh*, plusieurs chansons personnelles témoignent d'une réelle sensibilité qui lui donne une figure originale et individuelle parmi ses confrères. »

a

42. — RETOUR EN LIMOUSIN

     Del gran golfe de mar
     E dels enòis dels pòrtz
     E del perilhős far
     Soi, mercé Dieu, estòrtz,
5   Don pòsc dir e comdar
     Que mainta malanansa
I ai sufèrt' e maint turmen;
E pòs a Dieu platz qu'eu tòrn m'en
En Lemozí ab còr jauzen,
10   Don partí ab pesansa,
     Lo tornar e l'onransa
Li grazisc, pòs el m'o cossén.

     Ben dei Dieu mercejar,
     Pòs vòl que sanz e fòrtz
15   Puèsc' el païs tornar
     On val mais uns paucs òrtz
     Que d'autra tèrr' estar
     Rics ab gran benanansa

Quar sol li bèl aculhimen
20 E'l onrat fag e'l dig plazen
De nòstra dòmna e'il prezen
D'amorosa coindansa
E la dousa semblansa
Val tot quan autra tèrra ren.

25   Ar ai dreg de chantar,
          Pòs vei jòi e depòrtz,
          Solatz e domnejar,
          Quar çò es vòstr' acòrtz;
          E las fontz e'l riu clar
30   Fan m'al còr alegransa,
Prat e vergièr, quar tot m'es gen,
Qu'era non dopti mar ni ven,
Garbí, maïstre ni ponen,
          Ni ma naus no'm balansa,
          Ni no'm fai mais doptansa
35 Galea ni corsièr corren.

          Qui per Dieu gazanhar
          Pren d'aitals desconòrtz
          Ni per s'arma salvar,
40   Ben es dregz, non ges tòrtz;
          Mas cel qui per raubar
          E per mal' acordansa
Vai per mar, on òm tan mal pren,
En pauc d'ora s'avén soven
45 Que, quant cuj' òm pujar, deissén,
          Si qu'ab desesperansa
          Il laissa tot e 'slansa :
L'arm' e'l còrs e l'aur e l'argen.

                              (Texte de J. Mouzat) (79).

234

Du grand golfe de la mer, des ennuis du port et des dangers du phare je suis sorti, grâce à Dieu : je peux donc dire et compter combien de maux et de tourments j'y ai soufferts. Et puisqu'il plaît à Dieu que je revienne le cœur joyeux en ce Limousin d'où je partis avec tristesse, je le remercie de ce retour et de l'honneur qu'il m'accorde.

J'ai toutes raisons de rendre grâces à Dieu puisqu'il veut bien me laisser revenir sain et sauf au pays où le moindre jardin vaut mieux que la richesse et l'aisance sur une autre terre. Car le doux accueil de notre dame, ses nobles gestes et ses aimables paroles, les présents qu'elle fait avec tant d'amoureuse grâce, la douceur de son visage valent à eux seuls tous les biens d'une autre terre.

J'ai maintenant bien sujet de chanter, puisque je vois la joie et les plaisirs, les divertissements et les jeux d'amour, car c'est votre bon plaisir ; et les fontaines et les clairs ruisseaux me réjouissent le cœur, aussi bien que les prés et les vergers, car tout ici m'est aimable. Je ne crains plus ni la mer ni les vents, qu'ils soient du sud, du nord ou bien de l'ouest ; ma nef n'est plus balancée par les flots et je ne redoute plus ni galère ni corsaire rapide.

Celui qui, pour gagner Dieu et pour sauver son âme, s'engage dans de telles souffrances, celui-ci a raison et fait bien. Mais celui qui, pour voler et à mauvaise intention, se lance sur la mer où l'attendent tant de dangers, celui-là bien souvent ne tarde pas à choir quand il croit s'élever. A tel point que, désespéré, il abandonne et lance tout par-dessus bord : son âme et son corps, son or et son argent.

235

NOTES

Chanson écrite après le retour de Terre Sainte : notre poète rentre en Limousin au « passage » de mai, après un hiver passé au-delà des mers. C'est une des pièces les plus émouvantes parmi les plus personnelles de la poésie des troubadours. La note courtoise y est à peine sensible, par quelques allusions à l'adresse de la dame et de sa cour (v. 19-28). Tout le reste n'est qu'un pur chant de joie lorsque, après l'aride Palestine et les dangers de la traversée, Gaucelm Faidit retrouve enfin son cher Limousin, dans toute la douceur d'un paysage printanier, avec ses ruisseaux, ses jardins, ses prés et ses vergers. Ce même amour du pays natal, Gaucelm l'avait chanté dans la tristesse du départ :

> Ai! gentils Lemozis!
> El vostre dous païs
> Lais de bela paria
> Senhors e vezis
> E domnas ab pretz fis,
> Pros, de gran cortesia
> Don planh e languis
> E sospir noit e dia.

Quatre *coblas unisonanz* de 12 vers de 6 et 8 syll. Schéma métrique : a^6 b^6 a^6 b^6 a^6 $c^{6'}$ d^8 d^8 d^8 $c^{6'}$ $c^{6'}$ d^8.

3 : *far*, Phare : détroit de Messine.

9-10 : la joie du retour *(jauzen)* s'oppose à la tristesse *(pesansa)* du départ; cf. ci-dessus.

19-28 : ces vers, nous l'avons vu, représentent à eux seuls tout l'élément *courtois* du poème, avec leurs allusions au *pretz* de la dame et à l'élégante mondanité de sa cour. Mais pour court qu'il soit,

236

ce passage n'en contient pas moins un nombre
assez important d'associations formulaires de
termes-clefs, ce qui est une des caractéristiques
de la stylistique et de la terminologie habituelles
de la *fin'amor* : *bel aculhimen, onrat fag, dig plazen,
amorosa coindanza, dousa semblansa, joi e deportz,
solatz e domnejar.*

b

43. — PLANH SUR LA MORT
DE RICHARD CŒUR-DE-LION

Fòrtz chausa es que tot lo major dan
E'l major dòl, las! qu'ieu anc mais agués,
E çò don dei totztemps plànher ploran,
M'aven a dir en chantan, e retraire —
5   Quar cel qu'èra de valor caps e paire,
Lo rics valens Richartz, reis dels Englés,
Es mòrtz — Ai Dieus! quals pèrd' e quals dans es!
Quant estranhs motz, e quant grèus ad auzir!
Ben a dur còr totz òm qu'o pòt sofrir...

10   Mòrtz es lo reis, e son passat mil an
Qu'anc tant pros òm non fo, ni no'l vi res,
Ni mais non èr nulhs òm del sieu semblan,
Tant larcs, tant rics, tant arditz, tals donaire,
Qu'Alixandres, lo reis qui venquèt Daire,
15   Non cre que tant donès ni tant mesés;
Ni anc Carles ni Artús plus valgués,
Qu'a tot lo mon si fetz, qui'n vòl ver dir,
Als us doptar et als autres grazir.

Meravilh me del fals sègle truan,
20   Co'i pòt estar savis òm ni cortés,
Puòis re no'i val bèlh dich ni fach prezan,
E doncs per qué s'esfòrs' òm, pauc ni gaire?
Qu'èras nos a mostrat Mòrtz que pòt faire,
Qu'a un sol còlp a'l melhor del mon pres,
25   Tota l'onor, totz los gaugs, totz los bes;
E pòs vezem que res no'i pòt gandir,
Ben deuri' òm mens doptar a morir!

Ai! valens reis sénher, e qué faràn
Oimais armas ni fòrt tornei espés,
30   Ni richas cortz ni bèlh don aut e gran,
Pòis vos no'i ètz, qui n'eratz capdelaire,
Ni qué faràn li liurat a maltraire,
Cilh que s'èran en vòstre servir mes,
Qu'atendion que'l guizerdós vengués;
35   Ni qué faràn cilh, que'is degran aucir,
Qu'aviatz faitz en gran ricor venir?

Longa ira et àvol vid' auràn
E totztemps dòl, qu'enaissí lor es pres;
E Sarrazin, Turc, Paian e Persan,
40   Que'us doptavon mais qu'òme nat de maire,
Creisseràn tant en orguòlh lor afaire,
Que'l Sepulcres n'èr tròp plus tart conqués —
Mas Dieus o vòl; que, s'el non o volgués,
E vos, Sénher, visquessetz, ses falhir,
45   De Suria los avengr' a fugir.

Oimais no'i a esperansa que'i an
Reis ni prínceps que cobrar lo saubés!
Però, tuch cilh qu'en luòc de vos seràn
Devon gardar cum fotz de prètz amaire,

50   Ni qual foron vòstre dui valen fraire,
     Lo Joves Reis e'l cortés Coms Jaufrés;
     Et qui en luòc remanrà, de vos tres
     Ben deu aver aut còr e ferm cossir
     De far bos faitz e de socors chausir.

55   Ai! Sénher Dieus! vos qu'ètz vers perdonaire,
     Vers Dieu, vers òm, vera vida, mercés!
     Perdonatz li, que òps e còcha l'es,
     E no gardetz, Sénher, al sieu falhir,
     E membre vos cum vos anèt servir!

(Texte de J. Mouzat) [80].

Traduction

Ce m'est une chose cruelle et le plus grand deuil, hélas! que j'aie jamais éprouvé, et ce que je devrai toujours déplorer en pleurant... Car Celui qui de Valeur était le chef et le père, le puissant et vaillant Richard, roi des Anglais, est mort. Hélas! Dieu, quelle perte et quel dommage! Quel mot terrible, et qu'il est cruel à entendre! Il a le cœur bien dur qui peut le supporter.

Mort est le roi et mille ans ont passé depuis qu'il y eut et qu'on connut un homme aussi valeureux, et jamais il n'aura son pareil, si munificent, si preux, si hardi, si prodigue. Et je ne crois pas qu'Alexandre, le roi qui vainquit Darius, donnât jamais et dépensât autant que lui; et jamais Charlemagne ni Arthur n'eurent autant de valeur. Car, à vrai dire, il sut de par le monde se faire craindre des uns et aimer des autres.

Je m'émerveille fort, en voyant ce monde faux et trompeur, qu'il puisse y avoir un homme sage et courtois, puisque rien n'y vaut : ni belles paroles ni glorieux exploits. Alors, pourquoi s'y efforce-t-on, peu ou prou, maintenant que la Mort nous a montré ce dont elle est capable : en ravissant d'un seul coup au monde le meilleur chevalier, tout l'honneur, toutes les joies et tous les biens. Et puisque nous voyons que rien ne peut nous en protéger, on devrait avoir bien moins peur de mourir.

Hélas! vaillant seigneur roi, que deviendront désormais les armes, les rudes tournois où l'on se presse, les riches cours et les dons grands et magnifiques, puisque vous n'êtes plus là, vous qui en étiez le maître? Que deviendront les malheureux, ceux qui s'étaient mis à votre service, et qui attendaient de vous que vînt la récompense? Et que feront les autres ceux qui maintenant devraient se tuer — que vous avez fait parvenir au plus haut rang?

Ils connaîtront une longue douleur et une vie misérable, et un deuil sans fin sera leur destinée. Et les Sarrasins, les Turcs, les Païens et les Persans, qui vous redoutaient plus que tout homme né de mère, verront tant s'accroître leur orgueil et leur force que le Saint Sépulcre ne sera conquis que bien plus tard. Mais Dieu le veut ainsi! : car s'il ne l'avait pas voulu, et que vous, Seigneur, vous eussiez vécu, il est hors de doute qu'il leur eût fallu s'enfuir de Syrie.

Et il n'est plus désormais d'espérance qu'y aille jamais roi ou prince qui puisse le reconquérir! Cependant tous ceux qui seront à votre place doivent considérer à quel point vous aimiez la Valeur, et ce que furent vos deux vaillants frères, le Jeune Roi et le pieux comte Geoffroy. Et celui qui vous remplacera tous les trois devra avoir le cœur haut placé ainsi que le ferme souci d'accomplir de hauts faits et de choisir de vaillants exploits.

Ah! Seigneur Dieu, vous qui êtes le pardon même, vrai Dieu, vrai Homme, vraie Vie, miséricorde! Pardonnez-lui, car dans sa détresse il en a besoin. Ne prenez pas garde à ses fautes, Seigneur, mais qu'il vous souvienne de la manière dont il vous alla servir!

NOTES

Ce très beau *planh*, un des plus émouvants de la lyrique occitane du Moyen Age, a été écrit à l'occasion de la mort de Richard Cœur-de-Lion, roi d'Angleterre et comte de Poitiers, blessé d'une flèche à Chalus, en Limousin, le 26 mars 1199, au cours d'un combat contre ses vassaux aquitains rebelles. Il mourut de la gangrène quelques jours après, le 6 avril 1199. Pour les caractéristiques du *planh*, cf. n° 3 et 54. Comme le dit bien J. Mouzat, « malgré les obligations imposées par ce genre et les poncifs traditionnels, il y a une émotion réelle dans ce panégyrique. Gaucelm l'a traité avec ampleur, et ses longues phrases deviennent, dans ce regret, des périodes d'oraison funèbre ».

Six *coblas unisonanz* de 9 vers de 10 syll., suivies d'une *tornada* de 5 vers. Schéma métrique :

$$a^{10} \ b^{10} \ a^{10} \ c^{10'} \ c^{10'} \ b^{10} \ b^{10} \ d^{10} \ d^{10}.$$

Mélodie conservée (cf. p. 387).

42 : la mort de Richard retardera de beaucoup la conquête du Saint Sépulcre.

48 : il s'agit ici des successeurs, encore indéterminés,
de Richard. Gaucelm, en effet, ne parle pas nom-
mément de Jean sans Terre, frère de Richard, qui fut
roi de 1199 à 1218. On peut croire que le poème,
« qui a sûrement suivi de peu la mort du roi, a
été composé à l'époque où sa succession n'était
pas nettement réglée entre le roi Jean et son neveu
Arthur de Bretagne » (J. Mouzat).

50-51 : les deux vaillants frères de Richard sont :
le Jeune Roi, Henri Court-Mantel (cf. n° 2 et 3)
et le comte Geoffroy (1158-1186), qui devint
comte-duc de Bretagne par son mariage, lutta
contre son père Henri II, en Aquitaine, et mourut
à Paris dans un tournoi donné en son honneur
par Philippe-Auguste.

52 : *de vos tres :* le troisième est vraisemblablement
Jean sans Terre, le seul qui ne soit pas nommé
par son nom (cf. note 48).

XXI. *Comtesse de Die*
(Comtessa de Dia)

*La comtessa de Dia si fo mólher d'En Guilhem de
Peitieus, bèla dòmna e bona. Et enamorèt se d'En
Rambaut d'Aurenja, e fetz de lui mantas bonas cansós.*
(Bout.-Cluz., p. 445).

On n'a que peu de renseignements sur la vie de la
plus célèbre des « trobairitz ». Elle était peut-être la
fille de Guigue V, dauphin de Viennois, au milieu
du XIIᵉ siècle; ou celle de Guillaume I de Poitiers,
comte de Valentinois. Rien n'autorise même à l'appeler
Béatrice, comme on le fait habituellement. On n'a
conservé d'elle que cinq pièces : une tenson (probable-

ment avec Raimbaut d'Orange), et quatre chansons (deux complètes et deux fragmentaires).

Nous donnons ici sa chanson la plus célèbre et la plus poignante, inspirée peut-être par un amour malheureux pour Raimbaut d'Orange.

44. — A UN AMANT INFIDÈLE

A chantar m'èr de çò qu'eu no volria,
Tant me rancur de lui cui sui amia :
Car eu l'am mais que nulha ren que sia :
Vas lui no'm val Mercés ni Cortezia
7   Ni ma beltatz ni mos prètz ni mos sens ;
Qu'atressí'm sui enganad' e trahia
Com degr' èsser, s'eu fos desavinens.

D'aissò'm conòrt, car anc non fi falhensa,
Amics, vas vos per nulha captenensa ;
10   Ans vos am mais non fetz Seguís Valensa,
E platz mi mout que eu d'amar vos vensa ;
Lo meus amics, car ètz lo plus valens ;
Mi faitz orgòlh en ditz et en parvensa
E si ètz francs vas totas autras gens.

15   Meravelh me com vòstre còrs s'orgòlha,
Amics, vas me, per qu'ai razon que'm dòlha ;
Non es ges dreitz qu'autr' amors vos mi tòlha,
Per nulha ren que'us diga ni acòlha.
E membre vos quais fo'l comensamens
20   De nòstr'amor ! Ja Dòmnedeus non vòlha,
Qu'en ma colpa sia'l departimens.

Proeza grans, qu'el vòstre còrs s'aizina,
E lo rics prètz qu'avètz m'en ataïna;
Qu'una non sai, lonhdana ni vezina,
25 Si vòl amar, vas vos no si' aclina;
Mas vos, amics, ètz ben tant conoissens
Que ben devètz conóisser la plus fina :
E membre vos de nòstres covinens.

Valer mi deu mos prètz e mos paratges
30 E ma beutatz, e plus mos fins coratges;
Per qu'eu vos man, lai on es vòstr'estatges,
Esta chanson, que me sia messatges
E vòlh saber, lo meus bèls amics gens,
Per que vos m'ètz tant fèrs ni tant salvatges;
35 No sai si s'es orgòlhs o mals talens.

Mas aitan plus vòlh li digas, messatges,
Qu'en tròp d'orgòlh an gran dan maintas gens.

(Texte de K. Bartsch) ([81]).

Traduction

Il me faut chanter ici ce que je ne voudrais point
chanter : car j'ai fort à me plaindre de celui dont je suis
l'amie. Je l'aime plus que tout au monde, et rien ne
trouve grâce auprès de lui : ni Merci, ni Courtoisie,
ni ma beauté, ni mon mérite, ni mon esprit; je suis
trompée et trahie comme je devrais l'être si je n'avais
pas le moindre charme.
Une chose me console : jamais, en aucune manière,
je n'eus de torts envers vous, ami; je vous aime, au
contraire, plus que Séguin n'aima Valence, et il me

plaît fort de vous vaincre en amour, ô mon ami, car vous êtes le plus vaillant de tous. Mais vous me traitez avec orgueil, dans vos paroles et vos manières, alors que vous êtes si aimable envers toute autre personne.

Je suis surprise de l'arrogance de votre cœur, ami; car j'ai bien sujet d'être triste; il n'est point juste qu'un autre amour vous enlève à moi, quels que soient les paroles et l'accueil qu'on vous réserve. Qu'il vous souvienne du début de notre amour; à Dieu ne plaise que je sois responsable de notre séparation!

La grande vaillance qui loge en votre personne et votre éclatant mérite me sont des sujets d'inquiétude; car je ne connais point de dame, lointaine ou voisine, en désir d'amour, qui ne ressente pour vous de penchant : mais vous, ami, vous avez tant de jugement que vous devez bien reconnaître la plus sincère; ne vous souvient-il pas de notre pacte?

Je dois pouvoir compter sur mon mérite, ma haute naissance et ma beauté, et plus encore sur la sincérité de mon cœur; c'est pourquoi je vous mande, là-bas, en votre demeure, cette chanson, qui me servira de messager. Je veux savoir, mon bel et doux ami, pourquoi vous êtes à mon égard si farouche et si dur : est-ce orgueil ou malveillance?

Mais je veux, messager, que tu lui dises en outre que trop d'orgueil peut nuire à maintes gens.

NOTES

Cinq *coblas singulars* de 7 vers de 10 syll., suivies d'une *tornada* de 2 vers; les rimes *b* sont fixes. Schéma métrique : a^{10} a^{10} a^{10} a^{10} b^{10} a^{10} b^{10}. Mélodie conservée (cf. p. 388).

10 : *Seguís Valensa* (Séguin, Valence) : héros d'un roman perdu et connu seulement par cette allusion et une autre d'A. de Mareuil (dans le *Salutz : Tant m'abellís...*). On est donc autorisé à penser que ce roman était en occitan.

22-28 : il faut noter que la louange courtoise est ici inversée : la *proeza*, le *prètz*, la *conoissensa* sont chez l'homme.

25 : la *trobairitz* désigne souvent l'être aimé du nom d'*amic;* alors que le troub. la désigne le plus souvent du nom de *dòmna*.

29-30 : ici, la *trobairitz* chante sa propre louange, non pas par vanité, mais parce que c'est grâce à ses qualités qu'elle devrait mériter l'amour de celui qui la délaisse.

XXII. Raïmbaud de Vaqueiras

Raembautz de Vaqueiras si fo filhz d'un paubre cavalièr de Proensa, del castèl de Vaqueiras, que avia nom Peirors, qu'èra tengutz per mat.

En Raembautz si se fetz joglar et estèt longa saison ab lo prince d'Aurenga, Guilhem del Baus. Ben sabia chantar e far coblas e sirventés; e'l princes d'Aurenga li fetz gran ben e gran onor, e l'ennansèt e'l fetz conóisser e presiar a la bona gen.

E venc s'en en Monferat, a miser lo marqués Bonifaci. Et estèt en sa cort lonc temps. E crec si de ben e d'armas e de trobar.

Et enamorèt se de la se(r)ror del marqués, que avia nom ma dòmpna Biatritz, que fo mólher d'Enric del

Caret. E trobava de lèis mantas bonas cansós. Et
apelava la en sas cansós « Bels Cavalièrs ». E fon
crezutz qu'ela li volgués gran ben per amor.

E quant lo marquès passèt en Romania, el lo menà
ab se e fetz lo cavalièr. E dèt li gran terra e gran renda
el regisme de Salonic. E lai el morí. (Bout.-Cluz.,
p. 447).

Comme le dit son biographe, notre troubadour
était fils d'un pauvre chevalier de Provence, et originaire du château de Vaqueiras (Vaucluse), propriété
du prince d'Orange. On ignore la date exacte de sa
naissance : probablement entre 1155 et 1160. D'abord
ménestrel ambulant à la recherche d'un patron,
il finit par se fixer en Italie du Nord où, grâce à ses
qualités personnelles et à ses dons de poète, il devint
l'ami et le compagnon d'armes du célèbre Boniface II
de Montferrat qu'il accompagna dans ses diverses
expéditions en Orient. Il participa avec son maître
à la quatrième croisade de 1202 et, probablement,
à la conquête de Constantinople. On ignore les circonstances de sa mort et plusieurs hypothèses ont
été émises. Certains érudits pensent qu'il disparut
avec son patron, mortellement blessé à Salonique en
1207; d'autres qu'il lui survécut mais resta en Orient.
D'autres enfin, qu'il aurait laissé des traces de sa
présence en Provence en 1243.

On conserve de lui trente-trois poèmes lyriques,
parmi lesquels une tenson avec une Génoise, qui lui
répond dans son parler, et un curieux *descort* en
cinq langues. Il est en outre l'auteur d'une longue
lettre épique, dédiée à son protecteur, composition
poétique d'une importance littéraire et historique de
premier plan.

Raimbaut de Vaqueiras fut le premier troubadour

qui introduisit la lyrique occitane en Italie, où il
trouva de nombreux admirateurs, en particulier
Dante : son influence sur le développement de la
poésie italienne fut considérable.

a

45. — Estampida

Calenda maia
Ni fuèlhs de faia,
Ni chans d'auzèl   ni flors de glaia
Non es que'm plaia,
5   Pros dòna gaia,
Tro qu'un isnèl   messatgièr aia
Del vòstre bèl   còrs, qui'm retraia
Plazer novèl   qu'amors m'atraia
E jaia
10   E'm traia
Vas vos,   dòmna veraia,
E chaia
De plaia
'L gelós,   anz que'm n'estraia.

15   Ma bèl' amia,
Per Dieu non sia
Que ja'l gelós   de mon dan ria,
Que car vendria
Sa gelosia,
20 Si aitals dos   amantz partia;
Qu'ieu ja joiós   mais non seria,
Ni jòis ses vos   pro no'm tenria;

248

                    Tal via
                    Faria
25   Qu'òms ja   mais no'm veiria;
                    Cel dia
                    Morria,
            Dòmna   pros, qu'ie'us perdria.

                Com èr perduda
30   Ni m'èr renduda
        Dòmna, s'enanz   non l'ai aguda?
                Que drutz ni druda
                Non es per cuda;
        Mas quant amantz en drut si muda,
35   L'onors es granz   que'l n'es creguda,
        E'l bèls semblanz   fai far tal bruda;
                    Que nuda
                    Tenguda
            No'us ai   ni d'als vencuda;
40   Volguda,
                    Cresuda
            Vos ai,   ses autr' ajuda.

                Tart m'esjauzira,
                Pòs ja'm partira,
        Bèls Cavalièrs,   de vos ab ira,
                Qu'alhors no's vira
                Mos còrs, ni'm tira
        Mos desirièrs,   qu'als non desira;
        Qu'a lauzengièrs   sai qu'abelira,
50   Dòmna, qu'estièrs non lur garira :
                    Tals vira,
                    Sentira
            Mos danz,   qui'ls vos grazira,
                Que'us mira,

```
55              Cossira
        Cuidanz,    don còrs sospira.


                Tant gent comensa,
                Part totas gensa,
        Na Beatriz,         e pren creissensa
60              Vòstra valensa;
                Per ma credensa,
        De prètz garnitz    vòstra tenensa
        E de bèls ditz,     senes falhensa;
        De faitz grazitz    tenètz semensa;
65                  Sïensa,
                    Sufrensa
            Avètz       e coneissensa;
                    Valensa
                    Ses tensa
70          Vistètz     ab benvolensa.


                Dòmna grazida,
                Quecs lauz' e crida
        Vòstra valor        qu'es abelida,
                E qui'us oblida,
75              Pauc lı val vida,
        Per qu'ie'us azor,  dòmn' eissernida;
        Quar per gençor     vos ai chausida
        E per melhor,       de prètz complida,
                    Blandida,
80                  Servida
            Gensés      qu'Erecs  Enida
                    Bastida,
                    Finida,
        N'Englés,           ai l'estampida.


                        (Texte de J. Linskill) (82).


250
```

Traduction

Ni le premier jour de mai, ni la feuille du hêtre, ni le chant des oiseaux, ni la fleur du glaïeul ne sauraient me réjouir, Dame noble et joyeuse, tant que je ne verrai pas venir, de la part de votre gente personne, un messager rapide qui me dépeigne le plaisir nouveau qu'Amour et Joie m'apporteront; tant que je ne me rendrai pas auprès de vous, Dame sincère, et que le Jaloux ne sera pas tombé sous les coups, avant que je ne vous quitte.

Ma belle amie, veuille Dieu que le Jaloux ne se réjouisse jamais de mon dommage : il paierait cher sa jalousie, s'il séparait les deux amants que nous sommes. Car je ne serais jamais plus joyeux, et la joie sans vous ne me profiterait guère : je prendrais un chemin tel que jamais plus personne ne me verrait et mourrais le jour même, noble Dame, où je vous aurais perdue.

Comment pourrais-je perdre et recouvrer une dame si elle n'a été mienne auparavant? On n'est pas amant ou amante par la seule pensée. Pourtant, quand le soupirant devient amant, grand est l'honneur qu'il en retire : mais c'est le doux regard [que vous m'avez jeté] qui est cause de tels faux bruits. Car je ne vous ai pas tenue sans voile entre mes bras, et n'ai pas obtenu autre chose de vous. Je vous ai désirée et j'ai cru en vous, sans autre récompense.

Il me serait difficile de me réjouir si je devais vous quitter en proie au ressentiment, Beau Cavalier. Car mon cœur ne saurait se tourner ailleurs, ni mon désir m'attirer autre part, puisque je n'ai pas d'autres désirs. Je sais bien que les médisants s'en réjouiraient, Dame, car autrement leur maladie ne serait point

251

guérie. Et tel d'entre eux, voyant et sentant mon infortune, vous en serait reconnaissant; car il vous regarde, plein de présomptueuses pensées : et mon cœur en gémit.

Votre mérite, Dame Béatrice, fleurit et croît avec tant de grâce, et surpasse celui de toutes les autres dames. A ce que je crois, vous ajoutez aux qualités que vous possédez l'ornement de votre valeur et de vos belles paroles; vous êtes la source d'actions dignes de louanges; vous possédez savoir, discrétion et connaissance et, sans conteste, vous joignez à votre mérite la parure de la bienveillance.

Aimable Dame, chacun loue et proclame en vous une valeur qui sait plaire; et qui vous oublie ne prise guère la vie. Aussi je vous adore, Dame distinguée. Car je vous ai choisie comme la plus noble et la meilleure, avec la perfection de votre mérite; et je vous ai courtisée et servie mieux que ne le fit Erec envers Enide. Seigneur *Engles*, voici finie l'estampie que je viens de composer.

NOTES

L'*estampida* (fr. *estampie*, du germ. *stampjan*, « frapper le sol avec le pied ») était une danse chantée issue d'une danse primitivement instrumentale et destinée à la vièle. Comme son nom l'indique, elle était très rythmée et l'on frappait fortement du pied par terre, en mesure avec la musique. Sa forme est un développement de la séquence latine et elle s'est sans doute développée dans le Nord de la France avant de se répandre dans le Sud. On possède en effet dix-neuf estampies en français, datant du début du XIVe siècle, mais seulement six en occitan et, parmi ces dernières, celle de Raimbaut est l'unique dont nous ayons conservé à la fois les paroles et la musique. Notre poème ne présente d'ailleurs qu'un rapport assez lointain avec les estampies françaises : sa structure formelle, la richesse de ses combinaisons rythmiques, les dédicaces et les *senhals* qu'il contient, sa tonalité courtoise et érotique enfin en font une composition très savante qui n'est au fond qu'une simple variante de la *canso*.

Son schéma rythmique est en effet extrêmement original et offre un exemple unique dans toute la lyrique troubadouresque. Il se compose de six *coblas singulars* monorimes (*aia, ia, uda, ira, ensa, ida*) de quatorze vers chacune : 2 v. de 4 syll. + 1 de 8 + 2 de 4 + 3 de 8 + 2 de 2 + 1 de 6 + 2 de 2 + 1 de 6); les vers de huit et six syll. ayant en outre des rimes intérieures (par ex. v. 3, 6, 7, 8 et 11, 14). Il est bien évident qu'une telle richesse confine à l'acrobatie et n'est pas étrangère à certaines obscurités du texte.

Quant à la musique, Raimbaut l'aurait empruntée, d'après une *razo*, à une mélodie jouée sur une vièle par deux jongleurs français visitant la cour de Montferrat : ce qui confirme bien d'ailleurs l'origine instrumentale et française de ce genre de composition. Il existe effectivement une estampie française dont le timbre est pratiquement le même que celui de *Calenda Maia*, mais il semble plutôt, en dernière analyse, que c'est l'*estampida* de notre troubadour qui a inspiré la pièce instrumentale française (pour la mélodie, cf. p. 389).

45 : *Bèls Cavalièrs : senhal* par lequel Raimbaut

désigne une dame de la cour de Montferrat.
Mais contrairement aux assertions de la *vida*,
il est peu probable que ce pseudonyme s'applique à
Béatrice (cf. v. 59).

59 : *Na Beatritz* : les affirmations de la *vida* au sujet
de cette dame ne paraissent pas correspondre à la
réalité. Aucune des trois sœurs du marquis de
Montferrat ne s'appelait Béatrice ni n'épousa
Enrico del Carretto; Béatrice était la fille de Boniface. On voit que notre poème contient donc une
double dédicace *(Bèls Cavalièrs* et *Na Beatritz)*,
qui se retrouve dans d'autres poèmes de notre
troubadour : ce qui achève de prouver qu'il
s'agit bien de deux dames différentes.

81 : Allusion au premier roman de Chrestien de
Troyes : *Erec et Enide* (vers 1170); Raimbaut
fait ailleurs d'autres allusions aux héros du cycle
arthurien, comme Perceval et Gauvain.

84 : *N'Englés* : *senhal* employé dans quatre poèmes
de Raimbaut, et dont l'identification a été discutée
Il est peu probable qu'il désigne Guillaume des
Baux, Prince d'Orange : il s'agit plus vraisemblablement, encore une fois, de l'ami et protecteur du
troubadour : Boniface de Montferrat. Notre
poème contiendrait ainsi trois dédicaces.

b
46. — Descort plurilingue

Eras quan vei verdeiar
Pratz e vergiers e boscatges,
Vuelh un descòrt comensar
D'amor, per qu'ieu vauc aratges;

5 Qu'una dòna'm sòl amar,
   Mas camjatz l'es sos coratges,
   Per qu'ieu fauc dezacordar
   Los motz e'ls sos e'ls lenguatges.

   Io son quel que ben non aio
10 Ni jamai non l'averò,
   Ni per april ni per maio,
   Si per ma donna non l'ò;
   Certo que en so lengaio
   Sa gran beutà dir non sò,
15 Çhu fresca qe flor de glaio,
   Per qe no m'en partirò.

   Belle douce dame chiere,
   A vos mi doin e m'otroi;
   Je n'avrai mes joi'entiere
20 Si je n'ai vos e vos moi.
   Mot estes male guerriere
   Si je muer per bone foi;
   Mas ja per nulle maniere
   No.m partrai de vostre loi.

25 Dauna, io mi rent a bos,
   Coar sotz la mes bon'e bèra
   Q'anc fos, e gaillard'e pros,
   Ab que no'm hossetz tan hèra.
   Mout abetz beras haisós
30 E color hresc'e noèra.
   Bòste son, e si'bs agós
   No'm destrengora hiera.

   Mas tan temo vostro preito,
   Todo'n son escarmentado.

35   Por vos ei pen e maltreito
      E meo corpo lazerado :
      La noit, can jatz en meu leito,
      So mochas vetz resperado;
      E car nonca m'aprofeito
40   Falid'ei en mon cuidado.

      Belhs Cavaliers, tant es car
      Lo vostr'onratz senhoratges
      Que cada jorno m'esglaio.
      Oi me lasso! que farò
45   Si sele que j'ai plus chiere
      Me tue, ne sai por quoi?
      Ma dauna, he que dey bos
      Ni peu cap Santa Quitera,
      Mon corasso m'avetz treito
50   E mot gen favlan furtado.

(Texte de J. Linskill) [83].

Traduction

Maintenant que je vois reverdir prés et vergers et bocages, je veux commencer un *descort* sur un amour qui me fait errer. J'aimais une dame, mais son cœur a changé, et c'est pour cela que je mets en désaccord [dans ce poème] les mots, les sons et les langues.

Je suis celui qui ne connaît nul bien, et jamais je ne l'aurai, ni en avril ni en mai, si je ne l'obtiens de ma Dame. Il est certain que dans sa langue je ne sais dépeindre sa grande beauté : elle est plus fraîche que fleur de glaïeul, et c'est pour cela que, jamais, je ne la quitterai.

256

Belle et douce Dame chère, à vous je me donne et m'octroie; je n'aurai jamais de joie parfaite, si je ne vous possède et si vous ne me possédez. Vous êtes vraiment mauvaise guerrière si je meurs de ma bonne foi; mais jamais en aucune manière, je ne me séparerai de votre loi.

Dame, je me rends à vous, car vous êtes la meilleure et la plus belle qui fût jamais; et aussi joyeuse et courtoise, si vous n'étiez pas aussi farouche à mon égard. Les traits de votre visage sont d'une grande beauté et votre teint est frais et juvénile. Je suis à vous, et si je vous possédais, je n'éprouverais plus le moindre tourment.

Mais je crains tant votre querelle, que j'en suis tout puni. Je ressens pour vous peine et tourment et mon corps en est déchiré. La nuit, quand je suis étendu sur ma couche, je me réveille maintes fois, et comme je n'en obtiens nul profit, je me sens leurré dans mon souci.

— Beau chevalier, l'honneur de votre seigneurie m'est si précieux que j'en ai chaque jour de l'effroi.

— Hélas! Malheureux que je suis, que ferai-je si celle que j'aime le plus me tue, sans que je sache pourquoi. Ma Dame, par la foi que je vous dois et par la tête de Sainte Quitère, vous avez pris mon cœur et c'est par vos gracieuses paroles que vous me l'avez ravi.

NOTES

Cette pièce est, de l'aveu même du troubadour (v. 3) un *descort*. Nous renvoyons pour ce genre à ce que nous en disons plus loin, à propos d'une composition de Guiraud de Calenson (nº 53) : cf. aussi notre *Lyrique française*, I, chap. XIII. Ce qu'il y a d'intéressant ici, c'est que ce n'est pas la structure des strophes qui est hétérogène, mais la langue qu'elles utilisent. Chaque *cobla* est en effet écrite dans une langue différente : occitan classique, italien, français, gascon et galaïco-portugais. Chaque langue est ensuite reprise dans la dernière strophe, plus longue (10 vers) et qu'on peut considérer comme une suite de cinq *tornadas*. La mélodie n'a pas été conservée, mais on peut présumer que, contrairement à ce qui a lieu souvent pour le *descort*, elle était la même pour toutes les strophes. On a toutefois fait remarquer que la ventilation des rimes masculines et féminines n'était pas la même d'une strophe à l'autre. En fait, à part le « désaccord » linguistique, la pièce est plus une *canso* qu'un *descort*. Schéma métrique : 5 *coblas singulars* de 8 vers heptasyllabiques à rime masc. ou fém. : a⁷ b⁷ a⁷ b⁷ a⁷ b⁷ a⁷ b⁷.

L'intérêt majeur de cette pièce, outre le tour de force qu'elle constitue, est évidemment plus philologique que littéraire. Elle représente d'abord un exemple particulièrement significatif d'emploi stylistique du plurilinguisme, également valorisé par d'autres troubadours comme Boniface Calvo et Cerveri de Girone. Elle nous offre aussi le premier exemple poétique de langues comme l'italien et le gascon.

25-32 : cette *cobla* gasconne contient déjà la plupart des particularités typologiques du gascon, phonétiques et morphologiques.

32 : *destrengora* n'est pas le présent de l'indicatif d'un éventuel verbe *destrengorar*, comme certains l'ont cru, mais la forme gasconne spécifique du

conditionnel II du verbe *destrénher* « presser, tourmenter », si souvent employé par les troub. pour dépeindre leurs peines.

48 : *Santa Quitèra :* sainte vénérée en Gascogne.

XXIII. Pèire Vidal

Pèires Vidals si fo de Tolosa. Filhs d'un pelicèr. E cantava mèlhs qu'òme del mon. E fo dels plus fòls òmes que mais fossen: qu'el crezia que tot fos vers çò que a lui plazia ni qu'el volia. E plus lèu li avenia trobars que a nulh òme del mon, e fo aquels que plus rics sons fetz e majors folias dis d'armas e d'amor e de mal dir d'autrui...

E si entendia en totas las bonas dòmnas que vezia e totas las pregava d'amor; e totas li dizion de far e de dir çò qu'el volgués. Don el crezia èsser drutz de totas e que chascuna morís per el. E totas vetz menava rics destrièrs e portava ricas armas e cadièira *emperial. E'l mèlher cavalièr del mon crezia èstre e'l plus amatz de dòmnas.* (Bout.-Cluz., p. 351-2).

Fils d'un pelletier de Toulouse (« d'un pelicer »), P. Vidal quitta sa ville natale pour s'adonner à une carrière poétique qui, d'après A. Jeanroy, s'étend au moins de 1180 à 1205. Commencée dans le Toulousain et le Carcassés, elle le conduisit un peu partout (Espagne, Provence, Hongrie, Italie, Malte) et jusqu'en Terre Sainte. Ses principaux protecteurs furent : Alphonse II d'Aragon, Aimeric de Hongrie, Alphonse VIII de Castille, Raymond IV de Toulouse, Richard Cœur-de-Lion, Barral de Baux, Boniface de Montferrat et le comte génois Alamanni da Costa, établi à Malte.

C'est un poète fort original, plein de gaîté et d'humour, vantard et facétieux, et ne prenant pas trop au sérieux les ardeurs amoureuses de ses confrères en poésie. Comme le dit Jeanroy « dans cet alerte Toulousain, qui est un vrai gamin de Paris, il y a déjà l'étoffe d'un Marot ».

a

47. — AMOUR DE LA PROVENCE

Ab l'alen tir vas me l'aire
Qu'eu sen venir de Proensa :
Tot quan es de lai m'agensa,
Si que, quan n'aug ben retraire,
5   Eu m'o escout en rizen
E'n deman per un mot cen :
Tan m'es bèl quan n'aug ben dire.

Qu'òm no sap tan dous repaire
Com de Ròzer tro qu'a Vensa,
10 Si con clau mars e Durensa,
Ni on tan fis jòis s'esclaire.
Per qu'entre la franca gen
Ai laissat mon còr jauzen
Ab lèis que fa'ls iratz rire.

15 Qu'òm no pòt lo jorn maltraire
Qu'aja de lèis sovinensa,
Qu'en lèis nais jòis e comensa,
E qui qu'en sia lauzaire,
De ben qu'en diga no i men;
20 Que'l mèlher es ses conten
E'l génser qu'el mon se mire.

260

E s'eu sai ren dir ni faire,
Ilh n'aja'l grat, que scïensa
M'a donat e conoissensa,
25 Per qu'eu sui gais e chantaire.
E tot quan fauc d'avinen
Ai del seu bèl cors plazen,
Neis quan de bon còr consire.

(Texte de J. Anglade) ([84]).

Traduction

De mon haleine, j'aspire la brise que je sens venir de Provence; tout ce qui vient de là-bas me plaît; aussi, quand j'en entends dire du bien, j'écoute en souriant et, pour un mot, j'en demande cent : tel est le plaisir que j'en ai.

Car on ne sait d'aussi douce contrée que celle qui va du Rhône à Vence et qu'enclôt la mer et la Durance, contrée où rayonne une joie plus pure. C'est pourquoi, parmi ce noble peuple, j'ai laissé mon cœur plein de joie, auprès de celle qui rend le sourire aux affligés.

On ne peut être malheureux le jour où l'on se souvient d'elle, car en elle naît et commence toute joie. Quel que soit celui qui fait son éloge et quelque bien qu'il en dise, ses propos ne sont point mensongers; car elle est sans contredit la meilleure et la plus gente qu'on puisse voir au monde.

Si je suis capable de dire ou de faire rien qui vaille, c'est à elle que doit revenir ma gratitude, car elle m'a donné la science et le talent qui ont fait de moi un gai poète. Tout ce que je produis de plaisant et jusqu'aux pensées qui me viennent du cœur, je le dois à son beau corps plein de grâce.

261

Quatre *coblas unisonanz* de 7 vers de 7 syll. (le dernier vers de chaque strophe est *estramp*). Schéma métrique : a$^{7'}$ b$^{7'}$ b$^{7'}$ a$^{7'}$ c^7 c^7 d$^{7'}$.

2 : *Proensa* : Provence; cf. *proensal-s* : provençal.

9-10 : *Ròzer* : Rhône (prov. actuel : *Ròser*);
   Vensa : Vence (petite viile des Alpes-Maritimes, très fréquentée aujourd'hui par les peintres);
   Durensa : Durance.
   Toutes ces précisions géographiques correspondent aux limites du comté de Provence : le Rhône à l'ouest, Vence à l'est; au sud et au nord, la Durance.

b

48. — RODOMONTADES

Drogoman sénher, s'eu agués bon destrièr,
En fòl plag foran intrat (tuit) mei guerrièr,
Qu'aissí mezeis quant òm lor me mentau,
Mi temon plus que calha esparvièr,
5 E no prèzon lor vida un denièr,
Tan mi sabon fèr e salvatg' e brau.

E s'eu agués caval adreg corsièr,
Suau s'estès lo reis part Balaguièr,
E dormís si planamen e suau,
10 Qu'eu tengr' en patz Proens' e Monpeslièr,
Que raubador ni malvat rocinièr
No raubèran mais Venaissí ni Crau.

Quant ai vestit mon blanc ausberc doblièr
E cent lo bran que'm dèt Guigó l'autrièr,
15 La tèrra cròtla per aquí on eu vau,
E non ai ges enemic tan sobrièr
Que tòst no'm lais la via e'l sendièr,
Tan mi dupton quan senton mon esclau.

D'ardimen valh Rotlan et Olivièr
20 E de domnei Berart de Mondesdièr,
E car sui pros, per acò n'ai bon lau.
Mout mi vènon sovendet messatgièr,
Ab anèl d'aur, ab cordó blanc e nièr,
Ab tals salutz, don totz mos còrs s'esjau.

25 E si consèc janglós ni lauzengièr,
Qu'ab fals conselh gaston l'autrui sabrièr
E baisson jòi a present et a frau,
Per ver sabràn qual son li còlp qu'eu fièr,
Que s'avian còrs de fèr e d'acièr,
30 No lor valrà una pluma de pau.

En totas res sembli bon cavalièr,
Si'm sui e sai d'amor tot son mestièr
E tot aissò qu'a drudari' abau :
Qu'anc en cambra no vitz tan plazentièr
35 Ni ab armas tan fèr ni tan sobrièr,
Don tals mi tem qu'èra no'm ve ni m'au.

E si'l reis torn' a Tolosa e'l gravièr
E n'eis lo còms e sei caitiu dardièr
Que cridon tuit : « ad espazas tornau! »
40 D'aitan mi van, qu'eu n'aurai'l còlp premièr,
E farai tan que'n intraràn doblièr
Et eu ab lor, qui la pòrta no'm clau.

Na Vïerna, mercé de Monpeslièr
En Rainiers, ar amaretz cavalièr,
45   Don jòis m'es mais cregutz per vos, Deu lau.

(Texte de K. Bartsch) [85].

Traduction

Seigneur Drogoman, si j'avais un bon destrier, tous
mes ennemis seraient entrés dans une mauvaise passe;
car à peine prononce-t-on mon nom devant eux qu'ils
me craignent plus que la caille l'épervier, et ne prisent
leur vie plus qu'un denier, tant ils me savent farouche,
sauvage et féroce.

Et si j'avais un cheval qui fût un bon coursier, le roi
vivrait en paix du côté de Balaguer et dormirait dans
une douce tranquillité, car je maintiendrais en paix la
Provence et Montpellier, si bien que les brigands et les
méchants meneurs de roussins ne pilleraient plus le
Venaissin ni la Crau.

Quand j'ai revêtu mon grand haubert double, et
ceint l'épée que m'a donnée Guigue naguère, la terre
croule partout où je passe, et il n'est point d'ennemi,
si hautain qu'il soit, qui ne me laisse incontinent la
route ou le sentier : tant on me craint quand on
entend mon pas!

Pour la sagesse, je vaux Roland et Olivier, pour la
galanterie, Bérard de Montdidier, et mes prouesses
m'ont attiré maintes louanges. Nombreux sont les
messagers qui viennent souvent me voir, messagers à
l'anneau d'or et au cordon blanc et noir, et dont les
« saluts » comblent mon cœur de joie.

Et si j'attends un de ces railleurs, un de ces jaloux

dont les propos perfides gâtent le plaisir des autres et rabattent la joie, ouvertement ou en cachette, en vérité il connaîtra les coups que je porte, car, dût-il avoir un corps de fer et d'acier, cela ne lui servirait pas plus qu'une plume de paon.

En toutes choses, je me montre chevalier, je le suis en effet : en fait d'amour, je sais tout ce qu'il faut savoir, et tout ce qui touche à la galanterie ; et jamais on ne vit quelqu'un de si charmant en chambre qui, sous les armes, fût si farouche et si terrible ; c'est pour cela qu'on me redoute sans m'avoir vu ni entendu.

Et si le roi revient à Toulouse, sur la grève, et si le comte en sort avec ses misérables archers qui crient, tous ensemble : « Allons ! Aux armes ! », je me vante de porter le premier coup ; et je ferai tant qu'ils entreront deux fois plus vite, et moi avec eux, si personne ne me ferme la porte.

Dame Vierna, grâce au seigneur de Montpellier (?), et vous, seigneur Rainier, maintenant vous aimerez un chevalier ; et je rends grâce à Dieu de ce que par vous s'est accru mon bonheur.

NOTES

Les redomontades de P. Vidal ont, dans cette pièce, un objet très visible. Ce qu'il demande à son protecteur, c'est un « bon destrier », non pas pour devenir un foudre de guerre, comme il le dit, mais uniquement parce qu'il a besoin de renouveler sa monture.

Sept *coblas unisonanz* de 6 vers de 10 syll., suivies d'une *tornada* de 3 vers. Schéma métrique : a^{10} a^{10} b^{10} a^{10} a^{10} b^{10}.

7-45 : la disposition des strophes de cette chanson est assez différente dans le texte d'Anglade (*op. cit.*, p. 40). Voici en effet, par rapport à notre texte, l'ordre de succession des *coblas* : 1-3-4-6-2-7-5. Il y a d'ailleurs, entre les deux textes, d'autres différences assez sensibles, dont nous donnons ici quelques exemples.

1 : *Drogoman sénher* : seigneur Truchement; *drogoman* (*/drogman*) est un mot d'orig. sémitique, en grec byzantin : *dragoumanos* (ital. *drogomanno*), Quant au mot franç. *truchement* (ou *trucheman*), c'est le même mot venu au moyen âge par l'intermédiaire de l'arabe : *tourdjoumân*.

Ce *senhal*, désignant le protecteur du poète, se retrouve dans d'autres pièces; on ne l'a pas identifié : il s'agit peut-être du comte de Toulouse, Raymond V, ou plutôt d'Alphonse II d'Aragon (1162-1196), d'après la suite du poème; cf. v. 10 : *Proens'e Monspelier* (Alphonse II, issu de la maison de Barcelone, possédait le comté de Provence et avait pour allié Guillaume VIII de Montpellier).

8 : *Balaguièr* : Balaguer, ville forte, prov. de Lérida (Catalogne), sur la route de Saragosse, capitale du royaume d'Aragon.

12 : *Venaissí* (Venaissin) : petit pays de Provence. Var. *Autavés* : région au nord de la Crau.

14 : *Guiguó* : Guigue, protecteur inconnu de P. Vidal. Var. *En Gui*.

20 : *Berard de Mondesdièr* : Bérard de Montdidier, héros épique qui était considéré comme un modèle de courtoisie.

37 : *a Tolosa e'l gravièr* : à Toulouse, sur la grève; de cette plage caillouteuse, sur la rive gauche de la

Garonne, l'hospice actuel de la *Grave* a conservé le nom.

38 : *lo Còms* : le comte de Toulouse.

39 : « *ad espazas tornau* » : cri de guerre dont le sens est douteux. Bartsch interprète : « tournez-vous vers les épées », ce qui est très plausible; *tornau* pour *tornatz* serait un catalanisme. On sait que le comte de Toulouse avait à sa solde des archers béarnais et basques dont le cri de guerre était : « *Aspe et Orsau!* », variante donnée par le texte d'Anglade. Mais avait-il aussi dans ses troupes des soldats catalans? Il paraît plus probable que le Toulousain P. Vidal ait employé cette formule non autochtone pour symboliser simplement un quelconque « lengatge estranh », catalan ou gascon, parlé par les mercenaires de Raymond V.

43 : *Na Vierna* : Dame Vierna, surnom de la dame chantée par P. Vidal, probablement Azalaïs (Adélaïde) de Roquemartine (arr. d'Arles), vicomtesse de Marseille, première femme de Barral des Baux, vicomte de Marseille, protecteur du poète. On pense toutefois que *Na Vierna* pourrait désigner aussi l'épouse d'un autre personnage.

44 : « *En Rainièrs... cavalièr* « : nous substituons au vers de Bartsch et de M. Avalle (*en raina sai amaretz cavalier*), difficilement interprétable, l'émendation du texte d'Anglade. *En Rainièrs : senhal* désignant Barral des Baux (cf. note 43).

c

49. Mout es bona terr' Espanha

Mout es bona terr' Espanha
E'l rei, qui senhor en so,
Dous e car e franc e bo
E de cortesa companha;
E si i a d'autres barós,
Mout avinens e mout pros,
De sen e de conoissensa
E de faitz e de parvensa.

Per que'm platz qu'entr'els remanha
10 En l'emperial reió,
Quar ses tota contensó
Mi reté gent e'm gazanha
Reis emperaires N'Anfós,
Per cui Jovens es joiós,
15 Quez el mon non a valensa
Que sa valors no la vensa.

Fach ai l'òbra de l'aranha
E la musa del bretó;
Per qu'ieu mezeis no sai co
20 M'en rancur ni m'en complanha,
Que'l ver dir m'es angoissós
E'l mentir no m'es nuls pros:
Daus totas partz truep falhensa
En la sua benvolensa.

25 Mout m'a tengut en gran lanha,
Quar l'ai servid'en perdó;
E servirs ses gazardó
Crei que chaptals en sofranha;

Que vielhs, paubres, sofrachós,
30 Venc entre'ls rics, vergonhós:
Per qu'òm deu cercar garensa,
Ans que torn en decazensa.

E pus ma dòna m'estranha
De çò que no'l platz que'm do
35 S'amor, tart veirai Orgó
Ni'l rial castèl d'Albanha.
E ja tan pauc orgulhós
Amic ni tan amorós
Non auràn mais part Durensa
40 En la tèrra de Provensa.

(texte de D'Arco S. Avalle) [86].

Traduction

Fort bonne terre est l'Espagne, et les rois qui en
sont les seigneurs sont polis et aimables, nobles et bons
et de courtoise compagnie; et il y a aussi d'autres
barons, hommes de sens et de savoir, en apparence et
en fait.

C'est pour cela qu'il me plaît de rester parmi eux,
dans la région impériale, car sans nul conteste j'y suis
aimablement retenu et gagné par le roi-empereur
Alphonse, par qui Jeunesse est joyeuse, car il n'est de
Valeur au monde que sa valeur ne surpasse.

J'ai fait le travail de l'araignée et vainement attendu,
comme les Bretons : si bien que moi-même je ne sais
comment je m'en irrite et je m'en plains. Dire la vérité
me remplit d'angoisse et mentir ne m'est d'aucun
secours : de toutes parts je trouve des manques dans
la bienveillance de ma Dame.

Elle m'a tenu en grand souci, car je l'ai servie en pure perte, et à servir sans récompense je crois que le capital en souffre : c'est pourquoi je me présente aux puissants, vieux, pauvre, misérable et plein de honte; car on doit chercher son salut avant de retomber en décadence.

Et puisque ma Dame me refuse un amour qu'il ne lui plaît pas de me donner, il sera tard quand je verrai Orgon et le royal château d'Aubagne. Mais ils ne trouveront jamais un ami [tel que moi] si peu orgueilleux et si amoureux, au delà de la Durance, dans la terre de Provence.

NOTES

Chanson hybride (sorte de *sirventés-cansó*), contenant à la fois : un éloge des rois d'Espagne, et particulièrement d'Alphonse VIII de Castille (à la cour duquel a dû être composée la pièce), et un chant d'amour douloureux en l'honneur de sa dame, probablement Na Vierna, souvent chantée par notre poète (cf. n° 48).
Cinq *coblas unisonanz* de 8 v. de 8 syll. Schéma métrique :

$$a^{7'}\ b^7\ b^7\ a^{7'}\ c^7\ c^7\ d^{7'}\ d^{7'}.$$

10 : allusion au royaume de Castille et de Léon (cf. v. 13).
13 : *N' Anfós* : Alphonse VIII de Castille, appelé empereur par un certain nombre de troubadours.
18 : pour cette allusion, exprimant une vaine attente, cf. Bern. de Vent (n° 25, v. 38).

270

35 : *Orgó* = Orgon, localité de Provence (aujour-
d'hui : Bouches-du-Rhône).
36 : *Albanha* = Aubagne (Bouches-du-Rhône).
39-40 : cf. n° 47, notes 9-10.

XXIV. Raimon de Miraval

*Raimons de Miraval si fo uns pauvres cavalièrs del
Carcassés, que non avia mas la quarta part del castèl de
Miraval; et en aquel chastèl non estavan. XL. òme.*
*Mas per lo seu bèl trobar e per lo seu bèl dire, e car
el saup plus d'amor e de domnei e de totz los faitz avinenz e de totz los ditz plazenz que coron entr'amadors
et amairitz, si fo mout onratz e tengutz en car per lo
comte de Tolosa, que'l clamava « Audiartz » et el lui...
En mantas dòmnas s'entendèt et en fetz mantas bonas
cansós; e no se crezèt mais qu'el de neguna en dret
d'amor agués ben, e totas l'enganèren. E definèt a
Lerida, a Sancta Clara de las dòmnas de Cistèl.*
(Bout.-Cluz., p. 375.)

Chevalier du petit château de Miraval (auj. Miraval-
Cabardès, près de Carcassonne), ce troubadour devint
le poète favori de Raimon VI de Toulouse, qu'il
désigne dans ses chansons sous le *senhal* d'*Audiart*.
Il eut d'amicales relations avec les grands seigneurs du
nord de l'Espagne, comme Uc de Mataplana, avec
lequel il échangea un sirventés, et il fréquenta les cours
de Pierre II d'Aragon et d'Alphonse VIII de Castille.
On peut situer de façon précise sa période d'activité
créatrice entre 1191 et 1213. Après la prise de son
château par les croisés de Simon de Montfort (1209
ou 1211), il se réfugia en Catalogne, attendant secours
et réconfort de Pierre II d'Aragon (voir la pièce ci-
après). A la suite du désastre de Muret, il passa la

271

fin de sa vie à Lérida, où il mourut sans doute peu après 1229. La *vida* et les *razos* qui commentent son œuvre ont forgé un véritable roman à partir des quelques indications que ses chansons fournissent sur les *dòmnas* aimées : ses relations amoureuses constituent en effet une suite d'échecs cuisants (*e totas l'enganèren* : « et toutes le trompèrent », dit son biographe).

Sa production poétique (45 pièces, dont 37 *cansos*) était fort appréciée de ses contemporains. R. de M. représente à leurs yeux le type parfait de l'amant courtois. Chantre de l'érotique troubadouresque la plus orthodoxe, il passe pour un connaisseur fin et subtil de la *fin'amor*. Mais il s'agit chez lui d'une conception socialisée et mondaine de la courtoisie, proche de celle que l'on retrouve chez Guilhem de Montanhagol. Adversaire direct du *trobar clus*, Raimon de Miraval utilise un style simple et direct, lié à une versification habilement maîtrisée.

50. — Bel m'es qu'ieu chant e coindei

Bèl m'es qu'ieu chant e coindei
Pòis l'aur' es douss' e'l temps gais,
E per vergiers e per plais
Aug lo retint e'l gabei
5 Que fan l'auzelhet menut
Entre'l vert e'l blanc e'l vaire;
Adoncs se deuri' atraire
Cel que vòl qu'Amors l'ajut
Vas chaptenensa de drut.

10 Eu non sui drutz mas domnei
Ni non tem pena ni fais,

272

Ni'm rancur lèu ni m'irais,
Ni per orguòlh no m'esfrei;
Però temensa'm fai mut,
15 Qu'a la bèla de bon aire
Non aus mostrar ni retraire
Mon còr qu'ilh tenc rescondut,
Pòis aic son prètz conogut.

Ses prejar e ses autrei
20 Sui intratz en grèu pantais
Cum pogués semblar verais
Si sa gran valor desplei,
Qu'enquèr non a prètz agut
Dòmna qu'anc nasqués de maire
25 Que contra'l sieu valgués gaire;
E si'n sai maint car tengut
Que'l sieus a'l melhor vencut.

Ben vòl qu'òm gen la cortei,
E platz li solatz e jais,
30 E no'lh agrad' òm savais
Que se'n desguí ni fadei.
Mai li pro son benvengut,
Cui mostra tant bèl vejaire,
Si que chascús n'es lauzaire
35 Quan son d'enan lieis mogut,
Plus que s'èron siei vendut.

Ja non cre qu'ab lieis parei
Beutatz d'autra dòmna mais,
Que flors de rosier quan nais
40 Non es plus fresca de lei,
Còrs ben fait e gen cregut,
Boch' et òlhs del mon esclaire;

Qu'anc Beutatz plus no'i saup faire,
Se'i mes tota sa vertut
45   Que res no'lh n'es remasut.

Ja ma dòmna no'is malei
S'ieu a sa mercé m'eslais,
Qu'ieu non ai còr que m'abais
Ni vas bass' amor desrei,
50   Qu'adès ai del mielhs volgut
Defòrs e dins mon repaire;
E de lieis non sui gabaire,
Que plus no'i ai entendut
Mas gen m'acuòlh' e'm salut.

55   Chansós, vai me dir al rei
Cui Jòis guid' e vèst e pais,
Qu'en lui non a ren bïais,
Qu'aital cum ieu vuòlh lo vei;
Ab que cobre Montagut
60   E Carcasson' el repaire,
Pòis èr de prètz emperaire,
E doptaràn son escut
Çai Francés e lai Masmut.

Dòmn' adès m'avètz valgut
65   Tant que per vos sui chantaire;
E no'n cujèi chanson faire
Tro'l fieu vos agués rendut
De Miraval qu'ai perdut.

Mas lo reis m'a covengut
70   Que'l cobrarai anz de gaire,
E mos Audiartz Belcaire :
Puòis poiràn dòmnas e drut
Tornar el jòi qu'an perdut.

(Texte de L. T. Topsfield) [87].

274

Il me plaît de chanter et d'être aimable, puisque la brise est douce et le temps gai et que, dans les vergers et les haies, j'entends le gazouillis et le vacarme que font les oisillons, parmi la verdure, le blanc et le vair; alors il devrait songer à se comporter en amant celui qui attend l'aide d'Amour.

Je ne suis pas amant agréé; je fais simplement ma cour et je ne crains [ainsi] ni peine ni fardeau; je ne me plains ni ne m'irrite aisément et n'ai point peur de l'orgueil [de ma Dame]. Pourtant l'appréhension me rend muet, si bien qu'à la Belle de haut lignage je n'ose montrer ni dépeindre mon cœur, que je lui tiens caché depuis que j'ai reconnu son mérite.

Sans l'avoir priée et sans nulle garantie de sa part, je me suis mis en grave souci pour savoir comment je pourrais sembler digne de foi si je décrivais sa grande valeur car il n'est pas encore de dame née de mère dont le mérite ait la moîndre valeur en comparaison du sien. Et je sais maintes dames fort estimées dont le meilleur mérite le cèderait devant elle.

Elle veut bien qu'on la courtise aimablement et elle aime plaisirs et joies, tandis que l'homme vil lui déplaît, qui cache ses sentiments et agit en sot. Mais les vaillants sont auprès d'elle les bienvenus et elle leur réserve un si bel accueil que tous chantent ses louanges, quand ils sont loin d'elle, plus encore que s'ils étaient à sa solde.

Je ne crois pas que la beauté d'une autre dame puisse égaler la sienne, car la fleur du rosier, quand elle éclot, n'est pas plus fraîche qu'elle; son corps est bien fait et de gracieuses proportions, et sa bouche et ses yeux sont la clarté du monde. Car jamais la beauté ne sut rien faire de plus pour elle, et a si bien mis en elle toute sa puissance que rien ne lui est resté pour d'autres.

Que ma Dame ne maugrée point si je m'abandonne à sa merci, car je n'ai pas le cœur de m'abaisser ni de m'égarer vers un amour de bas étage, et j'ai toujours désiré ce qu'il y a de mieux, dans mon pays ou en dehors. Auprès d'elle je ne suis point hâbleur, puisque je n'ai attendu de sa part rien d'autre qu'un doux accueil et son salut.

Chanson, pars et dis de ma part au roi, guide, parure et nourriture de toute joie, qu'il n'y a en lui rien d'indigne, si bien que je le vois tel que je le désire. Qu'il recouvre Montagut et revienne à Carcassonne : il sera alors empereur de haut mérite et son écu sera redouté, ici des Français et là des Mahométans.

Dame, vous m'avez toujours si bien secouru que c'est grâce à vous que je chante. Mais je ne pensais pas faire de chanson avant de vous avoir rendu le fief de Miraval, que j'ai perdu.

Mais le roi m'a promis que je le recouvrerais sous peu, et que mon Audiart recouvrerait Beaucaire : alors dames et amants pourront revenir à la Joie, qu'ils ont perdue.

NOTES

Chanson d'amour, qui contient les topiques habituels du genre, mais intéressante dans la mesure où elle contient aussi quelques allusions historico-politiques. La pièce a en effet été écrite en 1213, en pleine croisade

des Albigeois, un peu avant le désastre de Muret.
Sept *coblas unisonanz* de 9 v. de 7 syll., suivies de
2 *tornadas* de 5 v. Schéma métrique (unique exemple
pour une *canso*) :
a⁷ b⁷ b⁷ a⁷ c⁷ d⁷' d⁷' c⁷ c⁷. Mélodie conservée (cf. p. 390).
55 : il s'agit de Pierre II d'Aragon. Miraval garde
    l'espoir que le roi viendra secourir les troupes
    du comte de Toulouse. Quelques mois après,
    Pierre II mourait à la bataille de Muret.
59 : *Montagut* : château en Albigeois (aujourd'hui
    L'Isle-d'Albi - Tarn), alternativement pris et
    repris par Simon de Montfort, de 1211 à 1212.
60 : Carcassonne, siège des vicomtes de Béziers,
    avait été pris par Simon de Montfort en 1209.
63 : Pierre II est doublement redoutable : tout d'abord
    pour les *Masmut* (Mahométans) contre lesquels il
    remporta la victoire de Las Navas de Tolosa
    (16 juillet 12¹2) et, par voie de conséquence, pour
    les Français de Simon de Montfort, qu'il saura
    vaincre tout autant. On sait que l'histoire devait
    en décider autrement.
68 : Le château de Miraval fut pris par les Croisés
    en 1209 ou, au plus tard, en 1211.
71 : *Mos Audiartz* : *senhal* de Raimon VI de Toulouse.

XXV. BERNART SICART DE MARVEJOLS

Nous ne savons rien, ou presque, de ce troubadour
dont on n'a conservé qu'une seule pièce, celle que nous
donnons ci-après. Mais l'exceptionnel intérêt de son
unique sirventés, quant aux relations entre la France
du Nord et les pays d'Oc, fait que B. S. de M. apparaît comme un poète important du XIIIᵉ. Originaire de

Marvejols (Lozère), il a sans doute composé son pamphlet anti-français peu après le traité de Paris (1229), comme nous le verrons. Bien que le texte soit dédié à Jacques 1er d'Aragon (cf. v. 75), aucun document historique ne permet d'établir la présence de B. S. de M. à la cour d'Aragon.

51. — AB GRÈU COSSIRE
(sirventés)

<blockquote>

Ab grèu cossire
Fau sirventés cozen.
Dieus! qui pòt dire
Ni saber lo turmen?
5   Qu'ieu, quan m'albire,
Sui en gran pessamen.
Non puesc escrire
L'ira ni'l marrimen,
Que'l sègle torbat vei,
10   E corromp on la lei
E sagramen e fei,
Qu'usquecs pessa que vensa
Son par ab malvolensa,
E d'aucir lor e sei,
15   Ses razon e ses drei.

Tot jorn m'azire
Et ai aziramen,
La nuech sospire
E velhan e dormen.
20   Vas on que'm vire
Aug la cortesa gen

</blockquote>

Que cridon « Sire »
Al Francés umilmen.
Mercé an li Francei,
25   Ab que vejo'l conrei,
Que autre drech no'i vei.
Ai, Tolosa e Proensa
E la terra d'Agensa,
Bezèrs e Carcassei,
30   Quo vos vi e quo'us vei!

Cavalaria,
Ospitals ni Maizós,
   Òrdes que sia
No m'es plazens ni bos.
35   Ab gran bauzia
Los truep et orgulhós,
      Ab simonia,
Ab grans possessiós.
Ja non èr apelatz
40   Qui non a grans rictatz
O bonas eretatz;
Aquelhs an l'aondansa
E la gran benanansa;
Enjans e traciós
45   Es lor cofessiós.

Franca clercia,
Gran ben dei dir de vos,
   E s'ieu podia
Diria'n per un dos :
50   Gen tenètz via
Et ensenhatz la nos;
      Mas qui ben guia
N'aura bos gazardós.

Res no vei que'us laissatz,
55   Tan quan podètz donatz,
Non aut[at]z cobeitatz,
Sofrètz grèu malanansa
E vistètz ses coindansa.
Mielhs valha Dieus a nos,
60   Qu'ieu no dic ver de vos!

Si quo'l salvatges
Per lag temps mòu son chan,
Es mos coratges
Qu'ieu chante derenan;
65   E quar paratges
Si vai aderrairan,
E bos linhatges
Decazen e falsan,
E creis la malvestatz,
70   E'ls barós rebuzatz
Bauzadors e bauzatz,
Valor menon derrèira
E desonor primèira,
Àvols rics e malvatz
75   Es de mal eretatz.

Rei d'Aragon, si'us platz,
Per vos serai onratz.

(Texte Raynouard-Riquer) ([88]).

Traduction

Plein d'une angoisse cruelle, je fais un sirventés cuisant. Dieu! Qui pourrait dire et connaître mon tourment? Car, quand j'y songe, je suis en grand souci et ne puis décrire mon indignation ni ma tristesse de voir ce monde troublé où l'on corrompt la religion, les serments et la foi : si bien que chacun pense à dominer son semblable en malveillance et, sans raison ni droit, à détruire les autres et soi-même.

Chaque jour je m'irrite et entre en fureur, et la nuit je soupire, que je veille ou que je dorme. De quelque côté que je me tourne, j'entends les gens courtois crier humblement « Sire » aux Français. Mais les Français n'ont de pitié que s'ils en tirent quelque profit : je ne vois pas chez eux d'autre loi. Hélas! Toulouse et Provence, et la terre d'Agence, de Béziers et de Carcassonne, comme je vous vis et comme je vous vois!

Aucun ordre de chevalerie, de l'Hôpital ou du Temple, ne saurait me plaire ni m'agréer. Je les trouve perfides, orgueilleux, simoniaques et pourvus de grandes possessions. Nul n'est admis parmi eux s'il n'a pas de grandes richesses ou de bons héritages. Ils vivent dans l'abondance et le bien-être, et leur religion n'est que tromperie et trahison.

Honnêtes clercs, je dois dire grand bien de vous, et si je le pouvais, j'en dirais deux fois plus. Vous suivez la bonne voie et vous nous l'enseignez. Mais le bon guide aura bonne récompense. Vous ne laissez rien pour vous et donnez tant que vous pouvez. Sans aucun goût pour la convoitise, vous supportez les privations et vous habillez sans élégance. Que Dieu nous protège encore plus, car je ne dis pas la vérité à votre sujet.

De même que le sauvage se met à chanter lorsqu'il voit le mauvais temps, je veux désormais commencer mon chant. Car je vois la noblesse dégénérer, les bons lignages s'avilir et déchoir, la méchanceté prospérer, et les barons trompeurs et trompés mettre derrière la valeur et le déshonneur devant : ainsi les riches vils et misérables n'ont qu'un héritage de méchanceté.

Roi d'Aragon, si cela vous plaît, je serai par vous honoré.

NOTES

Violent sirventés, plein d'indignation et de douleur — et dont le style n'est pas sans rappeler Peire Cardenal — contre l'occupation française, les clercs et les ordres militaires de l'Hôpital et du Temple. Il est probable que la pièce fut écrite en 1230, peu de temps après le traité de Paris entre Blanche de Castille et Raïmon VII, comte de Toulouse, traité qui consacra l'annexion du Languedoc à la couronne de France. Le sirventés est dédié à Jayme Ier le Conquérant, roi d'Aragon.

La versification et les rimes de la première *cobla* sont empruntées à une chanson de Guilhem de Cabestanh *(Lo dous cossire / Que'm don' Amors soven)*, ce qui a dû entraîner aussi l'emprunt de la mélodie. Soit cinq *coblas doblas* de 15 vers de 4 et 6 syll., suivies d'une *tornada* de 2 vers. Schéma métrique : a$^{4'}$ b^6 a$^{4'}$ b^6 a$^{4'}$ b^6 a$^{4'}$ b^6 c^6 c^6 c^6 d$^{6'}$ d$^{6'}$ c^6 c^6.

21-23 : l'appellatif français *Sire*, employé ici avec une forte coloration stylistique, montre le degré de servilité des Languedociens par rapport aux Français vainqueurs.

28 : on hésite entre l'émendation *Argensa* (= Argence,

282

dans le diocèse d'Arles, région dont la capitale
était Beaucaire) et l'original *Agensa* qui désignerait,
avec une suffixation amenée par la rime, les pays
de l'Agenais. On sait en effet que les croisés
de Simon de Montfort y firent de nombreuses
expéditions à partir de 1209.

32 : il s'agit ici des ordres militaires des hospitaliers
(*Hospitals*) et des Templiers, la *Maizos* étant la
Maizos del Temple (*domus milicie Templi Salo-
monis*).

56 : vers faux dans le ms. Peut-être faut-il lire :
Non autatz cobeitatz, de *autar* « goûter, trouver
plaisir à ».

61-62 : le sauvage chante pour se consoler quand il
pleut ou que le temps est à la tempête.

75 : *eretatz* peut être interprété comme un substan-
tif (« héritage ») ou comme un part. passé (de
eretar : « pourvoir d'un héritage »). De toute
façon, le sens reste le même.

XXVI. *Na Castelosa*

*Na Castelosa si fo d'Alvernhe, gentils dòmna,
mólher del Turc de Mairona. Et amà N'Arman de
Breon e fetz de lui sas cansós. Et èra dòmna mout
gaia e mout ensenhada e mout bèla.* (Bout.-Cluz.,
p. 333.)

Les quelques renseignements que nous possédions
sur cette *trobairitz*, nous les tirons une fois encore de
sa *vida*. L'époux de Na Castelosa, probablement
l'un des seigneurs du château de Meyronne (près du
Puy en Haute-Loire), aurait rapporté son surnom
(*Turc de Mairona*) des croisades, la 4e ou la 5e,

qui marquèrent le début du xɪɪᵉ siècle et où il se fit
remarquer par la férocité de son comportement.
Cela permettrait donc de situer l'activité poétique
de Na Castelosa dans le 1ᵉʳ tiers du xɪɪɪᵉ siècle, et
ce d'autant plus que la famille de *Breon* (auj. Brion
dans le Puy-de-Dôme) est attestée dans des documents contemporains. On remarquera, outre le caractère stéréotypée de sa *vida*, l'importance — relative —
de sa production, qui la place au 2ᵉ rang des femmes-
troubadours, derrière la Comtesse de Die (voir
nᵒ XXI) : nous avons d'elle en effet 4 *cansos* dont 3
d'attribution certaine.

52. — JA DE CHANTAR NON DEGR' AVER TALAN

Ja de chantar non degr' aver talan,
     Quar on mais chan
     E pieitz me vai d'amor,
     Que planh e plor
5   Fan en mi lor estatge;
     Car en mala merce
     Ai mes mon còr e me,
     E s'en brèu no' m reté,
     Tròp ai fach lonc badatge.

10 Ai! bèls amics, sivals un bel semblan
     Mi faitz enan
     Qu'ieu moira de dolor,
     Que l'amador
     Vos tènon per salvatge;
15   Car jòia non m'avé
     De vos don no' m recré
     D'amar per bona fe
     Totz temps ses còr volatge.

Mas ja vas vos non aurai còr truan
20   Ni plen d'engan,
          Si tot vos n'ai pejor,
          Qu'a gran onor
          M'o tenh en mon coratge;
          Ans pens, quan mi sové
25   Del ric prètz que' us manté,
          E sai ben que' us cové
          Dòmna d'aussor paratge.

Despòis vos vi, fui al vòstre coman,
          Et anc per tan,
30   Amics, no' us n'aic melhor;
          Que prejador
          No' m mandetz ni messatge :
          Que ja' m viretz lo fre,
          Amics, non fassatz re;
35   Car jòis non mi sosté,
          A pauc de dòl non ratge.

Si pro i agués, be' us membri' en chantan
          Qu'aic vòstre gan
          Qu'enblei ab gran temor;
40   Pòis aic paor
          Que i aguessetz damnatge
          D'aicela que' us reté,
          Amics, per qu'ieu dessé
          Lo tornei, car ben cre
45   Qu'ieu non ai poderatge.

Dels cavaliers conosc que i fan lor dan,
          Quar ja prejan
          Dòmnas plus qu'elas lor,
          Qu'autra ricor
50   No'i an ni senhoratge;

Que pois dòmna s'avé
D'amar, prejar deu be
Cavalıer, s'en lui ve
Proez' e vassalatge.

55 Dòmna Na Mielhs, ancsé
Am çò don mals mi ve,
Car cel qui prètz manté
A vas mi còr volatge.

Bels Noms, ges no' m recré
60 De vos amar jassé,
Car viu en bona fe,
Bontatz e ferm coratge.

(Texte O. Schultz) ([89]).

Traduction

Je ne devrais pas avoir le désir de chanter, car plus
je chante et plus mon amour est malheureux, et
plaintes et pleurs font en moi leur séjour. Car j'ai
mis en male merci et mon cœur et moi-même, et si je
ne m'abstiens pas bientôt, j'aurai trop attendu en
vain.

Ah! doux ami, faites-moi au moins un doux visage,
avant que je ne meure de douleur : car les amants
vous tiennent pour sauvage de ne pas m'accorder
de joie, vous que je ne cesse d'aimer en toute bonne
foi, pour toujours et sans cœur volage.

Je n'aurai jamais envers vous de cœur perfide ni
trompeur, bien que je reçoive de vous des choses

pires, car je considère en moi-même (cet amour) comme un grand honneur. Au contraire, quand il me souvient du haut mérite qui est le vôtre, je pense et je sais bien que vous convient une dame de plus haut parage.

Depuis le jour où je vous vis, je fus à votre commandement, et pour autant jamais, ami, je n'obtins rien de bon de votre part. Vous ne m'avez envoyé ni soupirant ni messager, et quant à tourner vers moi votre frein, ami, n'en faites rien, car la joie ne me soutient plus et il s'en faut de peu que je n'enrage de douleur.

Si j'en avais quelque avantage, je vous rappellerais par mon chant que j'ai eu votre gant entre les mains, ce gant que je vous dérobai en grande crainte. Ensuite, j'eus peur que vous n'en eussiez du dommage auprès de celle qui vous retient, et c'est pour cela que je vous le rendis bien vite, car je n'ai nul pouvoir (de le garder).

Quant aux chevaliers, je sais bien qu'ils agissent pour leur dommage quand ils prient d'amour les dames plus qu'elles ne les prient eux-mêmes : car ils n'ont pas d'autre puissance ni d'autre seigneurie; et quand une dame se décide à aimer, c'est elle qui doit prier le chevalier si elle voit en lui prouesse et qualités chevaleresques.

Dame Meilleur, j'aimerai toujours cela même d'où me vient mon mal, car celui qui possède un haut mérite a un cœur volage envers moi.

Beau Nom, je ne renonce pas à vous aimer pour toujours, car je vis en bonne foi, valeur et fermeté de cœur.

NOTES

Chanson de douleur et d'amour sans espérance qui rappelle d'assez près celle de la comtesse de Die (n° 44). C'est la *trobairitz* qui, cette fois, se trouve dans une situation d'humilité vis-à-vis de *l'orgòlh* et de la *ricor* de celui qu'elle aime. Mais il faudrait se garder, comme on l'a fait parfois, de voir dans la poésie des femmes-troubadours une manifestation, au plan subjectif, d'une féminité profonde qui serait son seul apanage. L'éventuelle originalité de leur lyrique n'est pas à chercher dans une quelconque authenticité contrastive par rapport à la lyrique dominante des hommes, mais au niveau d'une utilisation différente et concertée d'un même système socio-poétique.

Six *coblas unisonanz* de 9 vers de 10, 4 et 6 syll., suivies de deux *tornadas* de 4 vers. Schéma métrique : a^{10} a^4 b^6 b^4 c^6' d^6 d^6 d^6 c^6'.

1-9 : on remarquera que cette première *cobla* est « bifonctionnelle » et pourrait très bien avoir été écrite par un troubadour masculin. A part les appellatifs et quelques allusions de ci de là, l'expression de l'amour utilise les procédés traditionnels, mais en les inversant.

21 : vers difficile, que j'interprète en relation avers le v. 30, très voisin syntaxiquement. Il y a là un double procédé antithétique: d'une part : « je n'ai envers vous nulle tromperie, et ce que je reçois de vous est bien pire »; et, d'autre part : « j'ai toujours été à vos ordres et n'ai rien reçu de vous de bon en contre-partie ».

33 : *virar son fre :* se tourner vers (ici, l'objet aimé). En d'autres termes, la dame, irritée et blessée dans

son amour-propre d'amoureuse, refuse de recevoir son ami.

46-54 : la *trobairitz* a conscience de ce que sa situation de *prejador* (qui est habituellement celle de l'homme) a ici d'insolite. Mais elle exprime aussi, si notre interprétation est juste, la valeur ennoblissante (morale et sociale) de la *fin' amor* qui assure à elle seule la *ricor* et le *senhoratge* aux petits nobles *(cavaliers)* qui aiment en haut lieu.

55 : *Na Mielhs : senhal* d'une dame, amie de la poétesse et à qui cette dernière envoie sa chanson.

59 : *Bels Noms : senhal* masculin désignant sans doute l'ami de Na Castelosa. On remarquera dans cette pièce le double envoi, l'un à une dame, l'autre à un homme.

XXVII. Guiraud de Calanson
(Guirautz de Calansó)

*Guirautz de Calanson si fo uns joglars de Gasconha.
Ben saup letras, e subtils fo de trobar; et fetz cansós
maestradas desplazentz e descòrtz d'aquela saison.
Mal abelivols fo en Proensa e sos ditz, e petit ac d'onor
entre'ls cortés.* (Bout.-Cluz., p. 217).

Il n'est pas prouvé que G. de C. fût gascon, comme le prétend son biographe, étant donné que le toponyme de Calanson n'a pas été retrouvé en Gascogne. On peut situer approximativement autour de 1200 la date de son activité poétique grâce à la mention qu'il a faite de trois personnages historiques tous morts un peu avant cette date. Outre un *ensenhamen,* imité de celui de Guiraut de Cabrera, on conserve de lui une dizaine de pièces, dont six chansons, une chanson-sirventés, un *planh* et deux *descorts*.

53. — DESCORTZ

I. Bèl semblan
    M'auràn
    Lonjamen
    Donat dan,
5   Pensan,
    Que'lh turmen
    M'auciràn,
    Pensan,
    Doncs valen
10   No m'an
    Còr prezan,
    Tan volven.

II.   Vòstre clar vis
    E la fresca colors
15   E'l bèl dous ris
    Per que m'aucí Amors,
    Que paradís
    No vòlgr' aver melhor
    Sol que m'aizís
20 Ab vos sotz cobertor.

III. Ar dic folia
    Car tan m'enans,
    Doncs si'us plazia
    Qu'ieu fos amans,
25 Complitz auria
    Totz mos talans;

Doncs, douss' amia,
No'm sia dans
S'ieu ai dich outracuidamen,

30   IV.   Quar languit
Ai tan malamen
Per que'us crit
Mercé umilmen,
Qu'un petit
35   De bèl chausimen

V.   Agètz de mi,
Que, pòs anc vi
Vòstre bèl còrs dous e plazen,
No m'en partí,
40   Anz vos serví
De bon coratge leialmen;
Doncs si m'aucí
Amors aissí
Per vos, ja no'us estarà gen,
45   Qu'anc no'm partí
Ni non gurpí
De far vòstre comandamen.

VI.   Servida
E grazida
50   Us ai totas sazós,
Complida
E chausida,
La génser qu'anc fos,
Ma vida
55   Es fenida
Si no'm faitz joiós,

Delida
E perida,
E no per razós,

60   VII. Anz èr pecatz
Si m'aucizètz,
Qu'ieu crei blasmatz
N'èr vòstre prètz;
E doncs vejatz
65   Co'm destrenhètz,
Dòna, si'us platz,
Ni co'm tenètz
Pres
E conqués,
70   Qu'ieu no'm puèsc alhor rendre;
Ges
Grans mercés
No vòl en vos deisendre,
Fes
75   Mi valgués
Que per dar e per vendre
S'es
Mos còrs mes
En far et en atendre

80   VIII. Tot çò que'us plaia
Ni us èr bo,
Sitot m'esglaia
La grèus preisó;
Volontatz gaia
85   M'en somó,
Que que'm n'eschaia,
Qu'a vos me do.

E si'm fauc ieu totz volontós
　　Ab fin còr gai
90　　Et amorós.
　　Car tròp vuèlh mai
　　Morir per vos
Que de nulh' autra poderós.

IX. Al bon rei castelà N' Amfós
95　Coman mon còrs, Dòn', après vos.

(Texte d'A. Jeanroy) ([90]).

Traduction

Les douces manières de ma dame m'auront causé
du dommage longtemps, et je pense que les tourments
et mes pensées me tueront. Mais il ne faut pas qu'un
cœur comme le mien, plein de valeur et de prix,
soit ainsi bouleversé par (?)

Votre clair visage, la fraîcheur de votre teint, et
le doux sourire par laquel Amour me tue. Si bien que
je ne voudrais pas de plus beau paradis, si seulement
je pouvais prendre mes aises avec vous sous la couverture.

Je dis maintenant des folies tellement je me suis
avancé. Mais s'il vous plaisait que je fusse votre
amant, je verrais accomplis tous mes désirs. Alors,
douce Dame, que cela ne me soit point imputé à
péché, si je vous ai dit des paroles outrecuidantes.

Mais j'ai langui de si méchante façon! Voilà pourquoi je vous crie humblement merci, afin que vous
ayez quelque indulgence

De moi. Car depuis que je vous ai vue, si douce et
si plaisante, je ne vous ai plus quittée; et je me suis

mis à votre service de bon cœur et loyalement. Si donc Amour me tue ainsi à cause de vous, cela ne sera guère en votre faveur, car jamais je ne laissai ni ne cessai de faire ce que vous me commandiez.

Je vous ai servie et honorée à tout moment, vous, la plus parfaite, la plus distinguée et la plus belle qui fût jamais. Finie est ma vie, si vous ne me rendez pas à la joie, détruite, anéantie, — et cela sans raisons.

Ce sera au contraire péché de votre part, si vous me donnez la mort, et je crois que votre mérite en sera terni. Voyez donc, Dame, à quel point vous me torturez selon votre bon plaisir, et comment vous me tenez captif et conquis : si bien que je ne puis porter ailleurs mon cœur; alors que pas la moindre merci ne veut descendre en vous. Mais je prends à témoin ma bonne foi que, pour donner et pour vendre, mon cœur s'est mis à faire et accomplir

Tout ce qui pourrait vous faire plaisir et vous agréer, bien que cette dure prison m'épouvante. Mon désir de joie me somme, quoi qu'il m'en arrive, de me vouer à vous. C'est pourquoi je fais en sorte d'être tout disponible, le cœur plein de joie sincère et d'amour. Car je préfère de beaucoup mourir pour vous que d'avoir possession d'une autre.

Auprès de vous, ma Dame, c'est au bon roi castillan sire Alphonse que je me recommande.

NOTES

Pièce peu originale quant à son fond, puisqu'elle constitue un exemple particulièrement frappant d'une poésie qui n'est plus qu'assemblage désindividualisé

294

de *schèmes formels* et de *topiques*. Citons au hasard : les pensées douloureuses, la mort par amour, la *descriptio puellae*, l'appel à la merci, la constance dans le service amoureux, la mort pour la dame préférable à la possession d'une autre femme, etc.

Mais, parallèlement, elle offre une illustration intéressante d'un jeu formel qui tourne sur lui-même et dont la seule portée esthétique est de s'intégrer avec plus ou moins de bonheur dans un cadre lyrique contraignant, choisi d'ailleurs par le poète, et qui est en l'occurrence celui du *descort*.

Le descort est en effet un genre qui rompt délibérément la belle ordonnance strophique de la chanson, puisqu'il constitue par définition un ensemble désorganisé, tant du point de vue poétique que musical : ce désordre formel étant d'ailleurs fonctionnellement lié à un certain désarroi psychique et sentimental, réel ou poétiquement valorisé, du troubadour ([91]).

On connaît par exemple le célèbre descort de Raimbaud de Vaqueiras, dans lequel chaque *cobla* est écrite (et chantée) dans une langue différente. Le seul intérêt de ces acrobaties, quand elles ne sont pas soutenues, comme chez les coryphées du *trobar ric* (cf. *supra*), par une forte personnalité poétique, est donc finalement d'être le témoignage concret d'une distorsion, poussée à l'extrême, d'un monde poético-formel qui devient à lui seul sa propre fin. C'est d'ailleurs de ce seul point de vue que nous examinerons notre poème.

On remarquera qu'il se compose de huit couplets irréguliers et d'une *tornada*, avec envoi, de deux vers. Il est intéressant de constater tout d'abord que chaque *cobla* ne constitue pas une unité poétique close,

comme c'est habituellement le cas dans la lyrique
troubadouresque : il y a en effet enjambement d'une
cobla à l'autre (de I à II, de IV à V, de VI à VII,
de VII à VIII). D'ailleurs, dans le manuscrit lui-
même, la division strophique n'est pas indiqué,
contrairement à la tradition, par des initiales ornées.

La longueur de chaque strophe, d'autre part, est
absolument arbitraire (12 vers, 8, 9, 6, 12, 12, 20, 14 +
tornada). La métrique enfin est particulièrement
capricieuse, comme le montre le schéma syllabique
des différents vers :

Str. 1 : 3 syll. + 2 + 3 + 3 + 2 + 3 + 3 + 2 +
          3 + 3 + 2 + 3.

    II : 4 + 6 + 4 + 6 + 4 + 6 + 4 + 6.

   III : 4' + 4 + 4' + 4 + 4' + 4 + 4' + 4 +
          8.

   IV : 3 + 5 + 3 + 5 + 3 + 5.

    V : 4 + 4 + 8 + 4 + 4 + 8 + 4 + 4 +
          8 + 4 + 4 + 8.

   VI : 2' + 3' + 6 + 2' + 3' + 5 + 2' + 3' +
          5 + 2' + 3' + 5.

  VII : 4 + 4 + 4 + 4 + 4 + 4 + 4 + 4 + 1 +
          3 + 6' + 1 + 3 + 6' + 1 + 3 + 6' +
          1 + 3 + 6'.

VIII : 4' + 4 + 4' + 4 + 4' + 3 + 4' + 4 +
          8 + 4 + 4 + 4 + 4 + 8.

   IX : 8 + 8.

XXVIII. SORDEL

*Lo Sordèls si fo de Sirier de Mantoana, filhs d'un
paubre cavalièr que avia nom sier El Cort. E deleitèt
se en cansons aprendre et en trobar; e briguèt con los*

296

bons òmes de cort, et aprés tot çò qu'el pòt; e fetz coblas
e sirventés.

E venc s'en a la cort del comte de San Bonifaci; e'l
coms l'onrèt molt. E s'enamorèt de la molhèr del comte,
a forma de solatz et ela de lui. Et avenc si que'l coms
estèt mal con los fraires d'ela, e si s'estranièt d'ela. E
sier Icelis e sier Albrics, li fraire d'ela, si la feiron *envo-*
lar al comte a sier Sordèl; e s'en venc estar con lor; et
estèt longa sazon con lor en gran benanansa.

E pòis s'en anèt en Proensa, on il receup grans onors
de totz los bos òmes, e del comte e de la comtessa, que li
dèron un bon castèl, e molhèr gentil. (Bout.-Cluz, p. 562).

Le plus célèbre des troubadours italiens naquit à
Goito, près de Mantoue. Ayant enlevé la femme de
l'un de ses protecteurs, Cunizza da Romano, grâce
à la complicité du frère de cette dernière, il dut s'exiler,
vers 1228, semble-t-il, pendant quelques temps, en
Espagne et au Portugal. Il se fixa ensuite en Provence,
à la cour de Raimon-Bérenger IV, où il se maria. Plus
tard, en 1226, il devait revenir en Italie à la suite de
Charles d'Anjou.

Il nous a laissé une quarantaine de pièces écrites
probablement entre 1220 et 1260; nous ne savons plus
rien de lui après 1269. Son *planh* sur la mort de Blacatz
est justement célèbre. A part cela, Sordel n'est guère
supérieur aux autres troubadours italiens : Lanfranc
Cigala et Bonifacio Calvo, honnêtes rimeurs, au dire
de M. Berry, « qui ne sont plus des Arnaud Daniel
et ne sont pas encore des Guinicelli ».

54. PLANH SUR LA MORT DE BLACATZ

Plànher vòlh En Blacatz en aquest leugièr so
Ab còr trist e marrit, et ai en gran razó,

297

Qu'en lui ai mescabat senhor et amic bo,
E quar tuit l'aip valen de sa mòrt perdut so.
5 Tant es mortals lo dans qu'ieu non ai sospeissó
Qu'onca mais se revenha, s'en aital guiza no
Qu'òm li traga lo còr e qu'en manjo'l baró
Que vivon descoratz, pòis auràn de còr pro.

Premièr mange del còr, per çò que gran òps l'es,
10 L'Emperaire de Roma, s'el vòl lo Milanés
Per fòrsa conquistar; car lui tènon conqués
E viu deseretatz malgrat de sos Tïés
E de seguentre lui mang'en lo reis francés,
Pòis cobrarà Castela qu'el pèrt per nescïés :
15 Mas si pes' a sa maire, il no manjarà res,
Car ben par a son prètz qu'el no fai ren que'l pes.

Del rei englés me platz, car es pauc coratjós,
Que mange pron del còr; pois èr valens e bos
E cobrarà la tèrra per que viu de prètz blos :
20 Que'l tòl lo Reis de Fransa, car lo sab nualhós.
E lo reis castelàs tanh qu'en mange per dos,
Car dos regismes ten ni per l'un non es pros :
Mas s'il en vòl manjar, tanh qu'en manj' a rescós,
Que si'l maire o sabia batria'l ab bastós.

25 Del Rei d'Aragon vòlh del còr deja manjar,
Que aissò lo farà de l'anta descargar
Que pren çai de Marselh'e d'Amilhau; qu'onrar
No's pòt estièrs per re que pòsca dir ni far.
Et après vòlh del còr don òm al rei Navar,
30 Que valia mais coms que reis, çò aug contar.
Tòrtz es quan Dieus fai òm' en gran ricor pojar,
Pòs sofracha de còr de prètz lo fai baissar.

Al comte de Tolos' òps es qu'en mange be,
  Si'l membra çò que sòl tener e çò que te;
35 Car si ab autre còr sa pèrda no revé,
  No'm par que la revenh' ab aquel qu'a en se.
  E'l coms Proensals tanh qu'en mange, si'l sové
  Qu'òm que deseretatz viu gaire no val re :
  E si tot ab esfòrs si defén ni's capté,
40 Ops es mange del còr pel gran fais que sosté.

  Li baró'm voldràn mal de çò que ieu dic be;
  Mas be sapchan qu'ieu'ls prètz autan pauc con
                       ilh me.

  Bèls Restaurs sol qu'ab vos pòsca trobar mercé
  A mon dan met cascun que per amic no'm te.

(Texte de C. de Lollis) [92].

Traduction

Je veux, le cœur triste et dolent, pleurer la mort de
Blacas sur cette simple mélodie; et j'ai bien raison de
le faire, car j'ai perdu en lui un bon seigneur, un bon
ami, et toutes les nobles qualités ont péri avec lui. Si
cruelle est la perte, que je n'ai pas le moindre espoir
qu'on puisse jamais la réparer, à moins qu'on ne prenne
le cœur du mort pour le donner à manger à tous ces
barons qui n'en ont pas : ils en auront ensuite suffisam-
ment.

Qu'il mange le premier de ce cœur, car il en a grand
besoin, l'empereur de Rome, s'il veut par la force
conquérir le Milanais, car c'est lui que l'on tient et qui
vit, déshérité, en dépit de ses Allemands. Qu'en mange,

après lui, le roi de France, pour recouvrer la Castille qu'il perd par sa niaiserie; mais, si cela contrarie sa mère, il n'en mangera point, car on voit bien à son honneur qu'il ne fait rien qui lui déplaise.

Quant au roi anglais, cet homme de peu de cœur, il me plairait qu'il en mange à souhait; il en prendra vaillance et courage, et reconquerra les domaines dont la perte le déshonore, et que lui ravit le roi de France, qui connaît son indolence. Et quant au roi de Castille, qu'il en mange pour deux; car il tient deux royaumes et n'a pas de cœur pour un seul; mais s'il veut en manger, qu'il le fasse en cachette, car si sa mère le savait elle lui donnerait du bâton.

Pour le roi d'Aragon, je veux que, lui aussi, mange de ce cœur : il le lavera de la honte dont il se couvre à propos de Marseille et de Milan; car quoi qu'il dise et fasse, il ne peut autrement retrouver son honneur. Je veux ensuite qu'on donne de ce cœur au roi de Navarre qui, à ce qu'on dit, valait mieux comte que roi. Il est grand dommage qu'un homme, que Dieu a fait parvenir aux plus hautes dignités, perde toute valeur par manque de courage.

Le comte de Toulouse a bien besoin d'en manger, s'il a souvenance de ce qu'il possédait et de ce qu'il possède; car s'il ne répare point ses pertes avec un autre cœur, je ne pense pas qu'il le fasse avec le sien propre. Que le comte de Provence en mange aussi, s'il n'a point oublié qu'un homme qui vit déshérité ne vaut pas grand-chose. Il a beau faire tous ses efforts pour se défendre et se maintenir : il devra en manger, car lourde est la charge qu'il porte.

Les barons m'en voudront pour ce que je leur dis clairement; mais qu'ils sachent que j'ai pour eux aussi peu d'estime qu'ils en ont pour moi.

Beau Réconfort, pourvu qu'auprès de vous je puisse trouver merci, je ne me soucie guère de tous ceux qui ne me tiennent point pour leur ami.

NOTES

I

Ce célèbre *planh* est en réalité un pur sirventés. La déploration funèbre proprement dite ne dépasse pas la première *cobla* : tout le reste n'est qu'une satire, d'une rare violence, contre la lâcheté de certains princes européens.

Cinq *coblas singulars* de 8 vers de 12 syll., suivies de 2 *tornadas* de 2 vers. Toute la strophe a les mêmes rimes. Schéma métrique : $a^{12} a^{12} a^{12} a^{12} a^{12} a^{12} a^{12} a^{12}$.
Blacatz (Blacas) : seigneur d'Aulps (1165-1237?), célèbre pour sa bravoure et sa prodigalité, lui-même troubadour.

10 : *l'Emperaire de Roma* : Frédéric II, en lutte avec la ligue lombarde.

12 : *Tiés* (vx. fr. *Tiois*) : tudesque, allemand (germ. *diustic*; all. *deutsch*).

13 : *Reis francés* : Louis IX, qui tenait de sa mère, Blanche, des droits sur la Castille.

17 : *Reis englés* : Jean sans Terre, dont les domaines français avaient été confisques par Philippe-Auguste en 1203.

21 : *Reis castelàs* : roi castillan, Ferdinand III, fils d'Alphonse IX de Léon et de Bérangère de Castille, sœur de Blanche.

25 : *Rei d'Aragon* : Jacques Iᵉʳ. — Marseille, explique R. Lavaud (Aud.-Lav., *Anthol.*, p. 363), « s'é-
tait soustraite au Comte de Provence pour faire
hommage au comte de Toulouse : c'était une
perte pour le roi d'Aragon, héritier éventuel de
son cousin Raymond-Bérenger IV de Provence.
Au traité de Meaux (1229), Jacques Iᵉʳ avait
perdu Millau. »
29 : *rei Navar* : le roi Navarrais, le trouvère Thibaud
de Champagne.
33 : *comte de Tolosa* : Raimon VII.
37 : *coms Proensals* : Raimon-Bérenger IV. Cette
strophe fait allusion à la chute de Marseille.
43 : *Bèls Restaurs*. Beau réconfort, *senhal* désignant
une Dame.

XXIX. Pèire cardenal

*Pèire Cardenal si fo de Velhac, de la ciutat del Puèi
Nòstra Dòmna; e fo d'onradas gens de paratge, e fo filhs
de cavalièr e de dòmna. Et quant èra petitz, sos paires
lo mes per canorgue en la canorguia major del
Puèi; et après letras, e saup ben lèzer e chantar.*

*E quant fo vengutz en etat d'òme, el s'azautèt de la
vanetat d'aquest mon, car el se sentit gais e bèls e joves.
E molt trobèt de bèlas razós e de bèls chantz; e fetz cansós, mas paucas; e fetz mans sirventés e trobèt los molt
bèls e bons. En los quals sirventés demostrava molt de
bèlas razons e de bèls exemples, qui ben los entén; car
molt castiava la folia d'aquest mon, e los fals clèrgues
reprendria molt, segon que demòstron li sieu sirventés. E
anava per cortz de reis e de gentils barons, menan ab si
son joglar que cantava sos sirventés. E molt fo onratz e*

*grazitz per mon senhor lo bon rei Jacme d'Aragon e
per onratz barons.*

*Et ieu, maistre Miquel de la Tor, escrivan, fauc a
saber qu'En Pèire Cardenal quand passèt d'aquesta
vida, qu'el avia ben entor cent ans* (Bout.-Cluz., p. 335).

De famille noble, P. Cardenal naquit au Puy-en-
Velay, vers la fin du xiie siècle (probablement en 1190).
Destiné au canonicat, il fit des études, puis quitta tout
jeune la chanoiniẹ de sa ville natale pour mener la vie
de poète de cour. D'après son biographe, Michel de la
Tour, il mourut presque centenaire, ce qui est confirmé,
dans une certaine mesure, par l'étude de son œuvre :
on sait qu'il écrivait encore en 1271.

Si B. de Born est le maître incontesté du *sirventés politique*, P. Cardenal l'est du *sirventés moral*. Il se distingue en effet des « moralistes d'occasion » de son époque par sa vigoureuse et éloquente sincérité, par son
indignation haineuse contre tout ce qui viole le droit et
la morale : les cruautés de Simon de Montfort et des
Français, l'indignité du clergé, la corruption des
mœurs, l'hypocrisie, la violence, la fraude, les femmes
enfin, qu'il condamne avec amertume mais non sans
esprit.

55. — FABLE

Una ciutatz fo no sai quals,
On cazèt una plòja tals
Que tuit òme de la ciutat
Que toquèt foron forsenat.
5   Tug dessenèron mas sol us,
Aquel en escapèt ses plus,
Que èra dins una maizó,

E dormia quant aissi fo.
Aquel levèt quant ac dormit,
10 E fo se de plòure giquit,
E venc fòras entre las gens,
E tug feiron dessenamens :
L'us a roquet, l'autre fo nus,
E l'autre escupí ves sus,
15 L'us trais pèira, l'autre astèla,
L'autre esquintèt sa gonèla,
E l'us ferí, l'autre empéis,
E l'autre cugèt èsser reis
E tenc se ricamen pels flancs,
20 E l'autre sautèt per los bancs;
L'us menassèt, l'autre maldís,
L'autre plorèt e l'autre ris;
L'autre fetz metoas de se.
25 Et aquel qu'avia son sen
Meravilhèt se mout fortmen,
E vi ben que dessenat son,
E garda aval et amon,
Si negun savi i veirà,
30 E negun savi non i a.
Grans meravilhas ac de lor,
Mas mout l'an ilh de lui major,
Que vezon estar saviamen;
Cuidon qu'aja perdut son sen,
35 Car çò qu'ilh fan no'lh vezon faire.
A cascun de lor es vejaire
Que ilh son savi e senat,
Mas lui tènon per dessenat.
Qui'l fèr en gauta, qui en còl,
40 El non pòt mudar no's degòl.
L'us l'empenh e l'autre lo bota,
El cuja eissir de la rota,

L'us l'esquinta, l'autre l'atrai,
El pren còlps e leva e chai.
45   Cazen levan e grans gabautz,
S'en fug a sa maizó de sautz,
Fangós e batutz e mèg mòrtz,
Et ac gaug quar lo fo estòrtz.
Cist faula es az aquest mon
50   Semblan, et als òmes que i son.
Aquest sègles es la ciutatz
Quez es totz ples de forsenatz;
Que'l màjer sens qu'òm pòt aver
Si es amar Dèu e tener
55   E gardar sos comandamens :
Mas ar es perdutz aquel sens.
La plòja çai es cazeguda :
Cobeitatz, e si es venguda
Us orgòlhs et una maleza
60   Que tota la gen a perpresa.
E si Dèus n'a alcun gardat,
L'autre'l tènon per dessenat
E menon lo de tròp de bilh,
Car non es del sen que son ilh;
65   Que'l sens de Dèu lor par folia.
E l'amic de Dèu, on que sia,
Conois que dessenat son tut,
Car lo sen de Dèu an perdut.
Et ilh en lui per dessenat,
70   Car lo sen del mon a laissat.

(Texte de K. Bartsch) [93].

Traduction

Il y avait une fois je ne sais quelle cité où tomba une pluie telle que tous les hommes qu'elle toucha en demeurèrent fous. Tous perdirent la raison à l'exception d'un seul : celui-là en réchappa parce qu'il était dans une maison et dormait quand cela se passa. Il se leva, après avoir dormi, et, la pluie passée, sortit parmi ses concitoyens. Tous se comportaient en déments : l'un portait une courte cape, l'autre était nu, un troisième crachait en l'air; l'un maniait la pierre, l'autre le bâton; les uns déchiraient leurs vêtements, les autres se frappaient et se bousculaient; l'un croyait être roi et se tenait noblement les mains sur les hanches, l'autre faisait le saltimbanque; on se menaçait, on jurait, on pleurait, on riait; celui-ci parlait sans savoir ce qu'il disait, celui-là faisait des grimaces.

Quant à l'homme qui avait gardé son bon sens, il reste fort étonné, se rendant compte qu'ils étaient fous : il regarda de tous côtés pour essayer d'apercevoir quelque personne sensée, mais il n'en trouva aucune. Grande fut sa surprise de les voir ainsi, mais plus grande fut la leur de le voir agir raisonnablement : ils s'imaginent qu'il a perdu le sens commun, puisqu'il ne fait pas ce qu'ils font; car tous se croient sages et sensés, lui seul passe pour fou à leur yeux. Et de le battre, qui sur la joue, qui sur la nuque, au point qu'il s'effondre malgré lui. L'un alors le pousse, l'autre le bute; au moment où il pense sortir de la cohue, l'un le lacère, l'autre le tire, si bien que, accablé de coups, il se relève et choit. Tombant et retombant sans cesse à grandes enjambées, bondissant, il s'enfuit chez lui, boueux, battu, à moitié mort, mais fort aise de leur avoir échappé.

Cette fable est l'histoire du monde et des hommes qui y vivent. Ce siècle est la cité, toute pleine de forcenés. La plus grande sagesse qu'on puisse avoir, c'est d'aimer et de craindre Dieu, et d'observer ses commandements: mais à présent cette sagesse est perdue. La pluie de la cupidité est tombée par ici; et sont venus Orgueil et Méchanceté, qui ont atteint tous les hommes. Et si Dieu en a préservé un seul, les autres le jugent fou, parce que sa façon de penser n'est point la leur; et la sagesse de Dieu leur semble folie. L'ami de Dieu, lui, où qu'il se trouve, se rend compte de leur égarement, privés qu'ils sont du sens de Dieu, mais eux tiennent pour insensé d'avoir renoncé à l'esprit du siècle.

NOTES

Pittoresque et cinglante, cette « histoire de fous » d'allure déjà voltairienne malgré sa conclusion, est un sirventés particulièrement original.

Octosyllabes à rimes plates, mètre des genres narratifs (*nòvas rimadas*).

13 : *l'us a roquet* : le roquet était un manteau très court qui ne descendait pas plus bas que la taille (vx. franç. *rochet/roquet*): orig. germ.; cf. all. *Rock*. On trouve aussi (Bartsch) la var. : *l'us arroquet*, de de *arrocar*, jeter des pierres; la première leçon nous semble préférable, d'autant plus qu'une autre var. dit : *l'us fo vestitz.*

17 : *empéis* (parf. de *empénher*, pousser); Bartsch donne *en peis* (= *en peitz*), à la poitrine; le sens du vers, selon cette leçon, est donc : *Et l'un frappa l'autre à la poitrine.*

b

56. — TARTARASSA NI VOUTOR

Tartarassa ni voutor
No sent plus lèu carn pudent
Com clèrc e prezicador
Senton ont es lo manen :
5 Mantenén son sei privat,
E quan malautia'l bat,
Fan li far donatĭó
Tal que'l paren no i an pro.

Francés e clèrc an lauzor
10 De mal, car ben lor en pren;
E renovièr e trachor
An tot lo sègl' eissamen;
Qu'ab mentir et ab barat
An si tot lo mon torbat
15 Que no i a religĭó
Que no sapcha sa leissó.

Saps qu'endevén la ricor
De cels que l'an malamen?
Venrà un fòrt raubador
20 Que non lor laissarà ren,
Çò es la mòrtz que'ls abat,
Qu'ab quatr' aunas de filat
Los tramet en tal maizó
Ont atròbon de mal pro.

25 Om, per que fas tal folor
Que passes lo mandamen
De Dèu quez es ton senhor
E t'a format de nïen?

308

                    La tròja ten el mercat
          30   Cel quez ab Dèu si combat,
                    Qu'el n'aurà tal guizardó
                    Com ac Judàs lo feló.

                    Dèus verai, plens de doussor,
                    Sénher, sïatz nos guiren,
          35   Gardatz d'enfernal dolor
                    Pecadors, e de turmen;
                    E solvètz los del pecat
                    En que son pres e lïat,
                    E faitz lor verai perdó
                    Ab vera confessïó.

                              (Texte de K. Bartsch) [94]

Traduction

Le milan ni le vautour ne flairent pas plus vite la
charogne que clercs et prédicateurs le séjour du riche.
Ils sont aussitôt ses intimes et quand la maladie l'abat,
ils lui font faire une donation telle que ses parents n'en
ont aucun profit.

Les Français et les clercs font la louange du mal, car
cela leur procure des avantages; les usuriers et les traîtres, de la même manière, se partagent le siècle. De
leurs mensonges et de leurs tromperies ils ont si·bien
troublé le monde entier, qu'il n'y a plus de religion
qui connaisse sa règle.

Sais-tu ce que devient la richesse de ceux qui l'ont
mal acquise? Viendra un puissant voleur, qui ne leur
laissera rien : la Mort, qui les abattra et dans quatre
aunes de toile les enverra dans une maison où ils
ne seront guère à l'aise.

Homme, pourquoi commets-tu la folie de transgresser les ordres de Dieu, qui est ton seigneur et t'a tiré du néant? Il tient la truie sur le marché [94 bis] celui qui se révolte contre Dieu, car il en retirera la même récompense qu'en eut Judas le félon.

Dieu véritable et plein de douceur, soyez notre soutien : protégez les pécheurs des douleurs et des tourments de l'enfer; absolvez-les pour les péchés qui les tiennent enchaînés; accordez-leur votre vrai pardon et votre entière absolution.

NOTES

Cinq *coblas unisonanz* de 8 vers de 7 syll. Schéma métrique : $a^7 b^7 a^7 b^7 c^7 c^7 d^7 d^7$.

XXX. Guilhem de Montanhagol

Guilhem de Montanhagout si fo uns chavalièrs de Proenza. E fo bon trobador e grant amador. E entendia se en ma dòna Jauseranda, del castèl de Lunèl; e fes per leis maintas bonas chansó. (Bout.-Cluz., p. 518).

Son biographe occitan est, on le voit, très laconique. Le nom même du poète semble dû à une erreur des scribes qui, ne comprenant pas le sens du terme *Montanhagol* (étymologiquement, qui est de Montanhac), appelèrent le troubadour Guilhem de Montanhagol. Mais nous ne savons pas de quel Montanhac il s'agit. Malgré l'affirmation de la *vida*, qui le dit Provençal, on le pense plutôt Toulousain. Client de Jacme Ier d'Aragon, d'Alphonse X de Castille, des comtes de Foix, des seigneurs de Moncade et de Raimon VII de Toulouse, il écrivit entre 1233 et 1257 environ. Entre 1241 et 1245, il échangea un *partimen* avec Sordel.

G. de Montanhagol est, avec Peire Cardenal, un des troubadours de la période albigeoise : ce qui se ressent dans son œuvre. Ennemi de la domination française et de Rome, il s'en tient encore, même s'il craint et vénère Dieu, aux valeurs naturalistes et laïques issues de la *fin' Amor*. Point final d'une courbe évolutive qui durait depuis cent cinquante ans, sa conception de l'amour et son apologie de la chasteté reflètent sans doute les nouvelles structures morales et religieuses. « Mais c'est sûrement Montanhagol qui a su le mieux exprimer en termes d'humanisme la suprême diffusion, dans la société, des vertus courtoises et chevaleresques. On eût dit qu'avant de disparaître l'amour provençal faisait un dernier effort pour se penser dans toute son ampleur, dans toutes ses perspectives. » (R. Nelli, *L'Erot. des Troub.*, p. 245).

57. — ART NOUVEAU

Non an tan dig li primièr trobador
      Ni fag d'amor,
    Lai el temps qu'èra gais,
Qu'enquèra nos no fassam après lor
5   Chans de valor,
    Nòus, plazens e verais.
Quar dir pòt òm çò qu'estat dig no sia,
Qu'estièrs non es trobaires bos ni fís
Tro fai sos chans gais, nòus e gent assís,
10 Ab noèls digz de nòva maestria.

Mas en chantan dizo'l comensador
Tant en amor
Que'l nòus dirs tòrn' a fais.
Però nòus es, quand dizo li doctor
15   Çò que alhor
Chantan nos dis òm mais,
E nòu, qui ditz çò qu'auzit non avia,
E nòu, qu'ieu dic razó qu'òm mais no dis,
Qu'amors m'a dat saber, qu'aissí'm noirís,
20   Que s'òm trobat non agués, trobaria.

Be'm platz qu'ieu chan, quan pes la gran onor
Que'm ven d'amor,
E'n fassa rics essais,
Quar tals recep mon chan e ma lauzor
25   Que a la flor
De la beutat que nais.
Però be'us dic que mièlhs creire deuria
Que sa beutatz desús del cèl partís
Que tan sembla òbra de paradís
30   Qu'a penas par terrenals sa conhdia.

D'una re fan dònas tròp gran follor
Quar lor amor
Menan ab tan loncs plais,
Que chascuna, pus ve son amador
35   Fi ses error,
Falh si l'alonga mais,
Quar òm no viu tan quan faire solia;
Doncs covengra que'l mals costums n'issís
Del tròp tarzar, qu'ieu no cre qu'òm morís
40   Tan lèu com fai, si d'amor si jauzia.

312

Tròp fai son dan dòna que's do ricor,
            Quant òm d'amor
        La comet, ni's n'irais,
Que plus bèl li es que sofran prejador
45   Que si d'alhor
        Era'l pecatz savais.
Que tals n'i a, quais qu'òm non o creiria,
Ab que fos dig qu'en fan assais fraidís,
Per qu'amors falh entr'elas e vilsís,
50 Quar tènon mal en car lor carestia.

Ieu am e blan dòna on ges non cor
            Enjans d'amor,
        Per que no m'en bïais,
Ni o dei far, qu'òm la te per melhor
55   E per gensor
        Per qu'Amors m'i atrais;
Qu'amans es fòls quant en bon lòc non tria,
Quar qui ama vilmen se eis aunís;
Qu'a las melhors deu òm èsser aclís,
60 Don nais mercés, valors e cortezia.

N'Esclarmonda, qui ètz vos e Na Guia,
Quascús dels noms d'ambas o devezís :
Que quecs dels noms es tan cars e tan fis,
Qu'òm que'l mentau puèis non pren mal lo dia.

(Texte de P.-T. Ricketts) [95].

Traduction

Les premiers troubadours n'ont pas parlé, ni traité de l'amour jadis au temps joyeux, au point que nous ne puissions faire encore après eux d'excellentes chansons, nouvelles, agréables et sincères. On peut dire en effet ce qui n'a pas été dit, car il ne saurait être ni bon ni sincère le troubadour dont les chants ne seraient pas joyeux, originaux et bien composés, avec des paroles nouvelles et d'un art nouveau.

Mais, dans leurs poésies, les anciens disaient tant de choses à propos de l'amour qu'il devient ingrat d'en dire de nouvelles. La nouveauté, pourtant, c'est quand les maîtres disent ce qu'on n'a jamais dit dans aucun autre chant : c'est quand moi-même j'exprime des idées qu'on n'avait jamais exprimées. Car Amour m'a donné un savoir qui m'inspire à tel point que, si l'on n'avait jamais chanté en vers, moi, je le ferais.

J'aime à chanter, quand je pense au grand honneur qui me vient d'Amour, et à en tenter la noble épreuve : Car Celle qui reçoit mon chant et mes louanges a la beauté de la fleur qui naît. Aussi je vous dis que je devrais croire plutôt que sa beauté vient du ciel, car elle semble si bien œuvre de paradis que sa grâce ne paraît pas être de cette terre.

C'est une grande folie de la part des dames d'accompagner leur amour de si longues discussions. Car toute dame, devant un soupirant sincère et irréprochable, commet une faute si elle lui impose des délais : on ne vit pas en effet aussi longtemps qu'avant. Il conviendrait donc que disparût cette coutume des trop longs atermoiements puisque, à mon avis, on ne mourrait pas aussi tôt qu'on le fait si l'on s'abandonnait à la joie d'amour.

Elle se porte vraiment ombrage la dame qui se fait hautaine quand on la prie d'amour et qu'elle s'en irrite. Car il vaut mieux pour elle laisser se morfondre les soupirants que de commettre avec d'autres de vilains péchés. Il existe en effet de telles dames, au point

314

qu'on n'oserait le croire même si on le disait, qui en ont fait la détestable expérience. C'est pourquoi Amour déchoit parmi elles et s'avilit, car elles n'attachent que peu de valeur à leur haut prix.

J'aime et je loue une dame où l'on ne trouve, en amour, la moindre trace de tromperie; aussi je ne m'écarte point d'elle et ne dois pas le faire, car on la tient pour la meilleure et la plus belle : c'est pour cela qu'Amour m'attire vers elle. En effet, fou est l'amant qui ne choisit pas une personne digne, car qui aime quelqu'un de plus bas que lui s'abaisse lui-même, et c'est vers les meilleures, d'où naissent Merci, Mérite et Courtoisie, qu'on doit porter son inclination.

Dame Esclarmonde et vous, Dame Guise, chacun de vos noms explique qui vous êtes; car chacun de vos noms est si précieux et si fin qu'il suffit d'y penser pour être à l'abri du mal pendant toute la journée.

NOTES

M. P. T. Ricketts (*op. cit.*, p. 89), en considérant les quatre pièces adressées à Esclarmonde (ici en outre à Dame Guise) comme formant un groupe, attribue cette pièce aux années 1242-1250.

Cette chanson est intéressante dans ce sens qu'elle témoigne d'un réel désir, de la part du poète, de rénover une poétique et une érotique qui avaient sans doute fait leur temps. Significatives sont par exemple les 4e et 5e strophes où Montanhagol critique, comme il le fait ailleurs, les longs atermoiements que les dames imposaient traditionnellement à leurs servants d'amour. Mais, fidèle aux enseignements classiques des maîtres en art d'aimer, il critique aussi les femmes de mœurs trop faciles, en qui l'amour déchoit et s'avilit.

Six *coblas unisonanz* de 10 vers de 10, 4 et 6 syll., suivies d'une *tornada* de 4 vers. Schéma métrique : a¹⁰ a⁴ b⁶ a¹⁰ a⁴ b⁶ c¹⁰ d¹⁰ d¹⁰ c¹⁰.

3 : *el temps qu'era gais* : Une certaine amertume semble percer chez le poète lorsqu'il pense aux temps joyeux, à l'âge d'or des premiers troubadours, c'est-à-dire avant l'Inquisition et l'arrivée des Français : mais ce regret n'est peut-être qu'un topique.

27-30 : Il faut remarquer ici le caractère supra-terrestre de la beauté de la dame qui s'achemine peu à peu vers l'*angelicata creatura* des poètes italiens du *Dolce stil nuovo*.

61 : *Esclarmonda*. L'identité de cette dame n'est pas claire. On a pensé aux deux Esclarmondes appartenant à la maison de Foix. L'une, fille du comte Raimond-Roger, qui avait épousé en 1221 Bernard Alion; l'autre, fille du comte Roger-Bernard II, qui fut mariée en 1235 à Raimond, fils du vicomte de Cardone. Quoi qu'il en soit, il est impossible, pour des raisons chronologiques, de l'identifier avec Esclarmonde de Foix, grande prêtresse de la foi cathare. Il se pourrait toutefois que l'explication que le poète donne du nom de sa dame (*Esclarmunda* : lumière du monde; *es clar e munda de follia*: pure et exempte de toute folie) revêtît une valeur symbolique.

Na Guia : dame également mal identifiée. Il semble bien que ce soit la même que la *Na Guiza* de la *tornada* d'une autre pièce. On a pensé en particu-

lier à trois grandes dames de ce nom : Guida de
Rodez, sœur du comte de Rodez, Hugues IV, et
chantée par Sordel et Bertran d'Alamanon ; Guida
de Lunel, fille de Raimond Gaucelm V, et enfin
Guiza, femme de Roger, comte de Pailhas.

XXXI. — Folquet de Lunel

Il n'existe pas de *vida* de ce troubadour originaire
de Lunel (Hérault) et qui dut naître en 1244 puisqu'il
nous dit, dans son *Romans de mondana vida*, daté de
1284, qu'il avait alors quarante ans. Outre ce *Romans*,
poème satirique et moral, Folquet nous laisse neuf
pièces, dont deux *cansos* amoureuses et deux *partimens* avec Guiraut Riquier, l'un d'eux daté entre 1264
et 1270.

Folquet de Lunel est également l'auteur d'un sirventés historique à la louange d'Alphonse X de Castille, dont il fréquenta la cour, et de trois pièces religieuses. Il voyagea aussi en Lombardie et, vers 1274,
revint en Languedoc et se mit sous la protection du
comte Henri II de Rodez (1274-1302), qu'il mentionne
dans la *tornada* de quelques-unes de ses *cansos* et à qui
il dédie son *Romans de mondana vida*. Nous donnons
ici une de ses pièces pieuses.

58. — Cansó a la Vierge

Si com la fuelh' el ramèlh
Creis el gai temps de pascor
E creis lo fruch de la flor
Per gaug del dous temps novèlh,

5   Creis mos chans e renovèlha;
     Car aug dire qu'anc no's ceis
     Plus francs coms ni pus adreis,
     E car de tal dòmna so
     Qu'anc no fes ni dis mas pro.

10   Tan son li fach e'l dich bo
     De Midòns, qu'òm a razó
     Que's laus d'amor, se l'empeis
     En amar lieis qu'anc no's feis
     De far çò per que's capdèlha
15   Fis prètz, qu'a tan en capdèlh
     Que rei et emperador
     Penrian en lauzar onor
     Son còrs de totz mals piucèlh.

     Ja prejador conhdarèlh
20   No vòl ni entendedor
     Midòns, mas fin amador,
     Non fenhedor ni irnèlh;
     Ni es fenhens ni irnèlha,
     Ni anc no's mirèt ni's peis
25   Per escotar pècs domneis,
     Ni anc fis amans no'i fo
     Ses cobrar bon gazardó.

     Tant es de bona faissó
     Midòns que melhoraizó
30   No'i vòl : car anc non ateis
     Dòmna de las doas leis
     En tan aut prètz; tant es bèlha
     Sa valors qu'a Dieus es bèlh
     Tot quan fai, e'l prejador
35   Sieu son mai e'l lauzador
     Que d'autra qu'òm dòmn' apèlh.

Encara'm mòu drech cembèlh
Qu'ieu del comte, mon senhor
De Rodés fassa lauzor;
40   Car es el cap del castèlh
De Valor; que de Castèlha
Tro'l cap del mon coms ni reis
Del sieu poder mielhs no creis
De fin prètz — ni anc no fo
45   Qu'al vis — salv del comt' Ugó.

Reïna, maire piucèlha,
Filha de paire piucèlh :
Vos tenc ieu per ma gensor,
E'l pros coms ditz gran error
50   De Rodés qu'autra 'Ns apèlh.

Emperò breg' e tinèlha
Vuelh aver tostemps ab eis,
Tro que del maldir se fleis
Qu'a dichz de vos; mas car so
55   Sieus li presén ma chansó.

(Texte de F.-J. Oroz Arizcuren) [96].

Traduction

De même que la feuille sur les branches pousse
au gai temps de Pâques, et que le fruit naît de la fleur
dans la joie du doux temps nouveau, de même mon
chant croît et se renouvelle; car j'entends dire que
jamais ne ceignit [l'épée] un comte plus noble ni
plus juste, et j'appartiens à une Dame qui ne fit ni
ne dit jamais que des choses parfaites.

Si bonnes sont les actions et les paroles de ma Dame que tel peut se glorifier à juste titre de son amour qui a été poussé à aimer celle qui n'hésita jamais à faire ce sur quoi se modèle le haut mérite : car son pouvoir est tel que rois et empereurs s'honoreraient à chanter ses louanges, elle qui est pure de toutes méchantes qualités.

Ma Dame ne veut point d'amoureux ni de soupirant vaniteux, mais un amant sincère, ni présomptueux ni volage, car elle n'est elle-même ni présomptueuse ni volage : jamais elle ne s'admira ni ne se farda pour écouter de stupides galanteries et elle n'eut jamais d'amant véritable qui ne reçût d'elle sa juste récompense.

Ma Dame est d'une figure si parfaite que toute amélioration est inutile : car jamais dame d'une ou de l'autre des deux religions n'acquit un aussi haut mérite. Sa valeur est si fine que tout ce qu'elle fait est agréable à Dieu, et ses soupirants et ses admirateurs sont plus nombreux que ceux de telle autre que l'on gratifie du nom de « Dame ».

C'est pour moi un appât légitime qui m'incite à chanter encore les louanges du comte de Rodez, mon seigneur, car il est le chef du château de Valeur, et depuis la Castille jusqu'au bout du monde on ne vit jamais comte ni roi de sa puissance qui le dépassât en fin mérite. Et personne ne fut jamais d'opinion différente, à l'exception du comte Hugo.

Reine, Mère et Vierge, fille d'un père vierge, je vous tiens pour ma Dame la plus noble ; et le preux comte de Rodez commet une grave erreur d'appeler « Dame » une autre que vous.

Toutefois, je ne cesserai point de lui chercher disputes et querelles tant qu'il ne mettra pas un terme aux médisances qu'il a dites à votre sujet. Mais comme je suis un de ses hommes, je lui présente ma chanson.

NOTES

Chanson à la Vierge, mais qui reprend systématiquement, en les déviant de leur fonction première, tous les topiques de la poésie amoureuse : particulièrement, en jouant sur le double sens de *domna* (cf. n° 36 et notes). La *canso* commence par le traditionnel début printanier et continue par la louange de la dame, dans une ambiguïté qui demeure pratiquement jusqu'au premier vers de la première tornada.

Cinq *coblas alternadas retrogradadas,* c'est-à-dire que la 2ᵉ *cobla* a les mêmes rimes que la 1ʳᵉ, mais en sens inverse; de même la 4ᵉ par rapport à la 3ᵉ, etc. Deux *tornadas* de 5 vers. Chaque *cobla* a 9 v. de 7 syll. Schéma rythmique :

$$a^7\ b^7\ b^7\ a^7\ c^{7'}\ d^7\ d^7\ e^7\ e^7$$
$$e^7\ e^7\ d^7\ d^7\ c^{7'}\ a^7\ b^7\ b^7\ a^7$$

Seule, la rime *c (rim estramp)* reste à la même place.
19 : l'ambiguïté érotico-religieuse se retrouve même dans les quatre étapes traditionnelle de l'accession aux faveurs de la dame aimée : *prejador* (soupirant), *entendedor* (prétendant), *fenhedor* (amant timide), *fin amador* (amant parfait).
31 : il s'agit ici des deux lois au sens religieux : la loi ancienne et la loi nouvelle, avant et après le Christ.
39 : allusion au comte Henri II de Rodez (1274-1302),

auquel notre troubadour dédia aussi son *Romans de mondana vida* (1284).

45 : probablement Hugo IV de Rodez (1221-1274).

XXXII. *Cerverí de Girona*

Nous ne possédons pas de *vida* relative à ce troubadour catalan, mais sa personnalité a été cernée avec minutie par Martin de Riquer. Son véritable nom était Guilhem de Cervera mais il avait adopté comme pseudonyme littéraire Cerverí de Girona : l'identité entre les deux apparaît formellement dans un document de 1285. Poète de cour, Cerverí entra au service de la famille de Cardona et de la maison royale d'Aragon. Ses activités lui valurent d'ailleurs une rente, ainsi qu'une propriété que lui octroya Jacques Ier. Son statut social de « poète officiel », qui le conduisit à composer nombre de ses poèmes sur des événements contemporains, nous permet de situer sa production entre 1259 et 1285.

L'œuvre de Cerverí (114 pièces lyriques — le plus important corpus attribué à un troubadour) mérite d'être considérée avec attention : tout d'abord ses compositions sont précédées d'un titre qui nous renseigne sur les genres poétiques en vigueur dans la 2e moitié du XIIIe; d'autre part son œuvre comporte des exemples de genres popularisants, inconnus ou fort peu attestés par ailleurs : c'est le cas de la *peguesca* (voir pièce n° 59), de la *viadeyra* (n° 61), de l'*espingadura* ou de la *gelozesca*. Si ses 12 *cansos* manquent quelque peu d'originalité, la vigueur de ses pièces morales ou de circonstance *(vers, sirventes)*, la ferveur de ses poèmes religieux, l'extrême habileté de sa versification, qui accumule comme à plaisir les difficultés et les tours de force, tout cela contribue à donner une place de premier plan à Cerveri parmi les troubadours du XIIIe.

a

59 — PEGUESCA

Com es ta mal ensenyada,
Girmana, qu'amar no'm vòls.
E saps que tant t'e amada?

Ne no puix sotz la flaçada
5   Dormir, de tal guisa'm dòls;
E serà'n t'arma damnada
Si'm fas morir sotz lençòls;
Qu'al metg' e l'aiga mostrada
E diu que no menuc còls
10   Ne vaca, sinó callada.

Doncs, anz que't sies tardada,
Da'm çò que donar me sòls,
Que tan m'es t'amors pujada
No puix menjar cinc tunyòls
15   Ses companatge aviada,
Ne beu pus de set mujòls
De vi a una tirada.

Bon' ombra si t'agra da[da]!
Fe que deus a tos fillòls,
20   Da'm una douç' abraçada,
E faré't, si me'n sòls,

Gonela ben escotada
Ab pena de cabiròls
E granatxa ben cordada.

35 [Ma] peguesca giroflada :
Vai e di li que dos dòls
Aja, don sia pagada.

La dòmna dels Cartz onrada,
Sobreprètz, e'l rossinyòls
30 De mai, e l'Enfan m'agrada.

(Texte de Martin de Riquer) ([97]).

Traduction (d'I. Cluzel, retouchée)

Pourquoi donc es-tu si farouche, Germaine, que tu refuses de m'aimer — et tu sais pourtant bien que, moi, je t'ai tant aimée! Je ne puis plus dormir, sous la couverture, tellement tu me fais souffrir; et ton âme en sera damnée, si tu me fais mourir sous les draps! J'ai en effet montré mes urines au médecin : il déclare que je ne dois manger ni choux, ni fromage blanc. Donne-moi donc, sans retard, ce que tu avais coutume de me donner, car l'amour que je te porte s'est accru au point que je ne puis plus désormais manger d'un seul coup que cinq pains, avec tout ce qui les accompagne (?); et je ne bois plus que sept pots de vin d'un seul trait! Ah! si seulement je t'avais donné un bon abri (?) — par la foi que tu dois à mes filleuls — donne-moi une tendre embrassade et, si tu me payes de la sorte, je te ferai une jupe bien taillée, avec une fourrure de chevreuil, et même un manteau bien coupé.

Ma « peguesca » parfumée de girofle, va! et dis-lui qu'elle souffre deux douleurs, dont elle soit payée!

Voici ce qui me plaît : la Dame des Chardons, « Sobrepretz », le rossignol de mai et l'Infant.

NOTES

La *peguesca*, dont on ignore s'il s'agit d'un genre autonome ou d'une invention personnelle de Cerveri de Girone, est, comme son nom l'indique, une pièce humoristique, qui raconte des histoires un peu folles (cf. *pec*, « sot, niais, stupide »). Aucun traité de poétique n'y fait allusion et notre poème est sans doute le seul représentatif du genre. Il nous a paru néanmoins intéressant de le donner, parce qu'il traduit une verve ironique et populaire assez rare chez les troubadours Cerveri est aussi l'auteur d'autres *Unica*, comme la *viadeira* et l'*espingadura*.

Trois *coblas unisonanz* de 7 v. de 7 syll., suivies chacune d'un refrain récurrent. Deux *tornadas* de 3 v. Schéma métrique : a⁷' b⁷ a⁷' b⁷ a⁷' b⁷ a⁷' A⁷' B⁷A⁷'.

I. Cluzel, dans son édition (⁹⁸), n'isole pas le refrain, qu'il intègre à la 1ʳᵉ *cobla*, et découpe la pièce en 3 str. (sans *tornadas*) de 10 vers.

18 : vers corrompu dans le ms. et de lecture indécise.
28 : *La dòmna dels Cartz :* la dame aux Chardons. *Senhal* désignant Sibylle d'Ampurias, épouse, puis veuve du vicomte Ramon Folch IV de Cardona (1233-1276).

29 : *Sobreprètz* : « prix extrême ». *Senhal* désignant une autre dame, plutôt une protectrice que la *dòmna* du poète, et que l'on n'est pas parvenu à identifier.

30 : *l'Enfans* : l'Infant. Pierre d'Aragon, fils de Jacques Ier d'Aragon, le Conquérant. Cette allusion permet de dater la pièce avant 1276, date de son avènement au trône.

b

60. — LO VERS DEL SAIG E DEL JOGLAR

Si cel que ditz entre saig e juglar
No sap ne ve ne conoix partimen,
Dic que be sap que qui no ditz ver men,
Que grans vertutz vòlc Deus per juglars far;
5 E juglar van siguen los bos tot dia,
 E saig cercan los àvols tota via.

Sans Genís ac ofici de juglar
Ez amet Deu e servic leialmen,
E Deus det li lo companyó viven
10 Qu'en paradís devi' ab lui estar;
 E juglars, can qu'òps li fos, li daria
 E saigs ab gran gaug lo pe li tolria.

La candela d'Arràs fo de juglar,
Per qui Deus fai miracles a presen;
15 E juglars vòl que tuit sion valen,
E saig a gaug de tòlr' e de raubar;
 Juglars, celan, a mòrt lo defendria,
 E saigs, lian pel còl, lo penjaria.

Tebes, sabem qu'estorcet per juglar
20   Quan vòlc aucir Alexandris la gen;
Mantas patz fan juglar bels ditz dizen,
Per que no fan ab saig a comparar;
Juglars denan   totz l'escusaria,
E saigs, doblan   lo mal, l'acusaria.

25   Daurels ac nom eixamen de juglar
Qui pel senyor det son fill a turmen.
D'aitals juglars comtera mais de cen,
Si non duptès del vers tròp alonjar;
Car juglar dan   alegre cortesia,
30   E saigs tot l'an   tristor, ir' e feunia.

Eu no razó per mi meteus juglar,
Ne sui juglars ne'n fau captenimen,
Car çò qu'eu fatz fan l'aut rei entenden;
Mas mans noms aug a mans amans carjar :
35   Qu'òm vai nomnan   tal clerc on es falsia
Ez ab aitan   d'enjan com de clercia.

Sobrepretz blan,   e lei dels Cartz volria
Ab d'onor tan   com eu desiraria.

Si motz laçan   trobars es juglaria,
40   Eu e'l rei chan :   n'em juglar d'una guia.

(Texte de M. Riquer) [99].

Traduction
Le « vers » de l'alguazil et du jongleur

A celui qui prétend qu'entre alguazil et jongleur
il ne sait ni ne voit ni ne connaît de différence, je
répondrai qu'il sait bien que, quand on ne dit pas la

vérité on ment. Dieu, en effet, a bien voulu accomplir de grands miracles en la personne de jongleurs : car les jongleurs suivent les bons, tandis que l'alguazil recherche toujours les méchants.

Saint Genès, jongleur de son état, aima et servit Dieu loyalement et Dieu lui donna, durant sa vie, le compagnon qui devait séjourner avec lui en Paradis. Le jongleur donnerait a l'alguazil tout ce dont il a besoin, tandis que l'alguazil, en grande joie, lui couperait le pied.

C'est à des jongleurs que fut donnée la chandelle d'Arras, grâce à laquelle Dieu fait aujourd'hui des miracles. Le désir du jongleur est que tout le monde soit parfait et l'alguazil prend sa joie à voler et à dérober. Le jongleur, en le cachant, sauverait l'alguazil, alors que l'alguazil pendrait le jongleur attaché par le cou.

Nous savons que Thèbes fut sauvée grâce à un jongleur, lorsqu'Alexandre voulut massacrer ses habitants. Bien souvent, les jongleurs rétablissent la paix par leurs bonnes paroles, ce en quoi on ne saurait les comparer aux alguazils. Le jongleur pardonnerait à l'alguazil en présence de tous, tandis que l'alguazil l'accuserait d'un péché double.

De même Daurel avait renom de jongleur, lui qui, pour son seigneur, livra son fils à la torture. Des jongleurs de la sorte, je pourrais en dénombrer plus de cent, si je ne craignais d'allonger trop mon « vers ». Car le jongleur répand joie et courtoisie, tandis que l'alguazil, de tout un an, ne donne que tristesse, douleur et félonie.

Je ne parle pas des jongleurs pour moi-même : je ne suis pas jongleur et n'en ai point les usages; car j'agis comme agissent les grands rois de bon entendement. Mais j'entends attribuer à maints amants toute sorte de noms : et l'on traite de clerc un tel chez qui il n'y a que fausseté et autant de perfidie que de clergie.

Je sers mon « Sobrepretz » et je voudrais pour ma Dame des Chardons autant d'honneur que j'en désirerais pour moi.

Si, en enlaçant des mots, le *trouver* est jonglerie, moi et le roi nous chantons : et ainsi, sommes jongleurs de la même espèce.

NOTES

Plaidoyer, sous forme de *canso*, en faveur des jongleurs, quelqu'un ayant sans doute prétendu à la cour qu'il n'y avait aucune différence entre la condition du jongleur et celle du *saig*. Ce mot uniquement ibéro-roman (cf. esp. *sayón*, port. *saião*, du gotique SAGIO) désignait un fonctionnaire de la justice qui, entre autres charges, avait celle d'exécuter les sentences contre les criminels, ce qui l'assimilait au bourreau. Cette défense du jongleur, écrite par un troubadour qui se défend de l'être (cf. vv. 31-32), doit être postérieur à juin 1276, car le roi auquel il est fait allusion au v. 40 est Pierre le Grand d'Aragon (1236-1285).

Six *coblas unisonanz* de 6 vers de 10 syll., suivies de deux *tornadas* de 2 vers chacune. Schéma métrique : a^{10} b^{10} b^{10} a^{10} c^{10}' c^{10}'. Il faut noter la rime intérieure aux 5e et 6e vers de chaque *cobla*.

7 : *Sans Genis* (saint Genès ou Genest) : martyr

à Rome, en 286 au 303. Il était mime et, dans une parodie païenne des cérémonies de l'Église chrétienne, devant l'empereur Dioclétien, il se déclara réellement chrétien. Il fut arrêté et condamné par le préfet de Rome. D'après M. de Riquer, sa légende se mêla à celle du jongleur du Santo Volto de Lucca, à qui l'on donna le nom de *Geneys*, et qui devint l'un des saints patrons des jongleurs.
: allusion à la légende connue des deux jongleurs d'Arras à qui la Vierge donna un cierge.

19-20 : allusion à une légende mal explicitée. Il s'agit peut-être, d'après M. de Riquer, d'un écho d'une vieille anecdote sur Pindare, dont on sait qu'il fut en relations avec le roi de Macédoine Alexandre, qu'il chantait dans ses odes. C'est « en souvenir de ces relations de Pindare [assimilé ici à un jongleur] avec son ancêtre qu'Alexandre le Grand, au siècle suivant, épargna dans le sac de Thèbes la maison du poète lyrique ».

25-26 : allusion à un des principaux épisodes de la chanson de geste occitane *Daurel e Beton* : le jongleur Daurel préfère livrer son propre fils aux ennemis plutôt que le fils de son seigneur Bove.

40 : le roi est sans doute Pierre le Grand (cf. ci-dessus).

c
61. — VIADEIRA

Aiçò es viadeira

No'l prenatz lo fals marit,
Jana delgada !

No'l prenatz lo fals jurat,
Que pec es mal ensenyat,
Jana delgada.

No'l prenatz lo mal marit,
Que pec es ez adormit,
Jana delgada.

Que pec es mal ensenyat,
No sia per vos amat,
Jana delgada.

Que pec es ez adormit,
No jaga ab vos el lit,
Jana delgada.

No sia per vos amat,
Mes val cel qu'avetz privat,
Jana delgada.

No jaga ab vos el lit :
Mes vos i valrà l'amic,
Jana delgada.

(Texte de M. de Riquer) ([100]).

Traduction

Ceci est une viadeira

Ne le prenez pas ce faux mari, Jeanne délicate.
Ne le prenez pas, ce parjure, car c'est un sot mal
éduqué, *Jeanne délicate.*
Ne le prenez pas, ce mauvais mari, car il est sot
et endormi, *Jeanne délicate.*

Car c'est un sot mal éduqué ; qu'il ne soit point aimé de vous, *Jeanne délicate*.

Car il est sot et endormi : qu'il ne couche point avec vous dans votre lit, *Jeanne délicate*.

Qu'il ne soit point aimé de vous : mieux vaut celui que vous tenez en secret, *Jeanne délicate*.

Qu'il ne couche point avec vous dans votre lit : mieux vous y vaudra l'ami, *Jeanne délicate*.

NOTES

Alors que les autres pièces popularisantes de Cerveri (la *peguesca* et l'*espingadura*), de typologie indécise, ne sont connues que par notre seul poète, la *viadeira* est mentionnée dans un des deux traités poétiques anonymes du manuscrit de Ripoll. Elle y est décrite comme une pièce ayant un nombre non déterminé de *coblas*, mais ne dépassant guère un maximum de six. Ces *coblas* sont bâties sur 2 rimes suivies d'un refrain et précédées d'un *respos* de 2 vers introductifs. Les *Leys d'amor*, de leur côté, parlent de *viandela*, mais ne font au genre qu'une allusion rapide. Le nom de *viadeira* aurait été donné à ce type de pièces parce qu'elles étaient des chansons de route *(via)*.

On a proposé des rapprochements entre la présente *viadeira* et la *cantiga de amigo* galaïco-portugaise : ce qui est exact (le mot même de *viadeira* est de phonétique galicienne, non catalane). Mais il est inutile de supposer que Cerveri ait imité les jongleurs galiciens qui visitaient les cours de Catalogne. Il s'agit en fait d'une pièce de thématique et de procédés

métriques assez généralisés dans toute la poésie popularisante européenne. Nous retrouvons en effet
ici — comme dans l'*espingadura* d'ailleurs —, le
thème si fréquent et si populaire de la malmariée,
avec le traditionnel jeu contrasté entre le *mari* (péjo-
rativisé) et l'*ami*, qui connaît seul les bonnes grâces
de la jeune femme (cf. à ce sujet notre *Lyrique française*, I, chap. 2).
3-8 : nous donnons ici la division strophique de
     M. de Riquer. On pourrait considérer aussi la
     pièce comme une suite de 3 unités strophiques de
     8 vers, selon le schéma suivant .
            $A^7 \, B^{4'} \, c^7 \, c^7 \, B^{4'} \, a^7 \, a^7 \, B^{4'}$.
     On retrouverait ainsi les 8 vers traditionnels du
     rondet de carole et la division tristrophique
     fréquente dans les genres popularisants français
     comme la ballette et le vireli.
18-19 : noter que la rime est ici réduite à une simple
     assonance *(lit — amic),* ce qui serait exclu de
     la poésie savante; que, d'autre part, cette asso-
     nance même n'est possible qu'en catalan (en occ.
     lieit — amic).

XXXIII. GUIRAUD RIQUIER
(Guirautz Riquier)

Nous n'avons pas de *vida* de ce troubadour.
Né à Narbonne vers 1230, il fut d'abord protégé par
quelques bourgeois de sa ville natale, puis, en Espagne,
par Alphonse X de Castille. Revenu en Occitanie vers
1280, il fut soutenu par les comtes de Rodez, de Comminges et d'Astarac. Ses chansons, assez nombreuses,
furent écrites entre 1256 et 1280.

G. Riquier a été appelé « le dernier des troubadours ». En effet, malgré ce que cette affirmation peut avoir d'un peu trop catégorique ([101]), les efforts de notre troubadour furent insuffisants pour créer de nouveaux genres et maintenir l'ancien état d'esprit. Ce retardataire n'a pas su, ou n'a pas pu, renouveler la poésie courtoise, de plus en plus sclérosée dans le moule étroit de ses disciplines formelles. La lente substitution du lyrisme religieux au lyrisme courtois, de la Vierge à la Dame, substitution qui marqua la décadence de l'ancienne poésie d'oc, est déjà nettement visible dans ses chansons, surtout dans les dernières (1282-1289).

a
62. — SERENA

Ad un fin aman fo datz
Per si dòns respiègs d'amor,
E'l sazós, e'l luècs mandatz.
E'l jorns, qu'el ser dèc l'onor
5   Penre, anava pessius,
E dizia, sospiran :
« *Jorns, ben creisses a mon dan,*
E'l sers
Auci'm, e sos loncs espers. »

10   Tant èra l'amans cochatz
De la desiran ardor
Del jòi que l'èr autrejatz,
Qu'elh se dava gran temor,
Qu'al ser non atendés vius,
15   E dizia, sospiran :
« *Jorns... etc.* »

Nulhs òms non èra de latz
A l'aman, que sa dolor
No conogués, tant torbatz
Era ab semblan de plor,
20 Tant li èra'l jorns esquius :
E dizia, sospiran :
« *Jorns...* etc. »

Mout es grèu turmen astratz
A celh qu'ab nulh valedor
No's pòt valer! Donc gardatz
25 D'est aman, en qual langor
Era'l jorn, d'afans aizius;
E dizia, sospiran :
« *Jorns...* etc. »

(Texte de K. Bartsch) ([102]).

Traduction

A un amant fidèle, sa dame lui donna un délai
d'amour, fixant le temps et le lieu du rendez-vous. Et le
jour où, le soir venu, il devait obtenir grand honneur,
l'ami s'en allait pensif, et disait en soupirant : « Jour,
tu croîs pour mon dommage, et le soir me tue en me
faisant si longtemps attendre. »

L'amant était si impatient, si consumé du désir de
jouir de l'amour qu'on devait lui octroyer, qu'il crai-
gnait de ne point vivre jusqu'au soir. Et il disait en
soupirant : « Jour, tu croîs... »

Personne ne s'approchait de l'amant sans s'apercevoir de sa douleur, à en juger par son trouble et son
visage en pleurs, tant le jour lui était pénible. Et il
disait en soupirant : « Jour... »

335

Quel affreux tourment inflige la destinée à l'amoureux sans soutien! Pensez donc dans quelle langueur était notre amant tout le jour, accablé de chagrin. Et il disait en soupirant : « Jour, tu croîs pour mon dommage, et le soir me tue en se faisant si longtemps attendre. »

NOTES

La *serena* est un genre nouveau que G. Riquier essaya de mettre à la mode. Il doit son nom à la répétition du mot *ser-s* (soir) à la fin de chaque strophe qui forme refrain. Ce genre est évidemment calqué sur l'aube.

Quatre *coblas unisonanz* de 6 vers de 7 syll., suivies chacune d'un refrain récurrent de 3 vers de 7 et 2 syll. : *c* est *estramp*. Schéma métrique : $a^7 b^7 a^7 b^7 c^7 d^7 D^7 E^2 E^7$.

b
63. Retroencha

La primèira retroencha d'En Guiraut Riquier, facha en l'an MCCLXX

Plus astres no m'es donatz
Que de midòns bes m'eschaia,
Ni nulhs mos plazers no'l platz,
Ni ai poder que'm n'estraia,
5   Ops m'es qu'ieu sia fondatz
En via d'amor veraia;

E puesc n'apenre assatz
En Cataluenha la gaia,
Entre'ls Catalans valens
10   *E las dònas avinens.*

Quar dompneis, prètz e valors,
Jòis e gratz e cortesia,
Sens e sabers et onors,
Bèlhs parlars, bèla paria,
15   E larguesa et amors,
Conoissensa e cundia
Tròban mantenh e secors
En Cataluenha a tria,
Entre'ls Catalans valens
20   *E las dònas avinens.*

Per qu'ieu ai tot mon acòrt
Que d'elhs lurs costums aprenda,
Per tal qu'a mon Bèlh Depòrt
Done razon, que m'entenda,
25   Que non ai autre conòrt
Que de murir me defenda,
Et ai còr, per penre pòrt,
Qu'en Cataluenha atenda,
Entre'ls Catalans valens
30   *E las dònas avinens.*

E s'ieu entr'elhs non aprenc
Çò per qu'amors gazardona
Servir als sieus, don dan prenc,
No'i a mas qu'òm me rebona;
35   Quar tant d'afan ne sostenc
Que m'a gitat de Narbona,

337

        E per gandir via tenc
        En Cataluenha la bona,
        Entre'ls Catalans valens
40   *E las dònas avinens.*

        Tan sui d'apenre raissós
        Çò que d'amar ai falhensa,
        Que nulhs pessars no m'es bos
        Mas celh qu'als verais agensa;
45   E quar no'l sai, ad estrós
        Vau per bona entendensa
        Querre e trobar cochós
        En Cataluenha valensa,
        Entre'ls Catalans valens
50   *E las dònas avinens.*

        (Texte d'A. Cavaliere-M. de Riquer) ([103]).

Traduction

La première rotrouenge de Guiraud Riquier, faite en l'an 1270.

Puisque mon destin ne veut pas que de ma Dame me vienne quelque bien, et puisque aucun de mes plaisirs ne lui plaît, et que je n'ai pas le pouvoir de renoncer à elle, il faut bien que je m'instruise sur le chemin de l'amour véritable; et là, je puis en apprendre beaucoup en Catalogne la joyeuse, *parmi les Catalans valeureux et leurs dames gracieuses.*

Car le service des dames, le prix et la valeur, la joie, le bon gré et la courtoisie, la raison, le savoir et l'honneur, les belles paroles, l'agréable compagnie, la largesse et l'amour, la connaissance et le charme : tout

338

cela trouve soutien et secours *parmi les Catalans valeu-reux et leurs dames gracieuses.*

J'ai donc mis toute ma résolution à apprendre leurs coutumes, afin de donner à mon *Bel Deport* quelque raison pour qu'elle m'entende; car je n'ai pas d'autre réconfort qui puisse m'empêcher de mourir, et j'ai le désir, pour arriver à bon port, de me rendre en Cata-logne, *parmi les Catalans valeureux et leurs dames gracieuses.*

Et si je n'apprends point parmi eux ce pourquoi l'amour récompense ceux qui le servent — source de mon dommage —, il ne me reste plus qu'à me faire ensevelir : car j'endure une douleur telle qu'elle m'a fait fuir de Narbonne, et pour m'y soustraire je me mets en route vers Catalogne la vaillante, *parmi les Catalans valeureux et leurs dames gracieuses.*

Je suis si soucieux d'apprendre ce qui me fait défaut en amour qu'aucune autre pensée ne m'est agréable que celle qui plaît aux vrais amants; et comme je ne le sais pas, je m'en vais sans plus attendre, pour en être éclairé, chercher et trouver, en toute hâte, secours en Catalogne, *parmi les Catalans valeureux et leurs dames gracieuses.*

NOTES

Cet éloge des Catalans et de la Catalogne, dans le cadre de la *fin'amor* et de la courtoisie, a été écrit en 1270, au moment où Guiraud s'apprêtait à quitter Narbonne pour les cours espagnoles, en particulier catalanes. La pièce est une des trois *retroenchas* de notre

troubadour. Nous avons déjà fait allusion (cf. n.º 41)
à ce type lyrique, à vrai dire assez mal cerné. Il est
vraisemblablement d'origine française (fr. *rotrouenge*)
et n'apparaît en occitan que vers 1220. De toute
façon, la typologie du genre, définie par les *Leys d'amor*
et autres traités, semble bien s'écarter de celle de la
rotrouenge française, plus popularisante, et dont les
structures sont proches de celles de la ballette et du
vireli ([104]). Chez les troubadours, il s'agit en fait de
pièces dont le nom seul rappelle l'origine : la présence
d'un refrain post-strophique étant pratiquement le
seul trait formel qui les distingue de la *canso*.

Cinq *coblas singulars* de 8 vers de 7 syll., suivies d'un
refrain récurrent de 2 vers. Schéma métrique : a⁷ b⁷'
a⁷ b⁷' a⁷ b⁷' C⁷ C⁷. Mélodie conservée (cf. p. 391).

XXXIV. *Anonyme*
64. — AISSI M'AVÉ CUM A L'ENFAN PETIT

Aissí m'avé cum a l'enfan petit
Que dins l'espelh esgarda son visatge
E'i tast'adès e tan l'a assalhit
5   Tro que l'espelhs se franh per son folatge,
Adonca's pren a plorar son damnatge :
Tot enaissí m'avia enriquit
Us bèls semblans, qu'èr an de mi partit
Li lauzengier per lor fals vilanatge.

E per çò ai conqués gran consirier
10   E per çò tem perdre sa drudaria,
Et aissò'm fai chantar per desirier;
Car la bèla tan m'a vencut e'm lia
Que per mos òlhs tem que perda la via

Com Narcisi, que dedins lo potz cler
15 Vi sa ombra e l'amèt tot entier
    E per fòl'amor morí d'aital guia.

    Be fora de son perdó cobeitós,
    Car l'an de mi fals lauzengiers partida :
    Deus lor do mal, car ses los enojós
20 Agra gran gaug de leis e gran jauzida!
    Membre'us, bèla, la douss'ora grazida
    Que'm fetz baisar vòstras bèlas faissós :
    Aissò'm ten en esperansa joiós
    Que nòstr'amors sia per be fenida.

25 A la bèla t'en iràs, ma chansós.
    E digas li que, çai sui de jòi blos,
    Si no'm revé qualsque bona jauzida.

                        (Texte d'I. Frank) ([106]).

Traduction

Il en est de moi comme du petit enfant qui dans le
miroir contemple son visage; il le touche sans cesse et
tant l'assaille que le miroir se brise à cause de sa folie :
et que l'enfant se met à pleurer son dommage; ainsi
m'avait comblé un doux visage que les lausengiers,
par leur fausseté et leur vilenie, ont maintenant séparé
de moi.

C'est pour cela que j'en ai tiré grande douleur et
que j'ai peur de perdre son amour, mais pour cela
aussi que je chante de désir, car ma Dame m'a si
bien vaincu et enchaîné que je crains de perdre la vie à
cause de mes yeux : tel Narcisse qui dans le puits clair
vit son ombre et l'aima de tout son être. Ainsi,

341

par son fol amour, mourut-il de cette manière.

Certes, je serais désireux de son pardon, car les lausengiers perfides l'ont séparée de moi : que Dieu les maudisse car sans ces importuns j'aurais d'elle grande joie et grand plaisir ! Souvenez-vous, belle Dame, de l'heure douce et bénie où vous m'avez permis de baiser votre parfait visage : c'est ce qui cause ma joie, avec l'espérance que notre amour connaîtra une heureuse fin.

Tu te rendras, ma chanson, auprès de ma belle Dame, et tu lui diras que je suis ici privé de joie, tant que je n'aurai pas d'elle quelque bonheur qui me redonne vie.

NOTES

Canso anonyme et de tradition manuscrite mal assurée, dont le principal intérêt est de montrer, par un exemple concret, les rapports étroits qui lient souvent la lyrique des troubadours à celle des *Minnesänger* allemands. Notre pièce a en effet été imitée de très près par le *Minnesänger* Heinrich von Morungen (...1190-1222), ce qui permettrait de la dater aux alentours du XIIe-XIIIe s. Voici d'ailleurs les quatre premiers vers de la chanson allemande et la traduction de toute la strophe :

Mir ist geschehen als einem kindelîne,
    daz sîn schoenes bilde in einem glase gesach
unde greif dar nâch sîn selbes schîne
    sô vil, biz daz ez den spiegel gar zerbrach.

(Il en est de moi comme du petit enfant qui dans un

342

miroir contemplait son image gracieuse, et si longtemps fut saisi de son propre reflet qu'il finit par briser
le miroir tout entier. Alors toute sa joie se mua en une
douloureuse détresse. C'est ainsi que, moi aussi, je
croyais toujours vivre joyeux, lorsque je vis ma dame
bien-aimée, qui me fit connaître la joie, mais aussi
une douleur bien grande).

Trois *coblas singulars* de 8 vers de 10 syll., suivies
d'une *tornada* de 3 vers. Schéma métrique :
$a^{10} b^{10}, a^{10} b^{10}, b^{10}, a^{10} a^{10} b^{10},$

XXXV. *Le Roman de Flamenca*

Le poème de *Flamenca* est, avec le roman arthurien
de *Jaufré* (10.956 vers, vraisemblablement de la fin
du XIIᵉ siècle), une des rares œuvres qui nous soient
restées de la production romanesque occitane. On
frémit d'ailleurs en pensant que ce joyau de la littérature médiévale aurait pu nous être totalement inconnu,
puisqu'il n'est conservé que dans un seul manuscrit,
déposé à la Bibliothèque municipale de Carcassonne.
C'est un roman de 8 085 vers octosyllabiques à rimes
plates, selon la technique habituelle, mais privé du
début et de la fin. Son auteur, un clerc lettré, comme le
prouvent des allusions diverses et savantes (à la Bible,
aux auteurs anciens, aux romans du cycle arthurien
et au *Roman de la Rose*), paraît avoir vécu dans l'entourage de la famille de Roquefeuil, seigneurs d'une
importante baronnie aux confins de l'Aveyron, du
Gard et de la Lozère.

Comme pour *Jaufré*, la date du roman est incertaine :
vers 1240/50 d'après A. Jeanroy, vers 1272 d'après
Ch. Grimm. Mais les arguments de ce dernier, tout

ingénieux qu'ils soient, ne sont pas convaincants ([106]), et la première date proposée est de loin la plus vraisemblable. Quoi qu'il en soit, le roman est postérieur à *Jaufré* et probablement au premier *Roman de la Rose*, de Guillaume de Lorris, avec lequel il présente certaines analogies.

Mais *Flamenca* n'est pas qu'un poème de didactique amoureuse; c'est aussi un roman, avec son intrigue et ses péripéties, et précisément fondé sur un thème qui n'est qu'accessoirement courtois : celui du *Castiagilós* (châtiment du jaloux). Ce thème, vraisemblablement d'origine popularisante, se retrouve ailleurs dans la littérature occitane, comme dans le *Castia-Gilós* de Raimon Vidal de Besalú ou la *Nouvelle du Perroquet* d'Arnaud de Carcassès. Il rejoint dans une certaine mesure celui de la *malmariée*, également populaire, et a pu, lui aussi, passer dans la poésie courtoise. Qu'on pense, par exemple, au lai de *Yonec*, de Marie de France.

En gros, l'argument de *Flamenca* est simple. Pour punir son mari de manifester sans cesse une mesquine jalousie, (le jaloux a enfermé son épouse dans une tour, comme la pucelle d'*Yonec*), la jeune femme le trompe effectivement avec celui qui sera son libérateur, Guillaume de Nevers. De plus, elle s'en fait un mérite, pensant de bonne foi que, son mari ayant enfreint vilainement les lois courtoises, son acte trouve en lui-même sa propre justification.

Mais pourquoi cet extrait de roman dans une anthologie lyrique?

Parce que, parallèlement à son indéniable intérêt romanesque, *Flamenca* représente sans doute la codification la plus minutieuse et aussi la plus totale (puisque postérieure à la grande époque troubadouresque), d'un art d'aimer qui a été le fondement de cette lyri-

que. Nulle part ailleurs en effet, la dialectique *fin'
amors / amour vulgaire,* latente certes mais souvent
ambiguë chez les troubadours, ne se révèle avec une
telle rigueur, quasi philosophique. Comme tous les
« arts d'amour », dont l'essence est sans doute de *venir
après,* parce qu'ils exigent un certain détachement
par rapport à leur objet, *Flamenca* témoigne déjà d'un
recul nécessaire face au fait courtois. D'où une systématisation qui va beaucoup plus loin que celle des
genres didactiques antérieurs ou contemporains *(ensenhamenz)* et, *a fortiori,* des poèmes strictement lyriques.
Cette systématisation étant à priori beaucoup plus
facile à exposer dans le cadre formel, narratif et didactique du roman, que dans les strophes, très élaborées
et musicales, de la chanson. Plus facile d'un côté, plus
malaisée de l'autre, car la *fin' amors à deux* est plus
difficilement intégrable : les *fins amants* romanesques
se trouvant placés presque par définition dans une
situation de présence effective l'un par rapport à
l'autre, avec une nécessaire dialectique de comportement, inutile dans le pur message lyrique; la dame y
étant toujours projetée dans un éloignement poétique
qui lui confère tout son mirage de valorisation. Le
splendide isolement de la plainte lyrique devait donc
fatalement s'accommoder, dans un roman d'amour,
des impératifs d'une double présence et de la réciprocité des sentiments. Pourtant, beaucoup mieux que dans
le *Lancelot* de Chrétien de Troyes, la *fin' amor* est
parvenue à elle seule, dans *Flamenca,* à soutenir jusqu'au bout la texture du roman : sans doute parce
qu'elle y a trouvé en même temps sa codification la
plus parfaite. Moins pesant, moins pédant, moins
allégorique, moins scolastique que la deuxième partie
du *Roman de la Rose* qui lui est postérieure d'une

trentaine d'années, le roman de *Flamenca*, de par son
équilibre interne, tout fait de discrétion et de mesure,
est à la fois un des plus beaux romans d'amour et
l'art d'aimer le plus précieux du moyen âge ([107]).

65. — ART D AIMER

Los uèlhs li baisa e la cara
Et aissí doussamen l'esgara,
Dreitz òlhz, que tota la dolor
6540   Li trais del còr, e tal doussor
Li don' Amors ab cel esgart
Que non sen mal vas nulha part.
E dec o faire per rason,
Car mot dec al còr saber bon
6545   Aitals doussors que l'òlhz adutz;
Car tant es granda sa vertutz
Qu'ensems fai viure dos coratges,
Si que rics còrs ni nulhz coratges
. . . .
6550   Mas cascús a l'autre soplïa;
Car cilz doussor tan doussa es
Qu'uèi non es motz que la pogués
Far entendre perfiechament;
Car a grans penas mais l'entent
6555   Entendementz, que sol concebre
Moutas res que non sap percebre
Aurelha, ni lenga parlar;
E per çò vuèlh dir e mostrar
Que cil doussors, ques al còr tocha
6560   Per òlhz, val mais que cil de bocha :
Plus fina es e plus entièra;
E prèc qu'entendatz la carrièra.

Cascuns en si mezeis consire
De qual guisa o vuèlh eu dire;
6565 Quar, si com ieu dic, non es motz
Que fezés entendre a totz,
Mais per ombra e per semblansa
Ne dirai qualque demostransa.
Quan dui aman fin et coral
6570 Dregz òlhz s'esgaron per egal,
En dreg amor, mon eissïent,
Tan granz jòis al còr lur deissent
Que fi doussors que d'aquí nais
Lur revén tot lo còr e pais.
6575 E l'uèlh, per on treva e passa
Cil doussors ques el còr s'amassa,
Son tan lïal que nulha ren
Negús a sos òps non retén.
Mais la boca no's pòt tener,
6580 Quan baisa, que del bon saber
A sos òps quesacom non prenga
Avan que ren al còr ne venga.
E'l baisar que sa boca pren
Es fermansa que cascuns sen
6585 Lo fin jòi ques Amors lur dona.
Non cal que ja plus o espona,
Car totz òm ques am finament
E non pren autre jauziment
Mais los esgartz simples e purs...
6590 Plus dousses e plus saborós
Qu'eu non sai dir ni òm entendre,
Si totz tems i devia entendre
Er ab mi d'aicest jutjamen,
S'enaissí com ieu o entén.
6595 Mai cil autre que baisar pòdon
A lur guisas, e puissas ròdon

Adès entorn per las faissòlas,
Non s'azauton d'aitals escòlas.
Mais tals n'i a cui non covén
6600 Lo jòi d'amor que d'uèlhz lur ven
Neguna sazon oblidar,
Ni per tener ni per baisar.
Car ren non sabon neis ques es,
Mais tan com razons e mercés
6605 E consïensa lur ensenha
Que baisars es vera antressenha
Del jòi que fin' Amors apòrta
Per òlhz, per cui a faita pòrta
Clara e pura e luzent,
6610 On si ve e's mira sovent,
Quan vai ni ve dins ni defòra,
E d'un còr en autre s'encòra.
E fai cels còrs tan encorar
L'us en l'autre ques acorar
6615 Pensa cascús quan l'autre 'il falh
S'adès no'l ve sus el miralh
On lur desir los fai venir,
Baisar, abrassar e tenir
E tan sotilmens esgauzir
6620 Que tot pensar e tot consir
Laisson aitan com aissò dura.
Et anc non ac bon' aventura
D'amor qui dobta tant ni quan
Qu'aicist douçors aissí non an ([108]).

Traduction

Elle lui baise les yeux et le visage et le regarde si doucement, les yeux dans les yeux, qu'elle lui enlève du

cœur toute douleur; et Amour, dans ce regard, lui donne une telle douceur qu'il ne sent plus de mal nulle part. Et c'est par raison qu'Amour le fit, car elle est délicieuse au cœur, cette douceur que l'œil amène; et le pouvoir d'Amour est si grand qu'il fait vivre ensemble deux âmes, si bien que tout noble cœur et tout sentiment...

Mais chacun se soumet à l'autre; car cette douceur est si douce qu'il n'est mot de nos jours qui la puisse faire comprendre parfaitement. C'est à grand peine si l'entendement la comprend mieux, lui qui est seul à concevoir bien des choses que l'oreille ne saurait percevoir ni la langue nommer. Et c'est pour cela que je veux dire et montrer que la douceur qui touche le cœur par les yeux vaut mieux que celle qui passe par la bouche : elle est plus pure et plus parfaite. Remarquez bien, je vous prie, le chemin qu'elle suit! Et que chacun réfléchisse en lui-même à la manière dont je vais le dire. Car, je le répète, il n'est point de mots qui le fassent entendre à tout le monde. Mais par allusion et figure, j'en donnerai quelque démonstration.

Quand deux amants purs et sincères se regardent, les yeux dans les yeux comme deux égaux, ils ressentent à ma connaissance, selon le véritable amour, une telle joie dans leur cœur, que la douceur qui y prend naissance leur ranime et nourrit tout le cœur. Et les yeux, par où passe et repasse cette douceur qui envahit le cœur, sont si loyaux qu'aucun des deux n'en retient rien à son profit. Tandis que la bouche, elle, ne peut s'empêcher, dans un baiser, de garder à son avantage un peu de cette douce saveur avant qu'il n'en parvienne quelque chose au cœur. Et le baiser que prend la boucle est une garantie pour chacun des amants qu'il ressent la joie sincère que l'amour lui donne. Il n'est pas utile que je m'étende davantage : car tout homme qui aime de fine amour, et ne prend d'autre plaisir que dans des regards simples et purs, — plus doux et plus délectables que je ne saurais dire ou faire comprendre, même si j'y devais penser toujours, — portera le même jugement que moi, s'il entend les choses comme je le fais. Quant aux autres, qui peuvent prendre un baiser quand il leur plaît, et tournent ensuite pour ôter la ceinture des femmes, ils n'auront aucun plaisir à cet enseignement. Mais il en est d'autres qui ne sauraient jamais oublier la joie d'amour qui pénètre par les yeux, ni dans l'étreinte ni dans le baiser. Car ils ne savent pas autre chose que ce que Raison, Merci et Conscience leur enseignent : que le baiser est le véritable signe de la Joie que le parfait Amour apporte par les yeux, dont il a fait une porte claire, pure et lumineuse où il se voit et se mire souvent, quand il va et vient, dedans, dehors et pénètre d'un cœur à l'autre. Et il rend ces cœurs si pleins l'un de l'autre, que chacun pense défaillir quand l'autre lui manque s'il ne le voit aussitôt dans le miroir où leur désir les fait venir s'embrasser, se baiser, s'étreindre et prendre joie si subtile qu'ils en oublient toute pensée et tout souci tant que dure leur plaisir. Et il faut croire qu'il n'eut jamais bonne aventure d'amour celui qui doute tant soit peu que nos amants n'éprouvent une telle douceur.

NOTES

6650-68 : Description classique, selon les métaphores
    traditionnelles, du processus de l'*enamorament*.

Le regard, de la seule dame chez les troubadours, des deux amants ici, frappe comme avec un dard, et c'est par les yeux que la flèche atteint le cœur. C'est par les yeux, essentiellement, que passe l'*influx* subtil qui va d'un cœur à l'autre. Il y a là une « physique » de l'amour que l'entendement même ne peut comprendre : d'où la nécessité, pour le poète, de s'expliquer symboliquement, *per ombra e per semblansa* (par allusions et par symboles).

6569-74 : On voit que le *jòi*, en l'occurrence, est absolument indépendant du plaisir sensuel, mais « une sorte d'échange des cœurs — les amants se regardent dans les yeux, « échangent » leurs regards — *au niveau de la perception visuelle;* mais le cœur est intéressé à cette union, d'une façon encore plus « pure » que dans l'échange rituel proprement dit. La douceur d'aimer est goûtée presque *in abstracto* avant même qu'elle ne soit parvenue au cœur » (v. 6572-74) : cf. R. Nelli, *op. cit.*, p. 102.

6572-82 : Nous retrouvons ici le rôle fondamental des yeux, qui ne doivent être, s'ils sont loyaux, que « la porte claire, pure et lumineuse » par laquelle passe l'influx subtil qui pénètre jusqu'au cœur (v. 6608-12). En un mot, le *fin amant* ne doit attacher aucune sensualité au regard qui n'est qu'un « passage », et non une fin en soi. Ce qui est également vrai de la bouche, mais dans une moindre mesure puisque, dans le baiser, elle ne peut s'empêcher de garder pour elle-même une partie de la *douce saveur* dont la seule destination est, en principe, le cœur.

6513-84 : On voit ainsi que le baiser, comme l'*osculum* du serment féodal, est en même temps une garantie juridique (*fermansa*) de la réciprocité de la joie d'amour. Comme l'expriment les v. 6606-08, « le baiser n'est que le vrai signe de la joie que le pur amour communique par les yeux ».

6587-6602 : Distinction fondamentale de l'art d'aimer troubadouresque et, en général, courtois, poussée ici jusqu'à une précision dialectique. C'est cette codification minutieuse et savante, nous l'avons dit, véritable *somme* de la matière amoureuse des troubadours, qui revêt le roman de *Flamenca*, entre autres choses, d'un intérêt tout particulier.

6613-6621 : Ces vers illustrent assez bien l'ambiguïté psycho-sentimentale du *jòi* d'amour et, partant, les analyses souvent contradictoires qu'on en a faites. Ainsi, dans un contexte qui peut paraître délibérément érotique (cf. les termes *desir*, *baisar*, *abrassar*, *tenir*, *esgauzir*, perte de la conscience *aitant com aissò dura*), on a le sentiment, en même temps, d'une purification, qui vient de la plénitude des cœurs, et de la transparence du regard, et qui mène à une joie subtile (*sotilment esgauzir*), bien au-dessus des vulgaires jouissances.

XXXVI. Les joies du gai savoir
(Las jòias del gai saber)

On désigne de ce nom la poésie florale couronnée à Toulouse, aux xive et xve siècles, par le *Consistòri del Gai Saber* ou *Sobregaia Companhia dels sèt trobadors de Tolosa*. Les prix attribués étaient des fleurs symboliques, d'abord la violette, puis l'églantine et le souci, chacune réservée en principe à un genre déterminé.

De toute la production couronnée (environ 450 pièces), on ne conserve guère que 90 poèmes, qu'on peut trouver dans trois compilations manuscrites, la plus importante (60 pièces) étant celle d'un mainteneur, Guilhem de Galhac, dont la carrière nous est connue de 1446 à 1464. Non seulement le compilateur transcrit les poésies primées de son temps, mais il réussit également à en sauver quelques-unes de l'époque antérieure : le registre, qui porte son nom, nous a en effet transmis sept compositions du XIVe siècle contre une soixantaine du XVe [109].

La très forte majorité de ces pièces (39 sur 60) est constituée de poèmes religieux ou moraux : dissertations sur des points de dogme, exhortations chrétiennes et surtout hymnes à la Vierge. On voit donc que, malgré leur profession de foi, les mainteneurs n'ont gardé que des liens assez lâches avec les « bons et anciens troubadours », surtout dans les dernières années du *Consistoire*. L'amour, et surtout la *fin' amor* y a pratiquement disparu [110] et les caractéristiques formelles des genres, si précises au XIIe siècle, sont constamment bouleversées. Si les anciennes dénominations demeurent : *chanson*, *vers*, *planh*, *sirventés*, *dansa*, *pastourelle*, ç'est souvent sans aucune rigueur et, semble-t-il, un peu au hasard : il y a par exemple une pastourelle, où n'apparaît ni berger ni bergère, et qui n'est qu'un poème politique. Enfin, la richesse rythmique de l'ancienne production troubadouresque a fait place, sauf dans les *dansas*, à l'emploi presque exclusif du vers décasyllabique, désormais considéré comme propre aux genres élevés.

En fait, l'ancienne poésie, d'aristocratique qu'elle était avant tout, est devenue bourgeoise. Sur trente-sept auteurs connus par exemple, il y a cinq marchands, cinq « étudiants » ou « collégiaux », trois « maîtres en médecine », trois membres du clergé séculier, deux moines, deux nobles, les autres étant des gens de loi.

Sans être aussi sévère qu'A. Jeanroy, dont les jugements sur cette poésie ne sont pas toujours dénués d'un certain apriorisme esthétique et d'une vision un peu étroite des problèmes, nous devons reconnaître qu'il s'agit là d'une poésie décadente et en général médiocre : ce qui s'explique aisément par son manque d'insertion total dans le nouveau contexte socio-culturel. Il était en effet fatal que l'ancienne poésie de cour ne pût donner que dans la platitude en passant des sphères aristocratiques à une bourgeoisie qui cherche à *maintenir*, contre vents et marées, un art désormais artificiel et académique. Le grand chant troubadouresque s'est figé en une poésie de survivance et de notables.

Est-ce à dire pourtant que la rupture a été totale avec les grands ancêtres? Cela n'est pas sûr. Avant de se prononcer en effet, il faudrait tenter une analyse serrée, au niveau de la langue et du style, de ces pièces tardives. Même si la thématique, dans son ensemble, en est fort différente, même si les traditions formelles en sont souvent bouleversées, il est à présumer que la formulation de détail, les schèmes d'expression les plus divers ont vraisemblablement leurs prototypes chez les poètes des XIIe et XIIIe siècles. Il y a là une sorte de fluide formel qu'il appartiendrait de suivre de près. Une discrimination plus systématique en outre, devrait être faite entre le XVe siècle et le XIVe, ce siècle qui fait le pont entre « la dernière génération poétique » et les premières manifestations de la poésie florale. Ce n'est peut-être pas pour rien que les divers registres des *Jeux Floraux* ont surtout conservé des pièces du xve siècle ([111]).

Et puis enfin, cette constance à toute épreuve, cet esprit de *maintenance*, jusqu'aux confins du xve siècle, d'un lyrisme qui n'a pas su, ou n'a pas pu, renaître de ses cendres, parce que trop attaché à ses propres valeurs, ou parce qu'on l'avait coupé de ses racines, a quelque chose d'émouvant : émouvant en soi, de par ses maladresses et ses naïvetés mêmes, où l'on retrouve parfois encore la sincérité du cri; émouvant aussi, et surtout, par cet aspect crépusculaire qui marque la fin d'une grande aventure lyrique. Mais le xvie siècle est proche. Et le lyrisme d'oc, désormais coupé d'une gloire qui était devenue une entrave, saura s'engager sur d'autres voies.

Nous choisissons à dessein deux pièces très différentes, et assez caractéristiques en soi : la première, du xive s., encore fidèle à l'esprit des troubadours; la seconde, au contraire, inspirée par des événements contemporains (la grande famine de 1433), et dont les accents poignants et réalistes, la rudesse de forme, nous reposent un peu de l'académisme des autres.

a
66. — Chanson

Per aquest vèrs per coblas unissonans le nòble Moss'
En Pèire de Monlasur, cavalièr, gasanhèc la violeta,
a Tolosa, l'an MCCCLXXIII.
De far un vèrs soi èras ben d'acòrt
Per fin'amor, pensant del gai saber,
Car e subtil, que dona gran plazer
Als aimadors, jòi, solatz e depòrt.

5   E cel que vòl d'amor prètz conquistar
    En totz sos faitz deu vicis esquivar,
    Amant de còr verai, e gen servir
    E mercejar si dòns, e'ls bens grazir,
    Sufrén los mals, car enaprès afans,
10 Amb bon efòrts pòt èsser benanans.

    Qui vòl d'amor lèu venir a bon pòrt
    No vuèlha dir a negun son voler,
    Ni declarar çò que'l pòt dan tener,
    Car fòls parlars soven percura mòrt :
15 Savis es doncs qui fug a fòl parlar,
    E fòls qui ditz çò que fai a celar,
    E qui sos jòis secretz no sap tenir
    E'ls mals e'ls bes passar amb gent cobrir
    No sèc lo còrs que far deu fis aimans
20 Que vòl sofrir en patz los pros e'ls dans.

    Fizèls amors dona gaug e confòrt
    A cel que fai de valer son poder,
    Segon que val gardan prètz e dever,
    Car falhir pòt si's fai de major sòrt
25 Que far no deu, per fòl otracujar,
    Car assatz fai qui's defén a son par,
    Per que no's deu amb pus fòrt aramir;
    Mas cel que's vòl de fin' amor jauzir
    Sia verais e fis, ses totz engans,
30 Aishí de còrs com mostra per semblans.

    Totz òm verais se pòt dar bon conòrt
    Car Amors vòl aiman fi retener
    Franc ez umil e'l fai sobrevaler
    E l'ergulhós no vòl en son ressòrt.

356

35 Doncs, fis aimantz se deu umilïar
    E bon secors querer e sopleiar,
    Umils, aclís, a si dòns obezir
    Entièramen, volontós de morir
    Anz que falhís contra los sieus comans,
40 Car cel que fai mòlt fai estar celans.

    Fòls cobeitós par cel que vòl a tòrt
    Conquerir çò qued elh no's tanh aver,
    E qui tròp vòl montar deu bas cazer,
    Com cel que's vòl guerrejar amb pus fòrt
45 De si meteis, tot per sobremontar.
    Per que tot òm se deu amesurar
    En totz sos faitz, gardan se de falhir,
    E temps e lòcs esperar e sofrir,
    Car tròp cochar tòl mai en un sol lans
50 Que reparar no's pòt ges en VII ans.

    Mos bèls Captenhs, d'auta valor, ses par,
    Flors de jovent, miralh de fin prètz car,
    La vòstr' amors me fai rejovenir
    E'ls bèls parlars e'l plazent aculhir
55 Me tènon gai, Flors gentils, agradans :
    Per qu'ieu vos soi fizèls, umilïans.

    Pros coms Gastó, jamais no'm vuèlh partir
    De vos lauzar, anz me deu abelir,
    Quar vòstre prètz sobre totz es montans,
60 Comtes e ducs, marqués ez amirans (¹¹²).

Traduction

De faire un « vers » je suis maintenant bien résolu,
au nom du pur amour et en pensant au gai savoir,

357

raffiné et subtil, qui donne aux amants grand plaisir, joie, consolation et délassement. Mais celui qui veut, en amour, conquérir le prix, doit éviter les vices en toutes ses actions, aimer de cœur sincère, servir noblement sa dame et implorer sa merci, être reconnaissant des biens et supporter les maux : car après les tourments, si ses efforts sont bons, il pourra se sentir bienheureux.

Qui veut, en amour, arriver vite à bon port, ne doit manifester à personne ses intentions, ni révéler ce qui peut lui porter préjudice, car de folles paroles peuvent souvent causer la mort : il est donc sage celui qui évite les folles paroles, et fou celui qui dit ce qu'il convient de cacher; et quiconque ne sait tenir secrètes ses joies, et traverser maux et biens en les dissimulant avec élégance, ne suit pas la voie que doit suivre le fidèle amant, qui veut supporter en paix les biens et les dommages.

Fidèle amour donne joie et réconfort à qui met tous ses efforts à valoir, en tenant compte [toutefois] du prix et des devoirs qui conviennent à sa valeur propre; car il peut faillir celui qui, par folle outrecuidance, se fait passer pour supérieur à ce qu'il doit paraître. Il fait déjà bien assez celui qui se défend contre son égal : il n'a pas besoin de s'attaquer à plus fort! Qui veut jouir du pur amour doit donc être véridique et sincère, et être dans son cœur tel qu'il se montre.

Tout homme sincère peut se donner bon espoir, car Amour sait retenir à lui l'amant sincère, franc et modeste, et le faire survaloir. Mais il n'accepte pas l'orgueilleux sous sa loi. L'amant véritable doit donc s'humilier, implorer et supplier le bon secours de sa dame, être humble, soumis, et lui obéir entièrement, consentant à mourir plutôt que de contrevenir à ses commandements. Car qui se comporte [selon ces préceptes], est toujours parfaitement discret (?).

Follement convoiteux paraît celui qui veut, à tort, conquérir ce qui ne lui sied pas de posséder; car qui veut monter trop haut devra tomber très bas, tout comme celui qui veut se battre avec plus fort que lui, pour monter plus haut qu'il ne doit. Tout homme en effet doit observer la mesure dans toutes ses actions, se gardant bien de faillir, et patienter en attendant le temps et le lieu : car une trop grande hâte enlève plus en une seule fois que ce qu'il serait possible de réparer en sept ans.

Mon Beau Soutien, de haute valeur, sans pareille, fleur de jeunesse, miroir de mérite, fin et précieux, votre amour me fait rajeunir et vos douces paroles, votre agréable accueil, noble et charmante fleur, me maintiennent joyeux : c'est pour cela que je suis envers vous fidèle et plein d'humilité.

Preux Comte Gaston, jamais je ne cesserai de vous louer : j'ai au contraire plaisir à le faire, car votre mérite surpasse tous les autres, comtes et ducs, marquis et amiraux.

NOTES

Cette pièce est vraisemblablement la plus représentative des quelques rares poèmes amoureux de la compilation de Galhac (cf. aussi les pièces XXXVI, LVI et LXI). Quoique tardive en effet (1373), elle se distingue nettement des trois autres pièces, qui lui sont en gros postérieures d'un siècle, par le fait qu'elle témoigne encore d'une indéniable influence de la *fin' amor* troubadouresque. Nous retrouvons là l'indispensable discrimination que nous avons faite plus haut entre le XIVe et le XVe siècle. Cette influence saute aux yeux et nous n'en présenterons que les traits principaux.

Dans la thématique d'abord. Tous les *topiques* médiévaux s'y retrouvent fidèlement : la joie d'amour, la sincérité dans l'amour, la patience à supporter les maux, la discrétion, la dialectique du « profit » et du « dommage », le sens de la mesure et de *Paratge* l'antithèse de l'humilité et de l'orgueil, la soumission totale à la dame, etc. C'est à peine si une petite allusion au *gai saber* (v. 2) et, peut-être, à la *fleur* (v. 52 et 55) laisse pressentir une composition destinée au Consistoire.

Dans l'expression et la terminologie qui sont encore figées selon la tradition : *fin' amor, cor verai, gent servir, Sufren los mals, si dòns, afans, fols parlars, fis aimans, prètz, valer, bèls parlars, plazent aculhir*, etc.

Canso encore très classique : six *coblas unisonanz* de 10 vers de 10 syll. Pas de *tornada :* l'envoi est inclus dans la dernière strophe. Schéma métrique : a¹⁰ b¹⁰ b¹⁰ a¹⁰ c¹⁰ c¹⁰ d¹⁰ d¹⁰ e¹⁰ e¹⁰.

30 : pour la pensée exprimée ici, cf. *supra*, v. 24-5-6 :

33 : *sobrevaler.* Encore un terme-clef et une valeur de la *fin' amor* troubadouresque : l'amour est une école de dépassement moral, à condition que l'amant sache garder les qualités indispensables : la sincérité et l'humilité devant la dame. Noter aussi les termes-clefs *umiliar, bon secors* (= *merces*), *umils, aclis, a si dons obesir*, etc.

39 : *falhís* : imparf. subj. (et non prés. ind.), amené par *anz que*, « avant que ».

40 : vers obscur. La tradition manuscrite est incertaine : on lit en effet *fai*, de *faire*, peut-être amené par le *fai* qui suit, et *falh*, de *falhír*, en relation de sens avec le *falhís* qui précède. De toute façon, la trad. de Noulet (« car celui qui les enfreint, il faut qu'il soit très habile à dissimuler ») ne présente guère de sens. Nous comprenons : « car celui qui fait (ainsi), c'est-à-dire agit selon les préceptes de la *fin' amor* dont on vient de parler, est très discret » : *celans* (ou *celador*) est ici un adjectif. Quant à *fai estar*, c'est une périphrase verbale pour *està*.

44 : Pour cette idée de se mesurer avec plus fort que soi, ce qui n'est que folle outrecuidance, cf. v. 27.

52 : Pour cette paraphrase, dans la *descriptio puellae*, des litanies de la Vierge (si fréquentes par ailleurs dans les pièces florales), cf. nº 4, v. 129-135.

57 : *Gastó*. Le destinataire de l'envoi a été mal identifié. Si la date fournie par le manuscrit est exacte (1373), il ne saurait être question, comme le voulait Chabaneau, de Gaston II (1315-43), dont une pièce fut effectivement couronnée par le Consistoire, mais du célèbre Gaston Phébus (1343-91).

67. — CHANSON

Aquesta cançon fèc Martin de Mons, marchand de Tolosa, per A B C l'an M.CCCC.XXX.III, que valia le quarton del blat XVI escutz d'aur ([113]).

A   Amb dolor, plen de tristessa,
      Volh cantar per marriment,
      Vesent la crusèl destressa
      Que'l pòble caitiu, dolent,
  5 Suferta la nuèit e dia,
      Car non tròban que manjar
      Per la carèstia que'ls lia,
      Que tots les fa tremolar.

B   Veg que manjan, com salvatges,
 10 Erbas d'amaras sabors,
      E cridan per los boscatges,
      Com plens de totas dolors :
      « Sénher Dieu, misericòrdia!
      Tramet nos brèument l'estiu;
 15 De ta patz e ta concòrdia
      An aquest pòble caitiu. »...

D   D'autres van, de pòrta en pòrta,
      Las almoinas demandant,
      Mas pauca gent les cofòrta,
 20 Per la sofraita qu'es grand.
      Mentre que n'avètz aisina,
      Abondatz i vòstres bes;
      Sostenètz la gent mesquina,
      Que son crusèlment sosmés.

E 25 En aul temps, es meritòria
L'almoina, quand òm la fa :
Qui de Dieu vòl aver glòria,
Lavetz la pòt conquistar.
Senhors, prelatz d'estat nòble,
30 Borgés, merchands de valor,
Vulhatz sostenir lo pòble
Que languís en grèu dolor.

F Fam es crusèl, descausida,
E'n mena tròps a la mòrt;
35 Senhors, tenètz los a vida
E vulhatz lor dar cofòrt;
Après, trobaretz ubèrta
La pòrta del naut secret,
Si a la paubra gent desèrta
40 Metètz vòstre bon decret.

G Gents que vivètz de la braça,
Pregatz Dieu per los senhors,
Membre'us la grand fam que'ns lassa;
Ondratz les laboradors;
45 Non parletz del mal lengatge
Qu'avètz usat long temps a,
Quand per vòstre grand otratge,
Cridavatz : sac ça, sac ça!...

Y Ieu no sé lo mond com visca,
50 Vesent la grand paubretat,
Senes que lo ric partisca,
Ansí com Dieus a mandat,
Amb lo paubre, coma fraire :
Que'l tòlga la crusèl fam,
55 Mandament ten del Salvaire,
Quand creèt lo paire Adam...

M   Mants ribauds s'arrigolavan,
         Al temps qu'èra bon mercat,
         Que trebalhar non denhavan,
 60   Anz mespresavan le blat;
         Non volian plegar l'esquina
         Quand s'amassavan de bes :
         Dieus les ne mostrèt doctrina,
         L'an quatre cents trenta tres.

N 65 Nòbles senhors, no'us sovenga
         De lor granda malvestat;
         Dieus perdonèt de sa lenga
         Cel que trauquèt lo costat;
         Si volètz glòria plenièra,
 70   Fatz lo mandament de Dieu,
         I assignarà vos cadièra,
         Quand vendretz al regne sieu...

Q   Qui vic jamès tal carèstia!
         Que no's tròba un denièr
 75   D'ostal, de camp, ni de bèstia,
         Ni saudada, ni loguièr.
         Dieus a tramés la sentença,
         Que vòl esproar los rics,
         E per la desconoissença
 80   Qu'an mostrada les mendics...

S   Sénher Dieu, per ta noblesa,
         Qu'en la crotz volguès morir,
         Estén la tua grand franquesa,
         No laisses lo mond perir,
 85   Nonobstant mesconoissença
         Qu'es en nos e grand pecat,
         Per la tua granda clamença,
         Ajas de nos pïetat...

U	Umils Verges, coronada,
90	Maire de nòstre Senhor,
	Vos qu'ètz tostemps avocada
	Per lo pòble pecador,
	Vulhatz tenir la procura
	Davant lo vòstre car Filh,
95	Qu'en aquesta grand fraitura
	Gardatz siam de tot perilh.

X	Excellent Verges Maria,
	Ròsa, sus totas las flors,
	Fatz donar almoina pia
100	Al pòble fòrt dolorós;
	Pergud' an tota la fòrça,
	No's pòden plus sostenir,
	Tant la crusèl fam los fòrça;
	Vulhatz los far provesir.

Y 105	Ivèrn, a grand malanança,
	A tot le pòble destrut,
	Que non es en lor poissança
	De cobrar nula vertut;
	Non sè com façan las òbras,
110	Tan son caitius e languits :
	Plàci' a vos, senhors e dònas,
	Que los paubres sian ausitz!... (114)

NOTES (115)

Cette longue complainte de 24 coblas, dont nous ne donnons que des extraits, a été écrite par Martin de Mons à propos de la grande famine de 1433, sur laquelle l'histoire est restée muette, puisque les annalistes de Toulouse n'y font aucune allusion. Quelle que soit la virulence de ton de ce véritable *sirventés*, l'auteur n'a pu s'abstenir de certaines jongleries formelles, comme cette disposition « abécédaire » des strophes dont chaque lettre initiale suit l'ordre alphabétique. Concession à l'académisme des Jeux Floraux, sans doute? Il est pourtant intéressant de constater que la pièce ne fut pas présentée aux concours et que c'est vraisemblablement à titre de document historique que Galhac l'a transcrite dans sa compilation.

57-64 : Les ribauds méprisaient le blé quand il était bon marché et qu'il fallait plier l'échine pour le ramasser (*los bes* désigne ici les récoltes). Mais maintenant Dieu les a punis car le blé vaut 16 écus d'or le quarton (quatre setiers). L'article *le* dans *le blat*, est l'article toulousain.

68 : allusion à Longin. C'est lui qui perça le flanc du Sauveur d'un coup de lance et se convertit après la Passion. Il subit le martyre à Césarée de Cappadoce, dans le courant du 1er siècle.

97 : *Excellent*. Le ms. porte *Xselen*. Cet artifice graphique a pour seul but de commencer par un *x*, de gré ou de force, la *cobla* qui, selon l'ordre alphabétique, l'exigeait.

ANNEXES

LES CHANSONNIERS MUSICAUX

Le répertoire musical de la lyrique courtoise occitane est relativement maigre : si plus de 2 500 textes poétiques nous sont encore connus (¹), nous possédons la musique pour seulement 260 chansons environ (²). Avec toutes les variantes, ce sont à peine 342 mélodies qui sont parvenues jusqu'à nous.

Les principaux chansonniers qui nous transmettent ces mélodies sont au nombre de quatre :

— Ms. G, Milan, Bibliothèque Ambrosienne, ms. R. 71 supra. Écrit au XIVᵉ siècle en Italie du Nord, 81 mélodies.

— Ms. R, Paris, Bibliothèque Nationale, ms. français 22543. Écrit au XIVᵉ siècle en Languedoc, 161 mélodies.

— Ms. X, Paris, Bibliothèque Nationale, ms. français 20050. Écrit vers le milieu du XIIIᵉ siècle en France du Nord, 23 mélodies.

— Ms. W, Paris, Bibliothèque Nationale, ms. français 844. Écrit au XIIIᵉ siècle en France du Nord, 46 mélodies.

Tous ces manuscrits ont été copiés bien après l'époque où fleurit la *canso* troubadouresque : le décalage entre l'époque de création des chansons et leur consi-

367

gnation peut aller ainsi d'une vingtaine d'années jusqu'à plus d'un siècle.

Un seul manuscrit (R) est occitan, un autre (G) est italien, les deux autres (W, X), enfin, sont français : dans trois manuscrits sur quatre la langue occitane est corrompue, adaptée au dialecte du copiste, ce qui pose au chanteur actuel la question du choix du texte : faut-il choisir la langue du manuscrit et respecter l'adaptation de la mélodie au texte, faut-il au contraire adapter la musique à un texte parfaitement établi?

La notation musicale présente aussi un certain nombre d'incertitudes :

— imprécision rythmique : l'absence quasi générale de signes de mesure laisse à penser qu'il faut classer cette musique comme *musica immensurata*, pour reprendre l'expression du théoricien médiéval Jean de Grouchy [3].

— imprécision encore quant à la mélodie inventée par le troubadour, étant données — pour une même chanson — les divergences mélodiques existant d'un manuscrit à l'autre. Remarquons cependant que notre premier mouvement, celui de se demander quelle est la mélodie exacte inventée par le poète musicien, n'a que peu de sens pour l'homme médiéval, fort peu fétichiste à l'égard de la chanson, celle-ci se modifiant sensiblement par son mode de transmission, l'oralité, ainsi que par les gloses ou les erreurs du copiste.

— Absence enfin de toute indication d'accompagnement instrumental; plus qu'une incertitude, il s'agit ici d'une véritable lacune, dans la mesure où elle vient contredire, au moins par omission, les témoignages iconographiques et littéraires : le troubadour, comme son jongleur, sont parfois représentés chantant ou déclamant sans soutien instrumental, mais de nombreuses miniatures les montrent aussi jouant d'un instrument.

Ces incertitudes révèlent ainsi avec beaucoup de netteté la situation difficile dans laquelle se trouvent aujourd'hui musicologues et musiciens.

LES TRANSCRIPTIONS MUSICALES

La présentation

Bien que le texte poétique soit écrit dans les manuscrits en lignes ininterrompues, nous avons choisi de mettre en relief la structure versifiée de la chanson, en allant à la ligne pour chaque vers. Le texte littéraire commande ainsi la disposition : les mélodies sont présentées suivant les unités poétiques élémentaires du vers et de la syllabe.

En ordonnée, les sigles v.1, v. 2, v.3, ... désignent les vers.

En abcisse, les chiffres arabes, 1, 2, 3, ... désignent les syllabes.

Généralement utilisée par les musicologues dans l'analyse mélodique, cette « procédure » de segmentation qui se rapproche aussi de celle sous-jacente à la conception de la *divisio cantus* de Dante ([4]), permet ici la compatibilité de la présentation musicale avec celle des textes de la présente anthologie.

La notation

Cherchant à donner une grande fiabilité à la transcription, nous avons écarté l'interprétation modale, trop sujette à caution ([5]). Les mélodies sont donc ici transcrites suivant le système le plus « neutre » possible

371

au point de vue rythmique : de simples points sur portées (• pour les neumes d'un son; $\widehat{\bullet\bullet}$, $\widehat{\bullet\bullet\bullet}$ pour les groupes neumatiques). Toutefois les *plicae* des notations carrées de type français (W, R), sont transcrites selon la méthode de H. Van der Werf :

$$\text{⟩} \, , \, \text{⟨} \; = \; \text{♪} \; ; \quad \text{⊔} \, , \, \text{⊔} \; = \; \text{♩}^{(6)}$$

afin de souligner leur rôle d'ornement.

Les barres de silence verticales dispensées dans plusieurs manuscrits (notamment G et R) et marquant en général les points forts de la métrique sont notées à la place exacte que leur assignent les chansonniers.

Les altérations du manuscrit sont indiquées dans la transcription devant la note qu'elle modifie selon toute vraisemblance. Quand nous sommes intervenu en rétablissant par conformité à la théorie médiévale les altérations qui nous semblaient manquantes, celles-ci ont alors été mentionnées entre parenthèses.

Quoique les scribes médiévaux utilisent surtout deux clés : *ut* et *fa*, nous avons choisi, par commodité de lecture (les hauteurs mélodiques n'ayant au moyen âge rien d'absolu), la clé de *sol*.

N° 1. — Ben feira chansós plus soven...

ms. G. (Milan, Biblioteca Ambrosiana, R 71 *supra*), fol. 59 r°.

Structure mélodique : A B C D E F G H G'.

Unicum.

BERTRAND DE BORN

Nº 2. — RASSA, TAN CREIS E MONTA E PÒJA...
ms. R (Paris, B.N., fr. 22543), fol. 6 vº.

Structure mélodique : A B C D C' E C'' F C''' G.
Unicum.

ANONYME

Nº 9. — A L'ENTRADA DEL TEMPS CLAR...

ms. X (Paris, B.N., fr. 20050), fol. 82 vº.

Structure mélodique : A A' A A'' B refrain : CDE.

Unicum.

375

N° 14. — QUAN LO RIUS DE LA FONTANA...

ms. R (Paris, B.N., fr. 22543), fol. 63 v°.

Structure mélodique : A B A B C B' D.

Unicum.

N° 15. — Lanquan li jorn son lonc en mai...

ms. X (Paris, B.N., fr. 20050), fol. 81 v°.

Structure mélodique : A B A B' C D B''.

Autres sources musicales :
— ms. R (Paris, B.N., fr. 22543), fol. 63 v°.
— ms. W (Paris, B.N., fr. 844), fol. 189 v°.

N⁰ 17. — Dɪʀᴀɪ ᴠᴏs sᴇɴᴇs ᴅᴜᴘᴛᴀɴsᴀ...

ms. R (Paris, B.N., fr. 22543), fol. 5 v⁰.

Structure mélodique : A B C D E F.

Unicum.

378

RIGAUTZ DE BERBEZILH

N° 21. — ATRESSÍ COM PERSAVAUS...
ms. X (Paris, B.N., fr. 20050), fol. 85 r°.

Structure mélodique : A B C D E F G H I J K.

Unicum.

(1) Le texte de X présente ici une syllabe supplémentaire. Nous avons dû contracter la mélodie pour l'adapter au texte donné dans cette anthologie.

Nº 23. — QUAND VEI LA LAUSETA MOVER...
ms. G (Milan, Biblioteca Ambrosiana, R 71 *supra*),
fol. 10 rº.

Structure mélodique : A B C D E F G H.

Autres sources musicales :
— ms. R (Paris, B.N., fr. 22543), fol. 56 vº.
— ms. W (Paris, B.N., fr. 844), fol. 190 vº.

(1) Le ms. G présente une certaine ambiguïté en ce qui concerne l'adaptation de la mélodie au texte : le vers 5, de 8 syllabes, présente 9 positions mélodiques. Nous avons ici contracté
les 2e et 3e neumes sur la seconde syllabe, afin de faire ressortir
l'exclamation *Ailas*,, très ornée, l'opposant au reste du vers,

BERNARD DE VENTADOUR

N° 25. — LA DOUSSA VOTZ AI AUZIDA...
ms. R (Paris, B.N., fr. 22543), fol. 57 v°.

Structure mélodique : A B A A' C D E F.

Autre source musicale :
— ms. X (Paris, B.N., fr. 20050), fol. 89 r°.

(1) Le texte de R présente une rime diphtonguée : cossir*ier*,
à laquelle correspond la rime mélodique :

N° 29. — Reis gloriós verais lums e clartatz...

ms. R (Paris, B.N., fr. 22543), fol. 8 v°.

Structure mélodique : A A B C D.

Unicum.

N° 34. — Lo ferm voler qu'el còr m'intra...

ms. G (Milan, Biblioteca Ambrosiana, R 71 *supra*), fol. 73 r°.

Structure mélodique : A B C D E F.

Unicum.

ARNAUD DANIEL

Nº 35. — CHANSON DO'LH MOT SON PLAN E PRIM...

ms. G (Milan, Biblioteca Ambrosiana, R 71 *supra*), fol. 73 vº.

Structure mélodique : A B C D E F G H I.

Unicum.

Nᵒ 41. — Jᴀ ɴᴜʟs ᴏ̀ᴍ ᴘʀᴇs ɴᴏɴ ᴅɪʀ̀ᴀ sᴀ ʀᴀᴢᴏɴ...

ms. PaO (Paris, B.N., fr. 846), fol. 62 vᵒ.

Structure mélodique : A B A B C D E.

Remarque :

Le texte proposé dans la présente anthologie est une contrefacture occitane de la chanson de Richard Cœur-de-Lion : *Ja nuns hons pris ne dira sa raison...* La mélodie de cette pièce n'est conservée que par la tradition française. Pour plus d'informations sur les chansonniers de trouvères où la chanson est consignée avec sa musique, voir Rᴀʏɴᴀᴜᴅ-Sᴘᴀɴᴋᴇ..., nᵒ 1891.

La version mélodique choisie est tirée du chansonnier Cangé (PaO). Elle présente, ce qui n'est pas le cas de toutes les chansons du manuscrit, une modalité rythmique ambiguë (cf. M.-D. POPIN, *Gaucelm Faidit. Étude stylistique des mélodies*, Thèse pour le doctorat de 3ᵉ cycle, dactylographiée, Strasbourg, 1974, pp. 158-166). Nous avons ici préféré le système de transcription neutre. Pour une transcription modale, voir J. BECK, *Le chansonnier Cangé*, Corpus Cantilenarum Medii Aevi, Paris, Champion et Philadelphie, The University of Pennsylvania Press, 1927, t. II, p. 144, nº 152.

Nº 43. — FÒRTZ CHAUSA ES QUE TOT LO MAJOR DAN...
ms. X (Paris, B.N., fr. 20050), fol. 87 rº.

Structure mélodique : A B C D E F G H I.

Autres sources musicales :

— ms. G (Milan, Biblioteca Ambrosiana, R 71 *supra*), fol. 29 vº.

— ms. W (Paris, B.N., fr. 844), fol. 191 vº.

— ms. η (Le Vatican, Biblioteca Apostolica, Reg. Christ. 1659), fol. 89 vº.

N⁰ 44. — A CHANTAR M'ÈR DE ÇÒ QU'EU NO VOLRIA...

ms. W (Paris, B.N., fr. 844), fol. 204 r⁰-v⁰.

Structure mélodique : A B A' B C D B.

Unicum.

RAIMBAUD DE VAQUEIRAS

Nº 45. — Calenda maia...
ms.R (Paris, B.N., fr. 22543), fol. 62 rº.

Structure mélodique : A B C A B C D D' E E F E E F'.

Unicum.

N° 50. — Bèl m'es qu'ieu chant e coindei...

ms. R (Paris, B.N., fr. 22543), fol. 83 v°.

Structure mélodique : A B C D E F F G H.

Unicum.

Nº 63. — Pus astres no m'es donatz...

ms. R (Paris, B.N., fr. 22543), fol. 110 vº.

Structure mélodique : A B A B C D C' E F F'

Unicum.

NOTES

Les genres — Les poètes

(1) Cf. notre *Langue occitane*, Paris (« Que sais-je? »), 4ᵉ éd., 1978, pp. 88-90.

(2) Pour cette caractéristique de l'*aquitano-pyrénéen*, cf. notre *Langue occitane*, pp. 54 sq.

(3) Il apparaît évident que, dans le poème de Raimbaud d'Orange, par exemple, que nous donnons (pièce nᵒ 26), les rudes effets allitératifs ne sont possibles que grâce à une articulation concertée des consonnes finales.

(4) Nous verrons plus loin que la dénomination de *vers* persiste jusqu'au XVᵉ s., dans les poésies couronnées par les *Jeux Floraux*.

(5) Pour une étude détaillée de la structure de la *cobla* et de l'enchaînement des rimes, cf. Jeanroy, *La Poésie Lyr.*, II, p. 74 sq.

(6) Les troubadours dissimulent très souvent l'identité de leur protecteur et tout particulièrement de leur Dame sous un nom de fantaisie appelé *senhal*. Ex. : *Bel Rai* (Beau Rayon), *Bel Vezer* (Belle Vue), *Mon Desir*, *Fin Joi* (Pure Joie), *Bel Esper* (Bel Espoir), *Bel Paradis*, etc.

(7) *Les poésies des quatre troubadours d'Ussel*, Paris, 1922, p. 27.

(8) On a proposé de ce terme plusieurs étymologies, toutes rattachées au radical *serv-* de servir. La plus plausible est celle qui veut que le sirventés ait été, du moins à l'origine, composé par un *sirven* (serviteur) en l'honneur et au profit de son maître N'oublions pas en effet que le troubadour dépend souvent,

matériellement, de son protecteur et qu'il a tout intérêt à être son fidèle interprète.

(9) Le sirventés est parfois calqué sur une chanson.

(10) Comme exemples de *sirventés*, voir aussi, plus loin : B. de Born *(Be'm platz...)*; P. Cardenal (les deux poèmes); Sordel *(Planh sur la mort de Blacatz)*. Pour la galerie de portraits, cf. 22.

(11) Cf. *Poésies complètes de Bertran de Born*, Toulouse, 1888, p. 104.

(12) Le *planh* de Sordel sur la mort de Blacatz, que nous donnons plus loin, est en réalité un pur sirventés.

(13) Les auteurs des *planhs* sont souvent les anciens protégés de leur héros; il est donc assez naturel qu'au deuil, plus ou moins sincère, qu'ils ressentent, vienne se mêler parfois une toute prosaïque crainte quant à la *largueza* de leur futur protecteur.

(14) Pour un exemple de *planh* musical, cf. nº 43.

(15) *Op. cit.*, p. 28. Attribution douteuse : cette pièce ne se trouve que dans deux manuscrits, dont l'un l'attribue à Peire Vidal. Mais on peut considérer, avec A. Thomas, « qu'il n'y a aucune raison sérieuse pour contester à B. de B. la paternité d'un des plus beaux *planhz* que nous ait laissés la littérature provençale ».

(16) *Les Saluts d'amour du troubadour Arnaud de Mareuil*, Toulouse, Privat, 1961, p. 71.

(17) Voici quelques exemples des questions débattues (cf. Jeanroy, *La Poésie Lyr.*, II, p. 264) :
— L'amant et l'amante ont-ils l'un sur l'autre des droits égaux?
— Un parfait amant doit-il désirer suivre sa dame dans le tombeau ou lui survivre?
Ces questions sont parfois assez extravagantes comme celles-ci : Lequel est le mieux, aimer qui vous hait, ou haïr qui vous aime?, ou celle qui est à la base du partimen que nous donnons ici.

(18) Cette distinction n'est pas toujours observée dans la réalité; le mot *tenson*, terme générique, est souvent aussi appliqué au *partimen;* mais la réciproque n'est pas vraie, du moins à la bonne époque.

(19) L'identification du *Bernart* de la tenson à Bernard de Ventadour n'est pas certaine.

(19 *bis*) Manque le quatrième vers de la *cobla*.

(20) Cf. *Chrest.*, p. 141; éd. : C. Appel, *B. von Ventadorn*,

seine Lieder mit Einleitung und Glossar, Halle, 1915, p. 278; M. Lazar, *B. de V.*, *Chansons d'amour*, Paris, 1966, p. 194.

(21) Nous ne donnons que la traduction de ce partimen de 93 vers, fort ennuyeux mais caractéristique du genre; on en trouvera le texte dans Bartsch, *Chrest.*, p. 155, et, avec quelques variantes, dans l'anthologie d'Aud.-Lav., p. 203.

(21 *bis*) La présence du guetteur est empruntée à la coutume médiévale de faire surveiller, la nuit, les abords des châteaux et des villes fortes. Le guetteur, placé au sommet d'une tour, chantait pour combattre le sommeil et, au matin, annonçait le retour du jour par un cri ou une sonnerie de cor.

(22) Nous avons un autre exemple d'aube dans le poème de G. de Borneil donné plus loin (n° 29).

(23) Cf. *La pastourelle dans la poésie occitane du Moyen Âge*, Paris, 1923, p. 34.

(24) Cf. *Chrest.*, p. 101.

(25) *Chrest.*, p. 111.

(26) Le refrain est probablement répété après le premier et le troisième vers de chaque strophe.

(27) Cf. *Chrest.*, p. 245.

(28) Cf. *Die Lieder des Trobadors G. d'E.*, Fribourg, 1915, p. 30.

(29) On sait le rôle de premier plan que ce troubadour *bifronte* a joué dans la genèse de la lyrique d'oc.

(30) Cf. *Les Chansons de Guillaume IX, duc d'Aquitaine*, C.F.M.A., Paris, 1927, p. 26.

(31) *Op. cit.*, p. 24.

(32) Cf. *Les Chansons de Jaufre Rudel*, C.F.M.A., Paris, 1915, p. 3.

(33) *Op. cit.*, p. 12. Musique : cf. p. 377.

(34) Cf. *Chrest.*, p. 49; éd. Dr J.-M.-L. Dejeanne, *Poésies complètes du troubadour Marcabru*, Toulouse, 1909, p. 3.

(35) *Op. cit.*, pp. 77-88.

(36) Cf. *Les poésies de C.*, Paris, C.F.M.A., rééd. 1966, pp. 1-4.

(37) Cf. *Les poésies de B.M.*, Paris, C.F.M.A., 1929, pp. 30-32.

(38) Cf. *Das Leben und die Lieder des Trobadors P.R.*, Berlin, 1882, p. 52 sq.

(39) Cf. *R. de B. Liriche*, « Bibl. di Fil. Rom. », Bari, 1960, pp. 134 sq.

(40) Nous donnons ici la traduction d'une strophe supplémentaire qui apparaît dans quelques manuscrits, mais qu'un des

derniers éditeurs de Rigaud (Varvaro) juge d'authenticité douteuse.

(41) Cf. P. d'A., *Liriche*, Torino, 1955, pp. 119-127.

(42) On a émis l'hypothèse que le poème aurait été composé, probablement en 1170, à l'occasion d'une fête donnée à la cour d'Aliénor d'Aquitaine ou d'Alphonse VIII de Castille. Dans ce cas, les douze troubadours dont il est fait mention auraient effectivement assisté à la fête.

(43) Pour cette question, voir la pertinente mise au point de Mme Rita Lejeune, dans *Rev. de Lg. et Litt. d'Oc*, n°s 12-13 (1965), pp. 35-54.

(44) « Il a de Pétrarque la suave harmonie, mais non les puérils concetti; de Lamartine, la mélancolie pénétrante, mais non la molle fluidité; de Musset, au moins çà et là, l'accent tragique et profondément humain... S'il eût écrit dans une langue moins déshéritée, il y a longtemps qu'il aurait pris place, lui aussi, parmi les grands classiques de l'amour. » (Jeanroy, *Poésie lyr.*, p. 140).

(45) Cf. *Chrest.*, p. 64; éd. K. Appel, *op. cit.*, p. 250.

(46) Cf. *Chrest.*, p. 62; éd. Appel, *op. cit.*, p. 258.

(47) Cf. *B. de V.*, *Chansons d'amour*, Paris, 1966, pp. 190-193.

(48) Cf. *The Life and Works of the Troubadour R. d'O.*, University of Minnesota, Minneapolis, 1952, p. 199.

Nous avons pensé que le seul moyen de « faire passer » cette pièce en français, sans trop trahir le dynamisme poétique d'une recherche formelle très spécifique, consistait en un véritable transfert linguistique : transfert portant sur les rythmes, l'épaisseur sémantique et la place des mots-clefs, les diverses allitérations enfin, avec leurs rugosités voulues. Nous croyons que cette transposition est en l'occurrence plus *fidèle* qu'une traduction trop fidèle, et finalement plus didactique.

(49) Noter aussi la variante alternée *trenca/trenque*.

(50) Pour le topique du monde renversé *(adynaton)* au Moyen Age, cf. E. R. Curtius, *La littérature européenne et le Moyen Age latin*, Paris, 1956, pp. 117 sq.

(51) Cf. Peire d'Alvernhe :
> *De josta'ls breus jorns e'ls loncs sers.*

Et Rambaud lui-même (pièce 7) :
> *Al prim que'il timi sorz en sus*
> *E pel cim prim fuèlh del branquilh*, etc.

Cf. aussi Aimeric de Belenoi :
> *Al prim pres dels breus jorns braus.*

(52) *Op. cit.*, pp. 155 sq.

(53) Cf. *Die provenzalischen Dichterinnen*, Leipzig, 1888. Slatkine Reprints, 1975, pp. 16-17.

(54) Cf. *Les Troubadours*, p. 93.

(55) Cf. *Sämtliche Lieder des trobadors Giraut de Bornelh*, Halle, 1909, p. 342.

(56) Cf. *Prov. Chrest.*, p. 63 ; éd. : A. Kolsen, *op. cit.*, p. 58 .

(57) *Op. cit.*, I, pp. 334 sq.

(58) *G. de B.*, 2 vol., Abadía de Poblet, 1971, II, pp. 130-133.

(59)   *Ab Arnaut Daniel son sèt*
          Qu'a sa vida ben non cantèt
          Mas us fòlhs motz qu'òm non entend;
          Pus la lèbre ab lo buòu cassèt
          E contra suberna nadèt,
          No valc sos chanz un aguilent.

(60) *ju miglior fabbro del parlar materno : Purg.* XXVI, 117.

(61) « Un exercice de mystique verbale quí, parti du mot à la rime, le plus allusif de tous, se propage en quelque sorte à rebours dans tout le vers, pour y susciter un spectacle d'un réalisme intense ».

(62) Cf. *Poésies d'Arnaut Daniel*, Annales du Midi, Toulouse, XXII, 1910, p. 300. Éd. récente : G. Toja, *Arnaut Daniel, Canzoni*, Florence, 1961, p. 271.

(63) *Sens douteux :* nous donnons ici l'interprétation de R. Lavaud. A. Berry, avec Raynouard, traduit : « Son cœur est placé si haut au-dessus du mien que je désespère de l'atteindre » : c'est négliger le sens bien précis de *s'eisaurar*, en corrélation avec celui de *sobretracimar* et avec l'idée contenue dans la fin de la 2e strophe : l'interprétation de R. Lavaud semble préférable.

(64) *Sens douteux :* nous donnons ici l'interprétation de R. Lavaud qui commente : « Métaphore tirée de l'usurier, qui finit par accaparer les biens et la personne de son débiteur. » A. Berry traduit, librement : « Elle m'a comblé de tant de dons que je ne saurais faire autre chose, pour lui en payer les intérêts, que de lui abandonner ma personne et mes biens. »

(65) *Op. cit.*, p. 375.

(65 *bis*) En ce qui concerne cette transposition poétique en français moderne, nous renvoyons à ce que nous avons dit à propos de la pièce de Raimbaud d'Orange (cf. *supra*, n° 26).

(66) Nous avons déjà analysé un procédé semblable dans la

chanson de Raimbaud d'Orange (cf. *supra* n° 26). Noter, ici encore, la variante phonétique alternée *ongla/oncle*.

(67) Parmi les imitateurs modernes, on peut citer les poètes occitans Max Rouquette et Jean Mouzat.

(68) *Op. cit.*, pp. 194-203.

(69) Cf. *Le troubadour Folquet de Marseille*, Cracovie, 1910, p. 109.

(70) Pour ce genre poétique, voir n° 4.

(71) Cf. *Les poésies lyriques du troubadour Arnaut de Mareuil*, Paris, 1935, p. 100.

(72) Éd., p. 133.

(73) Éd., pp. 131-132.

(74) Sur cette question, voir l'article d'E. Köhler, *Sens et fonction du terme « jeunesse » dans la poésie des troubadours*, « Mélanges Crozet », 1966, pp. 569-583.

(75) Cf. *Nouvelle anthologie des troubadours*, Paris, 1928, pp. 173-176.

(76) Cf. M. de Riquer, *Los Trovadores*, pp. 752-754.

(77) Voici la première strophe d'un des originaux français :
> *Ja nus hons pris ne dira sa raison*
> *Adroitement, s'ensi com dolans non,*
> *Mais par confort puet il faire chançon.*
> *Mout ai d'amis, mais povre sont li don.*
> *Honte en avront, se por ma rëançon*
> *Sui ces deus yvers* pris!

(78) La mélodie n'est conservée que sur la version française.

(79) Cf. *Les poèmes de G. F., troub. du XIIᵉ s.*, Paris, 1965, p. 474.

(80) *Op. cit.*, pp. 415-424.

(81) Cf. *Chrest.*, p. 71. Ed. : G. Kussler-Ratyé, *Les chansons de la comtesse de Die*, « Archivum Romanicum », t. I, pp. 164-168.

(82) Cf. *The poems of the troubadour Raimbaut de Vaqueiras* La Haye, Mouton, 1964, p. 185.

(83) *Op. cit.*, pp. 191-198.

(84) Cf. *Les poésies de Peire Vidal*, Paris, C.F.M.A., 1913, p. 60. Ed. récente : A.-S. Avalle : Peire Vidal, *Poesie*, 2 vol., Milano-Napoli, 1960, p. 164.

(85) Cf. *Chrest.*, p. 111. Cf. Anglade, *op. cit.*, p. 40; Avalle, *op. cit.*, p. 224.

(86) *Peire Vidal, Poesie*, « Documenti di Filologia », Milan-Naples, 1960, pp. 99 sq.

(87) Cf. *Les poésies du troubadour R. de M.*, Paris, 1971, pp. 301-309.

(88) Cf. M. de Riquer, *Los Trovadores*, pp. 1203-1206.

(89) Cf. *Die provenzalischen Dichterinnen*, Leipzig, 1888. Slatkine Reprint Genève, 1975, pp. 23-24.

(90) Cf. *Jongleurs et troubadours gascons*, C.F.M.A., Paris, 1957, p. 71.

(91) Pour les *Problèmes musicaux et littéraires du Descort*, cf. J. Maillard, *Mél. de Ling. et de Litt. rom. à la mémoire d'István Frank*, 1957, pp. 388-409.

(92) Cf. *Vita e poesie di Sordello di Goito*, Halle, 1896, p. 153. Nouvelle éd. : M. Boni, *Sordello. Le poesie*, Bologne, 1950.

(93) Cf. *Chrest.*, p. 175; *éd.* : R. Lavaud, *Poésies complètes du troubadour Peire Cardenal*, Privat, p. 530.

(94) Cf. *Chrest.*, p. 173 et R. Lavaud, *op. cit.*, p. 490.

(94 *bis*) Expression idiomatique de sens douteux. R. Lavaud, dans sa monumentale édition critique de P. Cardenal, traduit : « Il vend la truie au marché... » et commente : « ... veut-il dire [ce proverbe] qu'on a toujours tort de vendre au marché la truie — et non pas seulement ses jeunes gorets — car c'est une source de revenu plus durable dont il vaut mieux ne pas se séparer? Ce sens me paraît en dernier lieu préférable; j'avais songé un instant à celui-ci : « il garde (il met en vente) la truie sur le marché, — c'est-à-dire — la truie étant un animal difficile à garder en pareil lieu, — il a un rôle ingrat et fâcheux ».

(95) Cf. *Les poésies de Guilhem de Montanhagol*, troubadour provençal du XIIIᵉ siècle, Toronto, 1964, p. 84.

(96) Cf. *La lírica religiosa en la literatura provenzal antigua*, Pamplona, 1972, pp. 134-143.

(97) Cf. *Obras completas del trovador C. de G.*, Barcelona, 1947, pp. 3-5.

(98) *Trois* « *unica* » *du troubadour catalan Cerveri (dit de Girona)*, extrait de *Romania*, nº 305, pp. 75-77.

(99) Cf. *Obras completas*, pp. 233-236 et *Los Trovadores*, pp. 1583-1586. Noter les catalinismes graphiques : *conoix* (= *conois*), *companyó* (ms. *compayno*), *eixamen* (= *eissamen*), etc.

(100) *Op. cit.*, pp. 1-3.

(101) A. Jeanroy préfère, et à juste titre, l'appeler « le dernier des poètes de cour ».

(102) Cf. *Chrest.*, p. 282; éd. J.-L. Pfaff, vol. IV des *Werke der*

Troub. de Mahn, Paris, 1875. — éd. des chansons : U. Mölk, *Guiraut Riquier. Las Cansos,* Heidelberg, 1962.

(103) Cf. M. de Riquer, *Los trovadores,* pp. 1615-1617.

(104) Cf. ma *Lyrique française,* I, chap. xii.

(105) Cf. *Trouvères et Minnesänger,* Universität des Saarlandes, 1952, pp. 113 sq.

(106) Cf. Charles Grimm, *Étude sur le roman de Flamenca,* Paris, 1930, pp. 85 sq.

(107) Pour l'analyse de *Flamenca* vue sous cet angle, nous renvoyons le lecteur à la fine étude de René Nelli : *Le roman de Flamenca, Un art d'aimer occitanien du* xiiie *siècle,* Toulouse, 1966.

(108) Éd. R. Lavaud-R. Nelli, *Les troubadours,* Desclée de Brouwer, 1960, vol. 1, pp. 980-986.

(109) Cf. Éd. A. Jeanroy, Toulouse (Privat), 1914.

(110) Qu'on lise par exemple ce passage des *Leys d'Amors,* émanation directe du Consistoire (éd. Gatien-Arnoult, t. III, p. 124) : « Si le trouveur chante une femme non mariée, et lui exprime son amour, que ce soit pour la disposer à devenir son épouse, ou pour induire quelque autre homme, par la diffusion de ses mérites, à la rechercher en mariage. Si elle est déjà mariée, que ce soit pour célébrer ses vertus et bonnes mœurs et en répandre la renommée. » Nous sommes là aux antipodes de la *fin' amor!*

(111) Il ne faut pas oublier, par exemple, que le xive siècle voit encore se manifester un poète comme Raimon de Cornet, dont la carrière poétique s'étend de 1324 à 1340 environ et dont l'œuvre, abondante et variée, nous montre à la fois un héritier fidèle des anciens troubadours et l'esprit le plus original de l'École toulousaine.

(112) Éd. Noulet-Jeanroy, *Les joies du gai savoir,* Toulouse (Privat), 1914, p. 29.

(113) Le registre de Guilhem de Galhac contient une autre pièce de Martin de Mons, un sirventés de 1436 qui lui valut l'églantine, et trois *chronogrammes.*

(114) Éd. Noulet-Jeanroy, pp. 276 sq.

(115) Nous avons donné de ce poème (sans y changer grand-chose d'ailleurs) une transcription graphique modernisée. En l'occurrence, étant donné d'autre part qu'il n'y a aucune difficulté de compréhension, nous avons jugé inutile d'y adjoindre une traduction.

Les chansonniers musicaux

(1) 2542 pour I. FRANCK, *Répertoire...*, p. XVI.

(2) 256 pour F. GENNRICH, *Der musikalische Nachlass...*

(3) Cf. E. ROHLOFF, *Die Quellenhandschriften zum Musiktraktat des Johannes de Grocheio*, Leipzig, Deutscher Verlag für Musik, 1967, p. 124, lignes 17-18. Cf. aussi S. CORBIN, *La musique des troubadours*, in P. BEC, *Nouvelle Anthologie...*, pp. 72-77.

(4) DANTE, *De vulgari eloquentia*, éd. A. MARIGO, 2e éd., Florence, Le Monnier, 1948, pp. 240-242.

(5) S. CORBIN, in P. BEC, *op. cit.*, p. 77.

(6) H. VAN DER WERF, *The chansons...*, pp. 83-84.

GLOSSAIRE

GLOSSAIRE

ABAUZIR : convenir.

AC : prét. 3 de AVER, avoir.

ACESMAR : préparer, apprêter.

ADENAN : en avant.

ADERRAIRAR : rétrograder, reculer.

ADESAR : atteindre, toucher.

ADREIT : bien disposé, droit, juste.

AFAN : souci, chagrin.

AFOLAR : endommager, gâter.

AGENSAR : plaire.

AGRA : cond. II de AVER, avoir.

AGUÍ : prét. faible 1 de AVER, avoir (prét. fort 1 : AIC).

AGUÉS : subj. impft. 1 et 3 de AVER, avoir.

AIGA : eau, urine.

AIGUILENT / AGUILENT : églantine, fruit de l'églantier.

AIP : qualité, mœurs.

AISÍ (s') : subj. prés. 3 de S'AISINAR, s'installer, se mettre à l'aise.

AISINA : pouvoir, facilité, occasion.

AIZIMENT : lieu agréable.

AIZÍ : demeure.

AIZIU : proche; accommodant; AIZIU DE, entouré, pourvu de.

ALBIRAR : imaginer, considérer; ALBIRAR (SE) : s'imaginer.

ALBORN : cytise, bois dont on faisait les arcs.

AMBEDUI : cas sujet de AMBEDOS, tous deux.

ANCSÉ : toujours.

ANTA / ONTA : honte.

AÓN : subj. prés. 1 et 3 de A(B)ONDAR, abonder, profiter; aider.

APÈRT (EN) : ouvertement, franchement.

APOSTÒLI : pape.

APLANAR : aplanir, apaiser, adoucir.

ARAMIR : proclamer le combat; défier, attaquer.

ARCA (/ARCHA) : coffre.

ARRATGE : çà et là, à l'aventure.

ARRIGOLAR (S') : faire bombance, se gorjer.

ASCLAR : fendre.

ASSATJAR : essayer; surprendre.

ASSAI (/ESSAI / ASSAG) : essai, épreuve, entreprise; épreuve amoureuse (?).

ASSAZONAR : mûrir; fig. : adoucir.

ASSATZ : assez, beaucoup, à satiété.

ASTÈLA : tronçon, éclat de bois.

ASTRAT : marqué par les astres; destiné.

ATAÏNAR : retarder, empêcher; inquiéter.

ATAÏS : obstacle, retardement.

ATÀNHER (S') : appartenir, convenir.

ATEIS : prét. de ATÉNHER : atteindre, parvenir.

ATRASAG : certainement.

AURILHOSA / AVRILHOSA : d'avril.

AUSAR (SE) : oser.

AUZÍ : prét. 1 de AUZIR, entendre.

AVINEN : avenant, convenable; gracieux, plaisant.

Àvol (/aul) : mauvais, misérable, vil.

Azautar (s') / adautar (s') : trouver plaisir, prendre goût.

Bachalar / bacalar : jeune homme.

Bacon : porc salé, lard.

Barat : tromperie, fraude.

Baratar : trafiquer, frauder; dépenser follement.

Barri : rempart; faubourg.

Baudor : allégresse, hardiesse.

Bauzar : tromper; bauzaire : trompeur.

Bauzia : tromperie, fausseté.

Belhazor : comparatif fém. de bèl, beau.

Bèra (gasc.) : bèla (belle).

Biais (adj.) : faux, impropre, qui ne convient pas.

Blan : flatteur, caressant.

Blandida : part. pas. fém. de blandir, courtiser.

Blòi, -a : blond, clair.

Blos : privé, dépourvu.

Brac : boue, fange.

Braça : collectif : les bras.

Braidar / braidir : crier, se lamenter; chanter (oiseaux).

Bralh : cri, clameur; chant d'oiseau.

Brecha, fém. de brec / berc : ébréché.

Brega : querelle, dispute; mêlée.

Brondèu / brondèl : rameau.

Buzatador : celui qui chasse avec le busard.

Calabre : sorte de machine de guerre.

Calenda maia : premier jour du mois de mai.

Capdelar : conduire, guider, gouverner; se c- : se conduire, se comporter.

CAPDÈU / CAPDÈL : chef, seigneur.

CAPDOLHAR : s'élever, dominer.

CAPTENENSA (PER NULHA) : en aucune manière.

CAPTENER : maintenir, défendre, exalter.

CAPTENIMEN / CAPTENENSA : conduite, comportement contenance.

CAPUZAR / CAPUJAR (?) : fendre du bois; raboter.

CAR : car, puisque, parce que; afin que.

CARESTIA : haut prix.

CELÈIS : cas rég. de CELA / CELHA : celle.

CEIS : prét. de CÉNHER : ceindre.

CEMBÈL : appeau, piège; combat, mêlée.

CENDAT / CENDAL : étoffe de soie; flamme, banderole.

CES : cf. CESSAL.

CESSAL (/CENSAL) : censitaire, celui qui doit le CES (/CENS) à son seigneur.

CHAIA : subj. prés. de CHAZER, tomber.

CHAITIVIER : malheur.

CHAPDELAR / CAPDELAR : gouverner, diriger.

CHAPTAU (/CHAPTAL / CAPDAL) : capital, gain, profit.

CHASTIC / CASTIC : blâme, admonestation, remon-trance.

CISCLAR : pousser des cris aigus, siffler.

CLIS : cas sujet de CLIN, incliné.

COAR (gasc.) : QUAR (car).

COCHAT / COITAT : pressé, impatient, ardent.

COINDANSA : accointance, élégance (de COINDE).

COINDE / CUENDE : gracieux, aimable.

COINDEJAR : être poli, gentil (COINDE).

CÒITA (/CÒCHA) : presse, hâte; situation critique, besoin.

CÒJA : subj. prés. 3 de COIRE, CÒZER, cuire; CUI QUE CÒJA, à qui que cela cuise.

COLJANT (/COLGANT) : le couchant.

COMENSADOR : celui qui a commencé; débutant; ancien.

COMINAL (/COMUNAL) : commun, public; vulgaire, bas.

CONGLAPI : frimas, giboulée, verglas, givre.

CONHDAREL, de CONHDE / COINDE : vaniteux (?).

CONÒRT : réconfort, consolation; CONORTAR : réconforter, consoler.

CONSIRAR : penser, réfléchir, imaginer, rêver.

CONTRA : à côté, en comparaison de.

CORATGE : cœur.

CORREDOR : coureur, éclaireur.

CORSIÈR : vaisseau de guerre.

COSSENTÍS : subj. impft. 3 de COSSENTIR, consentir, accepter.

COSSIRE : pensée, souci; souci d'amour.

COSSIRIER (/CONS-) : cf. COSSIRE.

CREC : prét. 3 de CREISSER, croître.

CREMETAR : crainte, peur.

CRI / CRIN : chevelure, crinière.

CRÒI : vilain, mauvais.

CUIDAR : croire, penser; être présomptueux.

CUNDIA = COINDIA / CONHDIA : gentillesse, grâce, charme.

DAN : dommage, détriment; A MON DAN MET : je mets à mon dommage, je porte au compte de mes pertes, je ne me soucie pas.

DAUS : vers.

DECHA (/DECA) : défaut, vice.

DEGOLAR (SE) : se précipiter, s'effondrer.

DEPARTIMEN : séparation.

DEPORTAR : divertir; mouvoir.

DEPARTIMEN : séparation.

DEPORTAR : divertir; mouvoir.

DESAZONAR (VS. ASAZONAR) : faire mûrir hors de saison; gâter, détériorer.

DESCAPTENER : abandonner, rabaisser.

DESCAUSIT, -IDA : discourtois, grossier.

DESSENAR : perdre la raison.

DESGUIAR = DESGUISAR : déguiser.

DESSÉ (/DESSEN) : aussitôt, sur-le-champ.

DESTÒLRE (SE) : s'éloigner, se détourner.

DESTORBIER : obstacle; trouble, désarroi.

DEVEDAR / VEDAR : défendre, empêcher.

DEVÉS : défens, terrain réservé.

DEVINALH (/-A) : action de guetter, d'épier.

DEZIRIER : désir.

DIA / DIJA / DIGA : subj. prés. de DIRE, dire.

DIS : prét. 3 de DIRE, dire.

DOMESGIÈR : domestique.

DOMINI : propre, seigneurial; SOS DOMINIS SERS, son propre serf.

DOMNEI : service d'amour et de courtoisie (cf. DÒMNA, DOMNEJAR).

DÒNS (masc.) : dame : MI DÒNS, ma dame; SI DÒNS : sa dame.

DOPTAR : craindre.

DORN : largeur du poing de la main.

DREIT : droit; DREITZ ES, il est juste; DREITZ ÒLHS, litt. « yeux droits », yeux dans les yeux.

DRUDARIA (cf. DRUT) : amour, galanterie.

DRUZA / DRUDA : fém. de DRUT, amoureux; amant charnel.

EISAURAR (/EISS-) (S') : exposer à l'air, faire sécher en exposant à l'air.

EISSIR : sortir.

EMBLAR : voler, enlever, soustraire.

EMBRONC : courbé, incliné, abaissé (au propre et au figuré).

EMENDADA : part. pas. fém. de EMENDAR, accorder en compensation, en dédommagement.

EMPEIS : prét. de EMPÉNHER : pousser.

ENCOMBRIÈR : encombre, embarras; ennui, chagrin.

ENFLABOT : musette, cornemuse; flambeau (?)

ENFERNAR (S') : se mettre en enfer.

ENONGLAR (S') : s'agripper comme avec les ongles, s'enraciner,

ENQUISA : part. pas. fém. de ENQUERRE / ENQUERIR, requérir d'amour.

ENTENDENS : amoureux courtois.

ENTENDRE : prêter attention à; comprendre.

ENTRAMETRE (S'EN) : s'en mêler.

ÈR : futur 3 de ÈSSER, être; M'ÈR A CHANTAR, il me sera à chanter : il me faudra chanter.

ESCARIDA / ESCHARIDA : destinée, fortune.

ESCLAU : bruit de pas, trace, pas.

ESCOISSENDRE : déchirer, rompre, égratigner.

ESCOTADA : décolletée, échancrée.

ESDALH (A) : de ci de là (?) ou « à rebours » (?)

ESFERAR (SE) : s'effaroucher, s'éloigner.

ESGARAR : regarder, considérer.

ESLAISSAR (SE) : s'élancer.

ESLANSAR : jeter, lancer.

ESMERAR : épurer, affiner.

ESPELH (/ESPILH) : miroir.

ESPELIR (SE) : se répandre.

ESPONA : subj. prés. 1 de ESPONDRE, exposer, expliquer.

ESPONDA : bord du lit; lit, couche.

ESQUIU : farouche, sauvage.

ESRAIZAR : déraciner.

ESSAI / ASSAI : épreuve (initiatique); essai.

ESTEI : subj, prés. 3 de ESTAR, être, rester, demeurer.

ESTÈRS / ESTIÈRS : autrement, en outre.

ESTORN / ESTOR : combat, mêlée, assaut.

ESTÒRT, -A : part. pas. de ESTÒRSER, tordre, arracher, délivrer.

ESTOUT, -A : orgueilleux, -euse; cruel, -le.

ESTRAGAT : cf. ESTRAGAR : extravaguer, agir ou parler follement.

ESTRÉ / ESTREN : subj. 1 et 3 de ESTRENAR, étrenner, gratifier.

FADAR : féer, douer quelqu'un à sa naissance de telle ou telle qualité.

FADEJAR : agir en sot (FAT).

FAIRE A + inf. : mériter de, être digne de.

FAIRE DE : décrire, représenter, parler de; FAIRE D'AMOR, parler d'amour.

FAISSÒLAS : bande, ceinture tenant lieu de corset (?).

FAVÈL / FAVÈLA : discours, propos.

FAZENDA : affaire, occupation.

FEIRA : cond. II de FAIRE / FAR, faire.

FEIS : prét. de FÉNHER : feindre. SE FÉNHER : se préoccuper.

FENIDA : fin, dernière strophe, tornade.

FERMAR : assurer, affermir, fortifier.

FESETZ : prét. 5 de FAIRE, faire.

FLEIS : subj. prés. de FLEISSAR (SE) : se détourner, se dérober.

FORA : cond. II de ÈSSER : être.

FORMIR : accomplir, achever, exécuter, parfaire, satisfaire.

FORSENAT : furieux.

412

Frag / Frait : part. pas. de **Frànher**, briser.

Fraitura / Frachura : manque, disette, pénurie.

Frau (a) : en secret.

Frévol / Freul : faible, fragile.

Fust : bois, arbre, tonneau, bateau.

Gabar : railler, se moquer de; se vanter.

Gabei : raillerie, hablerie (de **Gabejar**); chant d'oiseaux.

Galiar tomper, séduire.

Gandir . protéger, garantir; échapper, éviter, fuir.

Garbin : vent du sud-ouest ou de l'ouest.

Garensa : guérison, salut, protection (de **Garir**).

Garnatxa : (graphie catalane = **Garnacha**); a. fr. **Garnache**, sorte de vêtement de dessus, fourré sans manches.

Garnitz : ind. prés. 5 de **Garnir**, pourvoir, occuper.

Genar-s (rare pour **Genier**) : janvier.

Gensor : comparatif de **Gens**, bien né, gentil, gracieux, doux.

Ginolhós (de) : à genoux.

Gisclar : cingler, jaillir.

Giquir / Gequir (se) : se séparer, se désister de.

Glavi : glaive.

Gonèla (a. fr. **Gonele**) : robe, plus ou moins longue, portée par les deux sexes.

Grailet : dimin. de **Graile**, délicat, svelte.

Gramavi (/Gramadi / Gramazi) : grammaticien, savant, qui sait le latin.

Granré / Gran ren : grande quantité, beaucoup.

Guerpir : abandonner, cesser.

Guerpisc : ind. prés. 1 de **Guerpir**, quitter, abandonner.

Guiren / Guaren : garant, témoin.

GUISA : manière, guise.
GUIZARDÓ : récompense.

HAISÓS (gasc.) : FAISÓS (façons).
HÈRA (gasc.) : FÈRA, farouche, sauvage.
HRESCA (gasc.) : FRESCA.

IL / ILH : pron. pers. fém. 3e pers. (cas sujet) : elle.
IRNÈLH : cf. ISNÈL.
ISNÈL, -A : prompt, -e; inconstant, volage.
ISSÈRT : réussite.

JAI (/GAI) : joie.
JAIA : terme obscur : soit une variante de JÒIA, joie;
   soit un éventuel subj. prés. de JAZER, coucher, être
   couché.
JANGLÓS : moqueur, railleur; bavard.
JANGOLHAR : glapir.
JASSÉ (adv.) (/JASEMPRE) : toujours.
JUZÈU, -ÈVA : juif, -uive.

LANQUAN : quand, lorsque.
LATÍ : latin; langage.
LATZ : côté; DE LATZ, à côté.
LAUS : louange, gloire, renommée.
LECHAI / LECAI : gourmand.
LÈIS / LIÈIS : cas rég. de ELA / ELHA, elle.
LENGA : langue; LENGA ROMANA, langue vulgaire (lan-
   gue d'oc) par opposition à la langue savante (latin).
LERA : lyre (?).

414

Lèri : gai, content.

Lissas : lisses, palissades en dedans du fossé.

Losca (fém. de Losc) : borgne.

Maîstre : vent maître ou magistral (mistral), vent du nord-ouest.

Mala : malheureusement, pour son malheur; Mala fos, maudit soit...

Malejar (se) : pester, maugréer.

Maltrach : cf. Maltrait.

Maltraire : souffrir.

Maltrait / maltrach : peine, souffrance, tourment, malheur.

Manal : de main, à main; arc manal, arc à main, ordinaire (par opposition à l'arc balesta, plus complexe).

Manen : riche.

Manganèu / manganèl : mangonneau, machine à lancer des pierres.

Mantenen : aussitôt, maintenant.

Marves : immédiatement.

Mazantar : soupeser, palper.

Mazelhar / mazelar : abattre, tuer; torturer, tourmenter.

Mendic : pauvre; mendiant; fourbe, perfide, infâme.

Mentaure / mentaver : mentionner, dire.

Merir : mériter; mal merir : être coupable, pécher.

Mescabar : perdre.

Mesquin, -a : misérable, malheureux, -se.

Metoas : grimaces (?).

Metre : mettre, dépenser.

Mòc : prét. 1 de mòure / mover, mouvoir.

Mògron : prét. 6 de mover, mouvoir, remuer; provenir, descendre de.

NEIS : même.

NI : ni; et.

NO... MAS : non ... si ce n'est.

NOÈRA (gasc.) : NOVÈLA.

NOIRIM : nourriture, aliment.

NUALHÓS : paresseux, indolent

OB / ÒPS (ES) : il faut (cf. latin OPUS EST).

OBEDIEN : obéissant; servant d'amour.

OCHAIZONAR / OCAISONAR : accuser, reprocher.

PAGUT / PASCUT : part. pas. de PÀISSER, nourrir, repaî-
   tre.

PALI : étoffe de soie; couverture, dais.

PAUC, -A : petit, -e; jeune.

PAR : égal, compagnon.

PARATGE : parage; noblesse, haute naissance.

PARIA : compagnie.

PARRÀ : futur 3 de PARER, apparaître.

PARTIMEN : engagement amoureux; jeu-parti (genre
   poétique).

PARTIR : séparer de.

PARVENSA : apparence, mine.

PAU : paon.

PENA : fourrure.

PERDÓ : subj. prés. 3 de PERDONAR, pardonner.

PEIREIRA : pierrier, machine à lancer des pierres.

PÈSSA : pièce, morceau; AVEM LA PÈSSA EL COUTEL :
   nous avons le morceau et le couteau : nous avons
   tout ce qu'il nous faut; nous sommes bien servis.

PESSIU / PENSIU : pensif.

PIPAUT : sale, paresseux, polisson; joueur de cornemuse (?).

416

PLAC : prét. 1 et 3 de PLAZER, plaire.
PLAGÉS : chicaneur, querelleur.
PLAGUÉS : subj. impft. 1 et 3 de PLAZER, plaire.
PLAIS / PLAÏTZ : procès, disputes, querelles.
POGÉS : denier du Puy.
PONEN : vent du couchant, vent d'ouest.
PÒSC : ind. prés. 1 de PODER, pouvoir.
PREJADOR : soupirant; débutant en amour.
PREON / PREGON : profond; DE PREON, profondément.
PRÈTZ : valeur.
PREZAR : priser, apprécier.
PRIVAT : intime, familier.
PROFERIR : offrir.

QUENH / QUINH, -A : quel, -le.
QUE'NS : que nous.
QUERENTÍS : cas sujet de QUERENTIN, mendiant, qué-
    mandeur.
QUERER / QUERRE : chercher, réclamer, prier, mendier.
QUESACOM : quelque peu, un peu, quelque chose.
QUE'US : que vous.
QUILHAR : pousser des cris perçants.

RANC : écueil, rocher.
RANCURAR (SE) : se plaindre.
RAZONAMEN : argument, excuse, défense.
REBONA : subj. prés. de REBONDRE : enfouir, enterrer.
RECEUP : prét. 1 et 3 de RECEBRE, recevoir.
RECLAM : appel.
RECREZER / RECREIRE : renoncer, se décourager.
REFRÀNHER : assouplir, moduler.
REGISME : royaume.

REISSIDAR : (r) éveiller.
RENH : royaume, pays.
RENÒU : usure.
RENOVIER : usurier.
REPAIRE : demeure, séjour.
RES : chose, personne, créature.
RESCÓS (A) : en cachette.
RESPIÈG / RESPIÈIT : répit, attente, délai.
RETIN : tintement; glapissement.
RETRAIRE : raconter, dire, rapporter.
RETRAISON : récit; reproche (de RETRAIRE).
REVÉ : ind. prés. 3 de REVENIR, ranimer, réconforter.
REVENIR (SE) : se séparer.
REZENSON : rançon, rachat.
RIBATGE : abords des fossés remplis d'eau.
RICAMEN : noblement, superbement.
RICOR : noblesse, grandeur, puissance, richesse.
RIMAR : se gercer, se fendiller; brûler.
ROT / ROMPUT : part. pas. masc. de ROMPRE, rompre, briser.
ROTA : foule, cohue.

SABRIER : goût, plaisir.
SAGÈL : sceau, lettre scellée.
SAI(N) (/SAGIN) : graisse.
SAL / SALV : subj. prés. 3 de SALVAR, sauver, réserver, protéger.
SALHIR : sauter, jaillir, s'élancer.
SAUBÍ : prét. faible 1 de SABER, savoir (prét. fort 1 : SAUP).
SAUDADA / SOLDADA : solde, salaire, gages.
SAUR : saur, couleur d'or, jaune; blond (cheveux).
SAVAI : vilain, misérable.

SAZON (NEGUNA) : en aucun moment, jamais.
SEM : privé, dénué.
SEMBELÍS : martre, zibeline.
SEMPRARS : aussitôt, sur-le-champ.
SÈR . serviteur: servant d'amour.
SERENA   sorte d'oiseau de chasse.
SI'NS . si nous.
SI TOT / SITOT : quoique.
SI'US : si vous.
SIVALS : du moins.
SOBRAMAR : excès d'amour.
SOBRAR : surpasser, vaincre.
SOBRETRACIMAR : surmonter par-delà la cime, en par-
     lant d'une inondation [?]
SOBREVALER . très haut mérite.
SOFRAITÓS (/SOFRACHÓS) : nécessiteux, privé, dépourvu.
SOLAÇAR : divertir, tenir compagnie à.
SOLATZ : plaisir, conversation.
SOL QUE : si seulement, à condition que, pourvu que.
SONAR : appeler, parler amicalement.
SONET : son, air mélodie; chanson, poème.
SORDEJAR : empirer, s'avilir.
SÓRZER : faire sourdre, ressusciter.
SOUDADIER : guerrier.
SUBÈRNA : flux, marée montante.
SUÈLH / SÒLH : ind. prés. 1 de SOLER, avoir coutume.

TALAN / TALEN : disposition du cœur, humeur; envie,
     désir, volonté; MAL TALEN : malveillance, chagrin.
TAPÍS : esclavine (vêtement d'étoffe rude, à capuchon,
     de voyageur ou de pèlerin).
TEMER : craindre.
TENDA : tente, pavillon du ciel, paradis.

TERMINI : temps, saison; DOUS TERMINI NOVÈL, doux temps nouveau, printemps.

TERRÉ / TERREN : terrestre.

TINÈLHA = TINÈLA : querelle.

TÒQUE : subj. prés. 3 de TOCAR, jouer d'un instrument.

TOS : garçon; TOSA : jeune fille.

TÒUT, -A : part. pas. de TÒLRE, ôter, enlever.

TRACHOR / TRAIDOR : traître.

TRAHIA / TRAHIDA : part. pas. de TRA(H)IR, trahir.

TRAHIN / TRAGIN : train, marche, direction, voie.

TRALH : trace.

TRO : jusqu'à ce que.

TRON : trône; firmament, ciel.

TRUÈP / TRÒB : subj. prés. 1 et 3 de TROBAR, trouver.

TRUAN : vil, fripon.

TRUFANA (adj.) : railleuse, trompeuse.

TUNYÒL (graphie cat. p. TONHÒL) : sorte de pain.

UFANA : jactance, vanité.

VAIRE (/VAIR) : de couleur changeante, vair.

VALEDOR : auxiliaire, soutien.

VALER : aider, prêter secours.

VARS / VAIR / VARI : vair.

VAS : vers, en comparaison de.

VEJA : subj. prés. 1 et 3 et VEZER, voir.

VERJAN (/VERGAN) : branche, rameau.

VÈRS : vers (genre poétique souvent synonyme de CANSÓ); rythme, mélodie.

VIATZ : vivement, rapidement.

VIC / VI / VIT : prét. 3 de VEZER, voir.

VIM : osier.

VINC : prét. 1 de VENIR, venir.

VIRAR : tourner, changer.

VITZ : prét. 5 de VEZER, voir.

VÒIT / VÒCH : vide; débarrassé de son cavalier (cheval).

VÒLC : prét. 1 et 3 de VOLER, vouloir.

VÒLF : ind. prés. 3 de VÒLVER, VÒLVRE, tourner, recommencer, reprendre.

VÒLGRA : cond. II de VOLER, vouloir.

VOLON : désireux.

VÒLTA / VÒUTA : volte, passade, tournoi.

VÒLTAS / VÒUTAS : roulades.

VOUT /VOLT : figure, visage; image ou statue sacrée.

BIBLIOGRAPHIE

BIBLIOGRAPHIE SOMMAIRE

a) *Bibliographies et instruments de travail*

1. — ANGLADE, J., *Bibliographie élémentaire de l'ancien provençal*, Barcelone, 1921.
2. — BERTHAUD, P. L., et LESAFFRE, J., *Bibliographie occitane*, 1919-1942, Paris, Les Belles Lettres, 1946.
3. — BERTHAUD, P. L. et LESAFFRE, J., *Bibliographie occitane*, 1943-1956, Paris, Les Belles Lettres, 1958.
4. — BERTHAUD, P. L., et LESAFFRE, J., *Guide des études occitanes*, Paris, Les Belles Lettres, 2e éd., 1953.
5. — BONNET, C., *Bibliographie occitane du Périgord, Les Troubadours*, t. I, *Ouvrages généraux sur les Troubadours*, Béziers, C.I.D.O., sous presse.
6. — BRUNEL, C., *Bibliographie des manuscrits littéraires en ancien provençal*, Paris, Droz, 1955; réimp. Genève, 1973.
7. — CHABANEAU, C., et ANGLADE, J., *Onomastique des troubadours*, in *Revue des Langues Romanes*, t. 58, 1915.
8. — CLUZEL, I. M. et LESAFFRE, J., *Bibliographie occitane*, 1957-1966, Paris, Les Belles Lettres, 1969.
9. FRANK, I., *Répertoire métrique de la poésie des troubadours*, Paris, Champion, 1957.
10. JEANROY. A., *Bibliographie sommaire des chansonniers provençaux*, Paris, Champion, 1916.
11. — NYKL, A. R., *Troubadour studies : a critical survey of recent books published in this field*, Cambridge, 1944.

12. — PIC, F., *Bibliographie des sources bibliographiques du domaine occitan*, Béziers, C.I.D.O., 1977.

13. — PILLET, A., et CARSTENS, H., *Bibliographie der Troubadours*, Halle, Max Niemeyer 1933.

14. — TAYLOR, R. A., *la Littérature occitane du moyen âge. Bibliographie sélective et critique*, Toronto, University of Toronto Press, 1977.

15. — VINCENTI, E., *Bibliografia antica dei trovatori*, Milan — Naples, Riccardo Ricciardi, 1963.

16. — WIACEK, W. M., *Lexique des noms géographiques et ethniques dans la poésie des troubadours des XIIe et XIIIe siècles*, Paris, Nizet, 1968.

Cf. aussi nº 49, 76 et 83.

b) *Langue*

17. — ANGLADE, J., *Grammaire de l'ancien provençal ou ancienne langue d'oc*, Paris, Klincksieck, 1921 (fréquentes réimp.).

18. — APPEL, C., *Provenzalische Lautlehre*, Leipzig, Reisland, 1918.

19. — BEC, P., *la Langue occitane*, Paris, P.U.F., 4e éd., 1978.

20. — BEC, P., *Manuel pratique de philologie romane*, Paris, Picard, 1970, vol. I, p. 396-554.

21. — BOURCIEZ, E., *Éléments de linguistique romane*, Paris, Klincksieck, 4e éd., 1956.

22. — CREMONESI, C., *Nozioni di grammatica storica provenzale*, 2e éd., Milan, 1962.

23. GRAFSTRÖM, A., *Étude sur la graphie des plus anciennss chartes languedociennes, avec un essai d'interprétation phonétique*, Uppsala, Almqvist, 1958.

24. — GRAFSTRÖM, A., *Étude sur la morphologie des plus anciennes chartes languedociennes*, Stockholm, Almqvist, 1968.

25. — GRANDGENT, C. H., *An outline of the phonology and morphology of Old Provençal*, éd. revue, Boston, 1905.

26. — HENRICHSEN, A. J., *les Phrases hypothétiques en ancien occitan*, Bergen, 1955.
27. — JENSEN, F., *The Old Provençal Noun and Adjective Declension*, Odense, Odense University Press, 1976.
28. — LAFONT, R., *la Phrase occitane. Essai d'analyse systématique*, Paris, P.U.F., 1967.
29. — LINDER, K. P., *Studien zur provenzalischen Verbalsyntax*, Tübingen, Tübinger Beiträge zur Linguistik 1970.
30. — MOK, Q.I.M., *Manuel pratique de morphologie d'ancien occitan*, Luiderberg, Dick Coutinho, 1977.
31. — PRICE, G., *Bibliographie de la syntaxe occitane*, in *Studia neophilogica*, t. 37, 1965, p. 279-300.
32. — RONCAGLIA, A., *La lingua dei trovatori*, Rome, Edizioni dell'Ateneo, 1965.
33. — SCHULTZ-GORA, O., *Altprovenzalisches Elementarbuch*, Heidelberg, Carl Winter, 5e éd., 1936.
34. — STENGEL, E., *Die beiden ältesten provenzalischen Grammatiken*, Marburg, 1878.
Cf. aussi n° 75 et 76.

c) Dictionnaires

35. — LEVY, E., *Provenzalisches Supplement-Wörterbuch*, Leipzig, Reisland, 8 vol., 1894-1924.
36. — LEVY, E., *Petit dictionnaire provençal-français*, 3e éd., Heidelberg, Carl Winter, 1961.
37. — RAYNOUARD, F., *Lexique roman ou Dictionnaire de la langue des troubadours*, Paris, 6 vol., 1836-1844.

d) Littérature : Vidas et œuvres critiques générales

38. — AVALLE, A. S., *La Letteratura medievale in lingua d'oc nella sua tradizione manoscritta*, Turin, G. Einaudi, 1961.

39. — AXHAUSEN, K., *Die Theorien über den Ursprung der provenzalischen Lyrik*, Marburg, 1937.

40. — BOUTIÈRE, J., et SCHUTZ, A. H., *les Biographies des troubadours*, Paris, Nizet, 2ᵉ éd. refondue, 1964; réimp., 1973.

41. — CAMPROUX, C., *Histoire de la littérature occitane*, Paris, Payot, 2ᵉ éd., 1971

42. — DAVENSON, Cf. Marrou, H. I., nᵉ 53.

43. — DEL MONTE, A., *Storia della letteratura provenzale*, Milan, Nuova Academia, 1963.

44. — DEL MONTE, A., *Studi sulla poesia ermetica medievale*, Naples, 1953.

45. — DIEZ, D. C., *Die Poesie der Troubadours*, Leipzig, 1883.

46. — DRAGONETTI, R., *la Technique poétique des trouvères dans la chanson courtoise*, Bruges. De Tempel, 1960.

47. — FAVATI, G., *Le biografie trovadoriche, testi provenzali dei secoli XIII e XIV*, Bologne, Palmaverde, 1961.

48. — HOEPFFNER, E., *les Troubadours dans leur vie et dans leurs œuvres*, Paris, A. Colin, 1955.

49. — JEANROY, A., *la Poésie lyrique des troubadours*, 2 vol., Toulouse, Privat, 1934; réimp. en 1 vol., Genève, 1973.

50. — JEANROY, A., *Histoire sommaire de la poésie occitane*, Toulouse-Paris, Privat-Didier, 1945.

51. — KÖHLER, E., *Trobadorlyrik und höfischer Roman*, Berlin, 1962.

52. — LAFONT, R., et ANATOLE, C., *Nouvelle histoire de la littérature occitane*, 2 vol., Paris, P.U.F., 1970.

53. — MARROU, H. I., *les Troubadours*, Paris, Le Seuil, Nouv. éd.. 1971.

54. — MÖLK, I., *Trobar clus — Trobar leu. Studien zur Dichtungstheorie der Trobadors*, Munich, 1968.

55. — NYKL, A. R. *Hispano-Arabic poetry and its relations with Old provençal Troubadours*, Baltimore, 1946.

56. — PANVINI, B., *Le biografie provenzali, valore e attendibilità*, Florence, Biblioteca dell' « *Archivum Romanicum* », 1952.

57. — PILLET, A., *Zum Ursprung der altprovenzalischen Lyrik*, Halle, 1928.

58. — POLLMANN, L., *Trobar clus, Bibelexegese und hispano-arabische Literatur*, Münster, Westfalen, 1965.

59. — RIQUER, M. de, *Resúmen de literatura provenzal trovadoresca*, Barcelona, 1948.

59 *bis*. — ROUQUETTE J., *La littérature occitane*, Paris, P.U.F., « Que sais-je? », 1963 1968.

60. — SCHULTZ-GORA, O., *Die provenzalischen Dichterinnen*, Leipzig, 1888; réimp., Genève, 1974.

A consulter : les introductions des n° 72 et 83.

e) *Érotique courtoise*

61. — BELPERRON, P., *la Joie d'amour, contribution à l'étude des troubadours et de l'amour courtois*, Paris, Plon, 1948.

62. — BRIFFAULT, R., *les Troubadours et le sentiment romanesque*, Paris, éd. du Chêne, 1943.

63. — CAMPROUX, C., *le Joy d'Amor des troubadours*, Montpellier, Causse et Castelnau, 1965.

64. — CROPP, G.M., *le Vocabulaire courtois des troubadours de l'époque classique*, Genève, Droz, 1975.

65. — LAZAR, M., *Amour courtois et Fin' Amors*, Paris, Klincksieck, 1964.

66. — MARGONI, I., *Fin' Amors, Mezura e Cortezia*, Milan-Varese, 1965.

67. — NELLI, R., *L'érotique des troubadours*, Toulouse, Privat, 1964; réimp. en 2 vol., Paris, U.G.E., 10/18, 1974.

f) *Anthologies et Textes*

68. — ANGLADE, J., *Anthologie des troubadours*, Paris, de Brocard, 1927; 2e éd., 1953.

69. — APPEL, C., *Provenzalische Chrestomathie*, Leipzig, 1895; 6e éd. 1932; réimp. Genève, 1974.

70. — AUDIAU, J., et LAVAUD, R., *Nouvelle anthologie des troubadours*, Paris, Delagrave, 1928.

71. — Bartsch, K., *Chrestomathie provençale*, Elberfeld, 1868; entièrement refondue par E. Koschwitz, Marburg, 1904; réimp., Genève, 1973.

72. — BEC, P., *Nouvelle anthologie de la lyrique occitane du moyen âge*, Avignon, Aubanel, 1970.

73. — BEC, P., *Anthologie de la prose occitane du moyen âge*, vol. I, Avignon, Aubanel, 1977.

74. — Berry, A., *Florilège des troubadours*, Paris, Firmin-Didot, 1930.

75. — BRUNEL, C., *les Plus Anciennes Chartes en langue provençale*, Paris, 2 vol., 1926 et 1952; réimp. en 1 vol., Genève, 1973.

76 — HAMLIN, F. R., Ricketts, P. T., et Hathaway, J., *Introduction à l'étude de l'ancien provençal. Textes d'étude*, Genève. Droz, 1967.

77. — HILL, R. T., et BERGIN, T. G., *Anthology of the Provençal Troubadours*, 2ᵉ éd. rev. et augm., New Haven et Londres, Yale University Press, 1973.

78. — LAFONT, R., *Trobar*, Montpellier, C.E.O., 1972.

79. — LAVAUD, R., et NELLI, R., *les Troubadours*, vol I (*Jaufre, Flamenca, Barlaam et Josaphat*); vol. II, *le Trésor poétique de l'Occitanie*, Bruges, Desclée de Brouwer, 1966.

80. — LOMMATZSCH, E., *Leben und Lieder der provenzalischen Troubadours*, 2 vol., Berlin, 1957-1959.

81. — MEYER, P., *Documents linguistiques du Midi de la France, recueillis et publiés avec glossaire et cartes* — Ain, Basses-Alpes, Hautes-Alpes, Alpes-Maritimes —, Paris, Champion, 1909.

82. — RAYNOUARD, M., *Choix des poésies originales des troubadours*, 6 vol., Paris, 1816-1821.

83. — RIQUER, M. de, *los Trovadores. Historia literaria y textos*, 3 vol., Barcelone, Editorial Planeta, 1975.

Voir aussi les Nᵒ 40 et 47, ainsi que la section *g* dans son ensemble.

g) *Expansion européenne des troubadours*

84. — AUDIAU, J., *les Troubadours et l'Angleterre*, nouv. éd., Paris, Vrin, 1927.

85. — BEC, P,, *la Lyrique française au Moyen Age (XIIe-XIIIe siècles)*. *Contribution à une typologie des genres poétiques médiévaux*, 2 vol., Paris, Picard, 1977-1978.

86. — BERTONI, G., *Antiche liriche portoghesi*, Modène, 1937.

87. — BERTONI, G., *I trovatori d'Italia*, Modène, 1915.

88. — BEZZOLA, R. R., *les Origines et la formation de la littérature courtoise en Occident (500-1200)*, 5 vol., Paris, Champion, 1958-1967.

89. — CHAYTOR, H. J., *The Troubadours of Dante*, Oxford, 1902.

90. — FRANK, I., *Trouvères et Minnesänger*. Recueil de textes pour servir à l'étude des rapports entre la poésie lyrique romane et le Minnesang au XIIe siècle, Sarrebruck, Universität des Saarlandes, 1952.

91. — FRAPPIER, J., *la Poésie lyrique française aux XIIe et XIIIe siècles*. *Les auteurs et les genres*, Paris, C.D.U. 1966.

92. — HEUR, J.-M. D', *Troubadours d'oc et troubadours galiciens-portugais*. Recherches sur quelques échanges dans la littérature de l'Europe au moyen âge, Paris, Fundação Calouste Gulbenkian, 1973.

93. — JEANROY, A., *les Origines de la poésie lyrique en France au Moyen Age*, 4e éd., Paris, Champion, 1969.

94. — MORET, A., *Anthologie du Minnesang*, Paris, Aubier, 1949.

95. — SANTANGELO, S., *Dante e i trovatori provenzali*, Catane, 1920.

96. — VALLONE, A., *la « Cortezia » dai provenzali a Dante*, Palerme, 1950.

h) *Métrique et musicologie*

Outre les nᵒˢ 9 et 46, on pourra consulter :

97. — AUBRY, P., *Trouvères et troubadours*, Paris, Alcan, 1909.

98. — BECK, J.-B., *Die Melodien der Troubadours*, Strasbourg, 1908.

99. — BECK. J.-B., *la Musique des troubadours*, Paris, Laurens, 1928.

100. — CHAILLEY, J., *Histoire musicale du Moyen Age*, Paris, P.U.F., 2ᵉ éd., 1969.

101. — DANTE, *De vulgari eloquentia*, éd. MARIGO, 2ᵉ éd., Florence, 1946, pp. 240-242.

102. — Gennrich, F., *Der musikalische Nachlass der Troubadours* (Summa Musicae Medii Aevi, III, IV et XV), Darmstadt et Frankfurt-bei-Langen, 1958-1960-1965.

103. — GÉROLD, T., *la Musique au Moyen Age*, Paris, Champion, 1932,

104. — LA CUESTA, I. Fernandez de, et LAFONT, R. *Las cançons dels trobadors*, Toulouse, I.E.O., 1979.

105. — MAILLARD, J., *Anthologie de chants de troubadours*, Nice, Delrieu et Cie, 1967.

106. — MONTEROSSO, R., *Musica e ritmica dei trovatori*, Milan, 1956.

107. — SESINI, U,, *le Melodie trobadoriche nel canzoniere provenzale della Biblioteca Ambrosiana*, in : *Studi medievali*, nuova serie, XII, 1939; XIII, 1940; XIV, 1941; XV, 1942,

108. — VAN DER WERF, H., *The Chansons of the Troubadours and Trouvères*, Utrecht, Ousthoek, 1972.

TABLE DES MATIÈRES

I. — LES GENRES

A. Les genres aristocratisants

B. Les genres popularisants

II. — LES POÈTES

NOTES

ACHEVÉ D'IMPRIMER SUR LES PRESSES
DE COX & WYMAN LTD. (ANGLETERRE)

Dépôt légal : 4ᵉ trimestre 1979
Nº d'édition : 1168
Nouveau tirage : juin 1994
Imprimé en Angleterre